KB006899

사
는
법

• 모든 각주는 옮긴이의 주입니다.

이 남자가 사는 법

미스터 사색가 지음 ― **주은주** 옮김

시그마북스
Sigma Books

이 남자가 사는 법

발행일 2019년 5월 1일 초판 1쇄 발행
지은이 미스터 사색가
옮긴이 주은주
발행인 강학경
발행처 시그마북스
마케팅 정제용
에디터 최윤정, 장민정
디자인 김문배, 최희민

등록번호 제10-965호
주소 서울특별시 영등포구 양평로 22길 21 선유도코오롱디지털타워 A402호
전자우편 sigmabooks@spress.co.kr
홈페이지 http://www.sigmabooks.co.kr
전화 (02) 2062-5288~9
팩시밀리 (02) 323-4197
ISBN 979-11-89199-84-5 (03820)

이 도서의 국립중앙도서관 출판예정도서목록(CIP)은 서지정보유통지원시스템 홈페이지(http://seoji.nl.go.kr)와
국가자료공동목록시스템(http://www.nl.go.kr/kolisnet)에서 이용하실 수 있습니다. (CIP제어번호: CIP2019011204)

* **시그마북스**는 (주)**시그마프레스**의 자매회사로 일반 단행본 전문 출판사입니다.

진정한 유머가 곧 지혜다.

- 본문 중에서

목차

서문 _ 나의 벗, 미스터 사색가

영화 〈지니어스〉를 보고 나오는데 아내가 옆에서 질투하듯이 중얼거렸다.

"이거 당신이랑 미스터 사색가 이야기 아니야?"

음, 정말 그런 것 같았다.

듣기 불편한 이야기를 하자면 미스터 사색가가 천재고 나는 헌터라는 점이다. 더 듣기에 거슬리는 말을 하면 천재인 미스터 사색가가 오늘날과 같이 된 것은 그의 재능을 알아본 나의 공이라는 것이다.

남자들 사이에도 진실한 사랑이 존재한다. 정말이니까 믿어도 된다.

우리가 처음 만난 건 공교롭게도 나의 서른 번째 생일날이었다. 장소는 광저우 기차역 근처의 작은 모텔이었다. 당연히 나는 보호 차원에서 아내를 끌어들여 같이 약속 장소로 나갔다. 인터넷 상에서 꽤 오랫동안 '짝짜꿍'이 잘 맞은 친구와의 약속이었지만 무슨 일이 일어날지는 아무도 모르는 거였다.

당시에 미스터 사색가는 '궈청郭城'이라는 본명으로 광저우에서 강의를 하고 있었다. 강의 주최 측에서 그에게 제공한 숙소는 기껏해야 별 한 개짜리 모텔이었다. 나는 부당한 대우라는 생각이 들었다.

"어떻게 이래? 유명한 미스터 사색가를 뭘로 보고!"

그래서 나는 내 주머니를 털어서 그를 오성급 호텔에 묵게 했다. 그는 그때부터 경제를 공부한 사람은 돈도 있고 제멋대로 군다는 고정관념을 키웠다. 그러나 그 일은 내가 그를 속여서 이 바닥에 끌어들이는 그 시작을 알리는 첫 총성이나 다름없었다.

사실 당시에 나는 광저우에서 집을 살 형편이 되지 않아서 '집'을 쳐다보며 탄식만 쏟아내던 때였다.

나를 알기 전에 그는 중국 '4대 고전 명작'의 상상 버전을 써서 웨이보에서 슈퍼스타가 된 '미스터 사색가'였고, 수많은 유명인과 스타가 모두 그의 진정한 팬이었다. 동시에 그는 수년간 경력을 쌓은 베테랑 기업 트레이너 '궈청'이었다. 그 분야에서는 이미 피라미드의 꼭대기에 있는 사람이어서 그의 강의를 들으려면 적어도 반년은 미리 예약해야 했다.

그러나 그는 줄곧 온라인 세상에서의 자신과 현실 세상에서의 자신 두 신분 사이의 차이 때문에 갈등도 많고 생각도 많았다.

내가 은근슬쩍 그에게 물었다.

"한 세상에서만 살아보는 건 어때요?"

〈차이징랑옌〉 토크 콘서트의 기획자, 〈쿵푸차이징〉의 인기 게스트, 신예 경제학자, 중산층 대변인 미스터 사색가 님, 새로운 세계로 온 것을 환영합니다!

미스터 사색가라는 이 천재는 나 같은 능청이를 실망시키지 않았다. 그는 그의 재능을 원 없이 펼쳤고 신기한 바람을 일으키며 사방을 환히 비추었다.

공자 말씀에 "유익한 벗은 셋이 있는데, 정직한 벗, 성실한 벗, 견문이 있는 벗이다"라고 했다.

내 아이 퉁퉁이도 말했다.

"공자님 말씀이 옳아요."

미스터 사색가는 딱 이와 같은 유익한 벗이자 훌륭한 선생님이다.

그는 박학다식하고 교양이 넘치며 평소에는 쇼펜하우어, 스피노자, 칸트, 헤겔 등의 책을 읽는다. 그의 수준은 베이징대 철학 전공자로서 '정규 교육'을 받은 내가 부끄러워서 얼굴도 들지 못할 정도다. 그는 당연히 『금병매』도 읽었고, 자신이 은하계에서 서문경과 반금련을 가장 잘 아는 사람이라고 우쭐거리는데 그의 말이 정말로 맞다. 그는 서문경에게서 기업 관리와 투자 재테크 방법론을 발견해냈고 반금련에게서 인간의 본성을 파악해냈다. 나와 대화를 나눌 때 보면 이야기가 끊임없이 샘솟아 재능이 철철 넘쳐흐르는데 감탄이 절로 나온다.

그는 마음이 너그럽고 겸손하고 진실하다. 인텔리들은 오만하고, 고집스럽고, 자기도취에 빠져서 안하무인인 사람이 많지만 미스터 사색가에게는 그런 면이 전혀 없다. 항상 자세를 낮추고 마음을 가벼이 하며 차분함을 유지하려고 길게 후 하며 몇 번이고 심호흡을 한다.

그는 정직하고 선량하며 원칙을 고수한다. 그는 인품은 물론이고 가치관도 바르다. 철학 이론에 관한 글도 쓰고 마음을 치유하는 글도 쓴다. 여자의 마음속 비밀도 훤히 알고 남자의 불안함과 방황하는 심정도 꿰뚫고 있다. 그는 풍부한 글감으로 글을 짓고, 칭찬과 비판도 서슴지 않으며, 사상의 조각을 모아서 합리론이라는 퍼즐을 완성한다. 이 모든 것 하나하나가 빛이 되어 가식적인 지식에 가려져 있던 어두운 곳을 비추고 어렴풋이 진리의 모습을 밝힌다.

미스터 사색가는 비범하게 지식에 민감하며 모든 일을 흥미로운 미스터리로 만드는 킬러 같은 재능을 지녔다. 그는 태생적으로 인터넷 세상과 어울리는 사람이다. BBS(전자게시판) 시대에도 인기를 얻었고, 웨이보 시대에는 그 인기가 폭발했고, 위챗 시대에도 여전히 인기 가도를 달리고 있다. 그의 재능은 인터넷 시대에서 어떤 부침이 있더라도 영향을 받지 않고 그 벽을 뛰어넘어 오랫동안 향기를 풍길 것이다.

나는 그가 성공하기를 바라고 또한 기꺼이 그의 성공에 함께하기를 바란다.

나의 벗 미스터 사색가, 당신은 나의 친구이자 스승입니다.

왕무디 王牧笛

2017년 3월 26일 광저우에서

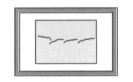

立
春

만물이 소생해
생기와 기쁨이 넘치는

입춘

인생에는 자기가 선택해서 현재 걸어가고 있는 길과
선택하지 못해서 애석해하며
머릿속에 떠올리는 것으로 만족해야 하는 길,
딱 두 가지 길만 있다.

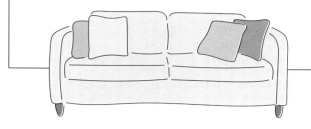

인생은 선택이다

예전에 친구들한테 어떤 사람과 결혼을 하고 싶은지 물어봤다. 대답은 아래 세 가지 유형 중에서 하나만 꼽으라고 했다.

    A. Sex Partner

    B. Business Partner

    C. Soulmate

한 친구는 B를 선택했다. 요즘 세상에는 무슨 일이든지 돈만 있으면 다 해결되고, B를 선택하면 A와 C를 동시에 얻는 격이기 때문이라는 이유를 댔다.

다른 한 친구는 A와 B와는 썸을 타고 C와 결혼하겠다고 했다.

또 한 친구는 하나를 고르지 않고, A를 선택하면 장쉐량*, B를 선택하면 덩원디**, C를 선택하면 양전닝***에 버금가는 사람이라는 말로 대신했다.

다른 친구는 "소울메이트를 만나서 그 사람과 뜨겁게 사랑하고 사업을 잘하는 법을 가르칠 거야"라고 했다.

"보기 중에 모범 답안이 있어?"라고 되묻는 친구도 당연히 있었다.

모범 답안은 물론 없다. 모범 답안이 있었다면 아마 인류가 지난 긴 세월 동안 곤혹스러워 하지는 않았을 것이다. 내가 던진 질문은 어떤 사람과 결혼할지 곰곰이 생각해보는 그 자체에 가장 중요한 의미가 있고, 선택은 그다음 문제다. 자기 내면에서 원하는 것을 스스로 충분히 잘 아는 것이 바로 이 질문이 지닌 가치이기 때문이다.

내 개인적인 견해로는 A를 선택하면 육체적 본능에 충실한 사람, B를 선택하면 현실에 충실한 사람, C를 선택하면 사랑에 충실한 사람이다.

나의 주관을 상세히 털어놓기 전에 우선 아리스토텔레스는 이 문제를 어떻게 생각했는지 한번 보자.

아리스토텔레스는 인간은 세 가지를 중시한다고 했다. 즉, 인간은 행복감을 주는 것, 유용한 것, 존재 자체가 특별한 것을 중시하기 때문에 인간관계에도 세 가지 유형이 존재한다고 주장했다. 첫째 유형은 이성과의 깊은 사랑이나 애정처럼 쾌락을 바탕으로 맺어진 관계고, 둘째 유형은 사업이나 정치적 동반자처럼 실리를 기본으로 맺어진 관계다. 중국의 전통

---

* 張學良, 중국 근대사에 큰 족적을 남긴 군인이자 정치가. 일본에 대항하기 위해 장제스를 감금하는 시안사건을 일으켰고, 평생 수많은 여성들을 가까이해서 여성편력으로 유명한 인물이기도 하다.

** 鄧文迪, 세계적인 미디어 재벌인 루퍼트 머독의 세 번째 아내. 머독과 결혼해 그의 사업에 큰 도움을 주었고 그와 이혼한 후 거액의 재산을 받아 중국인의 큰 관심을 받았다.

*** 楊振寧, 노벨 물리학상을 수상한 중국계 미국인. 아내와 사별한 뒤 82세에 28세 여성과 재혼해 화제가 되었으며 중국에서 금실이 좋은 부부로 유명하다.

적인 혼인제도에 따라 인연을 맺은 부부는 대체로 실리를 기본으로 하는 둘째 유형에 속한다. 셋째 유형은 서로 좋아하고 존중하고 친근해 정이 두터운 관계로, 상대방의 존재 자체가 관계를 맺는 이유가 된다.

아리스토텔레스는 이 세 유형 중에서 마지막 세 번째 유형만 사랑이라고 보았다. 쾌락이나 실리를 바탕으로 맺어지는 관계는 언제라도 관계를 맺거나 끊을 수 있다. 다시 말해 이런 관계에는 대가성이 있어서 가는 게 있으면 오는 것도 있어야 한다. 한마디로 서로 간에 거래가 있는 관계여서 항상 등 뒤에서 공평성을 따지게 되므로 서로 믿지도 못하고 관계도 확실하지 않다.

아리스토텔레스의 관점에서는 C를 선택한 사람만이 진정한 사랑 또는 순수한 사랑을 한다고 보았다. 나는 이 생각에 동의한다. 그러나 철학자의 생각은 때때로 지나치게 추상적이어서 아리스토텔레스는 평생 욕망과 금욕 사이에서 중도를 찾으려고 부단히 노력했지만 끝내 찾지 못했다. 왜냐하면 인생은 곧 선택이기 때문에 두 마리 토끼를 다 잡을 수 없으며, 하나를 잃으면 다른 하나를 새로 얻기 마련이다. 따라서 선택하기 전에는 충분히 생각해서 최선의 선택을 해야 나중에 후회하지 않는다.

옆길로 빠져서 다른 이야기를 잠깐 해보자. 이따금 인생이 어쩌다보니 뜻밖의 방향으로 흘러가고 있다는 생각을 하는 사람들이 있는지 모르겠다.

이를테면 '그날 5분 일찍 나서지 않았더라면 그 지하철을 못 탔을 거고, 그 지하철을 타지 않았다면 옆 사람한테 발을 밟히지 않았을 테고, 옆 사람한테 발을 밟히지 않았다면 그녀를 알지도 못한 채로 살고 그녀가 지금 내 곁에서 잠을 자는 일도 결코 없었겠지' 하는 생각 같은 것 말이다. 그렇게 생각하다가 급기야는 살면서 느끼는 모든 희로애락이 그날

5분 일찍 길을 나섰던 일 때문이라고 여기고 만다.

　이런 예도 있다. '그날 그 회사에 면접을 보러 가지 않았다면, 아니면 면접 통보 전화가 왔을 때 회의 중이어서 전화를 끊었다면 오늘 이 사무실에 있지도 않았을 거고 이 바닥에서 죽도록 일하지도 않았을 텐데' 하고 생각한다. 그렇게 몇 년을 힘들게 일했는데 돌아온 건 실망과 후회뿐일 때, 모든 것을 그날 전화를 받고 면접을 본 탓으로 돌린다.

　또 '그날 모임에 참석하지 않았다면 지금 이렇게 사랑 때문에 아프고 괴롭지 않을 텐데', '그날 그 주식을 사지 않았다면 돈이 꽁꽁 묶이진 않았을 텐데'라고 생각하며 '만약 그날……하지 않았더라면……' 하는 후회가 꼬리에 꼬리를 문다.

　그런 생각에 점점 빠져들다 보면 수많은 나비의 날갯짓으로 나비 효과가 일어난다. 즉, 어느 한 마리가 날개를 파닥거리기 시작함으로써 인생에 이따금씩 파문이 일다가 마침내 셀 수 없이 많은 종류의 가능성이 떠올라서 심란해진다.

　나는 인생에는 딱 두 가지 길이 있다고 생각한다. 하나는 자기가 선택해서 현재 걸어가고 있는 길이고, 다른 하나는 선택하지 못해서 애석해하며 머릿속에 떠올리는 것만으로 만족할 수밖에 없는 길이다. 만약 길을 다시 선택할 수 있는 기회를 얻는다고 해도 아마 사람들은 여전히 자기가 선택하지 않은 길에 미련을 둘 것이다. 인생에서는 모든 것을 선택하고 다 가질 수 없기 때문이다.

　미련은 어쩌면 인생길에 항상 동반하는 영원한 명제 같은 것이므로 미련을 남겨봐야 아무런 소용이 없다. 어차피 일어날 일은 언젠가 반드시 일어나는 법이다. 자기가 선택한 이상 구름 한 점 없이 맑고 밝은 길이든, 먹구름이 잔뜩 끼어 어두컴컴한 길이든 그 길을 따라 걸어가고 자신의 선택을 받아들여야 한다. 스스로 선택한 길이니까. 심지어 전지전능한 하느님조차도 선택은 인간의 마지막 자유라고 여겼다.

스콜라 철학에서는 줄곧 해결하지 못한 의문이 한 가지 있었다. 하느님은 전지전능한데다가 최상의 선善을 지닌 존재인데, 왜 하느님이 창조한 아담과 이브가 뱀의 유혹에 빠져서 죄를 지었을까? 하는 것이다.

만약 아담과 이브가 뱀에게 유혹당할 줄 몰랐다면 하느님은 모든 것을 다 아는 존재가 아니다. 아담과 이브가 잘못을 저지를 줄 알고도 막지 못했다면 하느님은 모든 일을 행할 수 있는 존재도 아니다. 또 아담과 이브가 잘못을 저지를 줄 알고도 막으려는 의지가 없었다면 하느님은 최상의 선을 지닌 존재가 아니다.

이 의문은 스콜라 철학자 아우구스티누스에 이르러서야 마침내 해답을 찾았다. 그의 말인즉 아담과 이브 두 사람에게는 죄를 지을 권리와 자유가 있다는 점이 훨씬 중요하며, 죄를 짓는 행위는 인간의 자유 의지라는 것이다.

이 주장으로 말미암아 죄를 지은 두 사람에게 벌을 내린 하느님의 행위가 과연 정당했는가 하는 문제까지 추론되었다. 이 추론은 '인간에게는 선택할 자유가 있다'는 점 때문에 상당히 중요한 의미가 있다. 선한 일을 하거나 악한 일을 하거나 어떤 행동을 하든지 그 행동은 모두 인간의 자유다. 중국 철학에서 성선설과 성악설을 두고 열띤 논쟁을 벌이고 있을 때, 이미 서양 철학은 중국보다 훨씬 높은 수준에 올라 있어서 '인간은 선택할 수 있는 존재'임을 천명했다. 다시 말해서 인간은 선을 택해도 되고 악을 택해도 된다.

인간은 선택할 수 있다는 말을 확대해서 생각해보면 하나를 선택함으로써 놓치게 되는 것이 무수하게 많다는 의미도 된다. 예를 들면, 사업을 하는 사람은 아무래도 가족의 희생이 뒤따르고, 전업주부로 육아에만 전념하는 여성은 자신의 재능을 발휘하지도 못하고, 두루 생각이 많은 사람은 생각을 행동으로 옮기지 못해서 업적을 이루지 못한다. 일이 바쁘면 가정에 소홀해지고 가정에 집중하면 일에서 두각을 나타낼 기회를 잃는다.

그래서 얻는 것이 있으면 잃는 것도 반드시 있는 법이다.

그렇지만 생각을 달리해보자. 자기가 한 선택이 내심 바라던 것이었다면 잃는 것이 있다 해도 별 상관이 없지 않을까? 이런 관점에서 선택에 따른 득실을 따져보자면, 일하는 데 시간을 많이 할애하는 사람은 가족과 함께하는 시간이 적고, 가족과 보내는 시간이 많은 사람은 일하는 시간이 적고, 늦잠을 즐기는 사람은 세상을 경험할 시간이 적고, 세상을 많이 경험하는 사람은 집에서 멍하니 있는 시간이 적을 것이다.

인생의 의미는 전적으로 자신이 중요하게 여기는 것에 달려 있다. 그러니 굳이 다른 사람이 가진 것을 부러워할 필요가 없다. 그 사람이 한 가지를 얻으면서 동시에 잃은 것이 어쩌면 자신이 한 가지를 잃고서 얻은 것과 같을지도 모른다.

첫 단락에서 다룬 문제로 되돌아가서 이야기하자면, 결혼 상대자로 섹스 파트너를 선택해도 좋고 비즈니스 파트너를 선택해도 되고 소울메이트를 선택해도 괜찮다. 어떤 사람을 선택하든지 모두 자신의 선택이므로 다른 사람들이 옆에서 이래라저래라 하기는 쉽지 않은 일이다. 자신이 원하고, 후회하지 않을 만하고, 그것에 만족한다면 그만이다. 스스로 중요하다고 여기는 일을 하면 된다. 단, 선택은 곧 나머지를 포기해도 좋다는 뜻임을 분명히 알아야 한다. 인생에는 여러 갈래의 길이 있다. 그중에서 자기가 가고 싶은 길을 선택하고 나머지는 그 길가의 풍경으로 삼아 마음으로 즐기면 된다. 결혼 문제도 마찬가지다. 우선 자기가 결혼할 상대를 고를 때 중시하는 점을 명확히 알아야 한다. 그리고 세상에 완벽한 사람은 없지만 이 사람이 가진 장점이 바로 내가 가장 좋아하는 점이어서 그 사람을 사랑한다고 끊임없이 되새겨야 한다.

인생에는 선택하거나 선택하지 못해서 아쉬움이 남거나 단 두 가지 길만 있음을 나는 이미 깨달았기에 하는 말이다.

위대한 인생은 용기에서 비롯된다

내게 창업할 거라고 말하는 사람들이 적지 않다. 그들은 인터넷 플러스* 시대가 와서 돼지도 날 수 있게 되었으니 더 늦기 전에 창업을 해야 한다는 말들을 한다.** 몇 년이 지나서 그런 말을 한 사람을 다시 만나면 그는 여전히 창업의 꿈에 한껏 부풀어 쉴 새 없이 창업 이야기를 한다. 예상컨대 그 사람은 밖에서 창업 이야기를 실컷 떠들고 집에 가면 아마 씻고 바로 잠이나 잘 것이다. 이런 사람을 나는 프로 몽상가라고 부른다.

한 친구는 2007년에 아이폰을 구입하기로 마음먹었다가 머지않아 신

---

* 중국 정부에서 추진하는 경제 성장 전략 중 하나로, 인터넷 플랫폼과 정보통신 기술을 활용해 인터넷을 산업 전반과 융합시킴으로써 산업 구조를 전환하고 업그레이드하는 것을 목적으로 한다.

** 샤오미의 창업자 레이쥔이 적절한 시기와 기회를 이용하거나 특별한 아이템을 선택하면 누구나 성공할 수 있다는 뜻으로 '돼지도 태풍을 만나면 날 수 있다'라고 말했다.

제품이 나온다는 소식을 듣고 구입을 미루었다. 그 이후에 또 새로운 모델이 나온다는 정보를 접했지만 아직도 노키아 휴대전화를 사용하고 있다. 곧 아이폰 8이 출시된다는 말에 여전히 기다리고 있는 것이다. 그 친구는 원래 차도 사려고 했는데 신형 벤츠가 2020년에 출시된다는 소식을 전해 듣고 역시 계획을 보류했다. 그래서 돈을 쥐고도 지금까지 전기오토바이를 타면서 신형 벤츠가 출시되기만을 기다리고 있다. 그는 차라리 부족한 대로 살지언정 아무거나 함부로 손에 넣지 않는 것이 자신의 인생철학이라고 했다. 그런 까닭에 그는 여전히 싱글이다. 이런 친구는 프로 대기자라고 불러도 무방하다.

만나기만 하면 회사를 그만두겠다고 선언하는 사람들도 있다. 회사의 이런 점이 불만이고 저런 점이 잘못 되어서 더 이상은 참고 다닐 수가 없다고 하는 사람들인데, 몇 년 뒤에 다시 만나면 변함없이 그 회사를 잘 다니고 있다. 하지만 그들에게는 의외의 일관성이 있다. 회사생활을 견디기가 힘들어서 꼭 그만두고야 말겠다고 아직까지도 큰소리를 치고 있으니 말이다. 이런 사람은 프로 불평꾼이다.

한 남자가 짝사랑하는 여자가 있다고 하기에 나는 고백하라고 기꺼이 조언했다. 그랬더니 그는 여자가 자신을 좋아하지 않으면 어떡하느냐고, 그러면 너무 창피하지 않겠느냐고 대꾸했다. 모임이 있을 때마다 그는 짝사랑하는 여자 이야기를 하고 또 했다. 오죽하면 내가 당장이라도 그 사람 대신 여자한테 구애하고 싶은 마음이 들 정도로 그 여자 이야기만 반복했다. 그런데 모임에 나온 사람 중에 정말로 그 여자한테 찾아가서 고백한 사람이 있었다. 게다가 그 두 사람은 관계가 잘 진행되어서 결혼도 하고 아이도 낳았다. 이처럼 실현하지 못하고 상상에 그치는 사람은 프로 공상가다.

날마다 가정 폭력에 시달린다고 털어놓은 여성도 있었다. 그녀는 옷소매를 걷어올려 팔뚝에 생긴 푸르죽죽한 멍을 보여주었다. 나는 당장 이혼하라고 했다. 쉽지 않은 이야기지만 그녀는 그러겠다고 했다. 그런데 육 개월 뒤에 다시 만난 그녀는 남편에게 맞아서 생긴 상처를 또 보여주었다. 나는 왜 이혼하지 않았느냐고 물었다. 그녀는 이런저런 이유를 갖다 붙였다. 거참, 옛말에 불쌍한 사람은 다 그럴 만한 이유가 있다더니, 바로 그녀에게 딱 어울리는 말이었다. 나는 나약하고 미숙하고 어리석은 그녀를 호되게 나무라고 싶어서 입이 근질근질했지만 끝내 하려던 말을 삼키고 "그랬군요" 하며 말을 맺었다. 그 이후로 일 년이 지나서 그녀를 또 만났다. 그녀는 그때도 이전처럼 자신은 불쌍한 사람이라는 말을 되풀이했다. 이런 사람은 프로 피학대자다.

나는 예전에 글이 잘 써지지 않을 때는 컴퓨터 성능이 떨어졌기 때문이라며 컴퓨터 탓을 했다. 매일 조깅을 하지 않는 이유로는 마음에 드는 운동화가 없어서라는 핑계를 댔다. 또 여행 갈 기분이 나지 않을 때는 내가 찜해 둔 카메라와 렌즈를 사지 못해서 가기 싫다고 둘러댔다. 이렇게 나는 갖가지 핑곗거리를 찾아서 어떤 일을 시작하지 않을 이유를 마구 만들었다. 사실은 마음 독하게 먹고 악착같이 시작할 용기가 없었던 것이다.

일단 첫발을 내딛기만 하면 중단하지 않고 쭉 해나갈 수 있는 일은 꽤 많다. 그러나 문제는 일단 시작을 해야 한다는 거다.

나는 일을 할 때 대체로 앞뒤를 많이 재는 신중한 타입이다. 원고를 쓰는 평범한 일을 할 때도 물론 그렇다. 당일 밤 열두 시에 원고를 넘겨야 하는 바쁜 순간에도 마치 포석을 깔듯이 글을 쓰기 전에 굳이 이 일 저 일을 찾아서 한다. 주전자 물 끓이기, 바닥 닦기, 빨래, 연필 깎기 등 자질구레한 일들을 말이다. 사실 컴퓨터 앞에 앉아서 키보드 위에 손만 얹으면 글을 쓸 수 있는데도 기어코 그렇게 행동한다.

예전에 『미루는 버릇 고치기如何克服拖延症』라는 책을 주문했는데, 사흘이면 도착할 책이 일주일이나 걸려서 느지막이 배송되었다. 참 신기하게도 책의 주제에 걸맞게 배송이 지연되는 바람에 미루기의 결과로 겪는 괴로움을 몸소 체험했다. 책을 펼치니 내용의 대략 절반 이상이 미루기의 역사와 기원 등을 서술한 것이었다. 솔직히 말해서 내가 이 책을 쓴다면 내용은 "당장 시작하세요!" 딱 이 한마디면 충분할 것 같았다.

책 한 권을 저술하고 싶다면 적어도 예상 제목 몇 가지는 대강 늘어놓을 수 있어야 한다. 창업을 할 작정이라면 우선 기본적으로 사업계획서를 작성하거나 투자 상담부터 받아야 한다. SNS 활동을 하겠다면 계정을 신청하고 등록하는 일부터 시작해야 한다. 이혼을 하려면 먼저 변호사에게 자문을 구해야 하고, 회사를 그만두려면 가족과 상의하는 일이 우선이다.

남편과 이혼하기로 결정하고 겨우 두 시간 만에 이혼 수속까지 마친 친구가 있다. 그녀는 민정국 담당자가 "댁에 가셔서 다시 잘 생각해보시는 게 좋겠습니다"라고 하기에 "우리가 많이 바쁘거든요. 스케줄이 꽉 차서 시간이 없으니까 어서 처리해주세요"라며 결국 수속을 마무리 지었다고 했다.

베이징에 살던 그녀는 이혼한 뒤에 아이와 함께 상하이로 이사했다. 이혼한 삶이 어떤지 그녀에게 물으니 이런 대답이 돌아왔다.

"맨날 지지고 볶고 싸울 때보다 지금이 훨씬 나아. 애정도 식을 대로 식었는데 남은 인생을 일부러 꾹꾹 눌러 참으며 살아야 할 이유가 없잖아?"

나는 그녀가 퍽 고통스러워할 거라고 생각했는데 뜻밖에도 그녀의 하루하루는 활력이 넘쳤다. 한 회사의 영업 책임자로 일하고 보모의 도움으로 아이를 키우며 밝고 활기차게 생활하고 있었다.

　이 일화는 이혼하고 싶으면 깊이 고민하지 말고 단칼에 결단을 내리라고 꺼낸 이야기가 아니다. 내가 하려는 말의 의도는, 어떤 일을 정말로 시작하려고 결심했으면 최대한 빨리 시작하라는 것이다. 시작하기로 마음먹은 이상은 머뭇거리느라 인생을 낭비하지 말라는 뜻이다.

　위대한 인생은 용기에서 비롯되는 법이니까.

마음이 생기지 않아도 일단 행동하라

사람들은 대개 글은 작가가 영감을 받아야만 쓸 수 있다고 여긴다. 그러나 사실대로 말하자면 내가 아는 대부분의 작가는 모두 매일 글을 쓸뿐만 아니라 날마다 다양한 종류의 글을 쓰고 갖가지 색다른 스타일로 글을 쓰는 연습을 한다. 그런 훈련이 쌓이면 어느 순간에 별안간 섬광이 번쩍이듯 빼어난 글 한 편이 탄생한다.

작가는 영감이 전혀 떠오르지 않아도 매일 일정 시간 동안 키보드 위에 손을 얹고 아무 글이나 마구 끄적거려야 한다. 그렇게 썼다가 지우고 지웠다가 쓰기를 반복하다 보면 마침내 한 편의 글이 완성된다. 내가 TV 프로그램 대본 작업을 도울 때 방송국 작가들은 늘 나더러 하루에 몇 회 분 원고를 써달라고 했고, 대체로 열두 시간 안에 원고를 받기를 원했다. 나는 방송용 원고를 쓴 몇 년 동안 단 한 번도 마감 시간을 어기지 않았다. 심지어 가끔은 밤 열두 시에 원고를 완성하고 다음 날 아침에 다시 보면서 '와, 이거 너무 잘 썼는데?' 하고 감탄할 때도 있었다.

스스로 닦달하지 않으면 자기 능력이 얼마나 출중한지 절대로 모른다. 이 말은 정말로 맞는 말이다.

독서를 할 때도 앞서 말한 이치가 적용된다. 어떤 사람은 책을 읽고 싶은 마음이 생겨야 독서를 할 수 있다고 한다. 말하자면 독서하기에 좋은 편안한 환경일 때 책을 읽겠다는 뜻이다. 예컨대 화창한 오후에 카페 창가에 앉으면 따뜻한 햇살이 창으로 들어와 온몸을 감싸고, 창문에는 레이스를 두른 커튼이 드리워져 있고 창틀에는 푸른빛 나뭇가지와 잎을 아래로 늘어뜨린 화초가 놓여 있을 때 책장을 펼친다는 말이다.

독서는 이렇게 하는 것이 아니다. 이런 독서는 누가 뭐래도 억지스럽다.

물론 이런 환경에서 책을 읽으면 금상첨화지만 안락한 환경이 독서의 필수 요건은 아니다. 또 독서하기에 편안한 환경을 일부러 만들 필요도 없다. 붐비는 버스 안에서 스마트폰으로 전자책을 읽으면 어떻고, 엘리베이터를 기다리면서 책을 읽으면 또 어떤가. 정말로 책을 읽고 싶다면 때와 장소를 가리지 않고 상황에 따라 되는 대로 읽으면 된다. 그렇게 꾸준히 읽다 보면 저절로 독서의 즐거움을 깨닫고, 책을 읽고 싶은 충동이 들지 않을 때에도 종종 책을 펼쳐 들게 된다.

알고 지내는 몇몇 배우들한테 직접 들었는데, 그들은 작품을 한 편씩 할 때마다 주어진 역할에 몰입하기 위해 스스로 힘들게 하는 경우가 다반사라고 한다. 즉, 배우는 자신이 실제로 극 중 인물이라고 상상하며 그 인물의 심리를 내면화한다. 이는 연기 연습을 계속 반복하며 자연스럽게 극 중 인물에 녹아드는 과정이다. 그렇게 해서 자신이 극 중 인물과 동화되어야 해당 인물을 완벽하게 연기할 수 있다.

그렇다면 업무도 독서나 연기처럼 꾸준히 반복하면 잘하게 될까?

어떤 사람은 이상적인 일을 찾거나 마음에 쏙 드는 보스만 만나면 열과 성을 다해서 자신의 재능과 실력을 충분히 발휘하고, 나아가 출세도 하고 가정은 물론이고 사회와 나라를 위하는 인물이 될 수 있을 거라고 말한다. 그런데 왜 당장 그렇게 하지는 못할까? 혹시 현재 하는 일에 문제가 있는 상황이라면 조금씩 고쳐나가면 될 텐데 왜 시도하지 않을까? 일에도 문제가 있고 보스도 뛰어난 사람이 아니라면 오히려 자신의 능력을 발휘할 여지가 있는 더없이 완벽한 상황인데 대체 뭘 더 바라는 걸까? 일이 정말로 마음에 들지 않으면 회사를 나오면 그만이다. 회사를 때려치우지도 못하면서 노상 불평만 해봤자 누워서 침 뱉기밖에 더 되겠는가.

능력이 뛰어난 사람은 어느 곳에서든 반드시 자신의 능력을 마음껏 발휘한다.

나는 일을 할 때 '리더한테 배워야 할 점은 뭘까?', '오늘 한 일 중에서 어떤 부분을 더 노력해야 할까?', '지금 하는 일을 어떻게 하면 더 잘할 수 있을까?' 이 세 가지를 항상 생각한다. 그런 생각을 하면서 성실하게 일했더니 끝내 실력으로 보스를 이겼다. 그래서 회사에서 독립했다. 사실 일이란 건 대부분 묵묵히 꾸준하게 해 나가면 차츰 재미가 생긴다. 하지만 그렇게 하지 못해서 재미가 없으면 보스가 주는 돈으로 먹고 살면서도 마음은 늘 콩밭에 가 있다.

직업인은 욕망, 영감, 상황에 아랑곳하지 않고 언제라도 일을 위해 자신을 내던질 수 있어야 하며, 그 과정에서 느끼는 바가 있어야 한다. 당연히 이왕이면 되도록 행복감을 느껴야 할 것이다. 인생에서는 열심히 노력하는 자만이 제 본분에 맞는 최상의 경험을 누릴 수 있으며, 그래야만 인생이 바른길로 흘러간다.

雨
水

기러기가 떠나고
초목의 새싹이 움트는

우수

인생이란 가장 선한 마음으로
가시덤불을 헤치며 나아가는 것이니,
도중에 상처를 입더라도 초심은 잃지 말자.

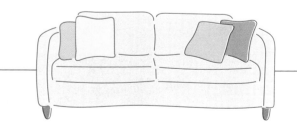

인생이란, 가장 선한 마음으로
가시덤불을 헤치며 나아가는 것

가끔 토크 콘서트에 출연하거나 대학에 강연하러 가면 격려의 말을 써 달라고 하는 사람들이 있다. 그럴 때마다 나는 보통 서두에 이런 말을 붙인다.

'인생이란 가장 선한 마음으로 가시덤불을 헤치며 나아가는 것입니다. 설령 도중에 상처를 입더라도 초심은 변하지 마세요.'

이 말은 내 신조이자 행동 규범이다.

한 번은 선전에 출장을 갔는데 저녁에 할 일도 없고 심심해서 거리를 한가롭게 거닐다가 가슴이 찌릿한 장면을 목격했다. 커다란 짐수레를 앞에 두고 가로등 밑에 앉은 할머니를 본 것이다. 수레 위에는 바나나 네다섯 꾸러미가 놓여 있었지만 할머니는 바나나를 사라고 외칠 힘이 이미

다 빠졌는지 몸을 겨우 추스르며 종종걸음으로 바삐 지나는 행인들을 쳐다보기만 했다.

그 광경을 보자 불현듯 나의 어린 시절이 떠올랐다.

나는 어렸을 때 농촌에서 자랐다. 어머니는 농사를 짓고 잡다한 물건들을 팔아서 번 돈으로 우리를 키웠고, 아버지는 정부에서 임시 잡부로 일했다. 내가 이른 아침에 잠에서 깨어 울면서 어머니를 찾으면 아버지는 어머니가 일찌감치 장사하러 장에 나갔다며 나를 다독였다. 이 기억은 나의 뇌리의 가장 깊숙한 곳에 박혀 있어서 아직도 생생하다.

농촌의 장은 마을 사람들이 일상용품을 편리하게 구입할 수 있는 곳이다. 장사꾼들은 여러 마을을 차례로 돌며 장사를 하는데 보통 매일 다른 장소에서 전을 벌였다. 그래서 나는 어머니가 날마다 도대체 어느 마을에서 장사하는지는 전혀 알지 못했지만 어머니가 굉장히 바쁘셨다는 것만은 분명히 기억난다. 어머니는 아침에 장에 가서 물건을 팔고 오후에 돌아와서는 곧장 농사를 지었다. 농사일을 마치고 저녁에 집에 오면 밥을 지어 자식들을 먹이고 달래서 재웠다. 그리고 다음 날 아침이면 어머니는 항상 일찍 장사하러 나가서 집에 없었다.

나는 아침마다 "엄마 어디 갔어?" 하고 물었던 것 같다.

내가 좀 자라서는 어머니가 장에 갈 때마다 나도 따라 가겠다고 울고 불고 떼를 썼다. 커다란 광주리는 자전거 뒤쪽에 싣고 나는 앞쪽 프레임에 걸터앉았다. 광주리 안에는 갖가지 신기하고 귀한 물건들이 가득 담겨 있었다. 장터에 도착하면 길 양쪽으로 비닐 천을 쫙 깔고 그 위에 사방으로 돌덩이를 놓아 비닐 천을 고정시켰다. 그러고는 각양각색의 자질구레한 물건들을 보기 좋게 가지런히 정리해 놓았다. 동화책, 거울, 손톱깎이도 있고 바니싱 크림 ^{Vanishing cream}(당시에 유행하던 피부 보호 크림)도 있었는데, 어쨌든 십 위안이 넘는 물건은 거의 없었다.

　나와 어머니는 걸상에 앉아서 손님을 끌려고 목청을 높였다. 그때 나는 고생이 뭔지도 몰랐고 우리 집이 부잣집인 줄만 알았다. 왜냐하면 우리 집에는 무슨 물건이든지 다 있었고 사람들은 우리한테 와서 필요한 것들을 사갔기 때문이다. 장사가 잘 될 때에는 매일 몇 백 위안이나 벌었고 이문은 대략 몇 십 위안 남겼다. 나는 장사를 하면서 동화책을 보기도 했고, 가끔 오들오들 떨면서 차디찬 바람을 맞을 때는 누군가 우리 물건을 한 번에 싹 다 사갔으면 하고 바라기도 했지만 그런 일은 한 번도 일어나지 않았고 그런 사람이 나타난 적도 없었다.

　간혹 물건을 십 위안도 팔지 못할 것 같은 날에는 어머니의 안색이 딱딱하게 굳어졌다. 그럴 때면 어머니는 집으로 돌아오는 길에 나와 한마디도 하지 않았고, 나와 누나는 저녁 내내 감히 입도 떼지 못하고 무서워서 벌벌 떨기만 했다. 무서웠던 이유는 돈이 벌지 못했기 때문이 아니다. 그때 나는 어려서 돈의 개념을 몰랐다. 그저 어머니의 굳은 표정이 우리 남매에겐 공포 그 자체였다. 나는 어린 시절의 그 기억 때문에 어른이 된 지금까지도 다른 사람의 감정에 상당히 민감한 편이다.

　아무튼 나는 그렇게 좌충우돌하며 자라서 어른이 되었다. 살던 마을을 떠나 도시에서 학교를 다닐 때는 기숙사 생활을 하느라 일주일에 겨우 한 번만 고향 집에 갔다. 어머니는 가끔 내가 보고 싶으면 학교로 나를 찾아와서 겨울에는 얼굴이 너무 건조하면 안 된다며 바니싱 크림을 손에 쥐어주셨다. 내가 학교를 졸업하고 아주 멀리 있는 도시로 가서 취업했을 때, 어머니는 연세가 드셔서 장에 물건을 팔러 나가는 일을 그만두셨다. 그러나 지금까지도 내가 절대로 잊지 못하는 기억이 하나 있다. 물건을 잔뜩 늘어놓은 비닐 천 뒤쪽에 지키고 앉아서, 마음씨 좋은 사람이 나타나서 어머니의 물건을 몽땅 사갔으면 하고 기도했던 일이다. 그 기억은 마치 잊으면 안 되는 어떤 종교 의식처럼 수시로 불쑥불쑥 떠올랐다.

그래서 수레 앞에 앉은 할머니를 보면서 옛날에 물건을 다 팔지 못했던 어머니가 생각났다.

"이거 다 주세요. 얼마죠?"

내가 말을 건네니 할머니가 대답했다.

"오십 위안."

나는 돈을 내밀었고 할머니는 바나나를 내밀었다. 거래는 간단히 성사되었다. 그런 뒤에 할머니는 걸상을 수레에 싣고 저 멀리로 수레를 천천히 끌면서 걸어갔다. 바나나를 손에 든 채로 멀어져가는 할머니의 뒷모습을 바라보고 있자니 마음이 행복해졌다. 바나나를 다 팔고 집으로 돌아가는 할머니의 기분도 좋을 것 같았고 어쩌면 할머니의 가족들도 좋아할 것 같아서였다. 할머니가 손자 손녀와 같이 산다면 그 아이들도 기뻐할 테고, 그 아이들은 어릴 적 나처럼 무서워서 벌벌 떨며 저녁을 보내지 않아도 될 것이다.

바나나를 선전의 친구 집에 가지고 갔더니 친구는 "속았네, 속았어. 무슨 바나나가 그렇게 비싸?"라며 나를 나무랐다.

"오십 위안쯤은 주어도 괜찮아."

내 대답을 들은 친구는 한사코 나를 가르치려 들었다.

"네 그런 생각이 나쁜 짓을 부추기는 거야."

"내가 나쁜 짓을 부추긴 건지 아닌지는 잘 모르겠어. 내일 할머니가 바나나를 다 팔 수 있을지도 모르고, 할머니가 정말로 날 속였는지 어쨌는지도 몰라. 그 순간에는 딱 한 가지, 양심에 부끄럽지 않은 행동을 했을 뿐이야. 또 오십 위안이라는 돈은 내게 별로 부담이 되지 않는 금액이고."

나는 친구의 생각을 바꿔놓지 못했고 친구도 내 말에 설득당하지 않았다. 예전에 이런 글을 읽은 적이 있다.

'선행을 베풀려고 하면 어김없이 속임수에 넘어간다. 그래서 사람을 믿지 않으면 또 그때마다 선량한 사람을 만나서 자신이 얼마나 순수하지 않은지 스스로 깨닫는다.'

세상에는 이렇게 모순되는 일이 비일비재하다. 간혹가다가 기름을 넣으러 주유소에 들르면 항상 세정제나 내부 인테리어 제품을 파는 사람이 다가온다. 그 사람은 자기가 대학생인데 학비를 벌려고 아르바이트를 하고 있다며 한 상자만 팔아 달라고 부탁한다. 보통 한 상자에 오십 위안이고 한 상자를 사면 스펀지 두 개를 끼워 준다. 사실 내게는 전혀 필요 없는 물건이지만 이미 집에는 몇 십 상자나 쌓여 있다. 그가 정말로 고학하는 대학생일 수도 있을 거란 생각에 산 물건들이다.

만약 그가 진짜 고학생이고 내가 그의 첫 고객이라면, 그는 장사를 한 건 해낸 덕분에 자신감을 얻어서 사업에 성공할 것이다. 하지만 난 그런 일에는 관심이 없다. 고학생과 마주한 그때에는 그저 순수하고 진솔하게 그를 돕고 싶은 마음뿐이다. 물건을 파는 사람이 내 어머니라면 어떨까? 하는 생각을 자주 하기 때문이다.

살면서 이와 비슷한 일들을 겪을 때, 솔직히 말해서 나는 내가 선행을 하고 있다고 생각하지 않았고, 어린 시절의 에피소드를 완성하는 느낌이 들었다. 지워지지 않는 어릴 적 기억 때문에 주변에서 일어나는 사소한 일들도 모두 아쉬움을 남기지 않으려고 나로서는 부쩍 애를 쓰며 살고 있다. 사람은 아마도 누구나 속으며 살아갈 텐데, 한 번 속았다는 이유로 모든 사람을 불신해서는 안 된다.

사람들이 보통 나쁜 친구와 사귀었을 때 받는 가장 큰 타격은 마지막에 서로 사이가 틀어지는 것이 아니라 다시는 사람을 진심으로 대할 수 없게 되는 것이다. 또 나쁜 연인을 사귀었을 때 겪는 강력한 후폭풍은 덕지덕지 생긴 마음의 상처가 아니라 새로운 사랑을 할 엄두를 내지 못하는 것이다. 살다 보면 좌절하거나 실패하기도 하고 상처도 받지만 시간이 흐르면 결국엔 다 지난 일이 되고 부질없어진다. 과거에 연연하느라 미래의 발목을 잡히는 건 정말로 끔찍한 일이다.

자신의 감정이 타인에게 속박당한 사람은 그 일로 자신의 남은 인생을 스스로 속박한다.

예컨대 잘못을 저지른 직원 한 명 때문에 모든 직원이 처벌을 받게 되거나 눈앞의 작은 이익을 탐한 고객 한 사람 때문에 모든 고객을 제약하는 규정을 두는 것은 문제를 해결하는 올바른 방법이 아니다. 마찬가지로 어떤 사람이 자신을 싫어한다고 해서 자신을 좋아하는 사람에게까지 증오하는 감정을 분출해 상처를 주면 안 된다. 그렇기 때문에 한 사람에게 속은 일로 말미암아 모든 사람을 불신하면 안 되는 것이다. 다시 말해서, '소수' 때문에 다수가 피해를 입는 일은 없어야 한다. 그렇게 하지 않으면 세상에는 절망만 남는다.

그래서 나는 '인생이란 가장 선한 마음으로 가시덤불을 헤치며 나아가는 것이니, 도중에 상처를 입더라도 초심은 변하지 말자'라는 말을 마음에 새기며 삶에서 실천하려고 한다.

내 초심은 아주 평범하다. 사람의 기본 소양인 선한 마음을 잃지 않고, 세상을 굳게 믿고, 길러 주신 어머니의 은혜를 잊지 않는 것이 바로 내 초심이다.

당신이 옳아 그래서 어쩌라고?

청두의 한 식당에서 밥을 먹는데 옆 테이블에 앉은 부부가 고성을 지르며 다투는 소리가 들렸다.

대충 들어보니 아내가 어떤 일을 하지 못하게 하려고 남편이 화를 내는 거였다. 남편은 격앙된 목소리로 침을 사방으로 튀기며 마치 아내의 큰 약점을 잡은 듯이 작정하고 감정을 폭발시켰다.

아내는 미간을 찌푸린 채로 듣다가 남편이 목을 축이려고 잠시 물을 마시는 틈에 입을 열었다.

"그래, 맞아. 당신이 옳아. 그래서 어쩌라고?"

그러고는 벌떡 일어나서 밖으로 나가버렸다. 짐작하건대 아마 집에 가서 피바람을 또 한 번 일으켰을 것이다.

아내가 자리를 뜨면서 남긴 "당신이 옳아. 그래서 어쩌라고?"라는 말이 내 귀에 쏙 들어와 박혔다.

사람들은 옳고 그름을 지나치게 따지다가 인생의 많은 일 중에서 사랑이 가장 중요함을 자주 잊는다. 혹은 매사를 이치에 합당하게만 하려다가 사랑하는 사람을 실망시키고 사랑을 잃는다. 자신의 생각이 다 옳으면, 그래서 어쩌자는 이야기인가. 살아간다는 것은 판결을 내려야 하는 사건이 아니지 않은가.

내 아내는 일정 기간을 두고 한 번씩 가구의 위치를 바꾸기를 좋아하는데 나는 처음부터 그런 상황이 익숙지 않았다. 아내가 그럴 때마다 늘 꼭 남의 집에 온 것 같았다. 그래서 한 번은 도저히 안 되겠다 싶어서 아내에게 핀잔을 주었다.

"가구를 자꾸 옮기면 풍수지리상 안 좋아. 식탁은 방 한 가운데에 두면 안 되고 스툴은 대칭이 되게 놓아야 해."

"맞는 말이야. 그래도 이렇게 둘래" 하며 애교를 부리는 아내의 모습은 참 사랑스러웠다. 아내의 말도 맞다. 어쨌든 집은 가족이 사는 곳이니 가족이 편한 대로 꾸미고 아내가 좋아하면 그만이다. 더구나 나는 출장이 잦아서 집에 있는 시간도 많지 않은데 굳이 이런 일로 시시콜콜할 필요가 없었다.

덧붙이자면, 식탁의 위치보다 부부 사이의 감정이 훨씬 중요했다.

입담이 좋은 사람을 많이 만나봤는데 모두 하는 말마다 청산유수처럼 달변이었다. 그들이 침도 삼키지 않고 연달아서 몇 시간씩 말하면 마치 온 세상이 그들의 말을 따르지 않으면 안 될 것처럼 느껴진다. 그들이 아닌 다른 사람의 말은 다 헛소리고 이런저런 부족한 점이 있어서 옳지 않으니, 반드시 그들의 가르침에 귀를 기울여야 하고 그들만이 이 세상을 올바로 아는 사람이라는 생각마저 든다.

설사 정말로 그들 말이 옳다고 해도, 그래서 어쩌자는 얘긴가.

독일 철학자 칸트는 고향인 쾨니히스베르크를 평생 한 번도 떠난 적이 없고 매일 오후 네 시가 되면 어김없이 산책을 나갈 정도로 대단히 규칙적으로 생활했다. 칸트의 그런 규칙적인 생활을 방해한 사람이 딱 한 명 있었는데, 그가 바로 프랑스의 사상가 루소다. 칸트는 루소의 저서 『에밀』을 읽느라 일상생활이 무질서해질 만큼 빠져들었다. 『에밀』을 다 읽고 나서는 이런 글도 남겼다.

"나는 지금껏 진리를 추구해 오며 지식을 끝없이 갈망했기에 지식의 영역에서 영원히 식지 않을 뜨거운 열정으로 업적을 남겼고, 한 걸음씩 발전할 때마다 매우 만족스러웠다. 한동안은 그렇게 해야만 인류의 존엄이 완성된다고 여기며 무지한 보통 사람을 우습게 여겼다. 그런데 루소가 나를 바른길로 인도했고 나의 이런 비뚤어진 생각을 바로 잡아주었다. 나는 그에게 인간의 본성을 존중하는 법을 배웠다. 또한 나의 학문으로 모든 사람에게 인권의 가치를 심어줄 수 있다고 스스로 믿어야만 내가 평범한 노동자보다 훨씬 쓸모없는 사람이 되지 않는다는 것도 배웠다."

칸트는 학식이 아무리 뛰어나도 남을 도울 줄 모르면 뛰어난 학식은 과시일 뿐임을 깨달았다. 말솜씨가 남달리 훌륭해도 타인을 존중하지 않는 사람은 열등감에 찌든 것이다. 이런 사람은 남들 앞에서 자신의 학식을 뽐내지 못하게 될까봐 두렵고 남한테 뒤지는 게 겁나서 친구, 연인, 가족, 동료를 모두 자신이 이겨야 할 대상으로 삼는다.

자신의 언행이 다 옳다고 치자. 그래서 어쩌란 말인가.

삶은 내게 이렇게 몇 가지 지혜를 가르쳐주었다.

살아간다는 것은 판결을 내려야 하는 사건도 아니고 원칙을 따질 문제도 아닌데 사람들은 대체 무엇 때문에 남들이 글자 하나 틀리지 않고,

하는 말마다 논리적이고, 자기 기분을 생각해서 말하기를 바랄까. 때로는 통가자*를 쓸 수도 있고, 도치문으로 말할 수도 있고, 비유로 암시할 수도 있는 일 아닌가. 어른들 세상에서 뭐든 정확하게 하는 건 너무 가혹한 처사다. 애매한 태도를 똑똑하지 못하다고 말하는 사람도 없는데 말이다.

나는 내가 아무리 많은 이치를 알고 있어도 나의 체면을 유지하기보다 남의 체면을 살려준다. 남한테 설득당할 마음이 아예 없는 사람은 남들이 평생 무슨 수를 써도 설득되지 않기 때문이다. 설득당하지 않는 이유는 설득하는 사람의 이치가 틀렸다고 생각해서가 아니라 그 사람에게 반감이 있어서다. 성숙함이란, 자신을 잘 표현하는 동시에 상대방의 감정도 잘 이해하는 것이다.

옳고 그름을 판단하느라 기를 쓰느니 차라리 문제를 해결하는 데 역점을 두는 게 낫다. 상대방이 그릇되면 내가 바르게 해서 문제를 해결하도록 도우면 되고, 굳이 상대방의 잘못을 콕 집어내어 상대방을 곤욕스럽게 할 필요는 없다. 예를 들어, 상대방이 밥을 못하면 내가 밥을 짓는 법을 배워서 하면 된다. 상대방을 진심으로 사랑한다면 굶어 죽게 할 수는 없을 테니까.

옳고 그름을 따지기보다 나서서 문제를 해결하는 삶이 훨씬 멋진 인생이다.

---

* **通假字**, 본래 써야 할 글자와 독음이 같거나 비슷해 본래 글자 대신 사용하는 글자

공항에서 만난 첫 사랑 그녀

그해에 나는 광저우에서 리안 감독의 영화 〈라이프 오브 파이〉를 보았다. 한 아이가 작은 배를 타고 호랑이 한 마리와 함께 망망한 태평양을 표류하며 고생고생해서 멕시코에 다다른다는 이야기로, 한 편의 아름다운 동화였다.

영화에 나오는 대사 중에 "인생은 계속 떠나보내는 거예요. 하지만 가장 마음이 아픈 건, 작별 인사도 제대로 못 하고 떠나보내야 한다는 사실이죠"라는 말이 내게는 굉장히 인상적이었다.

한 치 앞을 예측하기 어려운 세상에서 주인공은 신앙이 있었기에 급작스러운 위기를 극복할 수 있는 힘을 얻었고, 절망에 빠졌을 때 살아갈 희망을 가졌다.

나는 광저우에서 서둘러 일을 마치고 바이윈 공항으로 갔다. 공항에 좀 일찍 도착한 탓에 공항을 어슬렁거리며 영화의 스토리를 곱씹어보았다.

바이원 공항은 사람들로 북적거렸다. 공항을 떠나 바삐 집으로 돌아가려는 사람도 있었고, 비행기를 타고 이동하려고 기다리는 사람도 있었다. 나는 후자여서 길을 재촉하지 않고 여유롭게 공항 풍경을 구경했다.

두리번거리며 주위를 살피던 그때, 문득 어디선가 들리는 익숙한 목소리가 내 귓전을 때렸다. 기억의 심연에 감추어져 있던 그 익숙함은 본능처럼 나를 움직이게 했다. 나는 곧장 소리가 나는 쪽으로 고개를 돌렸다. 아이를 안은 여자와 핸드 카트를 밀며 하하거리는 남자가 내 옆을 스쳐 지나가고 있었다.

나는 익숙한 목소리의 주인공이 누구인지 기억해내려고 안간힘을 썼다. 꼼짝 않고 제자리에 서서 한참을 생각한 뒤에야 마침내 아이를 안은 여자가 내 대학 시절 첫사랑이라는 사실이 생각났다.

대학을 졸업한 뒤에 그녀와 나는 각자의 진로대로 제 갈 길을 갔다. 멀리 떨어져서 지내니 자주 만나지 못하고 관계가 소원해져서 자연스럽게 헤어졌다. 그런데 그날 뜻밖에도 공항에서 그녀를 우연히 다시 만난 것이다.

정신을 차리고 보니 두 사람은 이미 내 앞을 지나 저만치 가고 있었다. 그때 나는 멀어져 가는 그들을 가만히 바라보기만 했다. 가서 인사를 건네고 싶은 마음도 없었고 그 자리를 떠날 기운도 없어서 그들이 멀찍이 떠난 뒤에야 겨우 발길을 돌려 탑승구로 향했다.

탑승구로 걸어가면서 나는 웨이보에 글을 올렸다.

'광저우 공항에서 첫사랑이었던 그녀가 내 앞을 스치듯 지나갔다. 그녀가 아이를 안고서 남편과 즐겁게 이야기하고 웃으며 지나가는 모습을 나는 옆에 서서 지켜보다가 끝내 탑승구 쪽으로 발길을 돌렸다. 그녀를 이렇게 우연히 만나는 일은 평생 없을 줄 알았다. 어떤 사랑은 이미 끝난 줄 알았지만 나중에 보면 마음속 깊숙한 곳에 여전히 남아 있을 때가 있다. 조금 전, 그녀의 행복한 모습을 본 순간, 그제야 나는 마침내 그녀와의 사랑에 마침표를 찍었다. 안녕? 인생이 참 묘해. 이제 너의 행복을 빌어주는 게 사랑이겠지.'

많은 사람이 이 글을 읽고 댓글로 반응을 보였는데, 반응을 종합하니 몇 가지 유형으로 정리되었다.

명쾌형 '네가 평안하면 하늘도 맑아' 하는 말이 있어요. 이렇게 짧은 글만 읽고도 눈물이 막 쏟아지네요. 사랑은 아무리 멀리 떨어져 있어도 서로의 행복을 빌어주는 거죠.

걱정형 아내분이 알면 어떡해요? 그 여자분이 지금 공항에서 당신을 찾고 있진 않을까요? 이건 남의 가정을 깨트리는 일이 아닌가요? 여자분의 남편이 당신을 보면 어쩌려고 그래요?

멜로형 아이를 자세히 뜯어보면 당신을 닮았을지도 몰라요. 당신이 돌아선 뒤에 그녀는 고개를 돌려 당신을 보며 쓰라린 아픔을 확 느꼈겠죠. 그녀는 당신을 발견하자마자 일부러 행복한 척했을 거예요. 당신을 안심시키려고요.

원칙형 증거도 없이 당신 말을 어떻게 믿죠? 세계 인구가 칠십 억 명이나 되는데 난데없이 공항에서 우연히 만났다고요? 당신은 마침표를 찍었다고 생각하지만 사실 그건 줄임표예요. 내가 심리학을 좀 아는데, 당신은 아직도 그녀를 떠나보내지 못했어요.

현실형 당신이 무슨 말을 해도 아직 첫사랑한테 마음에 남아 있는 게 확실해요. 그 사람보다 잘 지내려고 노력해봐요. 그러면 정말로 내려놓을 수 있을 거예요. 그녀의 행복한 모습을 보고 정말로 평온했다면 그야말로 마른하늘에 날벼락이죠.

예전에도 어느 사거리에서 첫사랑을 만난 적이 있었다. 그때도 서로 말없이 지나쳤다. 그녀는 남편과 다정하게 팔짱을 끼고 포르쉐에 올라탔고 나는 당시 여자친구와 만원 버스에 몸을 실었다. 내가 여자친구에게 말했다.

"바라던 대로 이루어졌네. 잘살고 있는 걸 보니 나도 기쁘고 안심이 돼."

여자친구가 물었다.

"방금 저 커플? 남자가 너보다 훨씬 못생겼더라."

나는 여자친구에게 진하게 입을 맞추었다. 막힌 속이 뻥 뚫리는 것 같았다.

여자친구가 말했다.

"자기는 첫사랑한테 빚진 감정이 있나 봐. 안 그러면 여태 마음에 남아서 첫사랑한테 그렇게 미안해하고 나한테도 미안해할 이유가 없잖아. 진짜 남자답지 못해. 정말로 사랑하면 끝까지 쫓아가서 잡았어야지. 그렇게 못하면 덜 사랑하는 거고."

비행기에서 내리니 아내가 공항에 마중을 나와 있었다. 아내는 운전하면서 차분하게 물었다.

"광저우 바이윈 공항에서 대체 무슨 일이 있었던 거야?"

나는 아내의 물음에 이렇게 대답했다.

"광저우 공항에서 첫사랑을 우연히 만났어. 공항 내 카페 앞에서 호객 행위를 하고 있더라고. 어떤 손님의 카트를 대신 밀어주면서 날 향해 '식사하러 오세요. 뷔페가 일 인분에 팔십 위안이에요'라고 아주 친절하게 말했어. 그러다가 날 알아봤는지 얼른 몸을 돌려서 외면해버리는 거야. 나도 알아봤지만 그 친구가 난처할까봐 자리를 옮겼어. 아마 앞으로 다시 만날 일은 없을 거야. 어떤 사랑은 말이야, 이미 끝난 것 같아도 나중에 보면 마음속 깊은 곳에 여전히 남아 있을 때가 있거든. 아까 그 친구의 모습을 본 순간, 이제는 정말 끝났구나 하고 생각했어. 드디어 그 친구와의 감정에 마침표를 찍은 거지."

말을 마친 나는 아내의 시선을 피하며 물었다.

"당신은 내가 웨이보에 쓴 글을 믿어? 아니면 방금 당신한테 한 말을 믿어?"

아내가 미소를 지으며 대답했다.

"웨이보에 쓴 거."

내가 말했다.

"당신이야말로 딴마음이 있나 봐."

차창 밖의 휘황찬란한 불빛과 끝없이 꼬리를 물고 가는 차량의 흐름을 바라보는 내 마음은 잔물결조차 일지 않고 고요하기만 했다.

사랑이란 시작한 사람이 끝을 맺어야 하는 것이다. 그래서 나는 오늘 마침표를 찍었다.

안녕? 나는 잘 지내.

사랑은 동사

이 글의 제목은 얼핏 보기엔 사악한 것 같지만 그래도 명언이다. 말하자면 사랑을 명사로 취급하지 말라는 뜻이다. 각종 드라마에서는 마치 세상을 가득 채운 각양각색의 사랑 중에서 하나를 골라서 사랑하면 되는 것처럼 사랑을 명사로 그리고 있다. 만약 사랑을 하지 못하면 세상에서 버림받은 느낌이 들고 성냥팔이 소녀만큼이나 측은해진다.

그러나 실제로 사랑은 동사여야 한다. 일본에는 사랑을 동사로 표현한 영화들이 있는데, 그중에서 〈굿'바이〉는 내가 가장 아끼는 영화다. 주인공 고바야시 다이고는 첼로 연주자였다가 직업을 바꾸어 죽은 사람을 매장하기 전에 마지막으로 단장하는 장의사가 되었다. 장의사 일을 막 시작했을 때는 남 보기에 창피하기도 하고 혐오스럽기도 했지만 시간이 지나면서 차츰 생명을 새롭게 바라보게 되었다. 모든 생명은 존중받아 마땅하며, 특히 이승을 떠나는 마지막 순간에는 더더욱 그래야 한다고 여겼다. 그래서 그는 장의사로 일하면서 고인들이 모두 가장 아름다운 모습으로 생의 마지막 길을 떠날 수 있도록 온몸과 온 마음을 다했다.

영화에서 히사이시 조의 음악이 배경으로 깔릴 때면 내 얼굴은 눈물로 범벅이 되었다. 사람은 누구나 사랑할 수 있고, 사랑은 세상을 위대하게 만든다. 그래서 사랑은 동사고, 사랑은 사람을 통해 발현되며, 사람은 사랑하며 살아야 한다. 왜냐고 묻지 마라. 세상을 살아가는 인간에게 사랑은 중요한 상징이므로 우리는 사랑을 전파하고 서로 사랑해야 한다. 또 사랑할 수 있기 때문에 사랑받을 수도 있다.

나는 사랑을 네 가지 단계로 구분했다.

> **초급 단계** 왜 나한테 전화 안 했어? 왜 맨날 다른 사람을 보면서 웃어? 내가 이렇게 괜찮은 사람인데 당연히 나한테 최선을 다해야지. -자기애적인 사랑
>
> **중급 단계** 내가 널 이만큼 사랑하니까 넌 두 배로 더 날 사랑해야지. 안 그러면 내가 손해를 보는 것 같잖아. 내가 설거지를 하면 넌 걸레질을 하고, 내가 걸레질을 하면 넌 집안을 청소해야 공평하지. -거래적인 사랑
>
> **고급 단계** 사랑의 규칙과 방식을 정해서 약속한 대로 서로 잘 지키자. 가정 폭력은 절대로 있어서는 안 되고 항상 서로에게 성실해야 해. -규칙적인 사랑
>
> **최고급 단계** 사랑해. 난 널 사랑해줄 수 있어. 널 만나고 사랑한 건 정말 행운이야. -진정한 사랑

최고급 단계의 사랑을 굴욕이라고 말하는 사람도 있다. 과연 굴욕일

까 아닐까? 이 문제는 이런 관점을 처음으로 제시한 에리히 프롬에게서 그 해답을 찾아야 한다.

심리학에 관심이 있는 사람이라면 누구나 프로이트를 알지만 나는 개인적으로 에리히 프롬이 프로이트보다 훨씬 대단한 사람이라고 생각한다. 에리히 프롬은 철학과 심리학을 모두 섭렵한 인물이므로 그의 이야기는 한 편의 긴 글로 풀어낼 만한 의미가 있다.

에리히 프롬의 조상은 모두 지식인이었다. 저작을 남기지는 않았지만 모두 책을 목숨만큼이나 사랑했던 사람들이다. 그의 증조부는 바이에른에서 작은 가게를 운영했다. 다른 가게는 장사가 잘되어서 문전성시를 이루었지만 증조부의 가게에는 손님이 없어 한산하기만 했다. 그 이유는 증조부가 날이면 날마다 유대교의 법전인 『탈무드』를 연구하는 데 정신이 팔려 있었기 때문이다. 작은 가게의 주인이 그렇게 큰 뜻을 품은 것을 비유하자면 집돌이인 내가 매일 우주의 실상을 머릿속에 그리고 있는 것과 같으니 장사가 잘될 턱이 없었다.

간혹 손님이 가게 안으로 들어오면 증조부는 엄한 목소리로 "다른 가게에 가면 안 되겠소?" 하고 말했다.

증조부는 이렇게 제멋대로였다.

에리히 프롬의 아버지는 술을 빚어 팔았지만 선조들처럼 지식인이었다. 에리히 프롬은 이런 가정에서 태어나고 자랐다. 에리히 프롬의 부모는 자식한테 냉정한 편이었다. 에리히 프롬이 부모 앞에서 어리광을 피우면 부모는 증조부가 손님에게 그랬던 것처럼 엄하게 "다른 부모한테 가면 안 되겠니?" 하고 말하지 않았을까 싶을 정도로 냉정했다.

에리히 프롬은 어린 시절부터 외롭고 우울해서 힘든 시간을 보냈다. 부모가 그를 차갑게 대한 탓에 그는 혼자 '난 신경질적이고 감당하기 어려운 아이인가 봐'라고 추측하며 항상 열등감에 사로잡혀 있었다. 그런 그에게는 어릴 때부터 도무지 이해할 수 없는 일이 한 가지 있었다. 바로 이런 이야기다.

스물다섯 살 난 여자가 있었는데 외모가 아주 예뻤고 직업은 화가였다. 그 여자는 약혼한 남자가 있었지만 종일 아버지 곁을 지키려고 약혼한 지 얼마 지나지 않아서 이내 파혼해버렸다. 그런데 그로부터 얼마 후에 그녀의 아버지가 세상을 떠나자 그녀도 자살로 생을 마감했다. 그녀는 아버지와 합장해달라는 유언을 남겼다.

이 이야기는 겨우 열두 살인 에리히 프롬에게는 이해되지 않는 내용이었다. 아버지를 사랑한다는 이유만으로 어떻게 그런 행동을 할 수 있는지 상상이 가지 않았다. 살아서 인생을 즐기고 좋아하는 그림을 계속 그리는 기쁨을 누릴 생각은 않고 아버지와 함께 땅속에 묻히기를 바라다니, 어떻게 그런 일이 있지? 하는 의문이 줄곧 에리히 프롬을 괴롭혔다.

그래서 그는 프로이트의 책을 읽었다. 책에서 프로이트는 그 여자가 심리성적 발달단계 중에서 남근기에 발달이 완벽하게 성숙하지 못해서 아버지를 흠모하는 심리가 강하게 작용한 탓이라고 분석했다.

에리히 프롬은 한 사람의 인생 전반을 살펴서 분석한 프로이트의 주장이 실로 대단하다고 느꼈다. 그래서 그 이후로 프로이트의 연구에 빠져들었지만 깊이 연구할수록 잘못된 점이 있음을 발견했다. 즉, 프로이트는 아동기 경험만 지나치게 강조하고 사회적인 요인이 미치는 영향은 철저하게 무시했다. 게다가 그는 심리 치료를 할 때마다 항상 권위적으로 환자를 대했고 환자에게 어떤 말도 반박할 기회도 주지 않았다. 이런 태도는 보통 아버지가 자녀를 대할 때나 볼 수 있지 않나. 아무튼 프로이트의 심리 치료 방법은 예를 들면 이런 식이었다.

프로이트 당신은 어머니를 증오해요.

환자 와, 그런 것 같아요.

프로이트 내 말이 맞아요.

만약 환자가 "그렇지 않아요. 말도 안 되는 소리예요!"라고 대답하면 프로이트는 "당신이 화를 내는 이유는 내가 당신의 아픈 곳을 정확하게 찔렀기 때문이죠. 그러니 내 말이 맞아요"라고 응수한다.

프로이트의 말은 사실 궤변에 가깝다. 그래서 에리히 프롬은 프로이트의 주장을 비판하기 시작했다. 이런 상황이 마치 어디선가 본 것처럼 익숙하지 않은가? 그렇다. 니체가 쇼펜하우어에게 느꼈던 감정과 똑같다. 무지하면 남의 말에 쉽게 현혹되지만 일단 실상을 정확히 알면 남의 말 같은 건 적나라하게 무시하게 되는 법이다.

에리히 프롬이 프로이트를 무시하기 시작할 즈음에 에리히 프롬은 병에 걸렸다. 그때 그의 나이가 겨우 서른한 살이었는데 폐결핵을 앓았다. 당시에 폐결핵은 걸리면 목숨이 위태로운 중병이었지만 다행히도 그는 명줄이 길어서 죽을 고비를 넘기고 강인하게 살아남았다. 그러나 그보다 더 비통한 것은 그가 유태인이라는 사실이었다.

한번 상상해보자. 만약 히틀러가 존재하지 않았다면 독일의 에리히 프롬, 칸트, 니체, 쇼펜하우어, 헤겔, 포이어바흐, 헤르바르트, 마르크스, 엥겔스, 막스 베버, 프리드리히 실러, 괴테, 하이네, 레마르크, 그림 형제, 바그너, 베토벤, 바흐, 브람스, 멘델스존, 가우스, …… 등 위대한 인물들 덕택에 독일이 세계를 점령했을지도 모른다. 물론 중국 입장에선 상상하기 어려운 일이지만.

에리히 프롬의 처지는 유태인 치고는 그래도 괜찮은 편이었다. 그는 순조롭게 미국으로 달아나서 그의 첫 번째 저서인『자유로부터의 도피』를 미국에서 출간했다. 그는 사람은 항상 권위를 추구하느라 자유를 포기한다고 여겼다. 예컨대 권위를 숭배함으로써 노예가 되기를 자처하는 것처럼 말이다. 자유를 아예 포기하면 오히려 심적으로 안정되어서 프로이트처럼 각종 독점 권력을 다른 모습으로 탈바꿈해 행사할 수 있다.

에리히 프롬은 1956년『사랑의 기술』의 출간을 계기로 본격적으로 명성을 떨치기 시작했다. 이 책은 미국에서 발행되어 150만 부나 팔렸고 시대의 정신으로 인정받았다. 이 책에는 에리히 프롬이 프로이트의 철학 사상에서 철저하게 벗어나 단호히 인본주의 연구를 추진했다는 상징적인 의미가 담겨 있다.

그는 상당히 운이 좋았던 사람이다. 많은 예술가와 철학자가 사후에야 비로소 가치를 평가받은 것에 비해 생전에 세상에 이름을 알렸기 때문이다. 말년에 스위스로 이주해 팔십 세가 되기 닷새 전에 세상을 떠났다.

나는 에리히 프롬이 평생 연구한 성과 중에서 가장 중요한 연구는 사랑에 관한 것이라고 생각한다.

에리히 프롬은『사랑의 기술』에서 사랑이 그물에 걸리는 것이라고 보는 시각은 완전히 잘못되었다고 했다. 그물에 걸리는 것이 사랑이라면 사람은 자유를 잃는 셈이고 사랑도 달콤하지 않기 때문이다. 보통 구애를 할 때는 상대방에게 호감을 얻기 위해 자신의 가장 아름다운 모습을 어필한다. 이때는 어느 누구도 한 사람을 소유하지 않고 모두가 생동감과 활기와 매력이 넘친다.

그러나 결혼을 하고 나면 혼약이라는 그물이 서로가 서로의 몸, 감정, 관심과 권리를 소유할 수 있는 독점권을 부여하므로 다른 누군가를 또 차지하지 않아도 된다. 왜냐하면 결혼으로 말미암아 사랑이 사람의 소유물이 되고 재산으로 변해버렸기 때문이다.

그래서 부부는 차츰 결혼 전처럼 사랑스러워 보이기 위해 더는 노력하지 않고 서로에게 슬슬 싫증이 나기 시작한다. 이때 만약 새로운 상대를 만나서 그 상대에게 진지한 감정을 느낀다면 문제는 심각해진다. 새로운 사랑으로 사랑의 의미를 환기시키려던 의도였더라도 결국은 외도가 되는 것이다.

사랑을 소유하고 상대방의 그물에 가두는 것으로 여기면 그 사랑은 백발백중 실패한다. 사람은 죽어도 다른 사람을 소유할 수 없기 때문이다. 그러므로 상대방에게서 사랑을 구하려고 하지 말고 자기가 먼저 스스로 사랑을 표현해야 한다.

에리히 프롬은 사랑은 동사여야 하고 먼저 베푸는 것이며, 사랑에는 관심, 책임감, 존중, 이해가 동반한다고 했다. 그렇기 때문에 사랑할 줄 알면 상처를 받지 않는다. 다른 사람이 자신을 사랑해야 한다고 여기거나 한 번의 실연으로 삶의 의욕을 잃는 것은 자기애적인 사랑이다.

그러니 사랑한다면 사랑을 동사로 간주해 행동으로 표현하라.

驚蟄

겨울잠을 자던 생명들이 깨어나고
푸른 버들가지 나부끼는

경칩

사실 독서를 하지 않아도 인생에 딱히 해가 되는 점은 없다.
다만 현실적인 것에 너무 지나치게 깊이 빠져서
명리를 위해 구차하게 살게 된다.
전기를 읽으면 다른 사람의 인생을 엿볼 수 있고,
심리학책을 읽으면 자신의 처지를 통찰할 수 있다.
또 역사책을 읽으면 살기등등하고 위태로웠던 과거를 볼 수 있고
찬란했던 인생도 마지막에는
내리막길을 걷는다는 것도 알게 된다.
그래서 독서를 하면 역사, 미래, 현실, 환상을 자유롭게 넘나들며
자신의 인생에 더 많은 가능성이 있음을 발견할 수 있다.

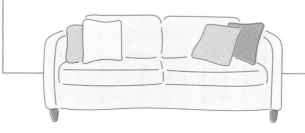

책장 모험기

평소에 출장이 많은 나에게는 집에 틀어박혀 있는 것이 일종의 사치스러운 일이 되었다.

집에 있는 날은 뭘 할 수 있을까? 심심하니까 할 일이라고는 독서밖에 없다. 독서는 세상에서 가장 저렴한 비용으로 큰 수익을 올리는 일이다. 몇 십 위안만 지불하면 작가와 평생 생각을 공유할 수 있으니 말이다. 예전에 책을 몇 권 샀더니 기분이 너무 좋아서 아예 책장까지 사버렸다. 책장이 제법 고가인데다가 품질도 우수한 제품이어서 그에 걸맞은 집에 책장을 두려고 집도 새로 마련했다. 새 집을 구입하면서 무척 비싼 값을 치른 터라 나는 죽어라 출장을 다니면서 돈을 벌어 대출금을 갚았다. 그런 덕분에 책들은 근사한 집에서 영원히 상주하면서 여름에는 에어컨 바람을 쐬고 겨울에는 난방으로 따뜻하게 지내는 쾌적한 환경을 누리고 있다.

내가 아내에게 물었다.

"이런 것도 자연의 이치일까?"

아내가 대답했다.

"물론이지. 책도 여기서 영원히 살려면 쉽지만은 않을 거야."

마치 독서 모임에서 발언하듯이 사뭇 진지한 어조로 말했다.

쉬는 틈을 이용해서 내 고급 책장을 정리하기로 했다. 철학자인 내가 남들처럼 수월하게 책장을 정리할 리는 만무했고, 책장을 정리하는 동안 인생을 사색해봤다. 정확히 말하면, '책값으로 돈을 이렇게나 많이 썼다니!' 하는 생각을 내내 했다. 책장에 얌전히 꽂힌 책들 중에는 간디가 쓴 『간디 자서전』처럼 파란만장한 인생 이야기를 담은 책도 있고, 니체의 『이 사람을 보라』처럼 평생의 지혜가 넘치도록 실린 책도 있다. 물론 아예 거론할 가치조차 없는 인생인데 대체 무슨 생각으로 전기를 냈나 싶은 사람들의 책도 있다. 누군지 이름은 밝히지 않겠다. 나는 그런 사람들의 책을 책장 한쪽 구석에 내팽개쳐 놓았다. 그 책들이 말하고 싶어서 달싹거리기만 하면 나는 다른 책 몇 권으로 눌러 말을 막는다.

사실 독서를 하지 않아도 인생에 딱히 해가 되는 점은 없다. 다만 현실적인 것에 너무 지나치게 깊이 빠져서 명리를 위해 구차하게 살게 된다. 전기를 읽으면 다른 사람의 인생을 엿볼 수 있고, 심리학책을 읽으면 자신의 처지를 통찰할 수 있다. 또 역사책을 읽으면 살기등등하고 위태로웠던 과거를 볼 수 있고 찬란했던 인생도 마지막에는 내리막길을 걷는다는 것도 알게 된다. 그래서 독서를 하면 역사, 미래, 현실, 환상을 자유롭게 넘나들며 자신의 인생에 더 많은 가능성이 있음을 발견할 수 있다.

나는 어쩐 일인지 이상하게도 이미 샀던 책을 또 사는 경우가 많다. 플라톤의 『국가』는 세 권, 왕양명의 『전습록』은 네 권, 쇼펜하우어의 『의지와 표상으로서의 세계』는 다섯 권이나 샀다.

기억을 가만히 되짚어보니 여러 권 산 까닭이 있었다. 공항 서점에서 비행기를 타고 가는 동안 읽을 책을 이것저것 고르는데 다른 책들은 겉만 번지르르해서 마음에 들지 않았던 것 같다. 이를테면 표지에 유명 인사의 추천을 받았다며 과장된 홍보 문구로 도배한 책은 왠지 저속해 보였다. 그래서 내가 정말로 좋아하는 책을 골랐고 한 번 더 읽었다.

이미 읽은 책인 것을 까맣게 잊고 같은 책을 또 샀던 적도 있었다. 나이가 드니 이렇게 잊어버리는 일이 잦다. 책도 그렇지만 영화도 한 번 본 영화를 또 보는 경우가 허다하다. 같은 영화를 여러 번 보면 볼 때마다 새로운 느낌이 든다.

아내에게 이런 이야기를 했더니 아내가 대꾸했다.

"쳇, 당신 말대로라면 마누라한테는 왜 그런 감정이 안 들어?"

읽은 책인 것을 잊고 무슨 인연인지 몰라도 나중에 또 인연이 닿아서 그 책을 사서 집에 오면 그제야 같은 책이 두 권임을 발견한다. 비유하자면 같은 사람과 두 번 결혼한 셈이다.

한 책과 두 번 인연을 맺어도 상관없다. 다른 책과 새로운 인연을 맺는 것보다는 잠시 잊고 있던 책을 다시 꺼내 읽는 게 더 낫다. 예전에 읽을 때는 무슨 뜻인지 잘 몰랐던 내용이 나중에 다시 읽으면 갑자기 주옥같은 문장처럼 느껴지기 때문이다. 그래서 이해하기 어려운 책은 고상한 척하느라 억지로 읽지 않고 덮어서 한쪽에 던져둔다. 그러다가 어느 날 문득 그 책이 눈에 띄거나 갑자기 읽고 싶어질 때 책장에서 꺼내 읽으면 별안간 머리가 탁 트인 듯이 내용이 쏙쏙 들어와 머리에 박힌다. 나는 이런 게 책과 사람의 인연이라고 생각한다. 사람 사이의 관계도 이와 같지 않을까. 아직 때가 아니라고 생각하는데 누군가가 나를 사랑하면 무척 고맙긴 하지만 나는 그 사람을 사랑할 수가 없다. 그 사람이 마음에 들지 않아서가 아니라 내가 사랑할 준비가 되지 않았기 때문이다.

참 애석하게도 책은 내가 어려워서 읽지 않아도 늘 내가 두었던 자리에 그대로 있지만, 사람은 내가 사랑을 주지 않으면 그 자리에서 꼼짝 않고 날 기다리지 않는다. 그나마 다행인 점은, 세상에는 책도 많고 사람도 많아서 언젠가는 나한테 꼭 알맞은 책도 만날 수 있고 나에게 어울리는 사람을 사랑할 수도 있다는 것이다. 이런 게 인연이리라.

아내에게 이런 생각을 들려주었더니 아내가 말했다.

"당신 옛 여자친구들이 아직 건재하다면 내가 한번 만나봐야겠어."

실로 의협심이 참 대단한 여자다.

돌이켜보니 나는 책을 단계적으로 읽었다. 독서를 처음 시작할 때는 대부분 각종 자기계발서나 소설을 읽었다. 쑨하오후이孫皓暉의 역사소설 『대진제국大秦帝國』을 가장 좋아하는데, 이런 분야의 책을 많이 읽고 나면 오랫동안 공허함이 들어서 『비판적 사고Critical Thinking』(브룩 노엘 무어), 『논리의 기술』(바바라 민토), 『잠재규칙』(우쓰) 같은 전략서를 읽었다. 그다음에는 나 자신을 더 깊이 알고 싶어서 『마음의 기원』(데이비드 버스), 『꿈의 해석』(지그문트 프로이트), 『사랑의 기술』(에리히 프롬) 등 심리학 관련 책을 읽었다. 그 이후로는 『존재와 무』(장 폴 사르트르), 『숲길』(하이데거), 『인간이란 무엇인가』(데이비드 흄) 등 역사서와 철학서를 읽으며 각종 현상을 정리하고 나 자신도 가다듬었다. 그렇게 다양한 분야의 책을 꾸준히 읽으면서 인생의 천태만상을 경험하고 나니 내 이야기로 책 한 권을 쓸 수 있을 정도가 되었다.

그러므로 독서는 성급한 마음을 버리고 차근차근 자신의 경험에 따라 읽고 싶은 책을 읽으면 되는 일이다.

책장의 책들을 분야별로 나누어 정리했다. 같이 두면 안 되는 작가들의 책은 내가 특별히 엄선해서 배치했다. 예를 들어, 사이가 좋지 않은 헤겔과 쇼펜하우어의 책은 따로 두었다. 쇼펜하우어가 헤겔에게 독설과 저주를 퍼부을지도 모르기 때문이다. 에리히 프롬과 프로이트의 책도 같이 두지 않는다. 두 사람은 서로 마음에 들어하지 않을 게 분명하니까. 분위기가 전혀 다른 책을 나란히 두면 아마 책이 괴로워할 것이다. 내가 쓴 책은 장아이링張愛玲과 린후이인林徽因의 책 사이에 두었다. 우리 셋은 잘 지낼 수 있을 것 같으니 나란히 두어도 괜찮다.

인물을 분류해 배치하는 건 여간 골치 아픈 일이 아니다. 『금병매』는 도대체 어디에 두어야 할지 정말로 모르겠다. 책장의 각 칸마다 이 책과 함께 있기를 거부하는 것 같다. 책을 막 꽂으려고 하면 다른 책의 저자와 인물들이 불쑥 책에서 나와서 "안 돼, 절대 안 돼!" 하고 외친다. 가장 거부감을 드러내는 책은 아마 『홍루몽』일 것이다. 여주인공들이 책 안에서 나란히 앉아 부채질을 하며 이렇게 말한다.

"저 여자들은 우리와 품격이 다릅니다. 모조리 음탕한 계집들인데 어디 감히 우리 가씨 집안의 순결한 여자들과 동석할 수 있겠습니까. 저쪽에 『서상기』 옆으로 옮겨 놓으시지요. 그럼 우리는 시를 읊고 꽃을 심느라 바빠서 이만."

이때 최고참 하인 초대가 "여자들은 원래 억지를 잘 부리지요" 하고 말을 받는다.

그래서 내가 『금병매』를 『서상기』 옆에 두려고 하면 『서상기』의 여주인공 앵앵이 책 틈을 비집고 나와서 말한다.

"상공, 절대로 아니 됩니다. 이는 저를 욕되게 하는 것이옵니다. 저와 장생은 정인이었다가 부부가 된 사이지만 『금병매』의 금련과 그 외의 여자들은 속세에서 용납될 수 없는 사람들입니다. 상공, 그래도 꼭 그 자리에 두시겠다면 저는 다시는 상공을 장생처럼 모시지 않을 것이옵니다."

『수호전』은 『금병매』를 받아들일 수 있겠지 했더니 이번엔 송강이 굳은 얼굴로 말한다.

"그런 부적절한 짓이 우리 양산과 어울린단 말입니까? 여기는 여걸 삼인방만으로도 이미 충분히 골머리를 앓고 있으니 부디 다른 곳으로 옮겨주시지요. 축가장도 우습게 함락한 우리가 선생의 집을 박살내는 것쯤은 식은 죽 먹기 아니겠습니까?"

이건 정말 너무 노골적인 위협이다.

마침내 옆에 있던 외국 로맨스 소설 칸에서 안나 카레니나가 나선다.

"어쨌든 기차가 지나가면 난 뛰어내릴 거니까 싫지 않으시다면 상트페테르부르크에 있는 제 집에서 지내세요."

이병아는 블랙 벨벳 롱스커트를 입고 블랙 베일로 얼굴을 가린 안나 카레니나를 쳐다보며 발을 동동 구른다.

"싫어요. 너무 불길한 곳이에요. 돈이 없는 것도 아닌데 괜히 거기서 악몽을 꾸고 싶진 않아요."

그러자 안나 카레니나가 쓴웃음을 짓더니 책에서 빠져 나와서 내 아들이 바로 아래 칸에 둔 장난감 토마스 기차로 몸을 날려서 충돌한다. 나는 마음이 아파서 그녀를 위해 묵념을 하고는, 목숨을 건 사랑을 하고 '머물다' 간 그녀의 이야기 『안나 카레니나』를 다시는 펼치지 못한다.

그 순간 『셜록 홈즈 전집』이 놓여 있는 칸에서 손짓을 한다.

"이쪽으로 오시죠. 당신네들이 하는 짓거리의 단초를 파악하기에 딱 좋겠군요."

반금련은 그때 책 속에서 이미 혼절했고 서문경이 페이지를 열고 나오는데 언제 책 속에 끼워두었는지도 모르는 십 위안짜리 지폐가 불쑥 중간에 끼어든다.

"제발 우리 좀 괴롭히지 말아요. 송나라 관아에서 뭐라 하는 건 참을 수 있는데 대영제국의 탐정까지 나서니 이러다 곧 죽겠어요."

나는 아무리 머리를 굴려도 『금병매』를 어디에 두어야 할지 몰라서 결국 하는 수 없이 별도로 칸을 마련해서 따로 두고 량위성*더러 잘 보호하라고 했다. 량위성은 『금병매』를 좋아해서 특별히 『량위성의 금병매 잡설梁羽生閑說金瓶梅』이라는 책을 쓰기도 했다. 예상대로 같이 두었더니 사이가 좋았다. 과연 정과 의리가 넘치는 강호였다.

이게 다 허튼소리가 아니다. 나는 책에 정말로 영혼이 있다고 믿기 때문에 외출할 때마다 책을 가지고 다닌다. 여행 중에 별일 없으면 책과 함께 햇볕을 쬐고, 기차를 타면 꺼내어 창가에 두고, 호텔에 묵을 때는 침대 머리맡에 둔다. 여행을 마치고 돌아오면 책의 속표지에 '모 장소로 여행을 다녀옴'이라고 써놓는다.

책을 샀다면 책임을 다해야 한다. 보지 않아도 여행지에는 데려가야 하지 않을까?

---

* 梁羽生, 중국의 대표적인 무협소설 작가

책과 외출

유명 스타와의 인터뷰를 보면 종종 평소 가방에 뭘 넣고 다니느냐는 질문을 하는데, 보통 갖가지 최신 아이템이 들어 있다고 대답하고는 마지막에 꼭 빠지지 않고 한마디 덧붙인다.

"책도 한 권 들어 있어요."

최신 아이템을 가지고 다니면 트렌디해 보이지만 책을 들고 다닌다고 하면 고루해도 교양이 있어 보인다.

요즘처럼 물욕이 흘러넘치는 시대에 가방에 책이 든 사람을 만난다면 그 사람한테 시집을 가거나 장가를 들어도 좋다.

항상 가방에 책을 한 권씩 넣고 다니는 친구가 있는데, 그녀는 중요한 순간이 되면 늘 구석진 곳으로 가서 얌전히 책을 손에 든다. 그렇게 하면 끝내는 한 엄친아가 그녀에게 반하는 일이 생긴다. 그 이후에 남자에게 연애 뒷이야기를 들어보면, 그녀가 책을 들고 있던 순간에 그녀는 마치 모퉁이에서 활짝 핀 연꽃 같았다고 한다.

솔직히 그녀의 외모가 예쁜 편은 아니다. 더구나 요즘은 예쁜 여자가 예전처럼 보기 드문 세상도 아니다. 그러나 결정적으로 엄친아의 마음을 사로잡은 건 그녀가 다른 여자들과 달리 화장으로 꾸미지 않았다는 점과 손에 와인 대신 책을 들고 있었다는 점이다.

부자들은 이런 사람한테 마음을 빼앗긴다.

하지만 알다시피 그녀는 평소에 독서를 좋아하는 사람이 아니라 책을 액세서리처럼 손에 들고 있었을 뿐이다. 루이비통 핸드백을 드는 여자도 있고 다이아몬드로 장식한 까르띠에 액세서리를 착용하는 여자도 있지만 그녀는 책을 액세서리로 삼은 것이다. 생각해보니 책을 액세서리로 삼는 건 꽤 훌륭한 아이디어다. 몇 십 위안짜리 책 한 권으로 일등 사윗감을 건질 수 있으니 말이다. 교양이 없는 사람을 거를 수 있다는 것도 상당한 장점이다.

인터넷상에서 한 남학생이 모월 모일에 같은 버스를 탔던 여학생을 찾는다는 올린 글을 본 적이 있다. 남학생의 글을 그대로 옮기자면 이렇다.

'붐비는 차 안에서 책을 들고 흔들리는 몸을 지탱하던 그녀를 본 순간, 내 마음은 그녀에게 사로잡히고야 말았습니다.'

이런 상황을 곰곰이 되짚어보면, 대중목욕탕에 제복을 입은 사람이 갑자기 나타났을 때 순간적으로 그 사람에게 마음이 확 끌리는 것과 비슷하다. 남들과 다른 모습이 마음을 자극해서 호감을 불러일으키기 때문이다.

그 남학생이 여학생을 찾았기를 바란다. 보통 책을 좋아하는 여학생 중에 아주 형편없는 사람은 거의 없다.

그렇다면 어떤 책을 들어야 교양이 있어 보일까?

패션 잡지나 힐링을 콘셉트로 하는 잡지는 수준이 좀 떨어진다. 사실 이런 잡지는 책으로 치지도 않는다. 왕자 같은 남자가 〈즈인知音〉 같은 여성 잡지를 보는 여자한테 반했다는 러브 스토리는 어디서도 들어본 적이 없지 않은가. 이런 잡지는 절대로 가방에 넣으면 안 되고, 설령 넣고 외출했더라도 밖으로 꺼내면 안 된다.

그나마 꺼내 놓을 만한 책은 대가의 명저다. 예를 들면, 쟝쉰, 모옌, 룽잉타이, 무라카미 하루키 같은 작가들의 책인데, 이들의 책도 상당히 유행을 타는 경향이 있으므로 겉치레용으로는 부적합하다. 어쨌거나 한 가지 기억해둘 점은, 보통 공항 내 서점에서 사람들의 눈에 잘 띄는 자리에 놓인 책도 적합하지 않다는 것이다. 아무래도 남 앞에 내놓기에 제법 그럴싸한 책은 유명 작가의 알려지지 않은 책이다. 특히 파트릭 모디아노의 책처럼 제목이 어려운 책이 좋다. 그는 노벨 문학상을 받은 유명한 작가지만 중국에서는 그의 책을 읽는 사람이 적어서 『어두운 상점들의 거리』를 읽고 있으면 아마 깜짝 놀라는 사람이 많을 것이다. 또 니체의 『차라투스트라는 이렇게 말했다』는 제목만 해도 입에 잘 붙지 않는다. 어떤 사람이 당신 손에 든 것이 무슨 책이냐고 물었다고 한번 상상해보자. 그때 당신이 책표지를 그 사람 앞에 들이 밀면 그는 제목조차 술술 읽지 못하는 자신의 형편없는 국어 실력을 깨닫고는 난처해하며 "아, 그렇군요"라는 한마디만 하고 말 것이다.

이렇게 책에 어려운 제목을 붙인 작가는 많다. 예컨대 마르셀 프루스트, 제임스 조이스, 프란츠 카프카, 레프 톨스토이, 호르헤 루이스 보르헤스, 블라디미르 나보코프 등등.

고단수를 쓰겠다면 유명하지 않은 작가의 책을 고르는 것도 방법이다. 단 유명하지 않아도 대가이면서 일반 사람들이 모르는 작가여야 한다. 극작가로 유명한 케냐의 응구기 와 시옹오, 논픽션을 주로 쓰는 알제리 작가 아시아 제바르, 러시아 출신 소설가 블라디미르 나보코프 같은 작가들 말이다. 만약에 응구기 와 시옹오의『한 톨의 밀알』을 손에 들고 있으면 상대방은 작가의 이름도 낯설고 제목도 들어본 적이 없는 책이어서 연이어 충격을 받을 것이다.

칸트와 헤겔의 책 같은 철학서를 읽으면 안 되느냐고 묻는 사람도 있다. 음, 철학서도 딱 제격이지만 상대방에게 매력을 어필하기는 어려울 듯하다.

책을 골랐다면 그다음은 언제 책을 꺼낼 것인가 하는 문제가 남았다.

선택한 책을 서점에서 들고 있으면 당연히 전혀 튀지 않으므로, 책을 읽기에 마땅하지 않은 시간과 장소에서 꺼내야 한다. 이를테면 소란스런 기차나 공항, 사람들이 침을 튀기며 밥을 먹는 식당, 차를 기다리는 버스정류장 등이 적절하다. 시든 나뭇잎이 떨어지는 아침에 찬바람이 불어 긴 머리가 헝클어진 채로 정류장 옆의 광고판에 기대에 서서 아모스 오즈의 소설『아마도 다른 곳에 Elsewhere, Perhaps 』의 책장을 뒤적이는 자신의 모습을 상상하며, 그때 벌어질 상황과 기분을 미리 짐작해보면 어떨까.

하지만 책을 가지고 외출했을 때 절대적인 장점은, 시끌벅적한 번화가에 있더라도 책을 펼치면 곧장 다른 세계로 뛰어넘어 들어가므로 세상사를 뒤로 하고 평온하고 덤덤해진다는 것이다.

독서의 즐거움

독서는 시간을 보내기에 좋은 수단일 뿐더러 인생에서 더 많은 가능성을 발견하게 해준다는 점에서 매우 중요한 의미가 있다. 그렇다면 인생의 더 많은 가능성이란 무엇일까? 세 가지 방면에서 내 생각을 말해보려고 한다.

첫째, 독서를 하면 인생이 다채로워진다. 원래 삶은 한 번뿐이지만 책을 읽으면 다양한 삶을 경험할 수 있다. 단 한 번의 인생을 사는 우리가 작가가 이끄는 대로 여러 인생을 간접적으로 살아볼 수 있다는 뜻이다. 인생은 다채로울수록 풍성해지고 덩달아 행복감도 자주 맛볼 수 있다.

예를 들어, 『수호전』을 읽으면 적어도 스무 가지 이상의 인생을 생생하게 겪을 수 있다. 등장인물인 임충의 경우, 솔직히 나는 임충을 좋아하진 않지만 등장인물 중에서 가장 성공적으로 묘사된 인물이라고 생각한

다. 임충은 팔십만 금군의 교관이었으며, 그의 장인도 같은 직책에 있었
다. 교관은 사실 정식 편제에 속한다고 볼 수는 없지만 어쩌면 그렇게 한
평생을 살아가는 게 그의 꿈이었던 듯하다. 유감스럽게도 그의 아내는 너
무 예뻤고 미인 아내를 둔 남자는 대개 비극적인 삶을 살았다. 내 인생이
이렇게 순탄한 건 대부분 아내 덕택이다.

　임충의 가정은 원래 무척 행복했지만 아들이 없었다. 하루는 부부가
같이 아들을 점지해달라고 기도하러 사찰로 가는 도중에 노지심을 우연
히 만났다. 임충은 노지심과 이야기를 나누느라 아내더러 여종을 데리고
먼저 사찰로 가라고 했다. 그러나 얼마 안 있어 여종이 달려오더니 임충
에게 다급히 말했다.

　"부인께서 겁탈을 당하셨습니다."

　임충은 당장 사찰로 달려가서 주먹을 휘두르며 아내를 겁탈한 놈을
응징하려 했지만 결국 '겁을 먹고 차마 손을 대지 못했다'라고 책에 쓰여
있다. 왜 그랬을까? 임충의 아내를 희롱한 사람이 불한당 고아내였기 때
문이다. 그가 누구냐고? 고위 관료 고구의 수양아들이다. 어쨌든 고아내
를 돌려보낸 뒤에 임충이 아내에게 건넨 첫 마디는 "저놈한테 욕보였소?"
였다. 이 말에 담긴 자세한 의미는 설명하지 않겠다.

　임충, 이 남자도 참 어지간하다. 그런 일을 당했으면 "진정하시오. 내
가 있잖소" 하며 아내를 끌어안아 다독이는 게 우선일 텐데 보자마자 아
내의 순결을 염려하고 있으니 말이다. 아내가 "아닙니다" 하고 대답하고
나서야 겨우 안심하고는 그 뒤로는 집밖을 나가지 않았다. 그의 고난은
여기서 끝이 아니었다. 임충의 친구인 육겸이 그를 모해한 것이다. 육겸
은 임충에게 자기 집에서 술이나 한잔 하자고 불러내고는 그 사이에 시
종을 임충 집으로 보내 임충이 술을 많이 마셨으니 어서 와서 데려 가라

는 말을 전했다. 그런데 임충의 아내가 육겸의 집에 도착해서 보니 임충은 없고 고아내가 떡하니 있었다. 그녀는 고아내 때문에 또 한 번 곤경에 빠졌다.

이번에도 임충의 여종이 임충에게 와서 소식을 전했고 임충은 서둘러 아내에게로 갔다. 아내를 만나서 건넨 임충의 첫 마디는 또 "저놈한테 욕보였소?"였다. 이만하면 임충의 성격이 어떨지 대충 짐작이 갈 것이다. 임충은 고분고분하긴 하지만 가진 능력을 제대로 쓸 줄도 모르고 인성이 바닥일 정도로 이해득실만 따지는 인간이다. 그 이후에 또 모해를 당해서 유배 길에 오르게 된 임충은 집을 떠나기 전에 아내와 이혼했다. 『수호전』에 나오는 인물 중에 좋은 여자가 별로 없는데 그나마 임충의 아내처럼 괜찮은 여자가 이런 결말에 처할 수밖에 없었던 건 순전히 그녀가 곤욕을 치를 때마다 고분고분하게 "아니옵니다"라는 대답만 하고 남편을 원망하지 않았기 때문이다. 훗날 양산으로 들어가 산적이 된 임충은 아내를 산으로 불러들이려고 사람을 보냈다. 그런데 아내가 이미 수년 전에 목을 매어 자살했다는 소식을 전해 듣고는 하염없이 흐느껴 울었다.

이렇게 책을 읽으면 임충의 인생을 직접 살아보지는 못하더라도 임충 같은 사람의 인생이 어떻게 흘러가고 그가 어떤 태도로 당면한 문제를 해결했는지 알 수 있다. 그래서 독서를 하면 사물을 보는 시각이 다양해지고 인생도 다채로워지며, 갖가지 문제가 생겼을 때 대처할 수 있는 지혜도 생긴다.

둘째, 마음이 넓어진다. 『젊은 베르테르의 슬픔』은 한 청년이 약혼자가 있는 여성을 짝사랑하는 이야기다. 책을 죽 읽어 내려가다 보면 베르테르의 모습이 어떤 시기의 나 자신과 똑같아 보인다. 좋아하는 여성을 향한 그 청년의 절박하고도 신중한 감정이 나와 다르지 않다. 그런 점에서 이 책은 위대한 작품이다. 작가가 독자인 우리의 인생을 알 리가 없는데도 마치 우리의 인생을 잘 아는 듯이 표현해 보여주었기 때문이다.

쇼펜하우어는 '예술의 본질은 하나의 사례가 수천 가지 일에 적용되는 것이다'라고 했다. 시인은 삶 속에서 특정한 한 가지를 택해 그것의 개성을 정확하게 묘사하는데, 그 안에는 보편적인 인간의 본성이 담겨 있어서 읽는 이에게 깨달음을 준다. 즉, 시인은 표면상으로는 한 가지에만 관심을 두고 있지만 실제로는 예부터 지금까지 이 세상에 존재했던 모든 것에 관심을 두고 있다. 따라서 시는, 특히 시의 구절은 명언이나 격언이 아니더라도 항상 일상생활에 적용된다.

간단히 말하자면, 자기 자신만 아등바등하며 전투하듯이 살아가고 있진 않다는 것이다.

이렇게 생각하면 금방 마음의 위안을 얻을 수 있다. 더욱이 쇼펜하우어가 사람들한테 거절당한 이야기를 듣고 나면 자신이 한두 번 거절당한 경험은 아무렇지도 않게 느껴진다. 쇼펜하우어와 시공을 초월해 심리적으로 모종의 공감대를 형성한 셈이다.

쇼펜하우어가 거절당했던 일화는 실제로 있었던 일이다. 1831년, 쇼펜하우어는 마흔세 살 때 열일곱 살짜리 소녀 플로라에게 마음을 빼앗겼다. 한 번은 그가 보트 파티에서 플로라에게 잘 보이려고 포도 한 송이를 건넨 일이 있었는데, 훗날 공개된 소녀의 일기장에는 당시의 상황이 이렇게 적혀 있었다.

'난 그 포도를 받기 싫었다. 포도에 늙은 쇼펜하우어의 손이 닿았다고 생각하니 구역질이 날 것 같아서 슬그머니 포도를 몸 뒤쪽으로 밀어 물에 빠뜨렸다.'

다른 사람의 고통을 알고 나면 자신이 받은 상처쯤은 충분히 위로된다. 나는 실연을 당할 때마다 항상 쇼펜하우어의 이런 경험을 위안삼아 버렸다.

독서의 효과도 이와 다르지 않다.『젊은 베르테르의 슬픔』에서 베르테르가 로테를 사랑하면서 겪는 온갖 괴로움과 고통을 지켜보다가 자신이 실연했을 때 겪었던 고통을 다시 돌아보면 자신의 경험이 덜 고통스럽게 느껴진다. 우리가 살면서 겪는 일들은 고금을 통틀어서 발생한 일의 천만 분의 일에 불과하다는 생각을 하면 현재 자신의 고통에 초연해져서 견디기도 쉬워진다.

독서를 하면 상처가 치유되기도 하지만 사실 그보다 더 중요한 의미가 있다. 상처가 남아 있을 때에도 마음이 넉넉해져서 고통을 쉬이 내려놓을 수 있게 된다는 것이다.

셋째, 지혜가 깊어진다. 인류가 멸망하기 직전에 딱 책 한 권만 소유할 수 있다고 가정한다면 〈플레이보이〉 잡지와 셰익스피어의『햄릿』중에서 무엇을 선택할 것인가? 이 두 권 중에서 어떤 것을 골라야 더 즐거울까? 솔직히 대답하기 어려운 질문이다. 나도 선택하기가 쉽지 않다. 한 권은 즐거움이 덜하고 한 권은 퍽 즐거움을 느낄 수 있는 책이다. 그러나 두말할 나위 없이『햄릿』을 읽으면 영혼이 즐거워지는 높은 수준의 즐거움을 누릴 수 있으며, 더 깊은 지혜로 사고하고 더욱 완벽한 사람이 될 수 있다.

그래서 명작을 읽으면 지혜가 확실히 깊어지는 법이다. 이 점은 명작이 시대를 이어 전해지는 중요한 이유이기도 하다.『햄릿』은 오랜 세월 동안 전승되었지만 〈플레이보이〉는 그렇지 않다. 왜일까? 전자는 시간을 초월해 지혜가 깊어지게 하는 책이기 때문이다.

나는 책을 읽을 때 대체로 나 자신을 책 속 인물에 대입한다. 내가 그 사람이라면 이 문제를 어떻게 처리할까? 하고 그 인물의 처지에서 스스로 방법을 찾은 뒤에 책의 줄거리와 다시 대조하며 검증한다.

『금병매』는 명실상부한 고전인데, 나는 이 책에서 『논어』를 읽을 때와 비슷한 느낌을 받았다. 무대랑이 반금련과 서문경의 밀회를 알아차렸을 때 그의 첫 반응은 어땠을까? 바로 간통 현장을 잡겠다는 거였다. 무송은 일 때문에 집을 떠나면서 형 무대랑에게 무슨 일이 있더라도 참고 있다가 자신이 돌아오면 다시 이야기하자고 단단히 일렀다.

무대랑은 어떻게 했을까? 그는 마음먹은 이상 끝장을 봐야 하는 성미라서 자신의 작은 체구는 생각지도 않고 당장 간통 현장을 잡으러 나섰다. 아니나 다를까 무대랑은 서문경에게 발로 걷어차여 초주검이 되었다. 무대랑이 집으로 질질 끌려가는 동안 반금련은 그를 거들떠보지도 않았다. 그런 반금련을 무대랑은 또 어떻게 대했을까? 그는 반금련을 협박했다.

"마실 물이라도 좀 주면 무송한테 당신 목숨만은 살려주라고 하겠네."

반금련은 무대랑의 말에 가만히 있다가는 큰일을 당하겠다 싶어서 무대랑을 죽이기로 계획했고, 결국 무대랑을 독살했다.

우리가 무대랑의 입장이라면 어떻게 대처했을까? 화가 나도 우선은 꾹 참으며 무송이 돌아와서 전부 해결하기를 기다렸을 것이다. 무대랑이 반금련의 보살핌을 받고 싶었다면 어떻게 행동해야 했을까? 그는 "여보, 당신도 힘들다는 것 잘 알고 있소. 내가 당신한테 어울리지 않는 놈이지만 며칠만 당신이 물이라도 먹여주면 곧 기력을 회복해서 이혼장을 쓰고 당신을 자유롭게 놔 주겠소" 하고 말했어야 한다.

목숨을 부지하는 게 가장 중요한 일 아닌가.

책을 읽으며 이렇게 하나하나 자신의 삶과 비교하며 숙고하면 지혜도 점점 깊어진다. 그래서 요즘은 권모술수가 판을 치는 『삼국지연의』를 어릴 때 읽지 말라고도 하지 않는가. 책을 자신의 삶에 투영하며 읽지 않으면 많이 읽어도 책벌레는 될 수 있을지언정 자신의 생각을 변화시킬 수는 없다.

고전과 명작은 단연코 인간의 본성을 성공적으로 묘사하고 있다. 예를 들어, 『삼체』는 공상과학소설이지만 인간 본성의 처절함을 다루고 있다. 이러한 점은 주인공 예원제의 내적 동요를 통해 분명하게 드러난다. 이 책에서 오묘한 환상의 세계만 묘사했다면 아마 독자의 마음을 그렇게 크게 흔들어놓진 못했을 것이다. 『금병매』는 성性에 관한 스토리로 인간의 본성을 묘사했고, 『홍루몽』은 귀족의 몰락으로 인간의 본성을 표현했다. 또 『서유기』는 사부와 제자가 함께 경전을 구하러 떠나는 이야기 속에서 인간의 본성을 그려냈다. 한마디로 훌륭한 작품은 모두 인간의 본성을 깊이 있게 분석해 표현해냈다. 세상에서 인간을 가장 괴롭히는 것이 바로 인간의 본성이므로 인간의 본성에 관한 책을 읽으면 지혜가 깊어진다.

내가 말하는 독서의 즐거움이란 바로 이런 것이다.

春
分

황도와 적도가 교차하며
풀이 자라고 꾀꼬리가 나는

춘분

한 사람을 사랑하는 것은 곧 한 도시를 사랑하는 것이기에
사랑을 하면 아무리 큰 도시라도 자신의 사랑으로
그곳을 가득 채우고도 남을 만큼 작게 느껴진다.
한 사람을 잃는 것 또한 한 도시를 잃는 것과 같아서
사람을 잃으면 아주 작은 도시도
그곳에서 자신의 존재를 찾을 수 없을 만큼 크게 느껴진다.

내가 갔던 도시와 그곳의 여인들

사람이 한 도시에 녹아들 수 있는 이유는, 그곳의 먹을거리에 반해서도 아니고, 모든 거리와 골목을 손바닥 보듯 훤히 알아서도 아니며, 부를 누릴 수 있어서는 더더욱 아니다. 바로 진심으로 사랑하는 사람이 그 도시에 살고 있기 때문이다.

그런 사람이 없으면 번화한 도시도 적막하기만 하고 화려하게 불빛 아래에서도 마음 둘 곳을 찾지 못한다. 한 사람을 사랑하면 그 사람이 있는 도시에 녹아들 수 있고 거리에서 길을 잃고 헤매도 그 도시의 호의를 언제든지 느낄 수 있다.

베이징

베이징은 반박할 여지없이 대단한 기운을 내뿜는 도시다. 언젠가 베이징의 카페에서 친구와 커피를 마시고 있는데, 우리 왼쪽 테이블에 앉은 여자들 몇 명은 수천만 위안을 곧 벤처 산업에 투자할 수 있을 것 같다는 이야기를 나누고 있었다. 오른쪽 테이블에 앉은 여자들의 대화는 회사를 팔아치울 것인지 상장할 때까지 계속 운영할 것인지를 고민하는 내용이었다. 그런가 하면 나와 지인, 우리 두 남자의 화젯거리는 연말에 사장한테 월급을 천 위안 더 올려달라고 어떻게 말할 것인가 하는 문제와 아이를 더 과학적으로 돌보는 방법에 관한 것이었다. 자격지심이 든 나는 이러다가 어쩌면 모계씨족사회가 정말로 곧 다가오는 건 아닌가 하는 생각도 들었다.

베이징에는 큰 언니들이 있다. 키가 커서 큰 언니가 아니라 대찬 데가 있어서 큰 언니라고 부른다. 큰 언니들은 사랑할 때는 폭풍처럼 죽을 각오로 덤비고 헤어질 때는 비가 갠 뒤의 하늘처럼 깔끔하게 돌아서므로 맺고 끊음이 확실하다. 애증에 휩싸여 허우적거리지 않고 정의로운 척하지도 않는다. 언변은 우물쭈물하는 법 없이 시원시원하고, 행동은 기세등등하고 옳은 일에 적극적으로 나섰다.

영화 〈시절인연〉에 나오는 주인공 탕웨이는 베이징 큰 언니의 캐릭터를 매우 생생하게 묘사하고 있다. 자신을 잊은 채 물불을 가리지 않고 사랑하고, 사랑의 쓴맛을 본 뒤에는 미련을 남기지 않고 끝맺음을 확실히 한다. 털털하고 호들갑스러우면서도 감정은 대단히 섬세하다. 잘못한 사람을 말뿐이 아닌 진심으로 용서하고, 무슨 일이 생기면 지난 악감정에 연연하지 않고 의리 있게 손을 내밀어 돕는다. 그녀는 남자에게 의지하는 사람처럼 보였어도 결국 남자들도 감동할 정도로 홀로서기에 성공한다. 그런 뒤에는 세상사에 무심한 듯 고개를 쳐들고 "무슨 일 있었어?" 하며 한마디 툭 내뱉는 그런 여자다.

충칭

중국에서 운전 기술이 좋은 사람은 전부 충칭에 있나보다. 도로에서 소리를 쌩 내며 번개처럼 내달리고 오르막, 내리막, 비탈길을 가리지 않고 아무 데서나 정차한다. 운전자들은 '자동차가 엉망진창이 되더라도 어디든 가겠어'라고 생각하는 게 분명해 보였다.

누군가 어느 도시에 미인이 가장 많으냐고 묻는다면 내 대답은 충칭이다. 충칭 여자는 '센 언니'로 대표되지만, 피부는 손대면 톡 터질 듯이 투명하고 고우며 몸매는 런웨이를 걷는 모델 같다. 길거리에서 마주치는 아가씨들은 어딜 가나 하나같이 미인이고 상의만 입었다고 착각할 정도로 치마를 짧게 입는다. 담배를 입에 물고 거리를 오가는 모습은 그야말로 시크미가 폭발한다. 충칭 여자는 남자 앞에서 가식이 전혀 없고 좋아하는 감정을 숨기지도 않는다. 입만 열면 살벌하고 매정한 말을 쏟아내지만 마음은 두부처럼 연하고 부드러워서 말다툼을 하다가도 도중에 하하거리며 웃음을 터트린다. 이런 점은 다른 지역의 평범한 여자에게서는 결코 볼 수 없는 모습이다.

창사

창사에 가면 항상 식당에서 나오는 밥의 양에 자지러지게 놀란다. 인색한 식당은 큼지막한 통에 밥을 담아 내놓고 인심이 좋은 식당은 전기밥솥째로 내줄 정도다. 정말로 양이 까무러칠 정도로 많다. 아직 애나 다름없는 내가 그렇게 많은 밥을 어떻게 다 먹으라는 건지.

지금껏 길에서 나를 알아본 사람이 딱 한 명 있었다. 창사의 맛집 훠궁뎬에서 군만두를 먹느라 정신이 팔려 있을 때였다. 아이를 안은 한 남자가 계속 내 주위를 왔다 갔다 하더니 내가 일어나서 나가려고 하자 말을 걸었다.

"혹시 그분 아니세요?"

"맞아요."

내가 대답하니 그가 물었다.

"같이 사진을 좀 찍어도 될까요?"

"그러죠."

사진을 찍고 나서 남자가 말했다.

"이제 생각났어요. 미스터 사색가 님 맞죠?"

나는 눈물을 글썽이며 고개를 있는 힘껏 끄덕이고는 그의 손을 꼭 잡으며 말했다.

"정확히 보셨네요!"

창사는 정말로 정이 많은 도시다.

후난 위성TV의 역량으로 창사의 여가 산업이 발달했기에 나는 어떤 볼거리가 있는지 사람들에게 물었다. 그런데 뜻밖에도 많은 사람이 오락 프로그램 〈쾌락대본영快樂大本營〉과 〈천천향상天天向上〉 촬영 현장에 가보라고 권했다. 사실 창사에서는 미식과 발마사지가 가장 인기가 있고 중국의 4대 서원 중 하나인 악록서원도 있다. 일 년 동안 같은 음식을 두 번 먹지 않아도 될 만큼 종류가 다양한 미식, 반 년 동안 다양한 체험을 할 수 있을 정도로 기술이 다양한 발마사지, 한 번 발을 들이면 평생 눌러앉고 싶을 만큼 경관이 수려한 악록서원으로 유명한 곳이 바로 창사다.

우한

내가 어느 도시를 가더라도 그곳 사람들은 자기네 도시가 중국의 '4대 화로' 중 하나여서 무척 덥다고 말한다. 그러나 어떤 도시를 '4대 화로'로

꼽든지 간에 그 안에는 우한이 꼭 포함된다. 말하자면 우한은 모든 중국인이 인정하는 '화로'다. 강과 바다를 끼고 있는 도시는 보통 상업이 발달하는데, 상업이 발달하면 고대 그리스나 네덜란드처럼 문화도 융성한다.

나는 원저우와 우한, 이 두 곳이 장사를 꽤나 잘하는 지역으로 기억하고 있다. 나의 비즈니스 마인드도 대부분은 이 두 도시 출신 친구한테 배운 것이다. 우한 여성은 굉장히 똑똑하고 지혜롭고 설득력이 대단해서 나처럼 말발로 먹고 사는 사람도 우한에만 오면 꿀 먹은 벙어리가 된다. 또 말하는 속도도 우한에서 빠르기로 유명한 전설의 521번 버스 속도에 육박한다.

우한에는 간식을 파는 곳이 거리와 골목마다 즐비하다. 위생 상태가 염려스럽긴 하지만 한번 먹어보면 그 맛을 절대 잊지 못한다. 비록 지금 우한의 도처에서 건물이 신축되고 공사가 진행 중이지만 실제로 그곳에서 얼마간 지내보면 아마 우한과 총명한 우한 아가씨를 사랑하게 될 것이다. 우한은 말이 필요 없을 만큼 아름답기 때문에 직접 그 매력을 느긋하게 느껴보길 바란다.

선전

내가 아는 선전 사람들은 전부 선전 출신이 아니고 일 때문에 그곳에서 생활하는 사람들이다. 뜨거운 가슴에 청운의 꿈을 안고 선전이라는 도시로 달려온 그 젊은이들의 에너지와 열정은 가히 짐작하고도 남을 만하다. 그러나 이상하게도 선전의 밤 문화는 전혀 다채롭지가 않다.

출장으로 선전에 자주 가는 내가 보기에 선전은 포용력이 상당한 도시다. 그곳 사람들은 다들 자기 능력으로 밥벌이하며 치열하게 살아가는 것 외에 다른 관심이 없었다. 또 이 도시 사람들은 프로 정신이 확실해 보였다. 한 번은 유모차를 깜빡하고 선전항에 두고 와서 곧장 항구 파출소로 전화를 걸었다. 경찰이 "와서 찾아가세요"라고 하기에 곧장 파출소로 가서 서명하고 유모차를 돌려받았다. 북방 도시였다면 경찰이 "조심하지 그러셨어요. 다음부터는 주의하세요"라며 불필요한 훈계를 했을 텐데 선전에서는 그런 말을 전혀 듣지 못했다.

선전의 여성들을 말하자면, 음, 야근하느라 무지 바쁘다.

광저우

광저우는 밤 문화가 발달해서 새벽 한두 시에도 택시를 잡느라 늘 애를 먹었다. 남방 도시인데도 베이징만큼이나 전통적이어서 불교와 도교, 공자와 왕양명에 관한 이야기를 나누다보면 뜻이 맞는 사람도 쉽게 만날 수 있다. 광저우 사람들은 아침 차*를 마시자고 해놓고 점심나절까지도 자리를 파하지 않기가 일쑤고, 분명 야시장에 가자고 해서 따라가면 가뿐하게 새벽을 훌쩍 넘기며 야식까지 즐긴다. 나는 광저우에서 이 점이 도무지 이해되지 않았다.

광저우 여성은 안정을 추구하고 믿음직스러운 면이 있는데, 내 생각엔 객가** 문화의 영향을 받아서 그런 듯하다. 그렇기 때문에 광저우에서는 여자를 함부로 농락하면 안 되고 결혼할 마음이 있는 여자와 연애를 시작해야 한다. 안 그러면 여자를 희롱하는 건달 취급을 받는다. 광저우 여자를 만날 때는 차를 한 모금만 마시고 자리를 뜰 생각은 말고 아침 차를 마시듯이 진득하게 만남에 최선을 다해야 한다. 정오가 되기도 전에

---

* 무茶, 아침에 사람들과 어울려서 차와 함께 간단한 다과나 딤섬을 여유롭게 즐기는 광둥 지역 문화다.

** 客家, 북방 지역에 남방 지역으로 이주해 정착한 한족을 가리키며, 남방 지역 토박이와 구분해 지칭하기 위해 '객가'라고 불렀다.

자리를 뜨는 건 아침 차 매너가 아니지 않은가.

광저우는 일상생활, 주거, 결혼, 아이를 키우기에 아주 좋은 도시다.

둥베이

남방 사람은 하얼빈, 지린, 선양을 정확히 구분하지 못하고 보통 둥베이라고 통칭한다. 둥베이 여성의 가장 큰 특징은 키가 크다는 점인데, 정말로 크다. 여기서 단체 사진을 촬영할 때면 나는 신체적 단점을 감추려고 되도록이면 앉아서 찍는다. 둥베이 사람에게는 타고난 유머감각이 있는 듯하다. 그래서 누군가 둥베이 사투리로 "아가씨, 뭘 봐요?" 하면 뒤이어 또 다른 누군가가 얼런좐*을 바로 시작할 것만 같은 느낌이 든다.

둥베이 사람은 상당히 호방하다. 그들의 태도가 애매하다고 여기는 사람도 있는데 실제로는 그렇지 않다. 이를테면 둥베이 사람이 같이 영화를 보러 가자고 제안하는 건 친해지고 싶다는 뜻이 아니다. 또 어깨동무를 하는 것은 무례한 의도로 하는 행동이 절대 아니므로 그들의 뜻을 자칫 오해하면 입장이 무척 난처해진다. 그들은 호방한 유전자를 지닌 사람들이어서 사소한 일은 마음에 두지도 않는다. 별자리로 볼 때 둥베이 사람의 성격은 양자리의 특징을 그대로 지니고 있어서 일단 무슨 일이든 시작을 하면 옆에서 말려도 소용이 없다. 그들은 나더러 할 말이 있으면 장난하듯이 빙빙 돌리지 않고 시원하게 하라고 다그치기도 했다.

지난

중국인들은 대부분 지난하면 드라마 속 대사로 유명한 '다밍 호숫가

---

* 二人轉, 두 사람이 춤추고 노래하며 만담도 하는 둥베이 지방의 대표적인 민간 예술 공연

에서 만난 샤위허[*]를 먼저 떠올린다. 그러나 백주 주량이 일 리터가 안 된다면 샤위허 같은 여자와 잘해볼 마음은 접어야 한다.

지난 여성은 아주 착실해서 결혼하면 수입이 얼마든지 간에 경제권을 누가 쥘 것인지와 부모님은 어떻게 부양할 것인지를 분명히 한다. 이런 점은 결혼 생활에서 확실히 해야 할 문제이므로 지난 여성과 결혼할 남자는 미리 알아두는 게 좋다.

지난 여성을 아내로 맞으면 걱정할 일이 적다. 아마 지난이 낭만적이지는 않지만 무척 평온하고 안정감을 주는 도시여서 그런 듯하다. 또 지난 여성은 매사에 체계적이고 조리가 분명하며 '선생님'이라고 불릴 만큼 철두철미하다.

상하이

나는 상하이에서 쓰난루를 가장 좋아한다. 쓰난루는 굉장히 독특한 길이며, 상하이에서는 '화이하이루[**]의 뒤뜰'이라고 불린다. 쓰난루에서는 종종걸음으로 바삐 오가는 사람들이 거의 드물다. 한적하고 평화로운 골목의 주민들만 자신들의 한없이 소박한 일상을 부지런하고 성실하게 보내고 있다. 마치 약속이나 한 듯이 장쉐량, 저우언라이, 쑨원이 머물렀던 곳이기도 하다. 이런 길을 걸어가면 나도 전설 속의 일부가 된 기분이 들지 않을까? 난징루에서는 상점을 홍보하는 이벤트성 공연이 항상 열리는데 거리의 진정한 예술가는 이벤트 공연자들처럼 인위적이지 않다. 상당히 나태하고 풀어져 있으며 현악기 하나만 있으면 자기 집 외에 다른 어

---

* 중국 인기 드라마 <황제의 딸>에서 황제에게 사랑받았으나 후에 버림받은 가상 인물
** 쇼핑 중심지로 유명한 상하이의 번화가

디라도 무대로 삼아 연주한다.

상하이 여자들은 별별 경험이 워낙 많아서 뭐든 훤히 잘 알기 때문에 절대로 그녀들 앞에서는 허풍을 떨면 안 된다. 그녀들이 빙긋이 웃는 얼굴로 꿰뚫어보고 눈치를 채면 난감하기 이를 데가 없어진다. 남자들은 상하이 여자를 통제하려는 생각은 아예 말아야 한다. 만약 그랬다가는 옆에 아무 여자도 남아 있지 않거나 썸남 처지로 전락하고 만다. 상하이에서는 자유롭고 독립적인 삶이 가능하며 그러기 위해서 할 수 있는 단 한가지는 자신의 가치를 더욱 높이는 일이다.

난징

나는 난징의 친화이허에 갈 때마다 문득 전생으로 돌아간 기분이 든다. 전생에 내가 그곳에서 잘나가는 사람이었는지는 확인할 수 없지만 말이다. 고대 문화를 이야기하자면 나는 시안과 난징의 문화가 가장 마음에 든다. 시안의 문화는 예스럽고 소박하며 난징의 문화는 고풍스러우면서도 현대적이다. 난징의 여성은 대부분 단아하고 조신하며 기품이 넘치는 고전적인 이미지여서 여러 지역 여성들 사이에서 한눈에 알아볼 수 있다. 내가 본 난징의 인상은 어쩌면 난징 여성의 이런 이미지에서 받은 것일지도 모른다.

난징 사람들이 체면을 중시하는지도 잘 모르겠고 진실한지도 확실히 말하기 어렵다. 그들은 상대방에게 친근하지만 항상 일정한 거리를 유지한다. 내 주변의 난징 출신 친구들은 대부분 그렇다. 사실 오히려 이런 관계일수록 '군자의 사귐은 담백하기가 물과 같다'는 옛말처럼 사이가 깊고 오래 간다. 만약 난징 여성과 사랑에 빠진다면 그녀에게 평생 사랑받을 각오가 필요하다. 거의 육천년의 역사를 지닌 도시 난징의 여성인데 한 사람을 평생 사랑하는 것쯤이야 대수겠는가.

　나는 낯선 도시에서 정처 없이 돌아다니는 일이 무척 즐겁다. 낯선 도시에서는 길을 잃어도 괜찮다. 어차피 어딜 가나 다 미로 같긴 매한가지니까. 거리에는 걸음을 재촉하며 나를 스쳐 지나가는 사람, 약속 장소로 서둘러 가는 사람, 식사를 준비하러 집으로 가는 사람, 영화를 보러 급히 발길을 옮기는 사람 등이 있다. 목적도 없고 시간에 쫓기지도 않는 나는 홀로 아는 사람도 없는 낯선 도시의 육교 위에서 빙그레 미소를 지으며 끝이 없는 자동차의 물결을 바라보고 있자면, 하느님도 늘 나처럼 이렇게 지낼까? 하는 생각이 든다.

나는 쇼핑을 사랑하는 남자

나는 쇼핑을 굉장히 좋아한다.

항상 아내와 쇼핑을 나가지만 둘이 같이 쇼핑하는 건 영 재미가 없다. 그래서 아내와 상의 끝에 함께 나가서 각자 따로 쇼핑하기로 했다. 아내는 물건을 사고서 내 반응이 궁금하면 메시지로 연락해서 나를 부른다. 그러면 나는 곧장 달려가서 아내가 고른 옷을 보며 격하게 반응한다.

"예뻐! 정말 예뻐! 너무너무 예쁘다!"

아내가 날 부르지 않으면 우리는 미리 약속한 대로 저녁에 쇼핑몰이 폐점하기 전에 쇼핑몰 입구에 있는 스타벅스에서 만난다. 이렇게만 쇼핑하면 나는 열흘이든 보름이든 끄떡없이 나갈 수 있다. 그래서 아내가 가끔 애원한다.

"오늘은 쇼핑하러 안 가면 안 될까?"

그런 날은 아내를 끔찍이 사랑하는 마음에서 아내의 뜻대로 쇼핑을 포기한다.

쇼핑은 정말 재미있다. 평범하고 조그마한 상점이라도 자세히 들여다보면 아기자기하고 묘한 매력이 넘친다. 또 확성기를 대고 "좋은 소식이 왔어요. 지금 무려 오십 퍼센트 할인가로 드립니다!"라며 소리를 높이는 상점도 거리에 많다.

할인 소식을 접하면 당장이라도 상점으로 들어가고 싶지만 잠깐 반색한 것에 만족하고 지나간다.

종종 "밑지고 파는 눈물의 바겐세일!"이라는 외침도 들린다.

고객에게 기쁨을 주려고 밑지고 파는 장사는 어떤 숭고하고 이타적인 정서를 느끼게 한다.

목청이 터지도록 "점포 정리, 창고 세일!" 하고 질러대는 소리도 들린다.

일 년째 그렇게 뚝심 있게 소리치면 나도 그냥 지나칠 수가 없다.

내가 본 중에서 가장 허풍이 센 상점은, 처음에는 사장님의 사모님이 도망을 가서 싸게 판다고 하다가 나중에는 장사를 접으려고 눈물의 바겐세일을 한다고 외쳐대던 곳이다. 그로부터 한 달 뒤에는 사모님이 돌아와서 사장님이 기쁨의 바겐세일을 한다고 하고, 또 그 이후에는 사장님이 처제와 도망을 가서 인생무상을 실감한 사모님이 눈물의 바겐세일을 한다고 시끄럽게 홍보했다. 그리고 며칠이 지나서는 사장님의 아들이 아버지를 찾으러 집을 떠나는 바람에 사모님이 또 그 아들을 찾으러 갈 돈을 마련하려고 눈물의 바겐세일을 한다고 호객행위를 했다. 가만히 들어보면 며칠마다 한 번씩 드라마 같은 새로운 스토리가 생성되어 바람 잘 날 없는 비극적인 상점이다.

그래서 나는 그 상점 앞을 지날 때면 어김없이 들어가서 둘러보는데,

그때마다 사모님이 내게 말을 건다.

"또 오셨어요?"

"네. 오늘은 집안에 새로운 뉴스가 없나요?"

내 물음에 사모님이 대답했다.

"내일 내놓을 새로운 버전이 있어요. 아들이 아버지를 찾아 돌아오고 본처인 내가 첩을 내쫓은 기념으로 희망의 바겐세일을 할 참이라……."

쇼핑의 즐거움은 쇼핑을 해보지 않고서는 전혀 알 수 없는 기분이다. 쇼핑의 핵심은 '구입'이 아니라 '구경'이다. 각 상점의 다양한 포스터를 구경하는 재미도 제법 쏠쏠하다. 나는 항상 포스터들을 보면서 촬영 기술, 배색, 유행 추세 등을 살피고, 왜 그런 스타일로 만들었는지 연구하며 많은 것을 배운다. 말하자면 아름다움을 연구하는 건데, 아름다움을 연구하기에 적합한 대상으로는 상점만 한 게 없다. 한 예로 상점 포스터를 촬영할 때 일반적으로 예쁜 모델을 기용하지 않는 이유를 알아냈다. 예쁜 모델을 쓰면 포스터는 아름답지만 고객에게는 심한 좌절감만 안겨주기 때문에 예쁜 모델을 선호하지 않는 것이다.

그래서 앞으로는 쇼핑하러 갈 때 "나 가게에 공부하러 가"라고 말해도 된다.

포스터를 다 보고 나면 발길이 닿는 대로 거닐다가 한 상점으로 들어간다. 한 번은 홍콩에서 한 신발 가게에 들어갔는데 안에 손님이라곤 나밖에 없어서 직원과 신발 제작 공정에 관해 이야기를 나누었다. 좋은 신발을 판별하는 노하우와 신발을 관리하는 방법도 전해 듣고 최신 모델 신발도 신어봤다. 커피 두 잔을 마시며 두 시간을 이야기하고 나서 마지막에는 신발 끈 두 개와 제품 브로슈어를 받아들고 가게를 나왔다.

이렇게 진심으로 고객을 대하는 직원이 있는 반면 가식적인 직원도 당연히 있다. 직원은 내가 막 상점 안으로 들어설 때부터 옆에 바싹 붙어서 따라다니다가 내 시선이 한 옷에 딱 꽂히면 "정말 잘 어울릴 거예요. 몸은 어떻게 관리하셨어요? 우와, 귓불이 두툼해서 복도 많고 입술선도 또렷해서 우리 가게 옷을 입으면 안성맞춤이겠어요" 하며 내 비위를 맞춘다.

내가 "입술선이랑 옷이 어떻게 어울린다는 거죠?" 하고 물으니 직원이 대답했다.

"입술선이 또렷하면 웃는 모습이 예쁘고, 웃는 모습이 예쁘면 얼굴이 환해 보이죠. 환한 얼굴에는 밝은 색이 잘 어울리는데 이번 시즌에 나온 주력 상품이 밝은 색이거든요."

옷 한 벌을 팔려고 애쓰는 직원의 모습에 나도 모르게 웃음이 새어 나왔다. 이런 상점에서 한 바퀴 빙 둘러보면서 입에 발린 칭찬을 들으면 수명이 길어져서 일이십 년은 더 살 수 있으니 나쁠 것도 없다.

정말로 마음에 드는 옷을 발견했는데 앞서 봤던 것도 마음에 들면 어떻게 할까? 나는 경험상 처음 봤던 옷을 고른다. 보통 맨 처음에 눈길이 갔던 옷을 기준으로 마음에 드는 옷을 찾기 때문에 차라리 처음으로 마음에 들었던 옷을 산다. 그러고 나서 후회되면 나중에 마음에 들었던 옷을 또 사서 두 벌을 갖는다. 이성보다 감성을 따르는 선택이다.

그런데 만약 좋아하는 두 사람 사이에서 갈팡질팡한다면 나중에 알게 된 사람을 선택하는 게 옳다. 먼저 알게 된 사람이 사무치게 좋다면 나중에 만난 사람이 마음에 들 리가 없기 때문이다. 이런 선택은 다분히 이성적이다.

정리하자면, 딱 하나만 가져야 하는 경우에는 나중에 마음에 든 것을 선택하라는 말이다. 만약 둘 다 가지려면 처음에 마음에 들었던 것을 선택하면 된다.

쇼핑을 다니다가 아주 독특하고 묘한 분위기를 풍기는 작은 서점을 만나면 흥미진진해진다. 각양각색의 문구, 수첩, 작은 카드, 갖가지 흥미로운 책 등이 가득한 그런 서점 말이다. 만약 대형 쇼핑몰 안에서 이런 상점을 만난다면 마치 나이트클럽에서 무라카미 하루키를 만난 것 같고, 짙은 화장에 화려한 차림을 한 아가씨들 틈에서 장만옥이 불쑥 튀어나온 듯한 기분이 들 것이다.

상점 안에 베스트셀러 외에 다양한 철학서도 놓여 있고 문화 연구에 관한 책도 많으면 정말로 주인의 품격이 달라 보인다. 차를 마시는 주인을 뒤로 하고 상점 안을 편하게 둘러보다가 읽고 싶은 책을 발견했을 때, 그 책을 집어 들어서 책장을 몇 페이지 넘기는 기분은, 마치 빽빽한 숲을 이룬 인파 속에서 누군가를 발견해 심장에 충격을 받은 것처럼 말로 표현할 수 없이 만족스럽고 뿌듯하다. 이런 경우는 그 자리에서 책 몇 권을 사가지고 상점을 나온다. 인터넷에서 주문하면 훨씬 싸게 구입하겠지만 상점 주인이 장사를 계속 이어가게 하고 이런 상점이 존속할 수 있게 하려면 무조건 현장에서 사야 한다.

쇼핑몰에는 서점이 있어야만 인간적인 분위기를 느낄 수 있다. 서점이 없는 쇼핑몰에는 물욕만 넘친다.

서점 외에 주방용품을 파는 상점도 꽤 흥미롭다. 난 요리를 할 줄 모르지만 주방용품을 집에 들고 가서 아내를 괴롭히면 묘한 쾌감이 든다.

"이 주걱 괜찮은데?"

"와우, 거품기가 참 특이해."

"이 젓가락들도 죽이네."

아내와 각자 쇼핑을 마치고 다시 만나면, 아내는 신바람이 나서 새로 산 옷을 내미는데 나는 왼손에는 주걱을 쥐고 오른손에는 거품기를 들고 입에는 젓가락 몇 쌍을 문 채로 아내 앞에 선다.

아내는 그런 내 모습을 보고 웃겨서 몸을 앞뒤로 흔들며 깔깔거린다.

"나한테 아는 척 하지 마."

그러고는 구입한 옷을 쇼핑백에 넣어서 내 팔에 턱 걸치며 말한다.

"집에 가서 밥이나 하자."

"아직 안 돼."

내가 거부하자 아내가 "왜?" 하고 물었다.

"위층에 안마 의자 매장이 있어. 삼십 분만 체험하고 가려고."

공항에서의 짧은 여행

영국 작가 알랭 드 보통의 저서 중에 『공항에서 일주일을』이라는 에세이가 있다. 그가 일주일 동안 공항에 머물면서 보안요원, 조종사, 공항 교회 목사, 승무원 등을 관찰해 그들의 일상을 독특한 시각으로 그린 책인데 읽어보면 철학적인 느낌이 물씬 난다.

내가 공항에서 겪은 여러 일화는 재미는 있지만 전혀 철학적이지 않다. 철학적이지 않을 뿐만 아니라 황당하기까지 하다.

한 번은 어느 공항에서 짐을 부치고 나서 지상 근무 직원에게 다른 사람의 이름이 기재된 탑승권을 받은 일이 있었다. 더 웃긴 일은, 내가 그런 사실을 인지하지 못한 채로 여권과 남의 이름으로 된 탑승권을 들고 보안검사를 통과했다는 것이다. 나는 자신 있게 여권과 탑승권을 보안요원에게 건넸고, 절차대로 카메라를 바라보며 미소를 지었다. 맞은편에 앉은 보안요원과 실습생 두 사람은 내 신분증과 탑승권을 대조한 뒤에 확인 도장을 꾹 찍었다. 그때까지도 나는 탑승권에 이름이 잘못 기재된 줄을 모르고 있었다.

부실하기 짝이 없는 보안검사였다.

탑승구에 도착하니 탑승 안내 방송이 나왔고 좌석이 뒤쪽인 승객부터 탑승했다. 나는 탑승권을 들고 좌석 번호를 확인하다가 그제야 탑승권의 이름이 잘못 되었음을 발견하고 까무러칠 뻔했다.

승객들이 한창 탑승하고 있는 상황에서 나는 당황해서 어찌할 바를 모르다가 곧장 보안검색대로 달려갔다. 가던 길에 마침 보안검사 책임자를 만났다.

나는 탑승권을 내밀어 보였다.

"이거 제 이름이 아니에요."

보안검사 책임자가 진지한 표정으로 물었다.

"댁이 누군데요?"

"이건 내 여권인데 여기 사진 좀 봐요. 내 얼굴이잖아요. 그런데 탑승권에 적힌 이름이 여권과 달라요. 그러니까 내 이름은 여권에 적힌 이 이름인데 탑승권은 내 것이 아니라고요."

그는 내 말을 이해했는지 다시 물었다.

"그럼 여기는 어떻게 들어왔어요?"

내가 웃으며 대답했다.

"내가 궁금한 게 바로 그거예요."

보안검사 책임자는 벌써 귀찮아졌는지 나랑 옥신각신하지 않고 식식거리며 나를 데리고 보안검색대로 갔다. 그는 보안요원 두 명에게 한바탕 훈계를 하고는 나를 향해 돌아서며 말했다.

"어서 비행기 타러 가세요."

"하지만 이건 내 이름이 아니잖아요."

내가 탑승권을 내밀며 말했다.

"늦었으니까 어서 타시라고요."

그는 손가락으로 천정을 가리켰다. 빨리 탑승하라는 안내 방송이 나오고 있다는 의미였다.

나는 속이 터질 것 같았다.

"그럼 전 어느 자리에 앉아요?"

"탑승권에 적힌 대로 앉으세요."

"그럼 이 사람은 어디에 앉아요?"

"당신 자리에 앉겠죠" 하고 말하는 그의 침착한 표정에서 나는 이런 상황이 그에게는 대수롭지 않은 일인가 하는 의구심이 들었다.

그리하여 나는 난생 처음으로 남의 이름이 적힌 탑승권을 들고 보안 검색대를 통과해서 비행기를 타고 남의 자리에 앉았다.

또 한 번은 이런 일도 있었다. 댜오위다오 분쟁이 일어서 중국내에서 반일 감정이 고조된 즈음이었는데 그때 나도 공항에서 반일 감정을 드러낼 기회를 포착했다. 선양 공항에서 탑승 수속을 하려고 줄을 서서 기다리는데 앞쪽에 선 아가씨가 손에 일본 여권을 들고 있는 거였다. 일본 여권을 본 순간 나는 호기가 충천해서 곰곰이 생각한 끝에 그녀 뒤에서 나지막한 목소리로 말했다.

"가서 일본 사람들한테 말하세요. 댜오위다오는 중국 땅이라고요."

그때 나는 내가 마치 아카데미 시상식에 참석한 것처럼 근엄하게 굴었다.

그렇게 말하고 혼자 감동에 푹 빠져 있을 때, 그 아가씨가 몸을 쓱 돌리더니 서툰 중국어로 내게 "바쁘세요? 그럼 먼저 수속하세요"라고 하고는 눈을 깜빡이며 나를 쳐다봤다.

그 찰나에 나는 방금 되찾은 땅을 또 짓밟힌 기분이 들었다.

이런 난감한 경험도 있었지만 비행기의 출발이 지연되는 즐거운 경험도 있었다.

비행기의 출발이 지연되면 나는 엉뚱하게도 마치 어릴 적 낡은 옷 속에서 뜻하지 않게 백 위안짜리 지폐를 발견했을 때처럼 들뜨고 흥분된다. 비행기에 탑승하기 전에는 보통 막연한 긴장감이 밀려든다. 그러다가 갑자기 출발이 지연된다는 소식을 들으면 팽팽하던 그 긴장의 끈이 별안간 느슨해져서 공항을 어슬렁거리거나 의자에 앉아서 지나가는 사람을 관찰하며 시간을 보낸다. 또 이어폰을 귀에 꽂고 영화를 보기도 하고 공항에서 일어나는 재미있는 일들을 눈여겨보기도 한다.

사람의 일생은 어쩌면 하느님이 그 기간을 미리 정해놓았을지도 모른다. 어차피 시간은 쓰든 안 쓰든 결국 순리대로 흘러가니까.

공항에서 시간을 때우느라 두리번거리다가 공항 내 서점으로 들어가는 제복 차림을 한 보안요원 청년을 관찰한 적이 있다. 그는 주머니에서 꼬깃꼬깃 접힌 소액 지폐를 꺼내더니 아주 신중하게 고민한 끝에 표지가 반들반들한 신간 남성 패션지 〈난런좡男人裝〉를 집어 들었다. 그런 뒤에 입에 작은 빵 조각을 물고는 마치 잡지 속으로 빨려 들어갈 듯이 페이지를 들추어 사진을 보며 걸어가는데, 그 모습이 꽤 인상에 깊이 남았다.

그러고는 고개를 비스듬히 돌려 옆자리에 앉은 여성을 보았다. 맙소사, 그녀가 내 웨이보를 훑어보고 있는 게 아닌가. 극강의 나르시시즘에 빠진 나는 약간의 설렘을 느끼며 그녀에게 말을 건넸다.

"어, 제 웨이보를 보고 계시네요?"

그녀가 나를 돌아보며 미적지근하게 반응했다.

"그래서요? 달걀이 맛있으면 닭한테도 인사해야 하나요?"

그녀의 태도로 보아하니 그녀는 아마도 쳰중수*의 열성팬인 듯했다. 아무래도 말을 더 붙이다가는 주먹이 날아올 것 같아서 맞은편에 앉은 아가씨에게로 시선을 옮겼다. 단정하고 예쁘장한 그녀를 보니 온갖 상상력이 발동했다.

그래서 말을 걸었다.

"그쪽도 선전에 가세요?"

그녀가 고개를 들고 나를 보았다.

"내가 도중에 비행기에서 내릴 것처럼 보여요?"

내가 말했다.

"가는 동안 같이 이야기나 나누면 되겠네요."

그녀가 나에게 눈을 흘기며 말했다.

"그쪽은 〈두저讀者〉를 읽고 있고 나는 〈차이나 데일리China Daily〉를 읽고 있는데, 우리가 같은 언어로 대화할 수 있을 거라고 생각해요?"

어휴, 열 받아 죽을 뻔했다. 그래도 "내내 피부 건선 치료 광고만 뚫어지게 보고 있던데요?"라는 말은 차마 하지 못했다.

때마침 다행히도 탑승 안내 방송이 흘러나왔다. 안 그랬으면 공항에서의 짧은 여행 중에 살인사건이 일어났을 거다.

---

* 錢鍾書, 중국의 현대문학의 대표 작가이자 문학 연구자

清明

봄비가
쓸쓸한 그리움처럼 내리는

청명

문득 돌아보면 이미 한세상이 흘러가 있을 때가 많다.
그러므로 사람을 만날 때는 처음 본 듯이 선의로 대하고,
헤어질 때는 마지막인 것처럼 정중해야 한다.

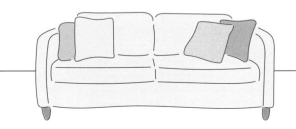

문득 돌아보니 이미 흘러간 한세상

살면서 가장 가슴이 아픈 일은, 잠깐의 이별인 줄 알고 웃음으로 가볍게 배웅하며 또 보자고 했는데 영원히 다시 볼 수 없게 되는 것이다. 잠깐의 이별이 영원한 이별이 되면 뇌리 속에는 돌아서서 떠나던 뒷모습만 남고 못 다한 말들만 입에 맴돈다.

1.

한동안 나는 매일 한 여성에게 웨이보 쪽지를 받았다.

'오늘은 기분이 정말 좋아요.'

'오늘은 출근길에 군고구마를 하나 샀어요.'

'상사한테 잔소리를 들었어요.'

'어떤 남자를 봤는데 심장이 마구 뛰었어요.'

'책을 한 권 샀어요.'

'겨우겨우 지하철에 탔어요.'

……

나는 답장을 전혀 하지 않았고 그녀도 메시지 보내기를 중단하지 않았다. 그렇게 꼬박 일 년이라는 시간이 흘렀다.

그녀는 습관처럼 내게 모든 걸 털어놓았고 나도 습관처럼 그녀의 이야기를 귀담아들었다.

그러던 어느 날, 그녀는 해외로 출국하게 되었다고 쪽지로 이별 인사를 전했다.

나는 답장을 썼다.

'잘 가요.'

하지만 답장은 전송되지 않았다. 그녀의 웨이보를 클릭하니 이미 삭제된 계정이었다.

그녀는 그렇게 수많은 사람 속으로 사라졌다.

나는 그녀를 알지 못한다. 그녀도 아마 나를 모를 것이다.

우리는 그저 서로에게 익숙하지만 낯선 사람이었을 뿐이다.

2.

한 동창생이 있다. 그는 남자고, 승부욕이 강하며, 공부의 달인이다.

학창 시절에 일등 장학금을 모조리 차지했던 그는 졸업 후에 회계사 사무실에 취업했다. 한 번은 그를 우연히 만나서 함께 커피를 마셨는데, 그는 몸도 마음도 너무 피곤하고 지쳤다고 했다. 그러면서도 이 년만 더 버티면 집도 사고, 차도 사고, 결혼도 하고, 아이도 낳을 수 있을 거라고 기대했다.

그 이후에 어느 날 또 다른 한 동창에게 전화가 왔다. 얼마 전에 만났던 그 동창이 뇌출혈로 사망했다는 소식이었다.

부고를 접한 동창들이 부리나케 문상을 가니 고인의 어머니가 말없이 흐느껴 울고 계셨다. 어떻게 위로를 해드려야 할지도 몰랐고 어떤 말도 어머니에게 위로가 되지 않았다.

다른 동창들이 먼저 돌아간 뒤에 나는 고인의 유해를 바라보며 하고 싶은 말이 너무나 많았지만 꺼낼 수가 없었다. 그때 아마 마지막으로 딱 이 한마디만 했던 것 같다.

"야, 나도 곧 갈게."

3.

상하이에서 일할 때 회사에 어느 날 갑자기 실습생 한 명이 들어왔다. 실습생은 사자자리였고, 여성이었다.

그녀가 내게 쇼핑을 제안해서 같이 쇼핑하러 다닌 적도 있고, 내가 그녀에게 영화를 보자고 해서 함께 영화관에도 갔지만 손은 한 번도 잡지 않았다. 언젠가 길을 건너는데 택시 한 대가 빠르게 달려오는 걸 본 그녀가 나를 와락 잡고는 끌어당겼다. 나는 그만 웃어버렸고 그녀도 웃었다.

그로부터 몇 달 뒤, 그녀가 런민광창으로 산책을 나가자고 해서 우리는 거기서 프라이드치킨을 먹었다.

그녀는 바지를 새로 샀다고 하더니 이어서 실습이 곧 끝나서 회사를 나간다고 했다. 그러고는 어느 회사 이름을 알려주었는데 어떤 회사였는지 지금은 기억이 나지 않는다.

그날 저녁에 그녀는 내게 편지 한 통을 건넸다. 편지에는 'I'm very fond of you'라고 적혀 있었다.

나는 'fond'와 'love'의 차이가 뭔지 궁금해서 사전을 뒤적였다.

그 이후로 그녀는 더 이상 내 앞에 나타나지 않았고 편지 한 통도 없었다.

4.

우리 집 근처 시장에는 부부가 장사하는 만터우* 가판대가 있는데, 가판대 옆에는 항상 강아지 한 마리가 엎드려 있었다. 강아지의 이름은 진마오이지만 타오바오**를 통해 구입한 강아지라서 나는 '타오바오'라고 부른다.

강아지가 순둥이라서 내 아들도 강아지를 무척 좋아했다. 만터우를 사러갈 때마다 아들이 강아지를 쓰다듬으면 강아지는 꼼짝도 하지 않고 그대로 엎드려 있었다.

어느 날 만터우를 사러 갔더니 주인 아저씨가 강아지를 잃어버렸다고 했다.

"진마오 이 녀석이 이렇다니까요. 누가 가자고만 하면 냉큼 따라가버려요. 키운 보람도 없어요. 앞으로 다시는 강아지를 안 키우려고요."

그는 잠깐 숨을 고르더니 한 자 한 자 또박또박 다시 말했다.

"다. 시. 는. 안. 키. 워. 요."

그랬는데도 아들은 번번이 주인 아저씨에게 묻는다.

"타오바오는요?"

그럴 때마다 아저씨도 대답한다.

---

* 饅頭, 소를 넣지 않은 찐빵

** 중국의 대표적인 오픈 마켓

"다시는 안 키운다니까."

5.

아내는 베란다에 식물을 많이 키운다. 나는 이름도 잘 모르는 식물들인데 집에만 가면 아내는 늘 나한테 그것들을 보여주며 싹이 텄다느니, 꽃이 폈다느니 하며 설명한다.

한 번은 나와 아내가 미국에서 한동안 머물다가 돌아왔는데 집으로 들어선 아내가 베란다로 가더니 "다 말라 죽었어" 하며 애석해했다.

내가 말했다.

"괜찮아. 또 심으면 되지."

"꽃을 볼 수 있을 줄 알았거든."

"내가 꽃 한 다발 사올게."

나가서 꽃을 사들고 돌아오니 아내는 벌써 화분을 깨끗하게 정리해서 베란다 한쪽 귀퉁이에 차곡차곡 쌓아두고 있었다. 그 뒤로 지금까지 나는 아내가 꽃을 키우는 모습을 보지 못했다.

6.

내 친구의 아버지가 암 선고를 받고 삼 년을 투병했다는 소식을 최근에야 친구에게 들었다.

"내가 출장을 간 사이에 아버지가 돌아가셨어."

친구는 차분하게 말을 꺼냈다.

아버지가 투병한 몇 년 동안 가장 마음이 아팠던 순간은 뼈만 앙상하게 남은 아버지를 품에 안았을 때였다고 했다. 겨우 몇 십 킬로그램밖에 되지 않는 아버지의 작은 몸을 안고 가슴이 찡했던 것이다.

그 순간에 마치 아버지와 자신의 인생이 뒤바뀐 것처럼, 아이 같은 아버지가 자신의 품에 안긴 모습이 그렇게 약해보일 수가 없었다고 했다.

친구는 사람은 이별하는 법을 배워야 한다고 했다. 이별이 아쉽더라도 이별하는 법을 알아야 서로를 놓아줄 수 있다고.

문득 돌아보면 이미 한세상이 흘러가 있을 때가 많다.

그러므로 사람을 만날 때는 처음 본 듯이 선의로 대하고, 헤어질 때는 마지막인 것처럼 정중해야 한다.

천애고아

여느 때와 다름없는 어느 여름날, 내가 탑승한 비행기가 막 선전 공항에 착륙했을 때 큰 누나에게서 전화가 왔다. 큰 누나는 수화기 너머에서 울음이 섞인 목소리로 어머니가 응급실에 입원했는데 이번에는 어떤 상황이 일어날지 예측하기 어렵다고 했다. 무언가가 '쿵' 하고 내 머리를 내리치는 듯하더니 이내 머릿속이 새하얘졌다. 나는 선전 공항에서 짐 가방을 끌며 한참을 멍하니 있었다. 그러다가 곧 만날 파트너 한 사람 한 사람에게 전화를 걸어 사정을 말하고 일정을 취소했다. 가족은 내게 무엇보다 소중한 존재고, 나의 출세나 영광을 위해 위독한 가족을 외면할 수 없었기 때문이다.

파트너들은 모두 내 사정을 이해해주었고 하나같이 나를 위로하며 별일 없을 테니 너무 걱정하지 말라고 했다. 일정을 취소한 뒤에 나는 지난으로 가는 비행기를 예약했다. 비행기 탑승까지 약 두 시간이 비어서 공항 안을 오가는 사람들을 쳐다보고 있자니 두 눈은 흐릿해지고 마음은 뒤숭숭해졌다. 초조하고 불안한 마음을 감출 수가 없었다.

나는 산둥성 웨이팡의 농촌 마을에서 태어났다. 어머니는 학교를 못 나왔지만 지극히 옳은 말씀을 많이 해주셨다.

"바른 길로 가야 한다. 나쁜 길로 가면 안 돼. 나쁜 길로 가다가는 우물에 빠져."

"누구든 도움이 필요할 때가 있는 법이니까 도울 일이 있으면 돕거라. 그래야 좋은 인맥이 생겨서 어울릴 수 있단다."

"농지에 김을 매지 않으면 아무리 좋은 땅이라도 수확이 없다."

나는 이렇게 어머니의 소박한 자연철학적인 가르침을 받으며 자랐다.

어머니는 손바느질 재주가 좋아서 항상 내 바지나 면 신발에 갖가지 꽃, 새, 벌레, 물고기 등을 수놓았다. 나는 처음에는 그게 신기했지만 차츰 철이 들면서부터는 남자 아이가 그런 옷이나 신발을 신는 게 창피해서 먹물로 모두 새까맣게 칠해버렸다. 어머니는 그런 나를 보고 웃음을 지으면서도 계속해서 내 물건에 다양한 그림을 수놓았다. 어머니는 그런 종류의 예술 창작을 좋아하는 것 같았지만 나는 어머니의 예술을 훼손하기에 바빴다.

내가 타지에서 중학교를 다니면서 기숙사에서 생활할 때, 어머니는 월요일 아침이면 나를 자전거에 태워서 학교까지 데려다준 다음에 각지의 장터로 장사를 나갔다. 겨울에는 새벽 대여섯 시가 되어도 여전히 칠흑처럼 어둡다. 한 번은 가로등도 하나 없는 어두운 새벽 시골길에서 자전거를 타고 커다란 구렁을 지나다가 걸리는 바람에 어머니와 나는 몸이 붕 떠올랐다. 캄캄하고 차가운 밤하늘 아래에서 어머니는 내 이름을 외치며 땅바닥에 나동그라진 나를 손으로 더듬더니 품에 꼭 끌어안았다. 나는 그때 느꼈던 따뜻함을 평생 잊지 못한다. 그래서 그 이후로는 밤길만 나서면 그때 내 이름을 부르짖던 어머니의 목소리가 생각나고 나를 꼭 안아주던 어머니의 기운이 느껴지는 듯하다. 그 기운은 모든 어둠의 공포를 다 물리칠 수 있을 만큼 강한 힘이었다.

초등학교 운동회에서는 이런 일도 있었다. 내가 운동장 한 바퀴를 달리고 오니 어머니는 다른 사람과 이야기를 나누고 있었다. 그 사람이 어머니한테 "그쪽 아들은 발이 정말 빠르네요"라고 하자 어머니는 "그럼요. 아주 빠르죠" 하며 맞장구쳤다. 어머니는 인사치레로 하는 말을 할 줄 몰랐다. 어머니에게 아들은 가장 큰 자랑거리였기 때문이다. 나를 향한 어머니의 믿음 덕분에 나는 늘 자신감이 넘쳤다. 그래서 어릴 적 포부를 이룰 무대도 점점 농촌 마을을 벗어나서 진鎭, 시市, 성省, 전 중국, 나아가 세계로 넓혀갔다.

어머니의 연세가 많아질수록 나는 집에서 더 먼 곳으로 떠나 살았다. 타지로 나가서 공부를 하고, 또 더 먼 타지에서 학교를 다녔다. 타지에서 어머니의 전화를 받으면 어머니는 가족 걱정은 하지 말고 무사하게 잘 지내기만 하면 된다며, 시간이 나면 집에 오고 시간이 없으면 학업에 매진하라는 투로 말씀하셨다. '부모는 네가 집안일로 마음을 쓰는 걸 원치 않고 너만 좋으면 그만이니 너 좋을 대로 하라'는 것이 어머니가 늘 하려던 말이었고 평소 어머니의 말 속에 그 뜻이 담겨 있었다. 나는 어머니의 말이 진심임을 알고 있다. 어머니에게 자식은 어머니의 모든 것이므로 자식이 무사한 것이 곧 어머니의 가장 굳건한 신앙이었다.

내가 병원에 도착했을 때는 어머니의 수술이 이미 끝난 후였다. 의사는 어머니가 삼십 분만 늦게 병원에 왔더라면 아마 목숨을 구하기 어려울 뻔했다고 했다. 어머니는 내가 온다는 소식을 듣고는 생기가 있어 보이려고 누나더러 수건으로 얼굴을 닦고 머리를 빗겨달라고 했다고 누나가 전했다. 나는 어머니의 손을 꼭 잡았다. 아픔, 슬픔, 사랑이 동시에 가슴에 차올라서 어떤 말도 하지 못했고 눈물이 하염없이 흘러 얼굴을 적셨다.

병원에서 어머니의 곁을 지키는 동안 나는 어머니와 어린 시절 이야기를 기억이 나는 대로 꽤 많이 나누었다. 내가 대충 이야기를 풀어놓으면 어머니가 빠진 대목을 상세하게 보충했다. 어느덧 보름이나 이야기를 했는데도 여전히 할 말이 남아 있었다. 고령인 어머니의 기억 중에 가장 선명한 것은 모두 나와 관련된 것이다. 자식은 어머니의 모든 것이니까 그럴 것이다.

지금 어머니는 퇴원해서 요양을 하고 있다. 이렇게 큰 위기를 한 번 겪은 뒤로 나는 휴대전화를 무음 모드로 두거나 전원을 끌 생각은 감히 하지 않았다. 갑작스럽게 어머니의 마지막 길을 함께하지 못한 채로 천애고아가 될까봐 두렵기 때문이다.

일어날 만한 일은 반드시 일어난다

일어날 만한 일은 반드시 일어난다.

우리에게 퍽 위안이 되는 이 말은 쉽게 말하자면 인생에서 우연히 일어나는 일은 없다는 것이다. 우연한 일이 일어나면 사람들은 왜 하필이면 유독 자신한테 그런 일이 일어났는지 궁금해 하고, 필연한 일이 일어나면 마땅히 자신한테 생길 만한 일이 일어났다고 여길 것이다. 이렇게 생각하면 기분이 찝찝하지 않다.

예를 들어보자. 당신이 서점에서 내 책을 보고 있는데 옆에 있던 사람이 내 책을 든 당신을 보고 말을 걸어 두 사람이 대화를 나누게 되었다고 치자. 그 이후에 두 사람이 함께 커피를 마시고, 서로 연락처를 교환하고, 사이가 발전해서 결혼해 가정을 이루고 아이를 낳으며 잘살고 있을 경우, 이 모든 것이 당신이 우연히 내 책을 집어든 결과라고 생각하면 착각이다. 두 사람은 애초부터 운명을 함께하기로 정해져 있던 사이기 때문에 당신은 필연적으로 내 책을 집어든 것이다.

어쨌든 이를 검증할 방법은 없지만 "그 책을 못 봤다면 어떻게 됐을까?" 하는 의문은 든다.

이런 게 운명론일까? 우선 이와 같은 관점을 견지한 철학자 스피노자 이야기부터 하겠다.

철학자 중에서 고결한 도덕성을 지닌 사람을 꼽으라면, 으뜸가는 사람은 꼽지 못해도 그다음 사람으로는 스피노자를 꼽는다.

버트런드 러셀은 "스피노자의 재능은 최고가 아닐지 몰라도 도덕성은 그를 능가할 자가 없다"라며 스피노자를 극찬했다.

내가 스피노자 강의를 하면 학생들은 서양 철학자의 이름을 정확하게 기억하기가 쉽지 않아서 스피노자를 롤스로이스나 캐딜락 같은 흔히 아는 이름으로 바꿔 기억했다. 나도 러셀을 풀 네임으로 버트런드 아서 윌리엄 러셀이라고 부르기가 멋쩍었다.

스피노자 아버지의 집안은 모두 포르투갈 출신인데, 당시는 포르투갈이 스페인에 점령당해 속국이 된 때였고, 국왕인 펠리페 2세는 천주교 신자였다. '피의 메리'라는 별칭으로도 불리는 황제의 아내 메리 1세는 유대교도를 박해하고 살해한 인물로 유명하며, 스피노자도 이단으로 취급해 반드시 제거해야 할 대상으로 여겼다.

그러나 다행히도 스피노자 아버지의 집안사람들은 갖은 궁리 끝에 마침내 네덜란드로 도망갔고 스피노자는 네덜란드에서 태어났다.

당시의 네덜란드는 유럽에서 가장 개방적이고 포용적인 나라였다. 생각으로는 스피노자가 네덜란드에서 행복한 삶을 누렸을 것 같지만, 그는 철학자였기에 다분히 철학자다운 태도로 의문을 품고 사색하기를 즐겼다. 의문을 품지 않고 사색하지 않는 것은 철학이 아니라 종교라고 할 수 있다. 그래서 종교와 철학은 기본적으로 숙적 관계다.

왜냐하면 스피노자는 항상 종교와 관련해서 의문을 상당히 많이 제기했다. 이를테면 지옥의 존재를 말하는 사람에게 지옥을 실체를 보여 달라고 하거나 천국을 거론하는 사람에게 천국을 눈으로 확인시켜 달라고 했다. 그러면서 지옥이건 천당이건 자신은 보지 못했는데 무슨 근거로 있다고 주장하느냐며, 그곳에 가본 사람이 있는지 따져 묻기도 했다. 또 하느님이 어떻게 생겼는지 설명을 듣고 싶다고 하는 등 여러 문제로 교회 장로들의 속을 태웠다.

그래서 명망이 있는 어느 장로가 스피노자와 허심탄회하게 이야기하려고 그를 찾아갔다. 장로는 스피노자에게 그가 자신의 주장을 철회하면 대가로 목돈을 주겠다고 제안했다. 스피노자는 단칼에 거절했다. 그 바람에 스피노자는 유대교에서 제명을 당했는데, 그때 스피노자의 나이는 스물네 살이었다. 스피노자가 교회에서 제명을 당한 나이 스물네 살에 나는 한창 연애에 푹 빠져 있었다.

대개 폭력으로 문제를 해결하는 것은 자신이 극도로 무능함을 스스로 증명하는 짓이다. 일반적으로 사람들은 마땅한 해결 방법이 없을 때 폭력을 사용하며, 폭력은 곧 자신이 이치에 어둡고 수완이 없음을 만천하에 드러내는 행위다.

교회는 스피노자를 제명한 뒤에 교리에 따라 그를 '축복'했다. 축복은 그가 낮에도 저주받고 밤에도 저주받고, 누워서도 저주받고 일어나서도 저주받고, 나가서도 저주받고 들어와서도 저주받고, ……, 저주에 저주를 더해 오로지 그가 저주받기만을 기원하는 것이었다. 교회는 이미 그에게 악이 받친 상태였고 저주를 퍼붓느라 교회의 체면 따위는 안중에도 없었다.

그래서 사람들도 모두 스피노자를 외면했고, 라이프니츠도 스피노자를 찾아가 만났던 사실을 부정했다. 엎친 데 덮친 격으로 스피노자의 아버지도 그를 받아들이지 않았다. 아들에게 희망이 없다고 여긴 아버지는 그로부터 얼마 지나지 않아 세상을 떠났다.

스피노자의 아버지가 별세한 후에 스피노자는 누나가 재산을 독차지하려고 하자 완강하게 반대하며 소송까지 감행했다. 그 결과 스피노자가 소송에서 이겼고, 그는 취득한 재산을 바로 누나에게 주었다. 그의 행동에는 분명한 의미가 담겨 있었다. 재산은 당연히 자신의 소유지만 재산을 누나에게 주기로 직접 결정하고 누나는 자신의 재산을 함부로 차지할 수 없음을 보여주고자 한 행동이었다.

스피노자는 이렇게 올곧은 사람이었다.

또한 그는 워낙 청빈하게 살았다. 프로이센 귀족이 그에게 후한 대접을 하고 강연을 요청하는 조건으로 청중의 종교적 신념을 거스르는 발언은 하지 말 것을 부탁하자 스피노자는 단호하게 거절했다.

프랑스 왕 루이 14세는 스피노자가 책 표지에 '루이 14세에게 바칩니다'라고 문구를 써주면 거액의 돈을 하사하겠다고 했다. 그러나 스피노자는 자신의 저서를 오직 진리 앞에만 바친다며 또 거절했다. 어느 거상이 스피노자에게 직접 뭉칫돈을 주고 싶다고 전하자 스피노자는 거상에게 다른 사람에게 주라고 권했다.

가난한 스피노자는 나이가 들어서 네덜란드 헤이그로 이주했다. 렌즈 가공업으로 생계를 유지하던 그는 일하면서 분진을 많이 마신 탓에 폐결핵에 걸렸고, 결국 굶주림과 추위 속에서 사투하다가 죽음을 맞았다. 그때 스피노자의 나이는 마흔다섯 살이었다.

이처럼 스피노자의 인품은 온화하지만 누구보다 강직했다. 그는 빈곤하게 살면서도 배를 채우기 위해 굴욕을 자처하지 않았다. 한평생을 정정당당하게 살았고 흠집 하나 없이 완벽한 인품을 지닌 사람이었다. 남 앞에서 화를 내지도 않았지만 자신의 견해를 굽히지도 않았다.

그렇다면 스피노자는 또 어떤 견해를 가지고 있었을까?

그는 세상은 하나의 '실체'이며, 사람, 일, 사물은 모두 '실체'의 일부분이라고 보았다. 그래서 세상에 영원한 소멸은 없고, 사람은 죽어도 다른 모습으로 바뀌어 여전히 존재하며 '실체'는 변하지 않는다고 여겼다. 따라서 사람은 모두 '실체'의 일부여서 소멸하지 않기 때문에 자신의 죽음을 두려워할 필요도 없고 가족의 죽음을 슬퍼할 필요도 없다고 했다.

이미 발생한 일은 그게 무엇이든지 간에 필연적으로 일어난 것이며 이미 일어나기로 예정되어 있던 일이다. 그러므로 그 일로 말미암아 크게 기뻐하거나 깊이 상심하는 것은 무의미하다. 자신에게서 떠나간 것은 본래부터 자신의 소유가 아니었던 것이다. 이미 일어난 일로 속앓이하지 말고 좋은 일이든 나쁜 일이든 모두 있는 그대로 받아들여야 한다. 그래야만 홀가분하게 새로운 일을 맞이할 수 있다.

대승적인 관점에서 세상을 바라보면 한 사람 한 사람은 모두 아주 작은 입자에 불과하다. 그러므로 스스로 괴롭히는 일도 결국은 일순간에 덧없이 사라질 뿐이다. 이렇게 생각하면 무엇이든 마음에서 내려놓기가 무척 쉬워진다.

건강한 삶을 살기 위해 인생을 즐기고 그에 필요한 돈을 벌고 지식을 추구하고 탐색하는 데 더 많은 에너지를 쏟아야만 인생의 매순간을 보람차게 보낼 수 있다.

오늘 이 글을 읽은 것이 결코 우연이 아니라 필연이라고 생각하면 세상에는 정말로 신기한 일이 차고 넘친다.

穀雨

서리가 멎고
만물이 생장하는

곡우

내가 꿈꾸는 결혼 생활은,
부부 각자가 자신이 좋아하는 일을 열심히 하고,
퇴근한 뒤에는 소파에 찰싹 붙어 앉아서
아이와 함께 TV를 보는 것이다.
혹은 같이 요리를 하고 청소를 하며 미소를 나누고,
밤에는 서로를 품에 안고 잠들었다가
아침에는 입맞춤으로 작별 인사를 하고
각자의 일터로 나서는 생활이다.
부부가 함께 여행을 떠나고, 영화를 보고, 쇼핑을 하고,
할 말은 서로에게 가장 먼저 전하는 삶을 원한다.
나는 방금 세탁한 새하얀 셔츠처럼
심플하고 깔끔하게 살고 싶다.

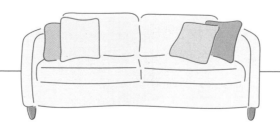

함께하기 편안한 사람과 결혼하라

결혼 경험이 풍부하다고 말할 수 있는 사람은 없지만 사람은 누구나 자기만의 감정이 있고 그 감정은 자신이 가장 잘 안다.

피학적 성향을 지닌 여자는 남자한테 학대를 받지 않으면 그가 남자로 느껴지지 않는다. 또 굴종에 길들여진 사람은 원래 주관이 없기 때문에 그런 사람에게 주관을 갖도록 하는 것은 목숨을 내놓으라고 하는 것만큼이나 어려운 일이다.

그러니 지금부터 내가 하는 이야기를 너무 진지하게 받아들이지는 않았으면 한다. 내가 아무리 좋은 이야기를 해도 각자의 개성 있는 결혼 생활에 꼭 들어맞는 건 아닐 테니까.

사람은 인생을 사는 동안 두 가지 중요한 과제에 직면한다. 어떻게 살고, 누구와 살 것인가 하는 문제다.

우선 어떻게 살까? 이는 세 가지 면에서 자기 자신과 진지하게 대화하고 스스로 성찰해야 한다. 첫째, 과거 어떻게 살았는지 돌아본다. 부담스럽지만 자기가 걸어온 길을 분명히 알 기회다. 둘째, 현재 어떻게 살고 있는지 점검한다. 지금의 생활에 만족하는지 살피고, 만족하거나 만족하지 않는 이유도 찾는다. 셋째, 앞으로 어떻게 살 것인지 궁리한다.

누구와 살까? 이 문제는 혼자만의 생각으로는 결정하기 어렵고 상대방의 판단도 따라야 한다. 나에게 메신저로 질문을 하는 사람 중에 팔십 퍼센트 이상은 이런 문제로 고민한다. 예를 들면, '배우자가 바람이 났는데 어쩌죠?', '제가 사랑하는 사람이 절 사랑하지 않아요. 어떡하면 좋을까요?', '아이가 있는데 이혼하고 싶어요. 조언 좀 부탁해요', '장거리 연애 중인데 한쪽이 꼭 희생해야 할까요?' 등등이다. 이런 질문들을 읽고 있으면 눈이 어리어리해진다. 행복한 결혼은 그 모습이 대체로 비슷비슷하지만, 불행한 결혼은 그 이유가 제각각 다르다.

내가 경험자로서 정신과 의사가 하듯이 몇몇 처방을 제시할까 한다.

연애 때 생긴 문제는 결혼해도 해결되지 않는다

실제로 많은 예비부부가 결혼식장으로 들어가기 전에 서로에게 맞지 않는 점이 있음을 이미 알면서도 결혼하면 잘 맞추어 살 수 있을 거라고 순진하게 믿는다. 결혼은 정말 남녀 두 사람을 찰떡궁합으로 만드는 처방전일까? 당연히 그렇지 않다. 결혼은 잘 어울리는 두 사람의 결합이다.

연애할 때 문제가 되었던 점들이 결혼한 후에 완전히 해결될 거라고 생각하면 큰 오산이다. 연애 중에 느꼈던 불만은 결혼하고 나서 오히려 더 심해진다. 어째서일까? 결혼 생활에서는 설거지나 식사 준비, 청소와 집안 정리 등 자질구레한 일 때문에 부부 사이에 갈등이 증폭되어 결혼하고 나면 연애할 때보다 괴로운 상황이 더 늘어난다.

원만한 결혼 생활도 세월이 흐르면 마지막엔 후회가 남는다. 하물며 연애하는 동안 상대방한테서 자기가 좋아하는 점을 발견하지 못한 채로 결혼하면 장차 〈워크래프트〉 같은 악몽이 펼쳐진다.

또 결혼 생활이 순탄하지 않을 때 아이가 생기면 좋아질 거라는 어리석은 생각을 하는 사람도 있다. 왜 똑같은 실수를 두 번이나 하려는 걸까? 실수로 또 다른 실수를 덮는 건 올바른 문제해결법이 아니다.

이혼을 할지 결정할 때 아이를 핑곗거리로 삼지는 마라

첫째로 언급한 문제는 미리 예방할 수 있지만 결혼한 뒤에야 배우자와 맞지 않는다는 것을 발견한다면 어떻게 할까? 아이까지 있다면 상황은 더욱 복잡해진다. 그러나 아이에게는 아무런 잘못이 없다. 부부 문제에 아이를 이유나 핑계로 대는 일은 없어야 한다.

나는 결혼 생활은 꼭 오래 지속해야 한다는 입장도 아니고 합의 이혼한 부부를 업신여기지도 않는다. 오히려 가끔은 이혼을 선택한 부부의 용기에 탄복할 때도 있다.

앞선 내용에서 남편과 이혼을 결정하고 두 시간 만에 수속까지 마친 친구 이야기를 했다. 다시 이야기하자면, 그 친구는 이혼한 뒤에 아이를 데리고 베이징에서 상하이로 이사했고, 내가 그 친구에게 근황을 물었을 때, 그녀는 "맨날 지지고 볶고 싸울 때보다 지금이 훨씬 나아. 애정도 식을 대로 식었는데 남은 인생을 일부러 꾹꾹 눌러 참으며 살아야 할 이유가 없잖아?"라고 답했다.

그런데 한 가지 흥미로운 현상이 있다. 보통 남자가 이혼을 요구했을 때는 몇 년을 질질 끌다가 결국엔 실제로 이혼하지 않는 경우가 태반이다. 반대로 여자가 이혼을 요구했을 때는 정말 일사천리로 이혼 절차가 마무리된다. 아마도 남자는 재산 분할 문제 때문에 이혼을 쉽게 결정하지 못하는 듯하다. 그러나 여자는 사랑으로 채워진 동물이므로 사랑이 식으면 절대로 같이 살지 못한다.

또 한 친구는 십 년 동안 근무한 회사를 그만두고 오 년 간의 결혼 생활도 종지부를 찍었다. 그러고는 혼자서 세 살 난 아이를 데리고 남방 지역에서 베이징으로 이사를 했다. 셋집도 구하고, 유치원도 알아보고, 일자리도 찾으며 치열하게 새로운 삶을 시작했다. 내가 친구에게 물었다.

"이런 큰 결심을 한 용기가 대체 어디서 나온 거야?"

친구가 대답했다.

"인생은 짧고 아직 못 해 본 일은 많은데 아무것도 시도조차 하지 않으면 나중에 너무 후회될 것 같더라."

내가 다시 물었다.

"힘들지 않아?"

"내가 바라던 삶이니까 괜찮아. 예전보다 좀 바쁘긴 해도 생활이 아주 알차."

순간 그녀의 말이 내게도 훅 와 닿았다.

모든 일은 스스로 선택한 것, 익숙해지면 괜찮다

남들은 이혼하라고 쉽게 말하지만 곰곰이 따져보니 아무래도 이혼은 안 되겠다고 하는 사람이 있다. 이런 사람은 인생은 스스로 선택하는 것이고 그에 따른 책임도 스스로 져야 한다는 태도를 지닌 부류다. 이혼하고 싶지만 '내 사전에 이혼은 없다! 이혼은 안 돼! 이혼할 수 없어!'라고 처음부터 단호한 사람도 물론 있다.

이혼하지 않겠다면 안 하면 그만이다. 기혼자는 결혼 생활을 하다가 나중에 반드시 이혼해야 한다는 법도 없지 않은가. 나는 실제로 평생을 티격태격하며 살다가도 노년에 가서는 다정하게 잘 지내는 부부도 꽤 많이 봤다. 이런 삶도 있고 저런 삶도 있는 것 아니겠나. 인간관계 형성에 가장 밑바탕이 되는 서로의 가치관에 문제가 없으면 그럭저럭 맞추어가며 사는 것도 현명하다. 내 결혼 생활도 그렇다. 결혼한 지 십 년차인데 날마다 로맨틱한 분위기를 풍기거나 깜짝 이벤트가 줄을 잇지는 않는다. 결혼 생활에 적응해서 익숙한 채로 그냥 사는 것이다. 익숙해졌기 때문에 부부 간의 사소한 차이쯤은 자연스럽게 받아들이며 살아갈 수 있다.

성격이 잘 맞아야지 잘난 외모는 부질없다

"결혼 상대를 고를 때 외모를 볼까요, 성격을 볼까요?" 하고 묻는 사람이 꼭 있다.

결혼 상대를 선택하는 조건으로 외모와 성격 중에서 고르라면 나는 무조건 성격이 잘 맞는 사람을 고른다. 평생은 무척 긴 시간이고 잘난 외모는 금방 싫증이 나기 때문에 성격이 정말로 중요하다. 성격이 안 맞으면 평생을 우울하게 살다가 결국엔 제명에 못 죽는 불상사가 생긴다.

사실 내가 꿈꾸는 결혼 생활은, 부부 각자가 자신이 좋아하는 일을 열심히 하고, 퇴근한 뒤에는 소파에 찰싹 붙어 앉아서 아이와 함께 TV를 보는 것이다. 혹은 같이 요리를 하고 청소를 하며 미소를 나누고, 밤에는 서로를 품에 안고 잠들었다가 아침에는 입맞춤으로 작별 인사를 하고 각자의 일터로 나서는 생활이다. 부부가 함께 여행을 떠나고, 영화를 보고, 쇼핑을 하고, 할 말은 서로에게 가장 먼저 전하는 삶을 원한다.

나는 방금 세탁한 새하얀 셔츠처럼 심플하고 깔끔하게 살고 싶다.

나는 아내에게 이렇게 길들여졌다

친구들이 단톡방에서 수다를 떠는데 나는 다림질을 하던 중이어서 인증샷을 한 장 찍어 올리면서 '지금 매우 바쁨'이라고 메시지를 보냈다.

모두 퍽 놀라며 "살림꾼이구만! 집안일 능력자야!" 하는 반응을 보였다.

……

친구들한테 이런 이야기를 듣고서 나도 지난 십 년간의 결혼 생활을 되돌아보니, 어떻게 용케도 지금까지 성실하게 잘 살아왔다 싶었다.

문득 정신을 차려보니 결혼하고 첫 일 년 동안 나는 잘 길들여진 사람이 된 것 같았다. 결혼 생활은 처음 일 년이 평생을 좌우한다. 그래서 일 년이 지나고 나면 그때부터 부부 중 한 사람은 예스맨이 되고 나머지 한 사람은 생활이 여유만만해진다.

결혼 1개월 차

내 아내는 굉장히 낭만적이다. 어느 날에는 한밤중에 별안간 나를 깨우더니 "여보, 빨리 이리로 와 봐. 창밖에 빛나는 저 많은 별들, 너무 예쁘지 않아?" 하는 거였다.

내가 창가로 다가서니 아내는 곧 "당신이 나 대신 내 별들을 좀 지켜 줘. 난 먼저 잘게" 하고는 획 가버렸다.

이보다 훨씬 '낭만'적일 때도 있다. 아내는 일주일간 밤중에 자다가 나를 발로 툭툭 차며 "내 별들이 아직도 반짝이고 있는지 어서 가서 보고 와"라고 할 정도로 로맨티스트다.

이렇게 '행복'한 날들은 내가 아내에게 목걸이를 사주고 나니 더는 계속되지 않았다.

그 이후로 나는 아내의 속내를 파악하는 노하우를 터득했다. 모든 일에는 반드시 일어난 이유가 있는 법, 곰곰이 생각해서 그것을 찾아내야 했다. 예를 들어, 아내가 피곤하다고 하면 그건 백발백중 안마를 원한다는 뜻이다. 또 요즘 기분이 별로라고 하면 그건 보나마나 핸드백을 사고 싶다는 뜻이다. 그렇게 아내의 뜻을 들어주지 않으면 밤에 숙면을 보장받기 어렵고 공포영화 〈링〉과 비슷한 장면이 벌어질 가능성이 다분하다.

결혼 3개월 차

내 옷에서 긴 머리카락 한 가닥을 발견한 아내가 대놓고 심문하면 나는 아주 명확하게 상황을 설명한다.

"어제 쇼핑하다가 돌아보니까 당신이 없더라고. 놀라서 급하게 당신을 찾느라 길가 상점마다 들어가서 보고 탈의실을 살폈는데 당신 그림자도 안 보이는 거야. 어쩔 수 없이 길가 땡볕에 서 있다가 당신이 쇼핑백을 바리바리 들고 걸어오는 걸 보고서야 겨우 걱정을 내려놨다니까."

아내가 웃으며 묻는다.

"그때 내가 입었던 옷 예뻤어?"

이 일을 계기로 나는 옷을 칭찬하는 게 얼마나 중요한지 알았다.

아내가 "당신 오늘 퇴근이 왜 이렇게 늦었어?" 하고 물으면 나는 "여보, 지금 입은 옷 정말 예뻐!"라고 응수한다. 그러면 아내는 "정말? 오늘 샀어. 아까 이야기했잖아……"라며 즐거워한다.

참, 그 머리카락이 어쩌다가 내 옷에 붙었는지 궁금한가? 난들 어찌 알겠나, 나도 똑 부러지게 해명할 수 없는 일이 무수히 많은 걸.

이런 일도 있었다. 하루는 미용실에 가려고 집을 나서서 막 문을 닫았는데 열쇠를 깜빡 두고 그냥 나온 게 생각났다. 다급한 마음에 문을 당기다가 휴대전화를 땅에 떨어뜨렸고 액정에 이상이 없는지 손으로 만져보다가 깨진 면에 손을 베었다. 하는 수 없이 옆집 문을 두드려서 일회용 밴드를 부탁하니 옆집 주인 아주머니가 친절하게 도와주었다. 그 사이에 불에 올려놓았던 음식이 다 눌어붙어서 주방으로 황급히 달려가던 아주머니가 미끄러졌다. 나는 얼른 다가가서 아파하는 아주머니를 부축했는데 그때 마침 귀가하던 주인 아저씨가 집안에서 벌어진 상황을 보고는 나한테 무슨 일이냐고 물었다. 나는 미용실에 가려던 참이라고 설명했지만 아저씨는 영 믿지 않는 눈치였다.

휴, 나중에 아내한테 이 이야기를 전했더니 아내도 못 믿겠다고 했다.

그래서 내가 물었다.

"오늘 산 옷은?"

"아참, 지금 입었어. 어때? 예뻐?"

결혼 5개월 차

도대체 아내가 이런 말을 어디서 배워 왔는지 모르겠다.

나 "왜 맛있는 건 다 당신 앞에만 뒀어?"

아내 "이기적이라서."

나 "바닥 청소는 안 해?"

아내 "귀찮아서."

나 "무슨 말을 그렇게 해? 듣기 거북하게."

아내 "사람이 후져서."

나 "옷을 왜 이렇게 많이 샀어?"

아내 "절제를 못해서."

나 "내가 왜 당신이랑 결혼했는지 알아?"

아내 "멍청해서."

나는 할 말이 없었다.

아내의 이런 대답이 '일부러 약 올리고 화를 돋우는 묘책'으로 쓰이는 고난도 소통 기술임을 나중에야 알았다. 하지만 어쨌든 아내가 이런 식으로 말할 때는 보통 혼자 조용히 있고 싶을 때이므로 나는 째깍 아내를 피해 서재로 가서 『비폭력 대화』와 『불경』 같은 책을 읽는다.

그러고는 약 몇 십 분 정도 지나면 아내가 다가와서 말을 건다.

"내가 왜 이기적이고, 귀찮고, 후지고, 절제를 못하는지 알고 싶어?"

"겸손하게 말한 거겠지."

"그럼 건방지게 이유를 말해줄게……."

결혼 7개월 차

결혼한 후에 아내의 체중이 차츰 늘어가면서부터 그에 대응할 말이 떠오르지 않던 나는 가까스로 "썩 가볍진 않네"라는 표현을 생각해냈다.

결혼 초에 아내는 체중을 잴 때마다 "저쪽으로 가 있어. 체중계 정확도에 영향을 주면 안 된단 말이야"라고 말했다.

하루는 아내가 별안간 나를 소리쳐 불렀다.

"여보, 빨리 와서 체중계 좀 봐 줘. 숫자가 잘 안 보여."

난 아내가 다이어트에 성공했음을 직감했다.

나도 이와 비슷한 경험이 있어서 굳이 콕 집어 말하지 않아도 알아차릴 수 있었다.

예컨대 이런 경우다. 어느 날 아내가 내게 물었다.

"당신이 여자였으면 당신 같은 남자랑 결혼했을까?"

"절대 안 하지."

아내가 말했다.

"나는 왜 당신이랑 결혼했을까? 모르지?"

이번엔 내가 물었다.

"그럼 당신이 남자라면 당신 같은 여자랑 결혼할 거야?"

"완전 행복하겠지."

그때 나는 갑자기 땡잡은 것 같은 기분이 들었다.

결혼 9개월 차

하루는 아침 일곱 시에 소리치는 아내의 목소리에 잠이 깼다. 아내는 햇빛이 너무 좋고 날씨가 따뜻해서 산책을 나가자고 했다. 샤워를 마친 나는 아내가 화장하는 사이에 TV를 봤다.

아내가 말했다.

"날씨가 좋아서 외출할 건데 아직도 TV를 보고 있으면 어떡해?"

나는 곧장 TV를 끄고 나갈 준비를 하는데 아내는 여전히 화장을 하고 있었다. 그래서 나는 컴퓨터 앞에 앉아서 게임을 시작했다.

아내가 또 말을 걸었다.

"이렇게 좋은 날씨에 집에서 게임이나 하려고?"

정오가 될 때까지 우리는 외출하지 못했다. 나는 '내가 어리석어서 아내의 외출 계획에 지장을 주었나……' 하는 생각으로 한없이 자책했다.

이 일로 난 깨달았다. 아내가 화장할 때 나 혼자 다른 일을 하면 안 된다는 것을 말이다. 무조건 아내 옆에 앉아서 아내를 바라보며 건성으로라도 "못난 얼굴은 암만 화장해도 소용없고 타고난 미인은 화장하는 게 시간 낭비 같은데 여자들은 화장을 왜 하나 몰라"라고 말해야 한다.

그래야 아내가 "여보, 나가자!" 하며 곧장 화장대 앞에서 일어난다.

결혼 12개월 차

어느 날 밤에 아내는 아이가 생겼으니 집안일을 분담하자고 했다.

아내가 내게 물었다.

"설거지랑 청소 중에 뭐 할래?"

"설거지."

설거지를 끝내고 나니 아내가 또 물었다.

"아이 목욕시킬래? 아니면 청소?"

"청소."

청소를 마치자 아내가 또 물었다.

"빨래랑 아이 목욕 중에는?"

"아이 목욕."

아이를 씻기고 오니 아내가 또 물었다.

"빨래할 거야? 아이 재울래?"

"빨래할게."

빨래를 마치고 보니 아내는 아이와 함께 잠들어 있었다. 나는 문득 '이게 아닌데……' 하는 생각이 들었다.

아내는 항상 집안일을 공평하게 해야 한다고 강조한다. 하지만 이런 일을 겪을 때마다 난 어렸을 때 선다형 문제를 잘 푸는 게 얼마나 중요한지 크게 깨우친다. 어쨌든 나도 초등학교를 졸업한 사람이니 단순한 건 금방 따라 배운다. 그래서 하루는 내가 아내에게 선택권을 주었다.

"설거지랑 청소 중에 뭐하고 싶어?"

"설거지."

나는 청소를 끝내고 아내에게 물었다.

"아이 씻길래? 설거지할래?"

"아이 씻겨야지."

설거지를 마치고 나서 아내에게 물었다.

"빨래, 아니면 아이 목욕?"

"빨래."

아이 목욕을 끝내고 아내에게 물었다.

"아이를 재우든지 빨래를 하든지 선택해."

"아이 재울게."

빨래를 다 하고 나니 또 이게 아닌데 싶었다. 이번에는 내가 선택권을 주었는데 뭐가 또 잘못되었지? 에잇, 관두자. 골치 아프고 복잡하니 생각을 말자. 어쨌든 집안일은 공평하게 분담해야 한다. 안 그러면 결혼 생활이 녹록치 않다. 그래서 우리 부부는 알다시피 무척 공평하다.

이렇게 지난 일을 다시 회상하니 내가 지금껏 어떻게 살아왔는지 정말 기적 같다.

사실 결혼 생활은 부부가 끊임없이 서로 맞추어가는 과정이다. 그래서 결혼 첫 해가 가장 중요하다. 첫 해가 남은 인생의 생활 패턴을 결정한다고 봐도 무방하다. 함부로 냉전을 일으키지도 말고, 이혼이란 말은 입에 올리지도 않아야 한다. 두 사람이 만나서 한 가족을 만들어가야 하므로 관용과 이해가 바탕이 되어야 하고 서로가 서로를 진심으로 받아들이려는 마음가짐이 필요하다.

훌륭한 배우자는 스스로 더욱 좋은 사람이 되려고 노력하고, 형편없는 배우자는 스스로 괴롭히고 의심하고 망가뜨린다. 또 훌륭한 배우자는 상대방이 자신의 매력을 발견하도록 돕고, 형편없는 배우자는 상대방을 늘 무시하고 쓸모없는 사람으로 여겨 점점 자신감을 잃게 만든다.

사랑하면 상대방이 빛날 때 자신도 행복해지고, 상대방이 지혜로울 때 자신도 지적이게 된다. 아름다운 사랑은 세상을 선하게 만들고 악한 기운에서 보호해 자신을 미워하지 않게 한다.

사랑을 하면 세상 모든 게 다 사랑스럽다.

믿음이 있어야 가정이 원만하다

일 년간 부산스럽게 지내고 싶으면 인테리어 공사를 하면 된다.

하루도 편할 날이 없이 살길 바라면 결혼이 답이다.

죽어서도 눈을 감지 못하려면 아이를 낳아야 한다.

단오절을 앞둔 어느 날 퇴근하고 집에 갔더니 아내가 깜짝 놀랄 만한 일이 있다고 했다. 나는 옷장 안에서 옆집 왕씨가 변신하고 툭 튀어나올 줄 알고 가만히 지켜봤더니 뜻밖에도 주방이 폭탄을 맞은 꼴이 되어 있었다.

내가 물었다.

"가스 폭발했어?"

"사람 시켜서 이렇게 해놓은 거야. 인테리어 공사하려고."

"지난달에 하지 않았어?"

아내는 "마음에 안 들어" 하며 나를 한 번 쓱 쳐다보고는 "당신도 마음에 안 들어"라고 덧붙여 말했다. 흠칫 놀란 나는 냉큼 입을 닫았다. 더 말하다가는 아내가 내 얼굴을 새로 인테리어할 판이었다. 아내는 할 일 목록을 내 앞에 내밀었다.

- 남편은 그릇장 디자인을 정하고 아내는 돕는다.
- 남편은 천장 설치를 담당하고 아내는 돕는다.
- 남편은 바닥 타일 공사를 감독하고 아내는 돕는다.
- 남편은 인테리어 비용을 지불하고 아내는 돕는다.

아내는 마지막으로 한마디 더했다.

"나 내조의 여왕이지."

그래서 우리는 단오절 휴가 첫날에 인테리어 전문 마켓에 그릇장을 보러 갔다.

아내가 물었다.

"파란색은 어때?"

"주방에 파란색이라니. 너무 답답하잖아."

"그럼 흰색은?"

"흰색 좋지. 깔끔하잖아."

"베이지는 어떨까?"

"흰색이 마음에 드는데."

마켓 사장이 다가와서 아내에게 말했다.

"지난주에 주문하셨던 파란색은 다음 주에 설치하실 수 있어요."

내가 말했다.

"벌써 다 정해놓고선 나한테 왜 물었어?"

"우리 집은 민주적이잖아."

"난 의견을 낸 적이 없는데."

"방금 말한 건 의견 아니야? 내가 반대했을 뿐이지만."

단오절 휴가 둘째 날에는 천장 설치를 상담하러 갔다. 나는 첫날의 교훈을 마음에 새겼다.

내가 먼저 점원에게 물었다.

"저희 아내가 미리 정한 게 있나요?"

"없습니다."

아내가 끼어들었다.

"어차피 천장 색상은 한 가지뿐이니까 바로 대금만 치르면 돼."

내가 물었다.

"천장에 등을 달 구멍도 몇 개 더 내야 할 것 같은데?"

"역시 당신은 똑똑해."

점원이 날보고 웃으며 말했다.

"고객님 나이대 남편들 중에 이렇게 박력이 있는 분은 드물어요."

단오절 휴가 사흘째 날에는 타일을 사러 갔다.

나는 다양한 색상과 패턴의 타일을 구경한 뒤에 마음속으로 결정하고 주인한테 말했다.

"이거 베이지색으로 주세요. 따뜻해 보이네요."

아내가 내게 물었다.

"당신이 요리해?"

"아니."

"그런데 주방에 관한 걸 왜 당신 맘대로 결정해?"

나는 할 말이 없었다.

아내가 다시 입을 열었다.

"그럼 이렇게 해. 베이지색으로 정하고, 앞으로 주방 청소와 설거지는 당신이 맡아."

나는 "그래" 하고 대답했다.

적어도 그때까지는 가장 노릇을 한 쾌감을 즐겼다.

오후에 집으로 돌아와서 소파에 앉았는데 내가 고른 타일 색상을 떠올리니 어쩐지 기분이 좋았다.

"집안에서 누가 가장이고 누구 말발이 먹히는지 마누라가 알아야 할 텐데."

내 말을 들은 아내가 TV 채널을 돌리며 다가와 앉고는 빙긋이 웃는 얼굴로 말했다.

"처음부터 베이지색 타일을 사려고 했어."

천군만마를 얻은 것 같았던 호기가 한순간에 꺾여버렸다.

立
夏

수려한 만물이
저마다의 색을 뽐내는

입하

자기만의 세상에서는 자아도취에 빠지되,
타인의 세상에서는 그곳에 순응하고 만족하라.

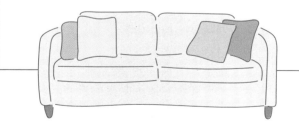

자신과 타인의 관계

　세상 밖으로 나온 순간부터 이 세상에는 자신과 타인이 존재하며, 그 이후로 자신과 타인이 평생 경쟁하는 삶이 시작된다. 이 싸움은 엄밀히 말하면 타인의 기대와 자신의 꿈의 맞대결이다.

　어릴 때 부모님은 내게 기대가 무척 많고 컸다. 특히 내가 마을의 간부가 되기를 바라셨고, 부모님이 바라는 최고위직은 읍 단위 정도 도시의 간부였다. 반면 나는 늘 시골 마을을 떠나 대도시로 도망가려는 생각만 했다. 부모님과의 이런 싸움은 내가 아들을 낳고 난 뒤에야 겨우 잠잠해졌다. 그런데도 부모님은 명절에 만나기만 하면 여전히 "그때 네가 부모 말을 들었더라면……" 하며 애석해하신다. 그 말인즉 '네 딱한 꼴을 네 눈으로 좀 봐라' 하는 뜻이었다.

　자라면서 '타인'은 부모에서 친구, 상사, 동료, 심지어 전혀 모르는 사람들로 범위가 확대된다. 그들은 내 글을 두고 왈가왈부하며 내가 일상적인 글을 쓰면 왜 정치적인 글을 쓰지 않느냐고 따진다. 그래서 정치적인 글을 쓰면 왜 모 유명 스타의 외도에 관한 글은 다루지 않느냐고, 살면서 한 번쯤 있을 법한 일인데 관심이 없느냐고 또 따진다.

하여간 별별 희한하고 엉뚱한 기대가 참 많다.

한마디로 이런 기대들은 모두 '구속'이다.

타인은 '나'의 행위를 구속함으로써 '타인 자신'의 생각을 관철시키려고 한다. 그러므로 자신이 조금이라도 나약해지면 금방 타인에게 무릎을 꿇고 타인과 영합하느라 자신을 잃고 결국 자신은 아무것도 아닌 존재가 되고 만다.

조각가 미켈란젤로는 '조각은 원래 돌덩이며, 나는 그저 돌덩이의 쓸모없는 부분을 깎아냈을 뿐이다'라고 했다. 미켈란젤로의 말을 빌려 조각을 자기 자신에 비유한다면, 자신에게서 떼어 버려야 할 쓸모없는 부분이 바로 타인의 기대다. 독립된 인격을 돌을 쪼는 정으로 삼아 스스로 반성하고 자기 내면의 소리를 경청하면 자신을 조각하는 시간이 단축된다.

안타깝게도 사람들은 대부분 겉을 치장할 갖가지 액세서리를 장만하는 데 시간을 허비한다. 특히 다른 사람의 기대에 부응하려고 흉측한 돌덩이 같은 자신을 그럴싸하게 꾸민다.

타인의 기대에 부응하기 위해 자신의 에너지를 쏟아붓지 않았으면 한다.

하물며 어떤 사람들은 타인의 마음에 들려고 애를 썼는데도 타인이 만족스러워하지 않으면 자신을 바꾸면서까지 타인의 마음에 들기 위해 부단히 노력한다. 그렇게 하면 타인은 그런 행위와 노력을 당연하게 받아들인다. 당연시할 뿐만 아니라 성에 차지 않아서 점점 더 욕심을 부리며 상대방을 못살게 군다.

어느 날 내가 좋아하는 스타가 내 웨이보 계정을 팔로우했다. 나는 기분이 좋으면서도 바짝 긴장이 되어 뭐라고 메시지를 보내야 할지 고민이 되었다. 고민을 하면서도 '내가 어떤 메시지를 보내도 다 좋아하겠지'라는 생각 끝에 그녀에게 나의 당혹감을 전했다.

그녀에게서 답장이 왔다.

'당신을 팔로우하는 사람은 당신의 새로운 면을 보기를 원하니까 상대방의 입맛에 맞추려고 애쓰지 마세요. 그건 잘못된 생각이에요. 사실 팔로워들은 당신이 가장 진실한 모습을 보여줄 때 팔로우하길 잘했다고 생각할 걸요. 당신의 좋은 모습만 보길 원하는 사람은 당신을 팔로우할 자격이 없어요.'

그때부터 나는 웨이보에서 사람들이 내게 어떤 모습을 바라는지는 거의 관심을 두지 않았다. 그런 이유로 나에게 실망하고 떠나간 팬들도 물론 많았다. 지금까지 남아 있는 팬들은 나를 진심으로 좋아하는 사람들이고, 그들은 변함없는 내 스타일과 성격에 매력을 느껴서 진정한 팬이 된 사람들이다.

자신과 타인의 관계에서 '타인의 기대'와 '자신의 생각' 사이의 대결 외에 더 진지하게 볼 문제가 있다. 사람은 누구나 주체적인 삶을 원하는 만큼 타인에게 자신이 바라는 모습을 갖추길 바라서는 안 된다는 점이다. 그렇게 하지 않으면 자신도 타인을 '구속'하는 사람이 된다.

모든 사람이 자신과 같은 수준의 교양을 지니지 않았다는 사실은 잘 알 것이다. 자신은 양보하는데 다른 사람은 밀치락달치락하고, 자신은 겸손한데 다른 사람은 잘난 체하고, 자신은 울분을 참는데 다른 사람은 도가 지나치게 구는 경우를 많이 접했을 테니 말이다. 또 자신은 멋스럽게 치장하고 품위를 유지하며 서 있는데 다른 사람이 팔꿈치로 쳐서 지하철

밖으로 밀어내는 바람에 낭패도 본다.

그럴 때마다 화가 머리끝까지 솟구치지만 자신의 교양으로는 자신만 단속할 수 있을 뿐 다른 사람까지 통제할 수 없다는 걸 깨닫는다. 왜냐하면 그들도 '주체적인 삶'을 원하고 그게 그들의 교양 수준이기 때문이다. 그럼에도 화나는 이유는 타인에게 '자신이 바라는 모습'과 실제 타인의 모습이 너무나 동떨어지기 때문이다.

교양의 차이도 인정해야 하지만 타인의 입도 구속하면 안 된다.

남이 무슨 말을 하든지 간에 그건 전적으로 그 사람의 일이므로 절대로 남의 입을 통제하려 들면 안 된다. 입은 그 사람 몸의 일부고 그 사람만이 통제할 수 있다. 입 밖으로 무슨 말을 내뱉더라도 온전히 그의 몸이 결정한 일이므로 불만을 가질 필요도 없고 지나치게 염두에 둘 필요도 없다. 듣기에 거북하면 차라리 소송을 제기하는 게 낫다. 무엇을 어떻게 말하든 그건 그 사람의 자유고 자신은 그 말을 듣거나 말거나 알아서 하면 그만이다. 이런 점을 분명히 새겨 두면 인생이 훨씬 홀가분해진다.

남의 '구속'에서 벗어남과 동시에 자신도 남을 '구속'하지 않아야 함을 꼭 기억해두길 바란다.

그래야만 자신의 꿈을 지킬 수 있을 뿐만 아니라 타인의 세상과 화해할 수 있다. 어쨌든 이 세상은 자신의 기대와 다르게 흘러간다. 왜냐하면 타인도 자기가 삶의 주인이 되기를 바라니까 당연한 일이다.

요약하자면, 자기만의 세상에서는 자아도취에 빠지되 타인의 세상에서는 그 환경에 순응하고 만족하며 사는 것이 바람직하다.

세끼 식사 같은 친구

친구는 세끼 식사 같다.

아무리 좋은 사람이라도 사이가 깊지 않고 말로는 중요하다고 해도 대체로 있으나 마나 한 친구는 아침 식사 같다.

성품이 좋고 나쁘고를 떠나서 꼭 필요하고, 생존을 위해 항상 정중하게 대하고, 없어서는 안 되지만 깊이 사귈 수도 없고 밉보여서도 안 되는 친구는 점심 식사 같다.

가장 피곤하고 나약해졌을 때 항상 곁에 있고 오래 사귈수록 진가가 드러나는 친구는 저녁 식사 같다.

그 밖에 야식 같은 친구도 있다. 친한 이성 친구가 여기에 속한다. 편안한 이성 친구는 한밤중에 만나서 하고 싶은 이야기를 다 털어놓을 수 있지만 가끔 마음이 흔들리기도 하므로 메인 요리가 될 수 없고 많이 먹으면 건강에 해로운 야식 같다. 그래서 야밤에 맛있는 음식 사진을 보내는 이성 친구는 대개 봉오리가 터지기 직전의 복숭아꽃처럼 설레는 감정을 품고 있다고 봐야 한다.

아침 식사 같은 친구는 대부분 적당한 선에서 관계를 유지하는 사이다. 주로 각종 사교 모임에서 만나는 친구로, 모두 모였을 때는 즐겁게 이야기꽃을 피우며 아주 잘 아는 사이처럼 굴지만 돌아서면서 "얘는 누구야?" 하며 궁금해 한다.

사실 이런 친구는 친구 축에 들지도 않는다. 친구 사이는 의례적으로든 인사치레로든 서로 연결고리가 있어야 하는데 나도 친구한테 연락하지 않고 친구도 나에게 연락하지 않으면 관계는 소원해진다. 전화를 걸어서 근황도 묻고, 집안에 별일이 없는지 소식도 주고받고, 요즘 기분이 어떤지 안부도 물어야 친구 사이라고 할 수 있다. 그러므로 이런 연결 고리가 없는 아침 식사 같은 친구는 어쩌면 '친구 후보감'으로 더 적절하다.

위챗 메시지 친구들도 대부분은 아침 식사 같은 친구다. 솔직히 서로 일찌감치 차단하고 연락도 주고받지 않지만 친구 목록에서 삭제하기가 멋쩍어서 남겨둔 무늬만 친구 사이다.

사실 웨이보 친구들 중에도 팔로우를 취소하기가 계면쩍어서 차단해두고 업데이트 내용을 공개하지도 않고 왕래하지도 않는 사이가 있다.

이처럼 가깝지도 않고 멀지도 않고, 왕래할 수도 없고 절교할 수도 없는 애매한 사이가 가장 피곤한 인간관계다.

점심 식사 같은 친구는 고객이나 협력 파트너처럼 서로 이익을 주고받는 관계다. 이런 친구는 우정이 아닌 이익으로 맺어진 사이다. 사귀는 방법은 아주 간단하다. 서로 프로 의식만 있으면 된다. 나도 강호에서 오래 뒹굴다보니 갈수록 프로 의식이 있는 사람이 좋아진다. 말에 신용이 있고 행동에 결과가 있으며, 응답한 일은 반드시 실행하고, 약속한 일은 그대로 처리하고, 계약을 준수하고, 일처리가 시원시원한 사람과 거래하면 최소의 자본으로 최고의 신용을 얻는다. 반면에 프로 의식이 없는 사람은 늘 감정에 휘둘리고 사소한 이익을 시시콜콜 따지느라 서로의 시간을 낭비해서 거래 자본이 많이 투입된다. 그래서 이런 친구와 거래하려면 반드시 계약에 따라 협력하고 규정에 따라 일을 처리해야 하며, 그렇게도 안 되면 돈을 들여야 이야기가 성사된다.

점심 식사 같은 친구와의 협력은 즐겁다. 우정과 비즈니스를 철저히 분리하고 공과 사를 분명히 하기 때문이다. 비즈니스에 우정을 이용하면 한쪽이 빚진 느낌이 들어서 친구 사이가 오래 가지 못한다. 우정에 비즈니스를 결부시키면 이익을 내야 하는 비즈니스는 균형을 잃고 우정도 깨진다. 만약 꼭 친구와 같이 일해야 한다면 두 사람의 역할을 분명하게 나누는 것이 좋다. 놀 때는 확실히 우의를 다지고 일할 때는 맺고 끊음을 분명히 원칙대로 해야 둘의 관계가 오래 지속된다.

저녁 식사 같은 친구와 교제할 때는 신경을 좀 써야 하고 지켜야 할 원칙도 네 가지나 있다.

첫째, 사적인 모임에서 나눈 대화와 술자리에서 오간 이야기는 상대방의 동의 없이 공개하지 않는다. 무릇 군자는 즐거운 가운데에서도 믿음을 우선으로 하는 법이다.

둘째, 상대방이 말하기를 꺼려하는 일은 절대 따져 묻지 않는다. 예컨대 사생활 같은 것. 군자의 사귐은 지켜야 할 선을 중시하는 법이다.

셋째, 어떤 상황에서든 상대방 뒤에서 아무 말이나 멋대로 지껄이면 안 된다. 군자는 보이지 않는 곳에서 시비를 논하지 않는 법이다.

넷째, 다시 왕래하지 않을 작정이라면 그동안 즐겁게 만났으니 기분

좋게 헤어지고 서로에게 악담하지 않는다. 군자는 절교할 때 상스러운 말을 하지 않는 법이다.

야식 같은 친구는 썸을 타는 애매한 사이다. 그래서 서로 어리숙하고 순진하게 상대방이 하는 모든 이야기에 호기심을 보인다. 고릿적 이야기를 해도 박장대소로 반응해 상대방이 이야기에 더욱 열을 올리게 만든다. 야식 같은 친구는 남의 말에 끼어들지 않고 경청할 줄 알며 상대방이 끝없이 말해도 전혀 싫은 티를 내지 않는다. 또 도와주지는 못해도 곁을 떠나지도 않는다. 이렇게 미련하고 둔한 친구는 이유 없이 그저 함께 어울리고 싶은 반면, 똑똑한 수다쟁이 친구는 특별한 이유가 없는 한 나중에 기억도 잘 나지 않는다.

아침 식사 같은 친구와는 일정한 거리를 유지하고 그 친구를 위해 시간을 낭비하면 안 된다.

점심 식사 같은 친구와는 서로 프로 의식을 최대한 발휘하고 어물어물하면 안 된다.

저녁 식사 같은 친구와는 무슨 말이든 다 하는 사이라도 돈을 빌리면 안 된다.

야식 같은 친구와는 썸을 타되 선을 넘어가 침대 위에서 뒹굴면 안 된다.

굳이 솔직히 말하지 않아도 되는 일

'성숙은 자신을 표현하고 남을 이해하는 사이에서 균형점을 찾는 것이다.'

성숙을 정의한 많은 문장 중에서 이 말이 가장 마음에 든다.

자신을 한껏 표현할 줄만 알아서 미사어구로 자신을 뽐내는 것은 과한 행동이다. 또 남을 배려할 줄만 알아서 자기 주관도 없이 무조건 남이 하자는 대로만 하는 것은 나약한 행동이다. 자신을 표현할 때는 말을 입 밖으로 꺼내기 전에 상대방이 어떻게 받아들일지를 먼저 생각해야 한다. 더불어 어떤 말투와 방식으로 말할지 결정하고, 말을 해도 되는지 안 되는지까지도 잘 판단해야 한다. 이런 태도를 갖추고 행동해야 성숙하다고 할 수 있다.

비유하자면 성숙한 행동은 수도꼭지를 틀어서 맑은 물이 콸콸 쏟아질 때의 기분을 즐기면서 동시에 수도꼭지를 돌려서 물의 양을 조절할 줄 아는 것이다.

이를테면 사람들이 모여서 별자리가 아주 신기하다는 이야기를 나누고 있을 때 굳이 끼어들어서 "별자리 그거 다 쓸데없어요"라고 찬물을 끼얹지 말란 뜻이다. 쓸데없는 이야기라고 생각이 들어도 일부러 다른 사람의 흥을 깰 필요는 없다. 그 한마디 때문에 모두에게 외면당해서 얼른 자리를 뜨고 싶어질 수도 있으니까. 틀린 말은 아닐지라도 남의 마음을 모르고 한 말이기에 잘못된 언사다.

또 예를 들자면, 위챗 모멘트*에서 국경일 여행 사진 촬영 대회에 참가한 친구한테 "첫 출사였나 봐" 같은 말도 하지 말아야 한다. 그저 모멘트에 사진을 올리는 것일 뿐이고 일종의 문화생활인데, 만약 그런 말로 친구의 감정을 건드리면 친구는 모멘트 친구 목록에서 당신을 삭제할지 말지 한참을 망설일 게 분명하다. 사진은 아마 정말로 자랑하고 싶어서 올렸을 것이다. 문제는 당신 눈에 거슬린다는 건데, 사진을 올리는 게 위법 행위도 아니고 자랑 좀 하면 어떤가. 눈꼴이 시면 차단하면 그만이지 친구의 속내를 뻔히 알면서 안 해도 될 말로 친구의 마음을 상하게 할 필요는 없다. 그런 행위도 언어폭력이나 다름없다.

아내는 요즘 휴대전화 게임에 푹 빠져 있다. 반면 나는 어떤 게임에도 중독되지 않는 편이고 게임을 이틀만 하면 흥미가 뚝 떨어진다. 독서가 얼마나 재미있는 활동인가. 인류의 그 많은 지혜를 아직 다 보지도 못했는데 컴퓨터 게임을 한다고?

그래서 아내에게 한소리했다.

---

* 우리나라의 카카오스토리와 비슷한 기능을 하는 중국의 SNS

"그런 게임은 지능이 떨어지는 사람이나 하는 거야."

아내는 내 말에 벌컥 화를 내고는 저녁밥에 소금을 왕창 넣었다. 밥을 조금만 먹었으니 망정이지 안 그랬으면 목이 타서 죽을 뻔했다.

어쩌면 내 말이 맞을 수도 있다. 하지만 난 아내에게 언어로 폭력을 자행하는 실수를 저질렀다.

그래서 나도 아내가 하는 것과 같은 게임을 다운받아서 아내가 보는 앞에서 이틀이나 게임하며 놀았다.

아내가 따졌다.

"그건 지능이 떨어지는 사람이나 하는 거라며?"

"서로 지능이 비슷하지 않았다면 우리가 결혼할 수 있었겠어?"

나는 이렇게 아내의 마음을 사로잡을 수 있는 말로 나를 설득할 수밖에 없었다. 누군가는 부부끼리 솔직해야 한다지만 그렇게 싹 다 까발려봐야 좋을 게 없다. 우리가 하느님이 아니고 사람인 이상 지혜가 있어야 권리도 누릴 수 있다.

그렇다면 솔직히 말하지 않고 어떻게 대응할까?

사람은 갑자기 머리를 한 대 맞은 것처럼 정신이 번쩍 들고 눈이 확 뜨여서 사태를 분명히 알게 되면 그때부터 태도가 확 달라진다. 이런 변화는 시간과 관련이 있을 수도 있고 경험의 영향일 수도 있다. 하지만 그런 변화를 겪기 전까지는 다른 사람이 노파심에서 아무리 충고해도 궁지에서 벗어나지 못한다. 그러므로 타인에게 자신의 생각을 전할 때는 절대로 성을 내거나 다그치면 안 된다. 그 사람에게 필요한 건 조언이 아니라 시간일 수도 있기 때문이다.

또 살다보면 한마디로 정곡을 찌르고 싶은 일이 무수하게 많지만, 그럴 때마다 어떤 상황에서 어떤 말로 어떻게 표현할 것인지를 고려해야 한다. 이렇게 마음을 쓰면 수도꼭지를 틀 때 물의 양을 자연스레 조절할 수 있다.

　마지막으로 한 가지 덧붙이자면, 자기 눈에 따분하고 유치해 보이는 일이 다른 사람의 눈에는 재미있어 보일 수도 있는데 이는 지극히 정상이다. 인생은 원래 따분한데 따분하지 않게 시간을 보내는 것이 어떤 절차를 밟듯이 사람마다 똑같을 수는 없다. 치밀한 논리로 엄격하게 논증하는 일이 아니지 않은가. 사실 인생에서 따분함을 빼놓을 수는 없다. 그러니 따분함을 자처하는 사람을 간섭할 이유도 없다.

　속을 뻔히 알아도 굳이 폭로하지 마라.

　폭로하더라도 남김없이 다 털어내지는 마라.

천진이 이야기

한 친구가 있는데 나는 그 친구를 '천진이'라고 부른다. 다른 사람은 '사다코'라고 부르는데 사실 그 친구는 남자다.

그렇지만 전혀 사내답지가 않다. 내 여성 친구들은 대부분 그를 거의 계집애로 본다. 오라면 오고 가라면 가는 고분고분한 성격 때문이다. 친구들이 전화 한 통만 하면 그는 식사 자리, 카드 게임판, 영화관은 물론이고 경찰서에도 "그래, 알았어. 금방 갈게" 하며 달려온다.

그는 진짜로 친구 때문에 경찰서에 간 일도 있다.

친구 중 하나가 사업 문제로 소송에 걸려서 무슨 까닭인지 몰라도 경찰서에서 조사를 받게 되었다. 그것도 한밤중에. 친구는 지인들에게 전화를 죽 돌렸다. 마침 지인들은 술을 마시거나 카드 게임을 하지 않고 하필 여자한테 작업을 거는 중이라서 도와주지 않았다. 또 사장이랑 같이 사무실에서 야근하고 있다고 우는소리를 하는 지인도 있었다. 왜 우는소리를 하느냐고 물으니 지인은 사장이 남자라서 운다고 했다.

아무튼 친구는 하는 수 없이 천진이에게 연락했고, 천진이는 언제나처럼 "그래, 알았어. 금방 갈게"라고 대답했다. 나중에 들었는데 천진이는 친구를 지키느라 경찰서 앞에서 꼬박 하룻밤을 지새웠다고 한다. 친구는 경찰서 안에 있었고 천진이는 밖에서 혼자 기다렸던 것이다.

천진이 당시의 일을 전하며 이렇게 말했다.

"내가 자리를 뜨면 다른 사람이 그 친구를 때릴까봐 밖에서 지키고 있었어."

나는 천진이가 진짜로 이름처럼 천진하기만 한 사람은 아니구나 하고 생각했다.

사실 나도 어떤 게 그 친구의 진짜 모습인지 잘 모르겠다. 한 번은 천진이와 장거리 여행을 떠난 적이 있었다. 일행 모두 자리에 아무렇게나 널브러져서 단잠을 잘 때, 그는 호기심 어린 눈길로 차창 밖 풍경을 보지 않고 차내 TV에서 나오는 영화를 봤다. 그것도 대사까지 달달 외울 만큼 많이 봤던 영화를 아주 굉장히 재미있게 봤고, 천둥의 신 토르가 세상에 왔을 때처럼 웃긴 장면에서는 깔깔거리며 큰 소리로 웃었다. 또 슬픈 장면에서는 『홍루몽』의 여주인공 임대옥이 꽃무덤을 만들 때처럼 엉엉 울며 눈물을 쏟았다.

나는 속으로 생각했다.

'이런 사람을 사내라고 할 수 있을까?'

TV에서는 이동통신 광고가 방영되고 있었다.

"나는 할 수 있다!"라는 광고 카피가 나오자마자 별안간 하늘에서 천둥이 쳤고 그 바람에 차의 시동이 꺼져 버렸다. 인적 하나 없는 황량한 교외에서 차가 멈추어선 것이다. 기사는 차에서 내려 살피더니 다시 돌아와 머리를 절레절레 흔들며 말했다.

"죄송합니다만 회사에 전화해서 다른 차를 보내달라고 해야겠습니다. 아마 세 시간쯤 걸릴 겁니다."

사람들은 모두 새파래진 얼굴로 조상의 가호를 기다리는데 천진이는 덩실덩실 춤을 추며 일어나서 "캠프파이어 파티하자!" 하고 외쳤다.

하늘에서 또 천둥이 쳤다.

이어서 비가 부슬부슬 내렸고 한 친구가 데리고 온 세 살 난 아들은 옆에서 울음을 터트렸다. 그 친구는 혼자 아들을 데리고 여행을 왔다가 이렇게 낭패를 당하고 말았다. 그러나 이보다 더 운이 없었던 일은 아이 몸에서 열이 나기 시작한 것이다. 아이는 우리가 알아들을 수 없는 소리로 아우성을 쳤다.

천진이는 손을 뻗어 아이의 머리를 한참이나 짚어보더니 심각하게 말했다.

"열이 좀 높아."

버스 기사가 느릿느릿 말했다.

"여기서 멀지 않은 곳에 산이 있는데 그 산 아래에 사찰이 있거든요. 사찰에 계신 스님이 병을 볼 줄 알아요."

천진이가 대답했다.

"그러죠. 좋아요, 갑시다."

그는 자신의 일인 양 단박에 친구의 아들을 품에 안았다. 마치 자기 아들인 것처럼 안고는 다른 방도가 없다는 듯이 차 안의 다른 친구들을 휘 둘러보았다. 친구들은 하나같이 고개만 연신 끄덕일 뿐 미동도 하지 않았다.

비가 내리는 저녁 무렵에 천진이와 친구 두 사내가 아이를 안고 우산을 받치니 낭만적인 이야기가 펼쳐질 것 같은 느낌이 물씬 풍겼다.

"그다음엔 어떻게 됐어?"

내 아들이 고개를 쳐들고 나를 보며 물었다.

나는 다섯 살짜리 아들의 작은 어깨를 가볍게 두드리며 "그다음엔, 천진이 아저씨가 나이가 들었대"라고 대답해주었다.

서글퍼진 나는 자리에서 일어나서 아무 말도 하지 않았다. 아들은 아마 지금은 그 천진이 아저씨가 바로 나임을 모를 것이다.

언제부터인가 나의 천진함은 차츰 속세의 때가 묻어서 '필요'와 '불필요' 두 가지 기준으로만 친구를 판단했다. 게다가 가볍게 말하거나 웃지 않고 얼굴에 감정을 드러내지 않기 시작했다. 누구나 친구가 될 수 있지만 아무와 친구가 될 수 없기도 했고, 세상 속에 숨어서 최대한 박애주의자인 척했지만 행복감은 점점 옅어졌다.

'천진'이라는 친구를 다시 찾아야 할까? 나는 늘 이 생각을 떨치지 못하고 있다.

왜 그리도 비집고 들어가는지

내가 알기로는 한 무리의 사람들이 몸을 들이밀어 헤치며 앞으로 나아가는 것을 '비집는다'라고 한다.

비집는 장면은 여러 상황에서 많이 목격할 수 있다. 버스가 정류장에 멈추고 지하철이 역에 도착하면 사람들은 올라타려고 벌떼처럼 몰려드는데, 이렇게 비집는 건 충분히 이해하고도 남는다. 빨리 비집고 들어가지 못하면 앉을 자리가 없고, 꾸물거리다가는 앉을 자리는 고사하고 발을 디딜 틈도 없어서 다음 차를 타야 하기 때문이다.

그런데 의아한 점이 있다. 비행기를 탈 때도 비집고 들어가는 사람이 많은 이유는 뭘까? 비행기 탑승이 무슨 황제의 자리에 오르는 일도 아닌데 겨우 몇 분 차이로 그렇게까지 해야 할까? 나는 여러 공항에서 이런 상황을 직접 겪어봤다. 처음에는 지역 특성일 거라고 생각했지만 지켜보니 베이징, 상하이, 선전처럼 세련된 매력이 물씬 풍기는 도시에서도 모두 비집고 들어갔다. 버스에서는 자리를 잡으려고 비집는다지만 비행기에는 각자 자기 좌석이 정해져 있는데 왜 비집고 탈까?

그래서 공항 대합실에서 비행기를 기다릴 때 빈자리가 없으면 나는 일부러 소리를 높여서 "탑승하세요!" 하고 외친다. 그러면 대기하던 승객들이 우르르 일어나서 얌전하게 줄을 서는데 그 틈에 나는 빈자리를 골라서 앉는다. 언젠가 비집고 비행기를 타려는 사람들한테 그 까닭을 물었더니 "짐을 둘 곳이 없을까봐서요"라는 변명이 돌아왔다.

그런 사연이 있다고 쳐도 매달 열다섯 번 정도 비행기를 타는 나는 짐을 둘 곳이 없어서 타지 못하는 경우는 여태 한 번도 겪지 못했다. 그런 문제는 승무원의 몫이지 승객이 애태울 일은 아니다.

정해진 자리도 있고 짐 둘 걱정도 없는데 왜 기어코 비집고 들어갈까.

내 생각엔 이는 중국인의 잠재의식이 작용한 결과 같다. 일반적으로 말해서 중국은 자원이 부족한 나라다. 중국인은 항상 중국이 땅이 넓고 자원이 풍부한 나라라고 하지만 무엇보다 중국에는 인구가 많다. 중국인은 비집고 들어가야 한다는 생각이 이미 뇌리에 깊이 뿌리를 내리고 있어서 그렇게 하지 않으면 기회가 없다고 생각한다. 즉, 비집고 들어가지 않으면 기회를 잃고 비집어서 앞으로 가지 못하면 곧 실패라고 여긴다.

생각해보면 중국인은 어려서부터 비집고 들어가야 했다. 유치원에 지원하려고 비집고 들어가 줄을 섰고, 늦으면 정원이 다 차서 다음을 기약해야 했다. 초등학교에 들어갈 때도 좋은 학교에 입학하려면 또 떠밀어야 했다. 초등학교에서 중학교로 비집고 들어가고, 중학교에서 고등학교로 또 비집고 들어가고, 대학에 가려고 대입시험을 통과해서 비집고 들어가는 과정을 거친다. 모두 외나무다리를 건너 전진하려고 비집는 것이다. 그렇게 해서 대학까지 졸업하고 나면 취업을 위해 또 비집고 들어간다.

미국인은 미국 땅이 넓은데다 인구 또한 적어서 비집고 들어가지 않는다. 이를테면 미국에서는 차를 몰고 가다가 건널목에서 행인을 발견하면 무조건 정차한다. 사람이 우선이기 때문이다. 그러나 중국에서는 운전 중에 사람을 우선시하다가는 행인의 발걸음이 끊이지 않아서 사거리 한복판에 갇혀 있어야 한다.

중국과 미국의 엄청난 문화적 차이는 이런 작은 사례로도 충분히 드러난다.

중국인은 태어날 때부터 부모가 병원 침상을 차지하려고 비집기 시작해서 묏자리를 살 때까지 평생을 비집고 들어간다.

이렇게 평생을 비집으려고 하면 인생이 너무 초조하지 않을까?

비집고 들어가야 한다는 의식은 경쟁에서 비롯되며 그 이면에는 두려움이 존재한다. 남을 이기려고 경쟁하고, 도태될까봐 두려운 것이다.

조금 더 진지하게 생각해보면 이런 현상은 중국 사회의 단일한 가치관에 기인한 듯하다. 중국인은 늘 소수가 성공하고 다수가 실패한다고 가정하기 때문에 경쟁해 비집고 들어가는 상황이 때와 장소를 가리지 않고 발생한다.

중국 사회에서는 무리에서 우두머리가 되어야 한다는 단일한 가치관이 서서히 형성되어 이미 굳어졌다. TV 프로그램도 영상물도 모두 이러한 내용의 콘텐츠를 생산하고 있다. 말하자면 양, 소, 닭, 토끼는 물론이고 모든 동물이 사자가 되기를 원하는 것과 같은 현상이다. 그래서 모든 사람이 사자가 되려고 하고, 만약 사자가 못 되면 사자의 자리를 차지해서 위세라도 부리고 싶어 한다.

이런 의식은 중국 사회의 단일한 가치관에 구속된 탓에 생긴 것이다.

다시 말해 중국인은 성공하지 못하면 모두 실패한 인생이라고 여긴다.

전에 일본 유명 연예인 기타노 다케시의 이야기를 읽었는데, 그는 유명해지기 전부터 매일같이 돈이 생기면 꼭 포르쉐를 사겠다고 다짐했다고 한다. 훗날 명성을 떨치게 된 그는 포르쉐를 샀지만 포르쉐를 운전할 때의 기분이 상상처럼 그렇게 행복하지 않다는 것을 꽤 빨리 깨달았다.

그래서 매일 아침 친구에게 자신의 포르쉐를 운전해 달라고 부탁하고 자기는 택시를 타고 포르쉐를 뒤따라갔다. 택시를 타고 가면서 그는 운전기사에게 항상 자랑스럽게 말했다.

"저것 좀 보세요. 제 차예요. 저 친구 운전 참 잘하죠."

많은 사람이 기타노 다케시처럼 남의 눈에 대단한 사람으로 보이려고 평생을 바쳐 노력한다. 이런 사람들의 인생은 실제로 구속된 삶이다.

허페이에 있는 한 오리 구이 전문 식당은 매일 딱 두 시간만 영업하고 공휴일과 휴일에는 아예 문을 닫는다. 직원이라고는 달랑 세 명이고 사장을 포함해서 총 네 명이 함께 일하는데 어느 해 국경일에는 가게 문 앞에 이런 안내문이 붙어 있었다.

'사장과 직원이 함께 그리스로 여행을 다녀옵니다. 열흘 뒤에 찾아주세요.'

한 번은 내가 사장에게 물었다.

"식당을 확장할 생각은 없으세요? 아니면 체인점을 여는 건요?"

사장은 의아한 눈빛으로 나를 보며 되물었다.

"체인점을 왜 열어야 합니까?"

"사업을 하려면 규모가 크고 탄탄해야 하지 않나요?"

사장은 또 의아한 눈빛으로 되물었다.

"왜 규모가 크고 탄탄해야 합니까?"

나는 한숨을 내쉬며 말했다.

"그렇게 물으시니 저도 할 말이 없네요."

사장이 밝은 표정으로 말을 시작했다.

"이봐요, 젊은이, 내 나이가 올해 예순인데 나는 여태 내가 좋아하는 일만 하고 살았고 그런 삶이 얼마나 만족스러운지 몰라요. 우리 가게에서 오리 구이를 드시는 손님도 행복해 하시고요. 이 식당으로 가족을 먹여 살리는 데는 전혀 문제가 없으니 이만하면 만족합니다."

'만족'이라는 두 글자가 내게는 엄청난 충격으로 다가왔다. 당시 나는 모든 게 다 불만족스러운 사람이었다. 돈도, 지위도, 사랑도 다 만족스럽지 않아서 스스로 옭아매고 있었다. 그런데 식당 사장은 현재의 삶에 '만족'한다고 하니, 나보다는 훨씬 소탈하게 살아가고 있었다.

나는 오리 구이의 맛을 오래 음미하면서 나 자신에게 해줄 말을 차근차근 정리했다.

'난 네가 너무 좋아. 하지만 너처럼 살고 싶지 않아. 이제는 달라지려고 해. 마음을 편히 먹고 나 자신을 새롭게 만들어가겠어.'

그렇다면 어떻게 마음을 편히 먹고 새로운 내가 될 수 있을까? 내가 좋아하는 일을 하면서 남을 도와줄 수 있고, 내가 사랑하는 사람과 나를 사랑해주는 사람이 있어서 마음이 부자면 그걸로 족하다.

그래서 남들이 비집고 들어가는 건 충분히 이해하지만 나까지 그러고 싶지는 않다. 남들이 먼저 비행기에 타고 나면 나는 느지막이 대합실 의자에서 일어나서 안전하게 타고 짐은 승무원에게 건넨다. 그러고는 내 자리에 차분하게 앉아서 편안한 마음으로 책을 펼친다.

비행하는 동안 내 자리를 빼앗기지 않고 편안하게 도착지까지 갈 수 있을 테니까.

小
滿

만물이 무럭무럭 자라서
곧 본 모습을 드러낼

소만

홍성거리는 세상에서
자기만의 평온한 삶을 살아가며
그 안에서 여유를 즐긴다.

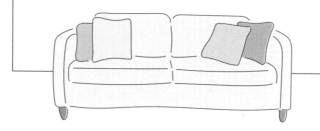

사랑이 인생의 전부는 아니다

인생은 다양한 활동으로 이루어진다. 예컨대 여행, 운동, 미식, 우정, 독서, 음악, 졸기, 멍때리기 등등. 사랑은 그중 하나일 뿐 전부는 아니다. 사랑을 곧 인생으로 본다면 사랑에 시달리다가 예민하고 나약해진다.

주변에서 아마 이런 사람을 봤을 것이다. 그저 전화 한 통을 못 받았을 뿐인데 그 때문에 상대방한테 어딜 갔었느냐, 왜 전화를 받지 않았느냐, 다른 사람이 생겼느냐, 사랑이 식은 거냐며 폭풍 질문을 하는 사람 말이다. 이런 질문이 한바탕 쏟아지면 당사자는 해명할 마음이 싹 사라지고 씁쓸함이 입가에 물밀듯이 밀려와서 "멋대로 생각해!"라는 말로 튀어나온다.

그러나 이 말은 결국 도화선이 되어 상대방의 화약고를 폭발시키고 만다.

"너 대체 날 뭘로 보고 그런 말을……."

이렇게 과민한 반응을 보이는 사람은 대체로 사랑은 공기와 같아서 사랑이 없으면 숨을 쉴 수 없다고 여기는 타입이다. 듣기 좋은 말로 하면 사랑에 매달리는 것이고 듣기 거북하게 말하면 애정 결핍이다. 그런 사람들은 너무 사랑하기 때문에 어쩔 수 없다고 하지만 사실은 사랑이라는 이름으로 상대방에게 상처를 줄 뿐이다.

그들에게 사랑은 인생의 전부여서 상대방 자체가 곧 그들의 사랑이고 인생이다. 그들의 심리 상태는 상대방의 행동 하나하나에 영향을 받고 그로 말미암아 심적 변화가 일어나면 모든 감정을 상대방한테 풀어버린다. 그래서 결국엔 행복해야 할 감정이 서로에게 부담이 되어 와르르 무너지는 지경에 이른다.

인생의 다채로움을 안다면 유독 한 방면에서 자기 고집을 부리지는 않을 것이다. 설령 사랑 때문에 괴롭더라도 사랑 외에 기댈 수 있는 다른 것이 있다면 당장이라도 죽고 싶은 기분이 들지는 않는다. 간단히 말해서 꾸준히 자아를 발견하면 타인에게 구속되지도 않고 쉽사리 부담을 주지도 않게 된다.

자아를 발견했다면 그다음엔 취미를 꾸준히 즐겨야 한다. 취미가 없는 사람은 마치 생명줄을 잡듯이 한 사람에게 매달려서 자존심도 버리고 삶의 다른 즐거움도 포기하고 모든 희로애락의 감정을 죽을 때까지 한 사람에게 의탁한다.

일례로 내가 과거에 실연당한 이야기를 한번 해볼까 한다.

일 년간 사귄 상하이 여자 친구가 있었는데 그녀가 어느 날 독일 남자와 도망을 가 버렸다. '제3차 세계 대전'이나 다름없었던 그 전쟁의 승리는 독일인이 차지하고 말았다. 그 이후로 나는 그녀와 함께 걸었던 거리와 함께 들렀던 식당 앞을 매일 지날 때마다 얼마나 괴로웠는지 모른다.

한 사람과 이별하는 건 어렵지 않다. 하지만 그 사람과의 추억이 서린 장소와 이별해야 하는 건 정말로 어렵다. 그래서 나는 상하이를 떠났다.

지금 생각해보면, 그때 내가 실연을 당하지 않았더라면 아마 상하이를 떠나지 않았을 것 같다. 만약 상하이에 남아 있었다면 지금의 아내를 만나지 못했을 것이다. 아내와 인연이 닿지 않았다면 아들도 없었을 테고, 아들이 없다면 손자도 없을 것이다. 상상만 해도 끔찍하다. 고로 나를 떠났던 상하이 옛 여자 친구한테 감사한다.

말이야 이렇게 담담하게 하지만 그때를 떠올리면 여전히 한숨이 나온다. 지금은 그녀가 어떻게 살고 있는지 전혀 모른다. 인생길을 가는 걸음걸음에는 모두 나름의 의미가 있다. 과거 몇 년만 회상해봐도 모든 일이 순리대로 흘러가서 내가 오늘 이 순간까지 오게 된 것이다. 그랬기에 지금 초여름 밤에 컴퓨터 앞에 앉아서 이렇게 글을 쓰고 있다. 맞다. 나는 그런 시간을 거치며 글쓰기를 좋아하게 되었다.

사랑하는 사람이 없으면 또 어떤가. 나는 글을 쓰면서 그 과정에서 자아를 발견할 수 있었다. 촬영, 그림 그리기, 여행, 독서 등 뭐든지 자기가 좋아하는 활동을 하며 정신적 기쁨을 누릴 수 있는데 뭣 하러 굳이 한 사람에게 죽자 사자 목을 매려고 하는가.

이런 이치를 깨달으면서부터 나는 실연당할 때마다 사랑했던 사람이 한 명 더 늘었을 뿐이라고 생각했다.

이 얼마나 근사한 생각인가. 그렇다, 바로 내 머릿속에서 나온 것이다.

누구도 내 인생의 전부가 될 수 없다. 나는 내 인생 영화를 연출하는 감독이다. 영화에서 누군가는 단역을 맡고, 누군가는 조연으로 출연하고, 누군가는 날 울리고, 누군가는 내게 뒷모습을 남길 것이다. 하지만 이 영화는 스토리가 풍부하고 다채로우며 배경음악도 있고 풍경도 있다. 사랑하는 사람이 없어도 무엇보다 중요한 건 내가 바로 영화의 주인공이라는 점이다.

사랑하는 사람이 없으면 그 사람에게 부담을 줄 일도 없고 나 자신을 잃을 일도 없다. 내가 주인공인 세상에서 꾸준히 자아를 발견하면 언젠가 진정으로 사랑할 수 있는 사람을 만날 때가 다가온다.

미완성된 연인

세상에 나와 딱 맞아떨어지는 사람은 없다. 나와 마음이 잘 통하고, 모든 면에서 빈틈이 없고, 직업이 좋고, 사람을 대하는 태도가 훌륭하고, 잠자리에서 무조건 내 뜻을 맞추어주고, 돈을 잘 벌고, 유머 감각이 있고, 나무랄 데 하나 없이 완벽하고, 내가 바라는 특별한 모습을 온몸으로 빛내는 사람은 세상에 존재하지 않는다.

꿈이라면 가능할까? 모든 사람이 나와 같을 순 없으니 정신 차리자.

하지만 내 손길로 새롭게 바꿀 수 있는 미완성 연인은 존재한다고 믿는다. 초라하지 않은 평범한 외모, 무난한 성격, 나와 비슷한 생활 습관, 나와 마인드가 대체로 잘 통하는 사람이 있다면 내 힘으로 그 사람을 내게 맞게 바꾸려고 시도해볼 수 있다. 집을 리모델링하려면 밑천이 필요하지만 사람은 돈을 들이지 않고도 능력껏 바꿀 수 있지 않을까.

내 말에 단호하게 동의하지 않는 사람도 있다. 세상에는 자신의 이상형이 존재하며 그런 대상이 있기에 사랑도 가능하다고 보는 까닭이다.

사랑은 모든 문제를 다 감싸고 덮을 수 있다. 그러나 사랑이 과연 얼마나 지속될까? 영화 〈메디슨 카운티의 다리〉에서 주인공 남녀가 진정한 사랑을 나눌 수 있었던 이유는 바로 그들에게 주어진 시간이 짧았기 때문이다. 나는 줄곧 그렇게 생각해왔다. 항상 같이 붙어 있고 일상적인 일을 함께한다면 서로 충돌하지 않을 수가 없다. 남녀가 아주 짧은 시간에 애틋한 사랑을 나누면 자질구레한 일상다반사는 염두에 둘 필요가 없으므로 당연히 서로에게 당면한 문제에 개의치 않을 수 있다.

사람이 사람을 바꿀 수 없다고 말하는 이들도 있다. 그 사람들은 상대방을 자기가 원하는 모습으로 바꾸려고 하는 건 있는 그대로의 상대방을 사랑하지 않고 자기가 바꾼 모습의 상대방을 사랑하겠다는 뜻이라고 한다. 또 상대방을 자기가 원하는 모습으로 바꿀 작정이면 왜 처음부터 이상형을 찾지 않느냐고 묻는다.

실은 나도 이 생각에 전적으로 동의하고 싶지만 사람마다 워낙 다른 점이 많고 서로 빈틈 하나 없이 꼭 들어맞을 수가 없지 않은가. 그래서 함께 살다보면 불가피하게 서로 간의 차이를 타협하고 조정해야 한다. 두 사람이 같이 사는 인생은 서로가 서로를 조각해서 맞추어나가는 것이다.

싱글로 오래 생활한 사람을 옆에서 보면 그 사람한테 사랑에 대한 갈망이 없지는 않다. 다만 싱글 생활을 오래 해서 익숙해진 탓에 한 사람이 자기 인생에 들어와서 생활 리듬을 바꾸는 걸 받아들이지 못할 뿐이다. 그 사람이 자기 습관과는 다르게 칫솔을 거꾸로 꽂고, 치약을 가운데부터 짜고, 변기를 사용하고 나서 뚜껑을 안 닫으면 어떨까? 혼자 사는 사람은 이런 사소한 차이 때문에 짜증이 난다. 심지어 저녁에 향을 피우고 책을 읽고 싶은 찰나에 피할 틈도 없이 상대방한테 방귀 테러를 당하면 미쳐서 폭발해버린다.

그래서 싱글들은 이렇게 말한다.

"둘이 살면서 나한테 더 이득이 될 게 없는데 왜 같이 살아야 해?"

맞는 말이다. 자신도 상대방을 위해 달라지기 싫고 상대방도 마찬가지로 달라질 마음이 없다면 싱글로 사는 게 더 바람직하다.

상대방을 사랑하는지 사랑하지 않는지 확인하는 방법은 간단하다. 그 사람을 위해 기꺼이 자신을 바꿀 수 있는지 고민해보면 안다.

서로 맞추기 위해서는 바뀌야 할 점도 있고 조정해야 할 점도 많다. 내 경우는 적어도 여덟 가지가 있다. 서로 이해할 수 있는 사랑의 언어 사용하기, 서로 받아들일 수 있는 생활 습관 기르기, 서로 포용할 수 있는 가치 기준 정립하기, 경제관념 존중하기, 교우 관계 공유하기, 독특한 성적 취향과 요구에 적응하기, 양가 부모님의 과도한 기대치 낮추기, 서로 간의 충돌 대비책 세우기 등이다.

개성대로 살자고 하는 사람도 있을 것이다. 이를테면 자기는 집에 있는 걸 좋아하니까 상대방의 친구는 만나러 가지 않겠다고 한다거나, 자기는 시끌벅적한 게 좋은데 상대방은 조용히 집에만 있어서 못 참겠으니 파티를 하러 나가겠다고 하는 식 말이다. 또 자기는 상대방을 무척 사랑하지만 남자는 주방 근처에 얼씬도 하지 않는 게 집안의 전통이라면서 자기 개성을 고집할 수도 있다.

이렇게 하면 둘이서 오래 같이 살 수 있을까?

집돌이는 집순이를 만나면 되고, 떠들썩한 걸 좋아하면 그런 분위기를 즐기는 사람을 만나면 된다고 주장할 수도 있다. 그렇지만 그 외에 다른 면은 어쩌란 말인가. 인간은 단순하지 않다. 외모가 괜찮으면 가치관을 보고, 가치관이 같으면 품위를 보고, 품위가 어울리면 생활습관을 보고, 생활습관이 맞으면 절대 사과하지 않는 버릇 같은 걸 따진다. 모든 면이 자기와 딱 들어맞는 사람을 찾으려고 하는 것이다.

둘이서 오래 행복하게 살려면 인간은 불완전하다는 사실부터 인정하고 받아들여야 한다. 두 사람 모두 완벽하지 않기 때문에 서로 조금씩 바꾸고 타협해야 한다. 사랑은 한순간의 불꽃처럼 피어날 수 있지만 결혼은 심혈을 기울여서 잘 가꾸어야 한다.

사람은 누구나 이런저런 부족한 점이 있다. 두 사람이 같이 살기 전까지는 서로 미완성된 짝이다. 그렇기 때문에 다른 두 사람이 함께 사는 도전을 용기 있게 받아들여야 하고 상대방에게 어울리는 사람이 되도록 각자 노력해야 한다. 그렇게 하지 않으면 완벽한 사람을 찾다가 영원히 싱글로 남고, 자신을 바꾸지 않고 고집을 부리다가 철벽 신세가 되며, 현실을 받아들일 용기가 없어 이 사람 저 사람을 계속 기웃거리게 된다.

한 사람을 위해서 자신을 바꿀 수 있는지 없는지 고민해보면 그 사람을 진심으로 사랑하는지 아닌지 금방 판단할 수 있다. 상대방이 흡연을 싫어해서 당장 금연하고, 바에서 죽치는 걸 싫어해서 아예 발걸음을 안 한다면 상대방을 진심으로 사랑하는 것이다. 사랑하면 상대방이 마음에 걸려서 주저 없이 자신을 바꾸고, 상대방을 중요한 존재로 여기기에 어떤 것보다 상대방을 우선시하게 된다. 만약 상대방에게 '리모델링'되기 싫고 누가 뭐래도 내 마음대로 하겠다는 사람은 자기애가 강해서 상대방을 중시하지 않는다. 그러므로 연인으로 삼을 만한 사람은 모든 면이 완벽한 사람이 아니라 상대방을 위해 자신을 바꿀 수 있는 사람이다.

자, 나의 미완성된 연인이여, 우리 둘이서 인생을 '디럭스 룸'으로 꾸며 봅시다.

사랑의 굴욕

내가 아는 한 여자는 회사에서 보좌관으로 일하는데 자신이 보좌하는 상관을 사랑하게 되었다. 그 남자가 유부남인 걸 알면서도 사랑을 키웠다. 그녀는 남자한테 완전히 푹 빠져서 정신을 못 차렸다. 두 사람은 회사 근처에 있는 호텔에 전부 다 한 번씩은 묵었는데 그때마다 방값도 밥값도 모두 그녀가 지불했다. 또 남자의 많은 업무도 전부 그녀가 도와서 해결해주었다. 그녀의 희생은 이뿐만이 아니었다.

하루는 남자가 그녀에게 돈을 요구했다. 아내의 생일인데 선물을 살 돈이 없다는 거였다. 그녀는 선뜻 돈을 내주긴 했지만 앞으로 어떻게 해야 좋을지 모르겠다며 내게 조언을 구했다. 내가 그런 쓰레기 같은 놈과는 당장 헤어지라고 하니 그녀는 거부했다.

"그럴 수는 없어요. 그 사람이 아직 저를 원하거든요."

"그렇게 비굴하게 옆에 있고 싶어요?"

"그럼 어떡해요?"

"당장 헤어지라니까요."

"안 돼요."

……

내가 아는 또 다른 한 여자는 회사의 팀장과 하룻밤을 보냈다. 그런데 그 남자가 여직원 킬러라서 쉽게 잠자리를 한다는 사실을 나중에야 알고는 무척 괴로워했다. 앞으로 팀장과의 잠자리를 거부하면 자기가 좋아하는 지금 하고 있는 일도 못하고 사직을 강요당할 것 같아서였다.

내가 그녀에게 제안했다.

"회사 그만둬요."

"전 지금 하는 일이 너무 좋아요. 동료들도 마음에 들고요."

"그럼 회사는 다녀요. 대신 팀장이랑 관계를 끊고 새로운 남자 친구를 사귀어봐요."

"회사에서 팀장 얼굴만 보면 구역질이 날 거 같아요."

"그럼 성추행으로 고소해버려요."

"같이 잤잖아요."

"그럼 어떻게 하고 싶은데요?"

"저도 모르겠어요."

……

이 두 여성이 안고 있는 고민과 비슷한 문제를 지닌 사람들이 종종 내게 상담을 요청한다. 사실 해답은 간단하다. 그냥 굴욕을 자처하는 것이다. 당사자들은 내 말을 듣기가 괴롭겠지만 지극히 현실적인 조언이다.

겉으로는 내게 상담을 요청하고 내 의견을 들으려는 것 같지만 사실 어떻게 대처해야 하는지 당사자들이 이미 잘 알고 있다. 게다가 어떤 태도로 이런 문제를 처리해야 하는지도 명확하게 안다. 다만 자신들이 처한 상황에서 빠져나올 마음이 없다는 게 큰 걸림돌이다. 그들은 상황을 벗어날 마음이 없을 뿐만 아니라 아예 거기에 머리를 처박고 어떤 조언도 들으려고 하지 않는다. 내게 조언을 구하는 척하며 내가 그들의 편을 들어주기를 바랄 뿐이다. 내 조언은 한 귀로 듣고 한 귀로 흘렸고 자신을 망치는 길로 스스로 용감하게 나아갔다.

솔직히 말해서 감정 문제는 무척 수월하게 해결할 수 있다. 이렇게 하면 된다.

사랑하면 고백하라.

사랑하지 않으면 진심을 솔직히 털어놓아라.

서로 잘 맞으면 함께해라.

서로 맞지 않으면 헤어져라.

좋아하면 즐겨라.

불편하면 거절해라.

단순하게 해결해야 마음이 가벼워진다. 감정 문제에 다른 이유가 있다면 그것은 모두 거짓이고 자신의 나약함을 감추려는 수작일 뿐이다.

芒種

제때에 씨를 뿌리고
바야흐로 수확을 보는

망종

젊은 시절에는 무조건 완벽하려고 하고
남에게 엄격하게 대했는데
세월이 흐르고 보니 그때 가장 완벽하지 않았던 건
다름 아닌 바로 나 자신이었다.

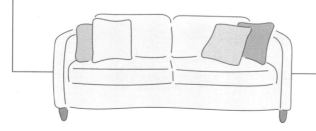

어떤 상황에서도 자신의 가치를 높이는 것이 가장 중요하다

젊은 친구들한테 쪽지를 많이 받는 편이다. 그들은 현 상황이 너무 막막하기만 한데 이유도 모르겠고, 뭘 해야 할지도 모르겠고, 무엇을 추구해야 할지도 모르겠고, 그저 현재가 만족스럽지 않다고 푸념한다. 또 매일 다람쥐 쳇바퀴 돌듯 반복되는 일상 속에서 출근길을 다른 노선으로 바꿔보는 것조차 엄두가 나지 않고 운동도 날마다 기계적으로 하는데 이런 현실을 어떻게 변화시켜야 하느냐고 묻기도 한다.

내 대답은 언제나 똑같다.

"자신의 가치를 높이세요."

막막한 상황에서는 자신의 꿈을 이루기 위해 능력을 펼칠 수 없다. 그러면 막막함을 어떻게 해소할까? 답은 꿈을 작게 품거나 자신의 능력을 키우거나 둘 중 하나다. 꿈은 작게 품을 수 없다. 그렇게 되면 절인 생선이나 인간이나 다를 바 없지 않나. 그러므로 자신의 가치를 높이는 게 관건이다.

경험상 이런 경우는 어떤 상황에서든지 자신의 능력을 키우고 가치를 높이는 것만큼 바람직한 해결책이 없다. 책을 폭넓게 읽고 사색해 자신의 지식을 체계적으로 구성하거나 자기가 보유한 기술을 더욱 연마해서 전문가가 되는 것이다. 이렇게 능력을 키우면 인생이 더욱 풍요로워질 뿐만 아니라 기회가 왔을 때 이미 준비가 충분히 되어 있어서 자신의 능력을 조금씩 펼쳐 보이기만 하면 된다. 반면 능력을 키워두지 못하면 행운이 찾아와도 밑천이 없어서 천금 같은 기회가 이내 덧없이 사라져 버리고 만다.

그렇다면 자신의 가치를 어떻게 높일까? 내 경험을 여러분과 공유할 테니 참고하길 바란다.

이동 시간을 잘 활용한다

장소를 이동하는 것도 생활의 일부분이다. 이동할 때는 목적지에만 집중하느라 과정을 놓치면 안 된다. 이를테면 베이징, 상하이, 광저우에서는 출퇴근하는 데 대략 왕복 세 시간이 걸린다. 하루에 세 시간은 한 달이면 구십 시간이고 일 년이면 천팔십 시간이니까 곰곰이 생각해보면 그 시간에 할 수 있는 일이 꽤 많다.

예전에 인터넷상에서 출퇴근할 때 걸리는 시간을 물어 조사한 적이 있다. 가장 가혹했던 경우는 베이징에 사는 사람으로 매일 왕복 여섯 시간이 걸린다고 했다.

"혹시 교통경찰이세요?"

내가 물으니 그가 대답했다.

"스자좡石家莊에 살거든요……."

이 청년은 아주 행복한 사람이다. 매일 그렇게 많은 시간을 길에서 보내니 그 만큼 그 시간에 할 수 있는 일도 많지 않겠나. 나는 상하이에 있을 때 출퇴근 시간을 이용해서 단어를 외우고 회화 강의를 들었다. 그 이후로는 비행기나 차를 타거나 부쳤던 짐을 기다릴 때 다양한 스마트폰 앱으로 강연을 듣는다. 처음에는 〈백가강단〉*을 주로 듣다가 나중에는 다양한 장르의 소설을 오디오북으로 들었다.

이동 중에 이어폰을 귀에 꽂으면 새로운 세상으로 들어가는 기분이 든다. 이동하는 시간을 자신의 가치를 높이는 기회로 삼으면 어떨까?

수시로 책을 읽는다

뭐니 뭐니 해도 학습 방법 중에 최선의 선택은 독서다. 강의는 강의자가 자신의 관점을 일방적으로 청자에게 전달하는 방식이므로 수동적인 학습에 속한다. 물론 독서도 저자의 사상을 독자에게 일방적으로 전달하는 것이긴 하나 강의와 비교하면 스스로 생각할 기회가 훨씬 많아서 사고력이 향상된다. 다행히도 요즘은 스마트폰으로 책을 읽을 수 있는 다양한 앱이 많아서 묵직한 책을 일부러 들고 다니지 않아도 된다.

어떤 이는 전자책을 읽으면 독서하는 느낌이 안 난다고 하는데 내가 보기엔 억지다. 그저 매체가 다를 뿐인데 뭘 그리 가탈스럽게 구나 싶다. 예전에 컴퓨터로는 시가 써지지 않는다고 했던 사람도 있는데 이와 비슷한 경우다. 뭐든 익숙해지면 괜찮은 법이다.

---

* 百家講壇, 중국 CCTV에서 방영하는 교양 프로그램으로 전문가들이 인문학을 주제로 강연을 진행해 대중에게 큰 인기를 얻고 있다.

나는 책을 사흘에 한 권씩 읽는 습관을 예전부터 계속 유지하고 있다. 스스로 생각해도 참 대견하다.

요즘 같은 인터넷 시대에는 책을 조금만 더 읽어도 수시로 생산되는 각종 뉴스와 뜨거운 화젯거리를 단순히 접하는 데에 그치지 않고 문제를 더욱 깊이 인식할 수 있다. 그렇게 되면 남들이 웨이보에서 140글자짜리 짧은 글을 읽을 때 나는 위챗 계정으로 긴 글을 읽을 수 있고, 남들이 위챗 계정에 올라온 글을 읽을 때 나는 책 한 권을 읽을 수 있고, 남들이 책 한 권을 읽을 때 나는 학문을 닦을 수 있다. 이렇게 차근차근 발전해나가면 여러분도 머지않아 곧 나처럼 스스로 대견하게 여기게 될 것이다.

상사의 업무 스타일을 배운다

회사에서는 수북이 쌓인 업무를 날마다 똑같이 반복해서 하고 또 하기만 할 뿐 마음이 설레고 열정이 끓어오를 만한 일은 별로 없다. 그렇게 끝없이 반복되는 회사 생활에서 자신의 가치를 어떻게 높일 수 있을까? 내 방법은 상사의 업무 스타일을 관찰하는 것이다.

이를테면 부하 직원이 지각했을 때의 대처법, 업무 분배 방식, 직원을 관리하고 감독하는 방법 등을 살펴본다. 이런 시각을 가지면 평범한 직원이 아닌 다른 관점으로 현상을 볼 수 있어서 회사 생활이 재미있어진다. 더욱이 상사가 자신을 꾸짖을 때는 꾸지람을 듣는 입장을 떠나 상사의 입장에서 왜 자신을 꾸짖고 어떤 방식으로 꾸짖는지 생각해볼 수 있다.

이런 태도가 몸에 배면 진급할 기회가 왔을 때 이미 스스로 준비를 마친 상태여서 뜻대로 순조롭게 진행된다. 일리가 있는 말 아닌가?

책 한 권을 읽는 건 사실 그리 대단한 일이 아니다. 그러나 책 한 권의 내용을 말로 하는 건 차원이 훨씬 높은 일이다. 책의 내용을 간추려 말하려면 스스로 내용을 깊이 이해하고 실천해 성찰한 바가 있어야 하기 때문이다. 그래서 자기가 읽은 책이나 사색한 것들을 친구들 모임에서나 동료끼리 수다를 떨 때 많이 이야기하면 그 과정에서 서서히 정리되면서 지식으로 쌓인다.

정보는 정리하고 전달하는 과정을 거치면 지식이 된다.

위챗 모멘트에 게시물을 올리더라도 '중의학으로 생명을 지키는 열세 가지 이론'이라든가 '화제의 동영상' 같은 것만 공유하면 안 된다. 친구들한테 모자란 놈이라고 비웃음만 당하고 잡다한 게시물만큼이나 허접한 놈이라는 뜻으로 누군가 게시물에 공감을 클릭할 것이다.

그런 잡다한 정보보다는 독서 후의 감상이나 영화를 본 느낌 등을 되새기고 공유하는 데 더 많은 힘을 쏟아야 한다. 그런 습관을 오래 유지하면 자신의 지식 체계가 자리를 잡아가고 있음을 자신도 차츰 알게 될 것이다.

직장생활 조언

직업의 본질은 무엇일까? 내가 생각하는 직업은 남의 일을 대신 처리하고 그 대가로 돈을 받는 것이다. 돈을 받고 일을 처리하지 않는 건 강호의 법칙에 위배되며 직업이라고 할 수 없다. 돈을 받지 않고 일을 대신 처리하면 강호의 법칙이 무너져서 강호를 오가는 다른 이들이 불쾌해하며 언젠가 그들의 손에 자취를 감추게 된다. 그러므로 직업은 돈을 받고 남의 일을 한다는 대전제를 바탕으로 한다.

직업인의 기본 윤리를 지킨다

직장생활에서 가장 중요한 점부터 먼저 말하자면 기업의 복무규정과 직업인의 기본 윤리를 위반하지 않는 것이다. 똑똑한 사람들이 의외로 이런 일에 유난히 불분명한 태도를 보이는 경향이 있다. 중국 알리바바 그룹의 월병 사건이 그 예다. 불과 몇 년 전에 알리바바 그룹의 직원 다섯 명이 사내 시스템을 조작해서 직원들에게 제공할 월병을 편취했다가 발각되어 해고 당한 일이 있었다. 이런 사소한 일로 해고 당하는 건 직원 입장에서 무척 억울한 일이라고 항변한 사람도 있었지만 이 직원들의 가장 큰 실수는 알리바바 그룹의 복무규정에 어긋나는 행동을 했다는 점이다. 모든 기업에는 직원이 지켜야 할 복무규정이 있으므로 기업의 일원이라면 반드시 그것을 준수해야 한다. 행여 복무규정에 위배되는 행동을 했더라도 잔꾀를 부려서 위기를 모면하려는 발상은 위험하다. 잔머리나 잔재주를 부리는 건 친구 사이에나 가능한 행동이며, 직장에서 약삭빠르게 굴면 오히려 불필요한 말썽만 야기된다.

기업의 복무규정은 절대 어기면 안 되고 직업인의 기본 윤리도 끝까지 지켜야 한다. 그렇다면 직업인의 기본 윤리란 무엇일까? 이를테면 회계 담당자는 장부를 허위로 작성하면 안 된다. 만약 상사가 허위로 작성하도록 시키면 어떻게 할까? 예컨대 용처가 불확실한 영수증을 들고 와서 정산해 달라고 하면 상황이 무척 곤란해진다. 이럴 때는 복잡하게 생각하지 말고 거절해야 한다. 누군가 규정을 위반하려고 할 때는 절대로 거기에 휩쓸리면 안 된다. 자칫 연루되었다가는 마지막에는 자신만 희생당한다. 희생양이 되지 않으려면 처음부터 규정을 준수해야 한다.

그랬다가 상사한테 미움을 사진 않을까? 능력이 있는 사람은 자기 할 일을 열심히 하고 급여도 잘 받아가니 일할 기회를 잃을 걱정은 안 해도 된다. 오히려 이해득실만 따지다가는 평생 별 볼일 없이 그저 그런 인생을 살게 된다.

업무를 자기 성장의 과정으로 삼는다

업무를 자기 성장의 과정으로 삼으라는 말에는 두 가지 의미가 내포되어 있다.

첫째, 모든 업무를 할 때 학습을 염두에 두고 업무가 끝나면 항상 다시 되새기며 성찰해야 한다는 뜻이다. 아무 생각 없이 할 일만 차례대로 끝내면 업무를 단순히 반복하는 것에 지나지 않아서 자신을 성장시킬 수도 없고 일한 의미도 없다. 만약 업무 실력이 향상되지 않고 계속 제자리걸음만 하고 있다면 전직을 진지하게 고려해야 한다.

둘째, 자신의 인생을 하나의 제품으로 간주하고 모든 업무는 이 제품을 완성하는 단계일 뿐이라고 여기라는 뜻이다. 이런 태도로 일하면 장기적인 계획으로 자신을 성장시키는 데 도움이 되며 당장에 손실은 없다.

그러므로 일하는 중에 모르는 것이 있으면 곧장 물어서 이해하고 확실히 짚어야 한다. 영어를 잘 못해도 무조건 말해야 실력이 느는 것과 같은 이치다. 영어 실력을 키울 때 문법이나 발음에 너무 얽매이지 말고 다른 사람이 얼추 알아들을 수 있는 수준으로 오랫동안 꾸준히 연습하다 보면 점점 실력이 향상된다. 세상을 살아가려면 좀 뻔뻔해야 한다. 이런 게 쑥스럽고 저런 게 부끄러우면 대체 언제 한 번 떳떳하게 살아볼 수 있겠나. 실수해서 망신을 당해도 그냥 웃어넘기면 그만이지 두려울 게 뭐 있나. 세상을 뻔뻔하게 살아갈 수 있을 때 비로소 자신도 무럭무럭 성장할 수 있다.

사람들과 협업하는 법을 배운다

업무를 하다보면 다른 사람들과 협업할 일이 꼭 생긴다. 그래서 대인관계는 아주 중요한 공부다.

첫째, 직장에서는 자기가 하고 싶은 말을 다 하면 안 된다. 자기가 한 말이 이후에 남의 입을 통해 어떤 상황에서 거론될 수도 있기 때문이다. 어떤 말은 밖으로 꺼내지 않고 속에서 푹푹 썩여야 한다. 정말로 말을 하고 싶을 때는 웃으며 부드럽게 할 수 있을지 잘 생각해봐야 한다. 특히 남의 뒷담화나 업무에 관한 불만을 언급할 때 유념해야 한다.

둘째, 직언은 금물이다. 세상에 수치를 모르는 사람은 없다. 좋은 의견을 제안할 수는 있지만 상대방이 그것을 받아들일 깜냥이 되는지를 먼저 고려해야 한다. 자기는 남을 위해 좋은 뜻으로 제안했을지라도 상대방은 난처해서 고깝게 여길 수도 있다. 사랑에 이유가 있듯이 미움에도 이유가 있고, 모든 일에는 원인과 결과가 공존하는 법이다. 내 헬스 트레이너처럼 제안보다 칭찬하길 권한다. 그는 나더러 몸이 둔하다는 타박은 거의 하지 않는다. 항상 나를 칭찬하며 이대로 쭉 열심히 하면 완벽해질 거라고 한다. 누군가는 다 알랑대는 말이라고도 하지만 나는 그저 그의 말을 따를 뿐이고 그게 싫으면 돈을 안 주면 그만이다.

셋째, 사람들과 나눌 줄 알아야 한다. 한 조직 안에서 혼자만 잘나서 성공하는 경우는 없다. 모두 다른 사람의 협력이 있어야 가능한 결과다. 심지어 화장실을 청소하는 아주머니의 정성도 직원들의 업무 성과에 한몫을 한다. 상을 받거나 칭찬을 들어도 득의양양하면 안 된다. 설령 정말로 그렇게 여기더라도 티를 내지 마라. 항상 자기가 속한 팀에 감사하고 자신을 지원해준 사람들에게 고마움을 표현해야 한다.

좀스럽게 굴지 말고 큰 그림을 그려야 한다. 모든 이익을 자기가 독점하려는 사람은 절대 큰 인물이 되지 못한다. 생각해보라, 그런 쩨쩨한 사람을 누가 따르겠나. 암흑가에서도 그렇게 쪼잔한 짓은 하지 않는다. 설령 따르는 사람이 있어도 얼마 안 가서 기회만 생기면 금방 배신할 것이다.

넷째, 직장 내에서 '투덜이'로 찍히면 안 된다. 어느 회사나 '투덜이'는 꼭 있기 마련이다. 대체로 회사에서 인정을 받지 못하거나 이미 한물간 사람들이 매일 하는 일 없이 웅얼웅얼하며 불평하고 투덜거린다. 이런 사람을 피할 방법이 있을까?

일단 자기가 그런 사람이 되지 않아야 한다. 자신의 존재 자체로 회사 내에서 가치를 증명해야 하므로 남들이 불평한다고 해서 같이 투덜거리면 안 된다.

그다음엔 투덜이와 사이가 가까우면 부정적인 정서가 전염되므로 친하게 지내지 않는다.

마지막으로, 세상 어디에도 불평꾼을 위한 비석을 세워주는 곳은 없다는 점을 명심한다.

자신이 완벽하지 않음을 인정하자

몇 년 전에 일인 미디어 형식으로 '생각하는 영화'라는 프로그램을 촬영하려고 계획하고, 고대 그리스 신화를 소재로 한 영화 〈타이탄〉, 학교 성폭력을 다룬 영화 〈도가니〉, 세계 각국의 비밀 요원 이야기를 그린 영화 〈007〉 시리즈 등을 검토하며 다각도로 영화의 주제를 논의하고 준비했다.

그래서 친구가 베이징에 회사를 내고 베이징 필름 아카데미 출신의 감독, 카메라맨, 작가를 모아서 촬영을 시작했다. 첫 회 촬영분을 봤더니 화면이 너무 어두워서 재촬영을 요청했다. 재촬영분은 음성이 또렷하지 않아서 또 다시 찍었다. 다시 찍은 영상에는 내가 침을 삼키는 소리가 부분적으로 들려서 또 한 번 더 촬영했다. 그렇게 몇 번이나 다시 찍느라 일주일을 보내고 나서 나는 더 이상 찍지 않기로 결정했다. 찍을 때마다 성에 차지 않는 부분이 있고 고쳐야 할 내용이 있었기 때문이다.

그 이후에 진행을 맡았던 친구와 이 이야기를 꺼내면 모두 하하거리며 크게 웃는다.

"그때 프로그램 첫 회도 제대로 직접 못 봤는데 아직도 그런 거 아니야? 너 그거 병이야. 고쳐."

가만 생각해보니 어쩌면 정말 완벽주의라는 병일지도 모른다.

눈곱만 한 흠도 용납하지 못하면 아예 모든 걸 하지 않아야 한다. 알다시피 세상에 완벽한 건 없으니 말이다. 더욱이 완벽주의자는 상처를 쉽게 받는 것도 문제다. 성격상 때와 장소를 가리지 않고 뭐든지 다 완벽해야 직성이 풀리는데 조금이라도 누락되거나 실수가 있으면 환장한다.

누락이나 실수는 불가피하게 생기기 때문에 완벽주의자는 시시때때로 미치거나 미치기 일보 직전인 상태가 된다.

회사에 면접을 보러 갔다가 극도로 긴장한 모습을 보이고 돌아와서 나중에 생각나면 미친다. 남에게 위챗 메시지를 보낼 때 '내가 왜 그런 말을 했을까, 하지 말 걸 그랬어' 하는 생각이 들면 미친다. 다른 사람이 내가 그 사람의 기대에 못 미친다고 하면 어떻게 그럴 수 있나 싶어서 미친다. 백 명이 날 좋아해도 어느 한 사람이 좋아하지 않으면 미친다.

미치다 못해 피가 마른다.

그러므로 성숙한 인간이 되려면 자신이 완벽하지 않음을 인정하는 것부터 시작해야 한다. 말로는 뭐든 다 쉽다. 이런 이치를 안 이상 어떻게 하면 평생을 무난하게 살 수 있을까?

우선 자신이 완벽하지 않음을 인정하자. 예를 들어, 자신의 외모가 잘나지 않았으면 못나도 괜찮다고 여기는 것이다. 어차피 세상의 미적 기준이 제각각이고 이미 타고난 외모이니 인정하는 게 상책이다. 일단 인정하고 나면 스스로 다 아는 사실이어서 외모 때문에 상처받을 일도 더는 없다.

그다음엔 무슨 일이든지 대충 생각이 섰으면 바로 시작하자. 예를 들어, 사업을 한다고 가정할 때, 일을 착수하기 전에 생각을 너무 완벽하게 하려고 하면 그 사이에 기회가 날아가 버린다. 생각과 동시에 일을 진행하고 일을 해나가면서 필요한 부분을 수정하는 식으로 사업을 추진하고 개선하는 것이 바람직하다. 그러므로 꿈이 있다면 꿈을 실현하러 재빨리 움직여야 한다. 자신의 불완전함을 인정해도 넘어야 할 산이 있다. 즉, 남이 이러쿵저러쿵 함부로 간섭하는 일이 생긴다. 그들은 면전에서 부족한 점을 넌지시 지적하며 자신의 완벽함을 과시하는데 그럴 때면 그냥 웃어넘기면 된다. 왜냐하면 자신에게 지적한 점이 그것을 지적한 그 사람에게도 있을 수도 있기 때문이다. 물론 그 사람은 인정하지 않겠지만 자신은 그렇게 믿고 무시해야 한다.

마지막으로, 만약 사후에 문제가 생겨도 골머리를 썩지 말자. 이미 목표를 향해 달렸고 달성했고 이익도 거두었으니 골칫거리에 신경쓸 필요 없다. 흠이나 실수는 불가피하다. 사람은 신이 아닌데 어떻게 모든 일을 빈틈없이 두루 고려할 수 있겠나. 이미 일어난 일은 있는 그대로 받아들이는 수밖에 없다. 못 받아들이면 또 어쩌겠나. 이미 엎질러진 물인 걸. 쿨하게 받아들이고 같은 실수를 되풀이하지 않으면 된다.

젊은 시절에는 무조건 완벽하려고 했는데 세월이 흐르고 보니 그때 가장 완벽하지 않았던 건 다름 아닌 바로 나 자신이었다. 그래서 내 불완전함을 받아들이고 나니 스스로 성장할 수 있었고 비로소 나 자신을 대하는 태도가 성숙해졌다.

夏至

장맛비가 내리고
음기陰氣가 차오르는

하지

사람은 성숙해지면
가장 아끼는 것이 무엇인지 알고 나머지는 정리하게 된다.
무한정 소유하고 있으면 오히려 자신의 호불호를 모른다.
미니멀 라이프를 실천해야만
인생에서 정말로 중요한 것을 움켜쥘 수 있다.
단순한 것이 가장 좋다.

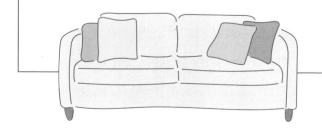

이발사의 손재주

난 세상에서 가장 어려운 일이 이발이라고 생각한다. 안마는 안마사의 손재주가 안 좋아도 기껏해야 한 시간 정도만 견디면 되고, 식당 밥은 요리사의 솜씨가 별로라도 조금만 먹고 다른 식당에 가서 배를 채우면 된다. 그러나 이발사의 손재주가 안 좋으면, 거참, 단시간에 해결될 일이 아니다. 매일 마음에 들지 않는 머리를 하고 인파 속을 걸으면 꼭 가족까지 창피하게 만드는 것 같다. 외국에 나갈 때는 중국인 얼굴에 먹칠하는 게 아닌가 싶다. 머리를 이상하게 손질하면 생각할수록 끔직하다.

한 번은 난징에 출장을 갔는데 할 일도 없고 한가하던 차에 호텔 옆 헤어숍이 눈에 들어왔다. 마침 머리가 길었던 터라 좀 자르기로 했다.

문을 열고 들어서는데 아가씨 몇 명이 "어서 오세요" 하며 큰소리로 인사했다. 나는 깜짝 놀라서 똑바로 쳐다보니 아가씨들이 승무원처럼 유니폼을 똑같이 차려입고 의욕이 넘치는 표정으로 간사한 웃음을 짓고 있었다. 내가 말을 시작했다.

"이발을 좀 하려고……."

한 아가씨가 내 말에 대꾸했다.

"180위안, 280위안, 380위안 세 타입이 있는데 뭘로 하시겠어요?"

"차이가 뭐죠?"

"180위안은 고급 디자이너, 280위안은 최고급 디자이너, 380위안은 수석 디자이너예요."

"그런 차이 말고요, 손재주의 차이가 있는지 궁금해요."

"180위안은 숙련된 디자이너, 280위안은 더 숙련된 디자이너, 380위안은 가장 숙련된 디자이너예요."

이런 식으로 가격대를 나눈 영업 전략은 퍽 훌륭한 아이디어다. 손재주는 아마 다 비슷비슷하겠지만 가격 차이를 두어 중간 수준을 선택하게 한 것이다. 사람의 심리가 대부분 가장 싼 건 선택하기가 좀 부끄럽고 가장 비싼 건 선뜻 마음먹기가 쉽지 않기 때문이다. 말하자면 180위안짜리는 280위안짜리를 선택하게 하려는 미끼 상품인 셈이다.

애플사가 저용량 메모리 아이폰을 포기하지 못하는 것도 이런 이유 때문이다. 고객에게 고용량 메모리 아이폰을 구입하는 게 이득이라고 느끼게 하려고 저용량 메모리 아이폰을 같이 출시하는 것이다. 자동차 판매도 이런 전략을 주로 사용해 모델마다 100만 위안을 호가하는 고가 럭셔리 타입, 평균가 80만 위안의 기본 타입, 중간 가격대 85만 위안의 리딩 모델 세 타입을 출시한다. 100만 위안짜리와 80만 위안짜리는 교활하게도 85만 위안짜리를 팔기 위해 전략적으로 내놓은 모델일 뿐이다.

그래서 내 나름대로 똑똑한 척 머리를 굴려서 아가씨한테 말했다.

"나처럼 나이 먹은 사람은 180위안짜리면 돼요."

"알겠습니다. 우선 머리부터 감으시죠."

샴푸대로 가서 막 눕자마자 아가씨가 말했다.

"모발이 손상되었네요."

내가 물었다.

"그럼 어떡해요?"

"케어가 필요해요. 천연 식물성 샴푸를 쓰셔야 하고요."

"어디서 팔아요?"

나는 말을 꺼내자마자 후회했다.

그녀가 기다렸다는 듯이 대답했다.

"저희 숍에서 팔아요. 종류는 80위안, 180위안, 280위안 세 가지가 있어요. 어떤 걸로 하실래요? 이따가 준비해 드릴게요."

"서비스로 주세요."

"회원으로 가입하시고 장기간 이용하시면 서비스로 드려요."

"말을 잘 하면 어떻게 안 될까요?"

아가씨는 웃으며 나를 미용 의자 쪽으로 안내했다. 이때 귀걸이를 하고 찢어진 청바지를 입은 패셔너블한 헤어디자이너가 다가와서 물었다.

"어떤 스타일로 해드릴까요?"

"멋있게 해주세요."

"네, 저한테 맡기세요."

나는 오만 가지 스타일을 상상했다. 유명 MC 리하오, 미남 배우 우옌쭈, 톱스타 셰팅펑과 류더화처럼 멋있어지기를 기대하며.

내가 디자이너에게 물었다.

"밖에 20위안짜리하고 여기 180위안짜리 하고 뭐가 달라요?"

그가 대답했다.

"20위안짜리는 머리를 뭉텅이로 자르고 우리는 가닥가닥 잘라요."

그러더니 내 머리에 손을 대고 실컷 만지작거렸다. 집게로 집었다가 가위로 잘랐다가 바리캉으로 밀었다가 갖은 기술을 다 부리느라 한 시간이 훌쩍 넘어갔다. 그의 말대로 가닥가닥 자르느라 시간이 꽤 많이 걸렸다. 머리 손질이 다 끝나서 눈을 뜨고 기적을 확인하려는 순간, 나는 멋있는 외모와는 거리가 먼 내 모습에 화들짝 놀랐다.

내가 물었다.

"이게 멋있어요?"

"멋있잖아요."

"솔직히 처음에는 손재주를 의심했는데 안목이 없을 줄은 몰랐군요."

"훈남 고객님, 고객님한테는 이게 가장 잘 어울리는 스타일이에요."

"그 말은, 제 본바탕이 형편없다는 뜻이죠?"

"현실을 인정하는 게 긍정적으로 사는 비결입니다. 자신을 정확하게 인식하셔야 해요."

나는 거울을 몇 번이고 다시 비추어 보고는 나 자신을 정확하게 인식했다. 머리 모양이 늘 불만인 사람은 자기 얼굴 생김새가 별로라는 사실을 죽어도 인정하지 않는다는 것을 말이다.

카드로 요금을 계산하고 헤어숍을 나왔다. 거리에 있는 사람들이 모두 내 머리 모양을 보고 한마디씩 하는 것 같아서 근처에 있는 안경점에 선글라스를 사러 들어갔다. 점원이 말했다.

"고객님 얼굴형에 어울리는 건 여기 세 가지가 있고요, 가격은 1,800위안, 2,800위안, 3,800위안이에요. 어떤 게 마음에 드세요?"

"어……."

옷장 속의 비밀

오늘은 가을에서 겨울로 넘어가는 입동이라서 옷장에 옷들을 정리하려고 마음먹었다. 하는 김에 여름옷은 정리해서 상자에 넣고 겨울옷은 상자에서 꺼내어 옷장에 걸기로 했다. 간단하게 끝날 줄 알았는데 하다보니 하루가 꼬박 걸려서 고생했다. 그 와중에 새삼 인생도 깨달았다.

"이렇게 많은 셔츠가 왜 필요하지?"

옷을 정리하다가 든 첫 번째 의문이다.

"게다가 전부 같은 색이네. 파란색."

두 번째 의문이 들었다.

나는 심한 자책감에 빠졌다. 항상 옷을 사러 갈 때마다 별 생각 없이 파란색을 집어 들었는데 아마 가장 안전한 선택이어서 습관이 되었던 것 같다. 다른 색상을 고르면 위험 부담이 컸다. 예컨대 노란색 셔츠를 사면 어떤 옷과 매치를 하고 어떤 넥타이를 매야 할지 도통 몰라서 한참을 고민하다가 결국 파란색을 입었다.

옷장을 가득 채운 파란색 셔츠를 보고 있자니 '언제부터 나 자신한테 도전하기가 겁났을까?' 하는 생각이 들었다.

어쩌면 성숙해진다는 것은 곧 보수적으로 변한다는 의미일지도 모르겠다. 이런 사물의 양면성을 생각하면 영화 〈쇼생크 탈출〉의 명대사가 떠오른다.

"막 왔을 때는 이곳이 너무 싫겠지만 오래 있다 보면 좋아져서 떠나기 싫을 거예요."

나는 파란색 셔츠 대부분을 모두 상자에 담고 옷장 문에 '파란색 셔츠는 절대 사지 말 것'이라고 쪽지를 적어 붙였다.

음, 다음에는 옅은 파란색을 시도해 봐야겠는데, 그게……

셔츠 정리를 마치고 외투를 정리하다가 외투 주머니에서 백 위안짜리 지폐를 하나 발견했다. 이런 뜻밖에 생긴 돈은 매달 꼬박꼬박 받는 몇 천 위안 월급보다 훨씬 반갑다. 전혀 예상치 못한 일이기에 반가운 것이다. 모든 게 순조롭기만 하면 뭐든 일찌감치 무감각해지는 법이다.

뜻밖의 수확이 생기니 호기심이 발동해서 모든 외투 주머니를 한 번씩 다 뒤적였다. 그랬더니 비행기 탑승권도 나오고 호텔 방 키도 나오고 영화표도 나왔다.

그때 마침 아내가 다가와서 쓱 한 번 훑고는 셜록 홈즈와 코난을 합친 눈빛으로 날 보며 물었다.

"영화를 보려고 비행기 타고 그 도시까지 가서 호텔에 묵은 거야?"

아내의 치밀한 논리에 나는 할 말을 잃었다.

"한 장이라서 다행이네. 두 장이었으면 당신은 이미 저 세상에 갔겠지? 갑자기 웬 옷 정리래. 너저분한 것도 매력 있어."

그러고는 내가 발견한 백 위안짜리 지폐를 들고 가버렸다.

옷장을 정리하면서 보니 비싼 옷일수록 옷장 속에 오래 보관되어 있었다. 비싸고 유명 브랜드 제품이라서 아껴 입은 덕분인지 보관 상태도 무척 양호했다. 반면에 뒤죽박죽으로 보관된 옷들은 변형되었거나 실밥이 뜯어져 있었다. 그래서 얻은 결론은 비싼 물건이 좋은 물건이라는 것이다.

싸구려 물건 열 개는 명품 한 개만도 못하다. 싸다고 아무거나 한 무더기로 사 모은 돈을 합치면 결코 적지 않을뿐더러 나중에 버리고 싶어도 버릴 곳이 마땅치 않다. 이왕 돈을 쓰기로 마음먹었다면 좀 더 써서 프라다, 아르마니, 디올 같은 명품을 사는 게 낫다. 지금은 내 말을 못 믿어도 오 년 후면 안다. 옷장 안에 늘 걸려 있고 자주 입지만 변형이 되지 않은 건 분명 싼 옷이 아니라 비싼 옷일 것이다. 그러므로 오 년 뒤에 옷장 안에 쓰레기처럼 그득하게 쌓인 싸구려 옷을 보면서 "이런 멍청이"라고 자책할 일은 없어야 한다.

물론 남자들만 참고하길 바란다.

셔츠와 외투 정리를 끝낸 뒤에 구석구석에서 꺼낸 양말을 모아 놓고는 깜짝 놀랐다. 어쩐 일인지 양말이 한 짝씩만 있는 게 많아서 짝이 맞는 양말을 찾기가 여간 어렵지 않았다.

양말도 짝을 맞추기가 이렇게 어려우니 이혼율이 높아지는 현황도 이해는 간다.

그러는 사이에 아내가 또 다가와서 물었다.

"돈은 또 안 나왔어?"

"아직."

"나오면 나한테 말해."

"내 양말은 어째서 다 짝이 없어?"

"다음부턴 똑같은 양말을 여러 켤레 사도록 해. 그러면 짝을 맞추기가 쉽잖아. 양말로 개성을 살릴 생각일랑 말고."

일리가 있는 말이었다. 그래서 또 옷장에다가 쪽지를 붙였다.

'다음에는 똑같은 양말만 살 것'

양말이 많은 건 이해되는데 허리띠는 또 왜 이렇게 많이 샀을까. 문득 예전의 일이 떠올랐다.

한 번은 강연이 있어서 갔다가 점심시간에 밥을 먹던 중에 어떤 아가씨가 쪽지를 보내왔다.

'허리띠가 정말 예뻐요. 올해 가장 인기 있는 디자인인데 센스가 참 좋군요.'

진정한 친구는 친구의 가장 근사한 매력을 찾아줄 수 있는 사람이다.

이 일은 내가 허리띠를 많이 사들이는 계기가 되었다. 어느 곳에서 어느 여성이 내 허리띠에 관심을 주었다는 사실이 특별했기 때문이다.

쪽지를 보냈던 그 아가씨는 어떻게 되었는지 궁금한가? 난들 어찌 알겠나. 그곳에 다시 가지 않아서 모른다.

아내가 또 마침맞게 옆에 왔다.

"돈은 아직 못 찾았어?"

"없어. 아까 그것뿐이야."

"허리띠를 뚫어져라 쳐다보며 뭘 하는 거야?"

"전에 봤던 영화 〈그레이의 50가지 그림자〉가 갑자기 생각나서."

"집어치워!"

옷장을 다 정리하고 나니 정작 내가 주로 입는 옷은 몇 벌 되지 않아서 옷장이 텅 비었다. 옷장에 옷이 얼마나 있든지 간에 내가 즐겨 입는 옷은 그게 전부였다. 평소 주변에 친구가 몇 명이나 있든 관계없이 말이 잘 통하는 친구는 정해져 있는 것처럼 말이다.

그러므로 사람은 성숙해지면 가장 아끼는 것이 무엇인지 알고 나머지는 정리하게 된다. 무한정 소유하고 있으면 오히려 자신의 호불호를 모른다. 미니멀 라이프를 실천해야만 인생에서 정말로 중요한 것을 움켜쥘 수 있다.

단순한 것이 가장 좋다.

정리를 마친 나를 지켜보던 아내가 내게 백 위안을 내밀면서 말했다.

"백 위안 줄 테니까 내 옷장도 정리해줘."

"아까 너저분한 것도 매력 있다고 하지 않았어?"

아내가 대답했다.

"난 이미 매력이 넘치거든."

운전할 때 생각하는 것

나는 주차할 때마다 항상 '차를 도둑맞으면 어떡하지?' 하는 생각을 한다. 일상생활에서 혹시 있을지도 모를 뜻밖의 일을 늘 상상하는데 어쩌면 그런 뜻밖의 일을 몹시 기대하고 있는지도 모르겠다. 만약 차를 도둑맞으면 우선 경찰에 신고하고, 경찰이 도착하면 나는 분하고 원통한 마음을 한바탕 하소연하고, 그러고는 보험회사와 상의해서 새 차를 살 준비를 할 것이다.

이렇게 상상으로 여러 번 연습해봤지만 아직까지 그런 일은 한 번도 일어나지 않았다. 자동차는 늘 그 자리에 얌전히 있는데 키의 버튼만 누르면 그런 생각이 번뜩였다.

차에 타면 먼저 노선을 짠다. 나는 거의 길치라서 미리 머릿속으로 빠르게 노선을 그려야 한다. 사람은 참 이상하다. 낯선 곳에 갈 때는 내비

게이션이 있는데도 심장이 벌렁거려서 길을 잘못 들면 당황한 나머지 허둥지둥한다. 그러나 집처럼 익숙한 곳에 갈 때는 중간에 노선이 달라져도 마음이 불안하지 않다. 왜냐하면 목적지가 언제나 그 자리에 있음을 아니까 침착할 수 있다.

이런 상황을 분석해보면, 목표가 불명확할 때는 도중에 주춤주춤하며 일희일비하지만 목표가 명확할 때는 길이 바뀌어도 마음이 흔들리지 않는 듯하다.

나는 언제나 목표가 불명확한 사람이었다. 예를 들면, 대학에 진학할 즈음에 컴퓨터 프로그래밍에 완전히 빠져 있었더니 선생님이 "너 정말로 엔지니어가 되고 싶니?" 하고 물었다. 나는 잠시 생각한 뒤에 "아니오"라고 대답하고는 그 이후로 깨끗하게 포기했다. 최근에는 또 이런 생각도 한다. 나는 과연 토크 콘서트의 출연자가 되고 싶은 걸까? 아니면 존경받는 선생님? 그것도 아니면 학자? 이렇게 생각이 불분명하면 현재 하는 일의 중요성도 못 느끼고 자신의 정체성이 혼란스러워서 몹시 지친다. 그래서 나는 마침내 서양 철학 문화학자가 되기로 결심하고 관련 서적을 읽고 관련 일을 하며 내 목표에 맞게 활동을 조정하기 시작했다.

차를 몰고 아파트 단지의 출입문 카드를 대는 곳에 도착하면 경비원은 한결같이 웃는 모습으로 서 있다. 처음에는 웃고 있다가도 출입자가 카드를 꺼내지 못하면 미소 띤 얼굴은 금세 근엄한 표정으로 바뀐다. 나는 매번 그의 낯빛이 완전히 바뀌는 모습을 보고난 뒤에야 슬금슬금 카드를 꺼내어 '삐' 하고 찍는다. 출입 차단기 바가 위로 올라가면 나는 "기분 좋은 하루 보내세요" 하고 경비원에게 인사를 건넨다. 서로 안 지 오래되어서 경비원도 내 습관을 알고는 "천천히 안전운전하세요"라고 화답한다. 내가 경비원을 즐겁게 해줄 수 있는 방법은 이게 전부고, 아직까지 새로운 방법을 찾지 못했다.

　아파트 단지 앞에는 가끔 과일, 채소, 젠빙궈쯔*를 파는 장사꾼들이 많이 모이고 종횡무진으로 달리는 차들도 많아서 길을 돌아서 나가려면 자동차 곡예를 부려야 한다. 전에는 무척 교양이 있는 사람처럼 행인이 다 지나가고 나면 천천히 빠져나가려는 생각도 했지만 생각과 동시에 철회했다. 사람들의 행렬이 좀처럼 끊이지 않고 이어져서 불가능했기 때문이다. 그래서 지나가는 행인이 모두 내가 차를 타고 나가는 틈에 우리 아파트 단지 입구를 지나서 출근하는 사람들인가 하는 생각도 했다.

　행인들의 발걸음이 뜸해지면 이어서 각 도로를 누비는 자동차들의 스피드 레이싱이 한판 벌어진다. 앞선 차들이 핸들을 요리조리 돌리며 길을 빠져나가려는 광경을 보고 있자니 저 운전자들은 원숭이 조련사 출신한테 운전을 배운 게 틀림없다는 생각마저 든다. 게다가 그 차들 뒤꽁무니에 붙여 둔 스티커도 재미있다. 초보운전이니 잘 봐달라고 굽실거리는 유형, 가까이 다가오면 엉덩이랑 뽀뽀하니 멀리 떨어지라는 개구쟁이 유형, 바짝 따라붙어서 재촉하면 끝까지 쫓아가겠다는 도발자 유형, '아내와 아이가 타고 있어요'라는 문구로 정에 호소하는 유형, 노부인이 타고 있다고 겁을 주는 유형, 운전 중에 방해하지 말라는 애매한 유형 등이 있다. 내가 본 것 중에 가장 무시무시했던 건 전직 F1 레이서가 타고 있으니 가까이 붙으면 뒷일은 알아서 하라고 과시하는 유형이었다.

　주행을 하다가 빨간색 정지 신호가 들어왔을 때 늘어선 차 중에서 내가 맨 앞에 서면 마구 흥분된다. 출발선상에서는 절대로 질 수 없기 때문이다. 왼쪽에 택시, 오른쪽에 혼다 어코드, 가운데 나까지 서로 눈빛을 주

---

*　계란으로 만든 전병으로 중국의 대표적인 길거리 간식

고받는 모습은 마치 당장이라도 영화 〈분노의 질주〉에 스턴트맨으로 출연해도 될 것만 같다. Three, two, one, go! 신호등이 푸른색으로 바뀌면 택시가 가장 먼저 쏜살같이 튀어나가고 그 뒤를 혼다 어코드가 따라간다. 나는 느긋하게 출발하며 그들을 향해 행운을 빈다.

시내에서는 차를 빨리 모는 건 재주도 아니다. 죽는 게 두렵지만 않으면 얼마든지 빨리 몰아도 되고 차종도 속도에 전혀 영향을 미치지 않는다. 중국산 자동차 샤리로도 벤틀리를 이길 수 있고 다른 차가 부딪힐까 봐 겁낼 때 과감하게 페달을 밟으면 결국 승자가 된다. 그렇지만 자기 차가 벤틀리라면 굳이 샤리와 속도 경쟁을 할 필요가 없다. 벤틀리가 이기면 벤틀리는 벤틀리고 샤리는 샤리임을 입증한 것에 불과하고 구경하는 사람들한테 "하하, 벤틀리가 샤리와 경쟁을 하다니" 하는 소리나 듣고 비웃음만 산다. 만약 벤틀리가 지면 오히려 더 큰 비웃음거리가 된다. 자동차 명가 벤틀리 아닌가. 그러니 다른 차의 도전을 받아들이지 않는 게 가장 현명한 처사다. 도전을 받아들이기보다 상대 차가 도전할 만한 수준인지를 살피는 게 훨씬 중요하다. 만약 수시로 아무 데서나 그런 경쟁이 꼭 하고 싶으면 경쟁하기 전에 자기 차에 미안한 마음을 갖고 상대 차가 자기 차에 도전할 만한 수준인지를 신중히 고민해야 한다.

간혹 버스 정류장 앞을 지나갈 때 문득 방향이 같은 사람들을 태워줄까 하는 충동이 들 때가 있다. 그러면 버스도 덜 붐벼서 좋은 텐데 사람들한테 어떻게 접근해야 할지 몰라서 마음을 접은 적이 많다.

"저기요, 같이 탈래요?"

"Hi, 어디까지 가요?"

이렇게 말하면 마치 불법 영업을 하는 사람처럼 보일 것 같다. 고민 끝에 한 번은 용기를 내어 차를 서서히 길가에 세우고는 빗속에서 버스를 기다리는 여자에게 말을 걸었다.

"가는 길에 태워줄까요?"

"얼마예요?"

"돈 안 받아요!"

"미친놈!"

때마침 라디오에서 이런 노래가 흘러 나왔다.

'난 샴페인을 들고 차에 숨었어. 네 생일 기념 깜짝 이벤트를 하려고……'

나는 비를 좋아한다. 비가 오는 날에 차를 몰고 거리로 나가면 빗방울이 후두두 떨어져서 차 앞 유리가 흐려지고 쏴 쏟아지는 빗물에 유리창이 깨끗하게 씻긴다. 빗방울이 굵어지면 와이퍼의 속도도 점점 빨라진다. 격렬한 싸움에 몰입한 듯한 와이퍼의 움직임을 나는 차에 가만히 앉아서 방관자처럼 바라보다가 빗물 사이로 어렴풋이 보이는 도시의 풍경을 감상한다.

불빛이 빗물에 굴절되어 창밖은 더욱 야릇해 보인다. 우산을 받쳐 들고 종종걸음으로 거리를 오가는 행인들의 모습은 마치 각자의 스토리를 이고서 이 변덕스러운 세상을 번질나게 드나드는 것 같다. 한 여자가 미끄러져 넘어지자 한 남자가 그녀를 부축해서 일으키더니 둘이서 한 우산 속으로 들어갔다. 그렇게 두 사람의 스토리가 섞이고 사연이 생긴다.

그 둘 사이에 어떤 일이 일어날지 상상하는 사이에 집에 도착해서 차를 댄다. 차 안에서 마음을 차분히 가라앉히고 심호흡을 한 뒤에 사거리 신호등에 멈추었을 때 출발선상에서 겼던 일을 떠올린다. 순수하게 차를 태워주려했던 내 호의를 거절했던 여자도 떠올리고, 빗길에 넘어졌던 그 여자를 내가 왜 일으켜주지 않았을까 하는 생각도 한다. 그러다 보면 그런 장면 하나하나가 자동차 앞 유리창에 투영되듯이 죽 지나간다.

세상이 참 재미있다. 안 그런가? 우리는 각자의 이야기를 안고 다른 사람의 이야기 속을 멋대로 드나들며 흔적을 남기고 기억을 남긴다. 이런 순간과 인연이 만나서 일어나는 일들이 날마다 언제 어디서든 일어날 수 있다고 생각하니 인생이 얼마나 재미있는지 모르겠다.

차에서 내리기 전에 하루 동안 안 좋았던 일들은 심호흡과 함께 천천히 뱉어내어 차 안에 남겨둔다. 부정적인 감정을 집으로 가지고 가서 가족을 아프게 하고 싶진 않다. 언젠가 자동차 시동을 끄고 가만히 차 안에 앉아 있는 남자를 보거든 그가 안정을 되찾도록 아는 척하지 말고 내버려 두어라. 아마도 그저 가만히 생각을 정리하고 있는 것뿐일 테니까. 차 주인과 차 사이의 사소한 비밀은 이렇게 생긴다.

몇 분 동안 멍하니 있다가 차에서 내리면 차는 몹시도 지친 모습으로 편안하게 그 자리에 엎드려 있다. 부디 영원히 도둑맞지 않고 그대로 있으면 좋겠다. 내일이면 또 차를 몰고 나가서 도로에서 전쟁을 치르고 사람들이 살아가는 이야기도 만나야 하니까.

나는 키의 버튼을 눌러서 차를 잠갔다.

'삐.'

차는 잠이 들었고 차고는 고요해졌다.

小
暑

더위가 시작되고
한기가 사라지는

소서

남자를 형용하는 말 중에
내가 가장 좋아하는 표현은 '옥처럼 온화하다'다.
이런 남자는 세상을 꿰뚫어볼 줄 알기에 화내지 않고,
세상만사를 다 겪었기에 날카롭지 않다.
내면이 성숙해 미소를 지을 줄 알고,
배려심이 있어서 남의 말에 귀를 기울여 듣는다.
파란만장하게 살아온 덕분에
어떤 일이 일어나도 속사정을 훤히 잘 알고,
우여곡절을 경험했기에 흘러가는 세월을 담담히 관망한다.

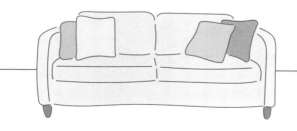

세 남자의 인생

일이 없고 한가해서 드라마 〈랑야방〉을 단숨에 끝까지 다 봤다. 제작 수준이 굉장히 뛰어나고 대사가 무척 고풍스러웠다. 줄거리는 뻔한 내용이었지만 진부하지 않은 방식으로 전개해 시대극의 자부심을 확실히 지켜냈다. 하지만 드라마를 보고 나서 줄곧 한 가지 의문이 머릿속을 떠나지 않았다.

'일생은 과연 어떻게 살아가야 할까?'

그래서 〈랑야방〉의 인물로 세 가지 인생을 간단히 정리해보았다.

매장소처럼 한 순간 찬란한 인생

매장소는 지혜롭지만 한편으로는 모략에 능해서 내가 좋아하는 왕양명과 상당히 흡사하다.

남자를 형용하는 말 중에 내가 가장 좋아하는 표현은 '옥처럼 온화하다'다. 이런 남자는 세상을 꿰뚫어볼 줄 알기에 화내지 않고, 세상만사를 다 겪었기에 날카롭지 않다. 내면이 성숙해 미소를 지을 줄 알고, 배려심이 있어서 남의 말에 귀를 기울여 듣는다. 파란만장하게 살아온 덕분에 어떤 일이 일어나도 속사정을 훤히 잘 알고, 우여곡절을 경험했기에 흘러가는 세월을 담담히 관망한다.

옥처럼 온화하다는 말은 매장소에게 딱 어울리는 표현이다.

옥처럼 온화한 성품 이면에 생각해봐야 할 문제가 한 가지 있다. 언젠가 삶의 태도 두 가지에 관해 서술한 적이 있는데, 하나는 사랑하는 사람과 되도록 오래 함께하기 위해 건강을 잘 관리하는 것이고, 다른 하나는 단순히 오래 살려고 전전긍긍하지 않고 촌각을 다투며 자신에게 주어진 사명을 다함으로써 인생을 꽃피우기 위해 노력하는 것이다.

내가 보기에 매장소는 후자에 속한다.

이 두 삶의 태도를 놓고 친구와 몇 날 며칠을 토론하기도 했다. 인생은 오래 사는 것인지 찬란하게 사는 것인지 의견이 분분했다. 친구는 몸이 건강해야 가정을 책임질 수 있다는 의견을 제시하며 전자를 주장했다. 〈랑야방〉의 인물 중 현경사의 우두머리 하강이 "죽으면 다 끝이다"라고 했던 말과 일맥상통한다.

어느 쪽을 주장하든 개인의 성향이며 남이 지적할 문제는 아니다. 그래서 나와 친구도 토론 끝에 결론을 내지 못했다. 다만 나는 매장소의 삶의 태도를 인정한다고만 말할 수 있을 뿐이다. 모든 인생은 그 자체로 존재의 의미가 있고 끝까지 최선을 다해야 하지만, 인생의 길이는 우리 힘으로 어찌할 수 있는 문제가 아니다.

그래서 매장소는 마지막에 자신이 죽을 것을 알면서도 삶의 가치를 실현하고자 북방으로 출정했고, 결국 강좌맹의 종주로 돌아오지 못한 채 인생을 어리석게 마감했다.

가장 의미 있는 일을 위해 자신의 삶을 기여했다면 인생을 헛살지는 않은 것이다.

예전에 대만에 있을 때 장제스의 부인 쑹메이링의 다큐멘터리를 봤는데, 항전시기에 쑹메이링이 미국에 가서 원조를 받으려고 연설했던 이야기가 담겨 있었다. 내레이션이 이렇게 흘렀다.

'그녀의 인생은 그 순간에 활짝 꽃을 피웠다. 인생은 길지만 그녀의 일생은 결국 찬란했던 그 한순간으로 집약되었다.'

아마 내 친구처럼 내 주장에 동의하지 않는 사람도 있을 것이다. 양극단의 두 관점에만 매몰되지 않고 중립적인 관점을 취해서 인생을 오래 살려고 노력하되 찬란한 인생을 사는 것도 좋다. 물론 개인이 선택할 일이긴 하나 누구나 한 번쯤은 생각해봐야 할 문제다.

정왕처럼 기개가 굳센 인생

요즘 세상에서는 서로 속이거나 똑똑하게 처신해서 제 몸을 잘 보전해야 성공할 수 있다고 가르친다. 그러나 정왕은 사람들에게 새로운 인생을 알려주었다. 즉, 굳센 기개만으로도 평생을 잘살아갈 수 있음을 보여준 것이다.

정왕의 일생은 싸움이 끊이지 않았다. 그는 세상과도 싸우지만 자기내면과도 싸워야 했다. 패배를 인정하지 않으면 돌아오는 건 참패였고 패배를 인정하면 상대에게 휩쓸려야 했다. 패배를 인정하지 않는 사람은 기개가 굳세고 희생을 두려워하지 않으며, 적군 천 명을 죽이기 위해 아군팔백 명을 희생시키는 것도 아까워하지 않는다. 패배를 인정하는 사람은 큰일을 위해 치욕을 참고 일을 성사시키려고 자신의 뜻을 굽히며, 인내심으로 평온을 유지하고 한 발 물러서서 모두를 이롭게 한다. 세상이 매일 자신에게 "굴복하겠습니까?" 하고 묻고 스스로 자신에게 "패배를 인정합니까?" 하고 묻는다면, 정왕은 "굴복하지 않고 패배도 인정하지 않습니다"라고 대답할 것이다.

그는 살인을 두려워하지 않고 전장에서 전사하는 것을 대수롭지 않게 여겼다.

물론 기개를 굽히지 않은 정왕의 뒤에는 정중히 보좌하는 매장소가 있었다. 매장소가 없었다면 정왕은 결코 천하를 장악하지 못했을 것이다. 현실에서도 정왕처럼 불의를 보면 참지 못하고 부조리 앞에서 목소리를 내며 공명정대와 도의를 가장 중요하게 여기는 친구가 존재한다.

이런 말을 들은 기억이 난다.

"소심해도 괜찮고 제 몸을 보전하려고 애써도 됩니다. 그런 행동이 부끄러운 일은 아닙니다. 우리는 살아가야 하고 이 세상과 화해해야 합니다. 그렇지만 굳센 기개로 용감하게 앞으로 나서는 사람을 비난해서는 안 됩니다. 그런 사람들 덕분에 세상에 존재하는 불공정함이 조금씩 사라질 것이기 때문입니다."

난 정왕처럼 살지는 못하지만 그런 인품을 존경한다.

양왕처럼 수완에 능한 인생

나도 황제가 되면 양왕처럼 다른 사람이 황위를 노릴까봐 의심해 자신에게 위협이 되는 사람을 모조리 제거할 수 있을지 상상해보았다. 사람이 절대적인 권력을 거머쥔 이상 도의를 중시하기는 어려울 듯하다.

양왕의 머릿속에는 게임이론만 있고 옳고 그름은 안중에도 없었다.

만약 그에게 옳고 그름의 기준이 있다면, 자신에게 가장 이득이 되는 것이 '옳은 것'이고 이익이 적은 것이 '그른 것'이다.

이런 사람은 매사에 계산적이고 유난히 예민하다. 양왕은 두 황자가 다투는 모습을 반겼다. 둘이 제각각 황제의 비위를 맞추려고 날을 세움으로써 자신의 위신이 선다고 여겼다. 그는 또 후궁끼리의 다툼도 은근히 즐겼다. 다투는 와중에 후궁끼리 서로 견제가 가능하다고 보았다.

나는 양왕 같은 사람을 많이 봤다. 회사에서 남의 공을 가로채는 사람, 상사 앞에서 지문이 닳도록 아첨하는 사람, 친구 사이에 득실을 따지는 사람, 온갖 얕은꾀를 다 부리는 사람 등.

살기 위해서 이런 행동을 하는 것을 크게 비난할 수는 없지만 기본적인 선은 지켜야 한다. 친구 사이에 이해관계를 너무 따지면 옆에 진정한 친구가 없고, 가족 간에도 이해관계에 집착하면 진실한 감정이 싹트지 않는다.

양왕 같은 일생이 눈부시고 화려해 보여도 막상 지난날을 되돌아보면 외롭고 쓸쓸한 인생이었음을 뒤늦게 깨닫게 될 것이다.

드라마를 보다가 다양한 삶의 모습이 눈에 들어와서 써본 글이다.

매장소를 보고 문득 내가 떠올랐다는 사람들이 꽤 많았다.

나도 그렇게 생각한다. 매장소처럼 추위를 몹시 타는 편이라서.

네 여자의 인생

엄밀히 말해서 〈랑야방〉은 남성 드라마다. 극중에서 여성은 대부분 들러리 역할을 하며 남녀가 애틋한 사랑을 나누는 장면조차 없다. 기껏해야 정비가 양왕에게 안마를 해주는 장면 딱 하나고 모든 면이 반듯하기 그지없다. 이런 성격의 드라마라는 점을 전제하고 극중의 여성 인물을 표본으로 삼아 나의 여성관을 이야기해보려고 한다.

사업가 성향인 진반약

나는 줄곧 진반약이 예왕과 그렇고 그런 사이인 줄 알았는데 드라마가 끝날 때까지 눈을 부릅뜨고 봐도 썸을 타는 장면은 전혀 찾아볼 수 없었다. 왜 그런가 하니 그녀는 전형적인 사업가 성향이었고 이런 여자는 대체로 남자한테 관심을 받기가 어렵다. 진반약은 목적의식이 상당히 강해서 마음에 둔 남자가 있어도 사랑에 안주하지 않고 소정의 목적을 무조건 이루어야 한다. 그래서 처음에는 그 남자를 사랑하지만 나중에는 그를 디딤돌로 삼는다.

예전에 진반약 같은 여자를 만난 적이 있다.

그녀가 내게 물었다.

"나는 왜 사랑받지 못할까?"

내가 대답했다.

"너는 강인한 척하지만 실은 사랑받고 싶어 해. 자신을 속이고 있는 거지. 또 고상한 척하지만 애정을 원해. 이건 자학이나 다름없지. 모든 일은 인과응보야. 네가 스스로 원인을 제공했기 때문에 사랑받지 못하는 거라고. 네 인생의 연출가는 너인데 관객한테 봐주지 않는다고 불평하면 그게 자아도취가 아니고 뭐겠어. 어쨌든 사랑받을 수 있게 노력해봐. 이렇게 단순한 진리를 사람들은 너무나 쉽게 잊고 간과한단 말이지."

무거운 가방을 끌고 외출할 때 남의 도움은 절대 받지 않고, 비행기에서는 담요를 요청할지언정 남자가 어깨에 두르라고 건넨 옷은 사양하고, 차가 고장이 나면 길에서 직접 고치고, 공포영화를 보러 가서는 옆자리에 앉은 관객에게 "괜찮아요. 허구잖아요"라며 오지랖 넓게 위로하고, 걸핏하면 허리에 손을 걸치고 땡볕에 서서 '역시 나만 한 사람이 없군' 하고 생각하고, 누군가 음담패설을 해서 쑥스러워지면 자신은 더 진한 음담패설로 남자들을 부끄럽게 만드는 여자. 이러면 사귀긴 어렵고 여사친밖에 더 되겠나.

사실 난 이런 여자를 좋아한다. 얼마나 독립적인가. 다만 연애할 마음은 없다. 너무 독립적이라서.

그림자 같은 리양 장공주

사옥은 아주 못된 놈이지만 그의 사랑만큼은 진지했다. 어쨌든 악인에게도 사랑할 권리는 있다.

그는 장공주를 유독 사랑해서 따로 정인이 있는 그녀를 기어코 아내로 삼았지만 장공주는 그를 전혀 사랑하지 않았다. 그녀는 정인의 아이를 낳아 서방질한 여자 취급을 받았지만 사옥은 그 아이를 날마다 어르며 예뻐했다. 이 대목만 보면 사옥이 얼마나 속이 넓은 사람인지 알 수 있다.

장공주처럼 마음에 없는 남자한테 시집가는 경우를 지금도 종종 접한다. 여자가 여러 이유로 결혼은 했지만 남자한테 사랑을 전혀 느끼지 못하는 사례다.

이런 여자는 참 불쌍하기도 하고 밉기도 하다. 사랑하지 않으면 남자에게 말하고 환상을 심어주지 않았어야 한다. 마음이 다른 남자에게 있으면 눈앞에 있는 남자는 스페어타이어로 취급하는 셈인데 그 남자한테 얼마나 잔인한 짓인가. 여자는 진짜 사랑을 마음에 숨겨둔 채로 모든 사람을 미소로 대하고, 누구에게나 공손하며, 할 일을 완벽하게 해내고, 맡은 역할을 충실히 하지만 자신과 결혼한 남자의 마음만은 외면하고 그를 사랑하지 않는다. 이런 여자와는 오십 년을 같이 살아도 그녀의 마음에는 들어갈 수 없다.

사랑밖에 모르는 예황 군주

예황을 보면 극락조가 떠오른다. 듣기로는 극락조는 계속 공중을 날아도 지칠 줄을 모르고 고단하면 공중에서 잠이 든다고 한다. 그리고 평생에 딱 한 번만 땅으로 내려오는데 그때가 바로 죽기 직전이다.

예황은 이런 극락조를 닮았다.

일단 한 사람을 사랑하면 죽기 전에는 결코 떠나거나 포기하는 법이 없다. 그녀에게 사랑은 약속이나 다름없기 때문이다. 상대방이 자신에게 아무것도 줄 수 없음을 알아도 그 마음이 변치 않으며, 사랑하는 사람의 곁을 지키며 벅찬 행복을 느낀다.

참 위대하지 않은가. 이런 위대한 여자를 많이 봤다. 사랑밖에 없는 여자는 상대방이 갖은 방법으로 상처를 주어도 떠나지도 포기하지도 않는다. 상처 입은 마음에 핏자국은 선연하지만 그녀의 눈길은 여전히 한없이 부드럽기만 하다.

이런 여자를 만난다면 진심으로 아껴야 한다. 그녀에게는 평생에 단 한 번의 사랑이니까.

짝사랑을 하는 궁우

궁우만 언급하면 가슴이 찡하다. 예황은 적어도 명분이라도 있지만 궁우는 한쪽 옆에 떨어져서 묵묵히 혼자 남몰래 사랑했다.

궁우 같은 여자는 한 사람을 사랑하면 자기 삶을 포기한다. 쇼핑도 하지 않고 여행도 가지 않는다. 날마다 가장 많이 하는 일은 사랑 노래를 부르며 가사 한 글자 한 구절에 상대방을 대입한다.

사랑이 시작되는 과정은 오래 알고 지내다가 서서히 정이 드는 경우, 첫눈에 반하는 경우, 혼자 사랑에 빠지는 경우 세 가지가 있다. 첫째 경우는 습관처럼 익숙한 사람에게 의지하다가 사랑을 느끼게 되는 것으로 뜨거운 사랑보다는 따뜻한 정이 넘친다. 첫눈에 반하는 사랑은 호르몬과 관련이 있으며, 자신의 어떤 정서가 때마침 상대방의 취향과 딱 맞아떨어져서 뜨거운 감정이 생기는 것이다. 짝사랑은 상대방은 마음이 없는데 혼자 마음이 끌려서 좋아하다가 실연하게 되는 것이며, 정확히 말하면 사랑을 시작했다고 볼 수는 없다.

궁우의 사랑은 짝사랑에 속한다. 혼자 사랑에 빠지는 건 잔인하지만 짝사랑은 원래 그렇다.

이런 여자는 상대방이 눈길도 주지 않고 사랑을 받아들이지 않는데도 바보처럼 자신의 사랑을 멈추지 않는다. 상대방의 사랑을 얻지 못해도 상관없고 그저 먼발치에서 바라보는 것만으로도 만족한다. 자신에게 함부로 대해도 아랑곳하지 않고 상대방이 행복하면 그걸로 충분하다고 여긴다. 상대방이 밀어내지만 않으면 어떤 행동을 해도 받아들인다.

어쩌면 이런 게 진정한 사랑일지도 모르지만 너무 처량하다.

하지만 다행스럽게도 여자는 상대방의 모든 언사를 개의치 않는다.

이 네 여성 중에 내 취향은 누구에 가깝냐고 묻는다면 외모로는 선택하기가 정말 어려운데……

다른 사람의 이야기가 우리에게는 마치 드라마처럼 들린다. 그들이 기뻤다가 우울했다가 행복했다가 슬펐다가 할 때 우리도 같이 웃다가 울고 울다가 웃고는 끝이 난다. 그런 뒤에 자신의 삶으로 돌아오면 그제야 깨닫는다. 사랑하면 그만이지 결말은 중요하지 않고, 함께했던 날들의 끝이 진실한 사랑이 아니었어도 괜찮고, 사랑하다가 헤어지는 순간이 많아도 어쩔 수 없다는 것을 말이다. 이런 게 인생이며 예기치 못한 일로 기대가 무너질 수도 있는 법이다.

인생길을 죽 걸어가다보면 마지막엔 서로를 이해하는 법도 배우고 사랑의 다양한 모습도 이해하게 된다.

그렇게 긴장하며 살 필요는 없다

아이가 학교에 다니기 시작하면서부터 가장인 나는 하루도 편안할 날이 없다. 특히 찬바람이 쌩쌩 부는 겨울에 아침마다 침대에 자석처럼 붙은 아이를 일으켜서 멀리 학교까지 데려다 주는 일은 그야말로 세상에서 가장 가혹한 형벌이다. 게다가 최근에 새로운 회사를 설립한 터라 온갖 잡다한 일들이 산더미처럼 쌓여 있어서 곧 쓰러질 것만 같았다.

교문 앞에 차를 멈추니 아들이 말했다.

"다녀오겠습니다."

"그래."

아들은 차에서 내려 운전석 창가로 다가오더니 손으로 김이 잔뜩 서린 차창에 웃는 얼굴을 그렸다. 순간 차갑게 얼었던 내 마음은 스르르 녹아 졸졸 흐르는 실개천이 되었고 다시는 얼어붙지 않았다. 나는 창문을 내리고 아들에게 잘 다녀오라고 인사했다.

그러고 나니 오늘 아침의 태양이 무척 찬란해 보였고 겨울의 한기를 뚫고 떠오른 태양이 더없이 감격스러웠다. 차 옆을 지나며 웃고 떠드는 어린 친구들을 보니 마치 어릴 적에 마을 어귀에 있는 학교에 다니던 내 모습 같아서 그때의 감정이 떠올랐다. 일찍 일어난 채소 농사꾼이 길가에 좌판을 펼치고 아침 운동을 마치고 돌아오는 사람들에게 신선한 채소를 팔 준비를 하는 광경도 눈에 띄었다.

예전에는 이런 장면에 한 번도 마음을 두어본 적이 없다. 삶이 너무 긴장되어서 다른 데 눈길을 돌릴 겨를이 없었다.

그때를 되돌아보면 사실 그렇게 긴장하며 살 필요도 없었다. 매일 눈을 반짝이며 하늘과 싸우고 땅과 싸우고 사람과 싸웠던 그때, 하늘도 땅도 나를 아주 멍청한 놈으로 봤을 것이다. 세상을 전쟁터로 여겼지만 실은 그렇게 비장할 필요가 전혀 없었다. 세상은 나와 싸울 마음이 조금도 없었는데 나 혼자만 속으로 발버둥을 쳤던 것뿐이다. 또 세상 사람들이 모두 날 업신여기지도 않았다. 대부분 나의 존재를 모르니 당연한 일이었다.

홀가분한 마음으로 몸의 감각에 집중해야 행복한 기운이 온몸에서 방출된다. 이를테면 운전 중에 듣는 라디오에서 불쑥 내가 젊은 시절에 흥얼거리던 노래가 나올 때 행복감이 든다. 옛날 사진을 손이 가는 대로 뒤적이다가 문득 언젠가 달콤했던 기억이 떠오르기도 하고……이렇게 누구나 행복을 느낄 수 있지만 긴장된 삶이 그런 감정을 얼어붙게 만들었다.

마음을 가볍게 먹는 것도 일종의 능력이다.

한 번은 고객에게 계획안을 제출했는데 그중에 누락된 부분을 뒤늦게 발견했다. 나는 합당한 이유로 누락되었다는 변명을 하려고 머리를 굴렸지만 그럴 듯하게 둘러맞출 방법이 없었다. 하는 수 없이 난처하게 웃으며 말했다.

"어젯밤에 너무 늦게 잤더니 결국 여기서 계산이 틀리고 말았네요."

고객도 나를 따라 웃으며 맞장구쳤다.

"저도 요즘 잠을 잘 못 잡니다."

그러고는 다 같이 웃음을 터뜨렸다. 이어서 나는 실수로 누락된 점을 고객에게 잘 설명했다. 뛰어난 말재주를 부려야 변명이 가능한 상황이었지만 뜻밖에도 이렇게 가볍게 해결했다.

일정 기간 동안 출장을 다녀오니 아내가 책장을 자기 화장품 선반으로 용도를 바꾸어 놓았다. 나는 소우주가 폭발하듯 불같이 화를 내며 지식이 물질보다 몇 배는 더 중요하다고 다그쳤다.

그러자 아내가 말했다.

"철학자들이 왜 그렇게 못생겼는지 알아? 책장을 예쁘게 꾸미지 않아서야."

나는 아내의 말이 웃기기도 하고 의아하기도 해서 철학자들의 사진을 찾아서 확인해보았다. 확실히 대부분 생김새가 좀 이상했다. 나 같은 인상도 아니고 실력자들처럼 보이지도 않았다. 더구나 쇼펜하우어는 머리칼이 위로 삐죽 솟아서 앵그리 버드를 닮았다. 이 일이 있고 나서 나는 철학서를 읽을 때마다 철학자의 모습이 책 위에 생생하게 떠올라서 굉장히 즐거웠다. 그리고 아내의 화장품은 내게도 퍽 흥미로운 물건이 되었다. 그래서 아내한테 각종 브랜드 화장품의 특징도 배우고 실로 새로운 세계에 눈을 떴다.

사실 많은 사람이 무척 피곤하게 산다. 훌륭한 가수를 만나면 노래를 감상하기보다 그 사람의 흑막을 캐내려고 한다. 또 코믹한 콩트를 보면 시원하게 실컷 웃지 않고 다 꾸민 이야기라며 못마땅한 티를 낸다. 다른 사람의 행복을 보면 진심으로 덕담을 하지 않고 행복을 자랑하는 것은 아닌지 의심한다. 사람은 평생을 살면서 비판도 받지만 행복도 경험한다. 세상에는 분명 선악과 옳고 그름의 기준도 존재하지만 꾸밈없이 마음이 가는 대로 살 수도 있으므로 그렇게 바짝 긴장하지 않아도 된다.

예전에는 사람은 성숙해질수록 냉정해진다고 여겼다. 그래야만 능력이 있어 보이는 줄 알았다. 하지만 지금은 성숙한 사람일수록 마음을 가벼이 한다고 생각한다. 마음이 가벼워야만 삶의 재미를 찾을 수 있고 세상과 싸우려 들지 않기 때문이다.

나는 사후에 내 묘비명에 이렇게 적고 싶다.

'한평생을 가벼운 마음으로 살다가 마지막에 웃으며 떠난 이'

大暑

삼복이 줄이어
더위가 식지 않는

대서

실리를 따지지 않는 사람한테는 사랑을 느낄 수 있다.
산뜻한 바람 같은 사람을 만나면 잇속을 챙기지도 않고
돈깨나 있는 척 빼기지 않으면서
한동안 차 한 잔을 놓고 그저 가만히 앉은 채로 사랑도 나누고
고상한 문예도 즐길 수 있다.
어디에서 와서 어디로 가는지도 모를 그 사람이
어릴 적 뛰어놀던 들판에는
땅속에서 몰래 캐낸 고구마를 구운 냄새가 피어올라
온 하늘을 뒤덮었을 것만 같다.

차를 다 마신 뒤에는 미소를 지으며 작별인사를 건네고,
그 사람은 나를 기억 속에 남기고
나는 그 사람과의 추억을 간직한 채로 헤어진다.

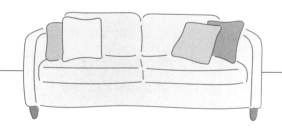

소셜 미디어 시대의 환자

　내 위챗 친구 중에 잘 모르는 사람이 한 명 있다. 어떤 인연으로 친구 목록에 추가되었는지는 모르겠고 어느 날 갑자기 그에게서 메시지를 하나 받았다.

　'전 굉장히 바쁜 사람입니다.'

　나는 메시지를 읽고 '바쁜데 나한테 메시지는 왜 보낼까?' 하고 생각했다. 내친김에 그의 모멘트를 훑어봤는데 정말로 완전 놀라서 기절할 뻔했다.

　프로필 배경화면에 자신의 모든 학위와 직위를 빼곡하게 올려놓은 것이다. 예일대 박사, 하버드대 박사, 캠브리지대 박사, 청화대 박사, 베이징대 박사……이 학교들이 전부 연합해 학사를 운영하나? 싶었다. 모 협회 의장, 모 상장회사 고위 임원도 프로필에 올라 있었다. 또 모멘트의 게시물은 거의 대부분 여러 지역을 찍은 사진인데 사진 속에 이 사람의 모습은 보이지 않았다.

이보다 더한 것은 비행기 조종석에서 찍은 사진과 같이 올린 멘션이었다.

'이번에 구입한 비행기. 타고 싶은 사람은 연락하세요.'

나는 바로 공감을 클릭하고 댓글을 남겼다.

'타고 싶어요.'

그런데 그가 곧장 나를 차단했다.

나한테 비행기를 탈 돈이 없을까봐 차단했나?

요즘 시대에는 소셜 미디어가 이렇게까지 발달해서 누구나 자신이 다른 사람인 척할 수 있다. 인터넷상에서 남한테 시시한 사람으로 보이기 싫어서 자신을 조심스럽게 위장하는 것이다. 그래서 각종 소셜 미디어에서는 자신의 프로필을 마음껏 '크게' 부풀려서 자기가 대단한 인물이고 훌륭한 사람임을 내보이려고 한다.

하지만 그게 뭐 어떤가. 허풍을 크게 떨어봤자 어차피 부풀린 이력으로는 누굴 돕지도 못하는 걸. 물론 비밀을 유지한 채로 남을 돕고 싶다면 비행기를 렌트하면 되지만 그런 식으로 과시하는 게 얼마나 하찮은 짓인가.

내가 아는 한 여자는 모멘트를 유난히 즐겨 하는데 대부분 자기 셀카를 찍어 올린다. 어떤 일정 때문에 그녀와 함께 여행을 한 번 같이 간 적이 있다. 싱글 남녀가 동행해 경치가 아름다운 곳으로 떠나니 분명히 썸을 타게 될 거라고 여겼다.

아뿔싸, 예상과 달리 나는 여행지에서 공포 영화 한 편을 찍고 왔다.

호텔을 나서자마자 그녀는 내게 호텔을 배경으로 사진을 찍어달라고 했다. 그런데 호텔명이 찍히지 않았다는 둥 다리 자세가 이상하다는 둥

표정이 밉게 나왔다는 둥 불평하는 통에 사진을 찍는 데 십 분이나 걸렸다. 나는 불편한 기색을 내비쳤고 속으로 괜한 억지를 부리는 그녀를 욕했다.

그녀는 관광지로 가는 길 내내 셀카를 찍었다. 나는 그 모습이 재미있어서 실눈으로 흘끔 보곤 했다. 그러다가 차에서 잠이 들었는데 운전기사가 구시렁거리며 욕하는 소리에 눈이 번쩍 떠졌다. 무슨 일인가 했더니 그녀가 운전기사한테 사진을 찍게 찻길에 잠깐 세워달라고 한 거였다.

아이고, 하느님 아버지, 나무아미타불 관세음보살!

그녀가 기도(저주)하는 내 모습을 본 건지 나를 향해 목소리를 높였다.

"내려서 사진 좀 찍어줘요."

나는 거절했다.

"이가 아파서요."

"이가 아파도 자신은 찍어줄 수 있잖아요."

"이가 아프면 입맛이 없어서 기분이 우울해요. 기분이 안 좋을 땐 사진을 못 찍어요."

그녀는 입을 삐죽거리며 사진을 다 찍고 차로 돌아와서는 말없이 사진을 보정했다. 그녀의 손가락이 스마트폰 액정 위에서 상하좌우로 바쁘게 움직였다. 나도 스마트폰을 열어 그녀가 모멘트에 올린 사진들을 보았다.

'쳇, 자기가 이렇게 예쁘다고?'

생각해보니 그녀를 나무랄 수도 없다. 나처럼 사진 한 장으로 그 사람에 대한 호불호를 결정하는 사람들 때문에 그렇게 셀카에 목숨을 거는 지경이 되고 말았다. 말하자면 헌팅하려는 남자가 있기에 방랑하는 여자도 존재하는 것이다.

뒤에서 밥을 먹고 있으면 사진을 찍고 길을 걸을 때도 사진을 찍는 그녀는 왜 타인을 배려하는 마음이 없을까? 여행이 끝나고 그녀와 나는 서로를 차단했다. 그녀는 내가 찍어준 사진이 못생기게 나와서 나를 차단했고, 나는 그녀가 못생겨서 차단했다.

소셜 미디어가 편리하니 친구를 사귀기도 편리하고 친구를 차단하기도 편리하다.

사람 사이의 관계는 여러 형태가 있다. 이를테면 서로 동경하는 사이, 잠자리를 같이 하는 사이, 고난을 함께한 사이, 서로 공감을 눌러주는 사이 등이 있는데, 요즘은 예전과 달리 서로에게 득이 되는 사이가 대부분이다.

사람을 사귈 때 상대방이 자신에게 유용한 사람인지를 따지는 것이 교제의 중요한 기준이 되어버렸다. 그래서 내 위챗 친구 목록에 있는 사람들도 대부분 인사를 주고받고 나면 바로 문서를 좀 봐달라고 하거나 소개팅 주선을 부탁하기도 하고 어떤 일에 길잡이가 되어주기를 바라는 등 여러 요청을 많이 했다.

그중에서 내가 가장 곤란했던 순간은 친구 목록에 막 추가한 사람이 어떤 유명 스타의 위챗 계정을 알려줄 수 있느냐고 물을 때였다.

내가 답장했다.

'저도 안 친해요.'

그녀가 또 메시지를 보냈다.

'제 상사가 그분을 정말 좋아하거든요. 그분 위챗 계정을 알고 싶어서 미스터 사색가 님을 친구로 추가했는데 계정을 모른다고 하시니 참 난감하네요.'

'계정을 알아도 알려드릴 수 없어요.'

'왜죠?'

'그 분은 의사가 아니니까요.'

'아픈 데도 없는 제가 의사를 왜 만나요?'

'당신만 모르고 있군요.'

이 메시지를 마지막으로 나는 그녀를 차단했다. 계속 대화하다가는 내가 병이 날 것 같았다.

실리를 따지지 않는 사람한테는 사랑을 느낄 수 있다. 산뜻한 바람 같은 사람을 만나면 잇속을 챙기지도 않고 돈깨나 있는 척 뻐기지 않으면서 한동안 차 한 잔을 놓고 그저 가만히 앉은 채로 사랑도 나누고 고상한 문예도 즐길 수 있다. 어디에서 와서 어디로 가는지도 모를 그 사람이 어릴 적 뛰어놀던 들판에는 땅속에서 몰래 캐낸 고구마를 구운 냄새가 피어올라 온 하늘을 뒤덮었을 것만 같다.

차를 다 마신 뒤에는 미소를 지으며 작별인사를 건네고, 그 사람은 나를 기억 속에 남기고 나는 그 사람과의 추억을 간직한 채로 헤어진다.

이 얼마나 아름다운 장면인가.

안타깝게도 실리를 철저하게 따지는 요즘 시대에는 이런 심플한 삶을 사랑하는 사람을 만나기는 쉽지 않다.

채팅 중 부호

나는 채팅할 때 느낌표를 쓰는 사람을 별로 좋아하지 않는다!

맞다. 바로 위 문장처럼 쓰는 걸 말한다. 예를 들면, '어디야!', '왜 대답이 없어!', '또 무슨 일이야!' 하는 식이다. 이 문장들에는 물음표를 써야 하는 것 아닌가? '어디야?' 이렇게 말이다. '어디야!'라고 하면 아주 강경하고 사람을 몰아붙이는 기분이 들어서 상당히 불편하다.

느낌표를 자주 사용하는 사람은 보통 성질이 급하고 자기중심적이어서 자기 기분만 중요하고 남의 감정에는 관심이 없다.

'너희들이 겪어봐!', '그래, 안 그래!!!', '내 말이 맞아, 틀려!!!'

단 예외는 있다. '사랑해!', '보고 싶어!' 같은 표현을 할 때다.

이렇게 긍정적인 감정을 전달할 때는 느낌표를 마음껏 써서 '너 진짜 멋있어!'라고 해도 된다.

부정적인 감정이나 의심 또는 원망을 표현할 때는 되도록 느낌표를 자제해야 한다. 안 그러면 불난 집에 부채질하는 꼴이 된다.

채팅할 때 마침표를 자주 사용하는 사람은 비교적 신중한 성격이어서 말을 꺼낼 때마다 심사숙고한다. 생각을 충분히 한 뒤에 글자를 입력하고 마지막엔 꼭 마침표를 붙여서 자기가 할 말이 끝났음을 전달한다.

이를테면 회신할 때 '알았어.'라고 입력해서 보낸다.

회신이 이렇게 오면 끝에 마침표가 붙었기 때문에 충분히 생각하고 답한 것임을 분명히 알 수 있다. 이런 사람이 주변에 있다면 그 사람은 정말로 진실한 사람이니까 꼭 아껴주어야 한다.

'알았어' 하고 뒤에 아무런 부호를 붙이지 않고 회신하면 할 말이 남았는데 못하고 우물쭈물하는 것처럼 보인다.

'~' 부호를 자주 사용하는 사람은 성격이 부드럽고 순해서 자신보다 상대방을 더 신경 쓴다. 보통 물결표는 애교가 많은 여자와 성격이 온화한 남자가 즐겨 사용한다. 예를 들어, '지금 너무 보고 싶어~'라고 하면 '지금 너무 보고 싶어!'라고 하는 것보다 훨씬 부드럽지 않은가.

'알았어~'

'네가 최고야~'

'샤워 중~'

만약 당신의 여친 또는 남친이 당신한테 '샤워 중~'이라고 메시지를 보낸다면 이때 '~' 부호는 당신을 향해 '어서 와~' 하고 손짓하는 것으로 이해해도 된다.

남이 '샤워 중!'이라고 하면 '꺼져!'라는 뜻이다.

말줄임표를 자주 사용하는 사람은 답답한 면이 있어서 할 말이 있어도 시원하게 하지 못하고 생각이 많아도 입 밖으로 꺼내지 않고 우물쭈물한다.

　'알았어……'

　'네가 내 방에 오든지……'

　'내가 하려던 말은……아니야, 됐어. 말 안 할래……'

　문장 부호는 사람의 마음을 대신하지만 또 어떤 사람들은 아무 부호도 전혀 사용하지 않는다. 이를테면 이렇게 메시지를 보낸다.

　'먹었니 안 먹었으면 저녁에 우리 같이 밥 먹자'

　대체 뭘 먹었느냐고 묻는 건지. 문장 부호까지 다 먹어치워서 이렇게 안 붙인 거라면 하도 많이 먹어서 배고플 리는 없겠다.

위챗 프로필 사진과 이름의 비밀

나는 전국 각지를 돌아다니면서 사람들을 만날 기회가 많아서 위챗 친구로 추가한 사람도 많다. 심지어는 모 웹사이트에서 호텔을 예약하려고 대행사의 고객 서비스 담당자와 통화했는데 그 사람이 나를 위챗 친구로 추가한 경우도 있었다. 나는 그 사람의 프로필 사진이 예뻐서 친구 요청을 수락했다. 그 이후로 그녀는 종종 내게 메시지를 보내 '선생님, 호텔 예약하시겠어요?' 하고 묻는데, 그럴 때마다 답을 해야 할지 말아야 할지 무척 난처하다. 아무튼 이런 식으로 위챗 친구가 점점 많아져서 더 이상 추가할 수 없는 상태가 되었다. 그래서 새 친구를 추가하려면 곰곰이 생각해서 친구 목록에서 한 명씩 삭제해야 했다. 내가 삭제할 사람을 고르느라 주소록을 죽 훑어보는 걸 친구들이 안다면 마치 판결을 기다리는 심정이지 않을까. 그렇게 훑어보는 사이에 나는 프로필 이름과 사진에 숨은 비밀 몇 가지를 발견했다. 그 비밀이 무엇인지 공개하겠다.

　이름 앞에 알파벳 A를 붙이는 사람들이 있는데, 당연히 웨이상*인 친구들이 대부분이다. 이름 앞에 A를 붙이면 이름이 주소록 맨 위에 자리해서 쉽게 눈에 띄기 때문이다. 한 친구는 이름을 아예 'AAAAAAAAA'로 바꾸어 어필을 심하게 했다. 하지만 이름이 'A000000000'인 친구와 비교하면 아직 멀었다. 이런 상황을 두고 뛰는 놈 위에 나는 놈이 있다고 한다. 이렇게 서로 치열하게 경쟁하다가 내 친구들 프로필 이름이 전부 '0'으로 바뀔까봐 걱정이다.

　물론 남다른 이름도 있다. 이를테면 'Alex' 같은 영문명을 사용하는 친구도 있지만 이런 친구들을 제외하고는 거의 다 이름 앞에 'A'나 '0'을 붙여서 유난히 존재감을 부각시키려고 한다. 또 'AV'라는 이름을 쓰는 친구도 있는데 대체 무슨 생각으로 그런 이름을 붙인 건지 모르겠다. 굳이 이름으로 존재감을 나타내려 하지 말고 차라리 매일 힐링 글귀 등을 게시하면 얼마나 좋을까. 내 모멘트에 웨이상과 구매 대행을 하는 친구들이 얼마나 많은지, 그들을 모두 삭제한다면 내 세상이 얼마나 삭막해질지 감히 상상도 못 하겠다. 그들은 아침저녁으로 아주 착실하게 '행복한 하루를 시작하세요', '행복한 하루가 끝났군요', '햇살 속에서 행복한 날 보내세요'라고 밝게 인사를 건네는데 물건이 안 팔려도 그렇게 밝을 수 있을까? 나는 감사하게도 그들이 돈 이야기만 꺼내지 않으면 그들을 계속 좋아할 수 있을 것 같다. 그들의 말을 다 믿을 필요는 없지만.

　프로필 이름에 글자와 숫자도 없이 꽃 이모티콘 하나만 달랑 입력한 친구들도 있다. 그중 한 친구는 국화꽃으로 해두었다. 꽃이니까 화면이

＊　微商, 위챗의 네트워크를 기반으로 물품을 판매하는 개인이나 기업

꽤 화사할 것 같지만, 프로필로 국화꽃을 사용한 건 아무리 생각해도 영 마음에 찜찜하다. 그런데 나중에 알고 보니 그 꽃은 국화가 아니라 해바라기였다. 이름 대신 립스틱 이모티콘을 입력한 친구도 있고 작은 나뭇잎 이모티콘을 입력한 친구도 있다. 주소록에서 그 친구들 이름을 찾기가 얼마나 힘든지 그들은 알까? 이모티콘은 아마 자신의 심정을 대변하려는 의도로 사용했을 것이다. 예컨대 태양은 아마 환한 햇빛을 뜻하고 립스틱은 섹시함, 풍선은 멀리 떠나고픈 바람을 드러낸 것이다. 한 친구는 자칭 왕자라며 개구리 왕자 이모티콘을 썼는데 나는 닌자 거북이인 줄 알았다.

자기 심정을 나타내려고 이모티콘을 사용했다면 문장 부호를 쓰는 건 무슨 의미일까? 쉼표 부호 하나만 달랑 찍은 경우는 올챙이처럼 쉬지도 않고 계속 헤엄치고 있다는 뜻일까? 또 '……' 말줄임표는 지금 줄을 서 있다는 암시일까? 가장 이해하기 힘든 건 이름 칸을 공백으로 비워둔 경우다. 대체 지금 살아 있는지 죽었는지, 햄릿이 "이것이 문제로다"라고 할 만한 상황이다. 인류가 수많은 노력을 들여서 그 많은 문자와 부호를 발명했는데 그렇게 공백으로 내버려둔다는 건 인류 문명에 대항하겠다는 뜻인가?

이모티콘을 쓰거나 공백으로 두거나 다 기분을 표현한 것이라고 하자. 그런데 이름 뒤에 휴대전화 번호를 붙여 넣은 건 무슨 의도일까? 업무용 위챗임을 넌지시 알리려는 목적일까? 이런 사람은 친구로 추가할 마음이 안 생긴다. 척 봐도 업무용임이 빤히 눈에 들어오니까. 자기 이름 뒤에 휴대전화 번호와 주소까지 덧붙인 친구도 있는데 내가 본 중에서 프로필 이름을 가장 과하게 설정한 사람이다. 누가 보면 프로필이 택배 운송장인 줄 알 거다.

사실 프로필 이름이 무엇인지는 중요하지 않다. 중요한 건 프로필 사진이다.

하지만 포토샵 기술이 발전해서 프로필 사진도 갈수록 믿기 어려워졌다. 친한 친구들 중에 프로필 사진을 보고 누군지 못 알아본 친구도 여럿 있다. 그런 탓에 요즘은 온라인 연애를 하다가 뒤통수를 한 대 얻어맞는 사람도 갈수록 늘어나고 있다. 사람 사이의 기본적인 신뢰는 어디로 갔는지, 실제로 약속을 하고 상대를 만나러 나가면 서로 적나라하게 상처만 입고 돌아온다. 포토샵 처리를 많이 해서 프로필 사진을 예쁘게 꾸미는 건 잘못된 행동이 아니지만, 만나기로 약속을 잡는 건 사기다.

사람 사이에 진심이 없으면 삶의 곳곳에서 함정에 빠진다.

최근에 아내가 프로필 사진을 바꿨는데 굉장히 예뻤다. 아내가 물었다.

"이 사진, 나 같아 보여?"

나는 한참을 들여다본 뒤에 되물었다.

"어디가 닮아야 하는 건데?"

"머리 색깔."

……

프로필에 일상생활 사진을 사용한 사람은 성품이 진실한 타입이고, 예술 사진을 사용한 사람은 남의 눈을 의식하는 타입이다. 아이 사진을 사용한 사람은 안전 불감증이 있는 부모고, 결혼 사진을 사용한 사람은 "약속에 절대 못 나가"라는 뜻을 전하고 있는 것이다. 또 동물 사진을 사용한 사람은 사랑이 많은 타입이다. 한 친구는 나의 이런 분석을 듣더니 자기 프로필 사진을 글귀 한 문장으로 바꿨다.

'본인은 너무 잘생겨서 사진으로는 멋짐을 다 보여드릴 수 없습니다.'

나는 매일 그 프로필을 볼 때마다 그의 묘지명을 보고 있는 것 같다.

立
秋

시원한 바람이 산들 불어
큰 뜻을 품는

입추

내가 생각하는 여행의 가장 큰 의미는
세상 만물을 두루 구경하는 것이 아니다.
여행 중에는 모든 일이 자신의 뜻과 같지 않을 수 있고,
모든 사람이 자신처럼 생각하지 않는다는 걸
깨닫는 데 의미가 있다.
그래서 여행을 하면서 집착을 내려놓고,
좌절을 받아들이는 법을 배우고, 타인을 존중할 줄 알고,
마음을 활짝 열게 된다.
갈등과 고집을 버리기 시작하면
어떤 환경에서도 잘 적응하고 만족할 수 있다.
그러면 완전히 새로운 모습으로 변신해
편안한 집으로 돌아가게 된다.

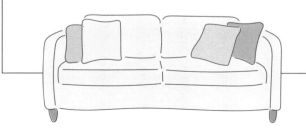

고독의 힘

우단루[*]는 여행을 이렇게 묘사했다.

"혼자 여행을 떠나면 자기 내면의 소리를 들을 수 있다. 내면에서는 세상이 상상보다 훨씬 넓다고 알려준다. 인생에 활로는 반드시 있으며, 자신에게 두 날개가 있음을 발견하고 나면 남의 허락 없이도 높이 비상할 수 있다."

언제부터였는지는 기억나지 않지만 자동차 여행이 좋아져서 불현듯 어디론가 떠나고 싶어지면 차를 렌트해서 즉흥적으로 길을 나섰다. 목적지를 따로 정하지도 않았고 구체적인 계획도 없었다. 운전하다가 피곤하면 멈추어서 쉬고 졸리면 모텔을 찾아 들어가서 한숨 자면서 쉬엄쉬엄

---

[*] 吳淡如, 대만의 유명한 방송 진행자

갔다. 가는 길에 고생을 바가지로 한 날은 정말 더는 운전하기 싫어서 집으로 되돌아가고 싶은 마음이 굴뚝같았다. 풍경을 보러 여행을 떠난 건지 자아를 찾으러 나선 건지 딱 꼬집어 말하긴 어렵지만 어쨌든 나는 그렇게 여정에 오르는 삶이 참 좋았다.

　오래 전에 미국에서 자동차 여행을 하려고 계획을 세웠던 적이 있다. 미국에서 자동차 여행을 하려면 시카고에서 LA까지 가는 66번 국도와 LA에서 샌프란시스코까지 가는 1번 국도 두 노선을 이용할 수 있다. 66번 국도를 타면 미국의 국도 문화를 고스란히 경험할 수 있고, 1번 국도를 타면 미국 대륙의 해안가 풍경이 눈앞에 쫙 펼쳐진다. 1번 국도는 길이가 740킬로미터고 끝까지 가는 데 이틀이면 충분하다. 그러나 66번 국도는 장장 3,929킬로미터 거리를 가야 해서 십여 일이 넘는 시간을 낼 수도 없고, 버틸 수 있는 체력과 인내심도 없었다. 두 도로를 비교하자면, 1번 국도는 해안가의 절경을 따라 뻗어 있고, 66번 국도는 주변이 황량한 곳이 훨씬 많고 사람이 살지 않는 지역도 길게 이어져 있다. 척 봐도 끝이 없이 이어지는 66번 국도는 극도의 적막감을 느끼게 하며 마지막엔 오히려 고독의 매력에 빠질 것만 같은 도로다.

　이 계획을 미처 실행하기도 전에 전혀 예상치 못한 일이 일어났다. 모 자동차 브랜드 회사에서 미국 66번 국도를 횡단하는 자동차 여행에 나를 초청한 것이다. 생각지도 못한 엄청난 사건이었다. 그래서 나는 이미 예정되어 있던 일들을 모두 미루고 흔쾌히 초청에 응했다. 66번 국도는 포레스트 검프의 흔적이 남아 있는 곳이고, 영화 〈카〉의 배경이 된 도로이며 잭 케루악의 소설 『길 위에서』에 담긴 파란만장한 삶이 깃든 길이기 때문이다. 내 안에 잠재된 의식은 평소에는 남에게 쉽사리 드러나지 않고 차분하지만, 누군가 나를 자극하면 당장에 밖으로 터져나와서 좀처럼 평정을 되찾기가 어렵다.

베이징을 출발해 시카고에 도착했다. 주최 측에서는 문화 체험을 여행 테마로 삼았기 때문에 특별히 첫날에 시카고 대학의 미국 역사학 교수인 데이비드 G. 클라크와 교류하는 시간을 마련했다. 데이비드 교수는 옛날 사진을 한 장 한 장 내보이며 66번 국도의 역사를 들려주었다. 66번 국도는 1927년에 착공해 1938년에 완공되었고, 시카고에서 LA까지 가는 길은 일리노이 주, 미주리 주, 캔자스 주, 오클라호마 주, 텍사스 주, 뉴멕시코 주, 애리조나 주, 캘리포니아 주를 거치며 세 개의 시각대를 뛰어넘는다. 당시 미국의 간선 도로였던 66번 국도는 고난을 두려워하지 않는 미국의 개척 정신과 진취성을 구현한 산물이다. 그러나 지금에 와서는 교통과 운송의 중심이었던 66번 국도의 역할을 고속도로가 대체했고, 66번 국도는 미국 국도의 역사를 이어갈 더 막중한 책임을 부여받았다.

데이비드 교수의 이야기가 절정에 이르렀을 때 그는 연거푸 기침을 했다. 기침 소리는 널찍한 교실 안에서 크게 울렸고 그 외에는 아무 소리도 나지 않았다. 환등기를 통해 보이는 누런 빛깔을 띤 사진에 기침 소리가 덧입혀지니 세월이 참 많이도 흐르고 변했구나 하는 생각이 들었다.

길이 황량해질수록 사람도 늙어가고 있다. 기록이 없다면 찬란했던 과거를 어찌 기억할 수 있을까.

그래도 난 황량함이 좋다.

나는 황량한 분위기를 풍기는 경치를 가장 좋아한다. 인적 하나 없는 황량한 곳에 가면 나도 모르게 '넓디넓은 사막에 연기 한 줄기 외로이 피어오르네'라는 시구가 떠오르기도 하고 시구 '술을 한 잔 더 마시게, 서쪽 양관에 가면 옛 친구도 없을 테니'처럼 감상에 젖는다. 이렇게 황량한 풍경 속을 운전하며 가다가 사방에 사람도 없고 귀신도 없는 적막함에 휩싸이면 그 순간의 외로움도 즐긴다.

바람이 휘 불어서 머리칼이 어지럽게 흐트러지면 괜스레 멋있어지는 느낌이 들고, 멋있다 못해 한 입에 천하를 집어삼킬 듯이 호기로워진다.

66번 국도를 달리다보면 이렇게 황량한 곳을 자주 만나는데 텍사스주도 그중 하나다.

텍사스 주에 진입하니 바로 널따랗게 펼쳐진 황량한 광야가 눈에 들어왔다. 미국에서는 이 광야를 사막이라고 부르지 않는다. 적으나마 관목이 겹겹이 줄이어 서서 자라고 있기 때문이다. 그래서 초록빛과 노란빛에 산의 갈색 빛깔이 더해지고 서로 어우러져서 눈길 가는 대로 주변을 둘러보면 경치가 마치 한 폭의 산수화 같다. 풍경도 고요하고 공기도 고요하면 눈앞에서부터 멀리 하늘가까지 쭉 뻗은 길 위를 지나는 자동차도 고요하게 느껴졌다. 이런 고요함 속에 있으니 절망감이 이내 엄습했다.

과연 언제쯤에나 길 끝에 다다를 수 있을지 알 수 없었기 때문이다. 산을 다 넘은 줄 알았는데 또 산이 나오고, 구름에 다 닿은 줄 알았는데 구름의 그림자도 손에 닿지 않지 않으니 절망스러울 수밖에. 자동차의 요란한 엔진 소리에 뜨거운 공기가 뒤섞이니 슬픔에 적막감이 더해지고 황량함에 고독감이 더해지며 갖가지 감정이 마구 차올랐다. 이때의 감정을 온갖 말로 다 표현할 수 있겠지만 적절한 말 한마디로 정의하기는 어렵다.

바깥세상이 황량할수록 영혼은 점점 살찐다. 나는 나이므로 나를 포장할 필요도 없고, 연기할 필요도 없고, 주변이 황량하니 나를 간섭할 사람도 없고 내가 간섭할 사람도 없다. 그렇기 때문에 사람은 고독을 즐기지 못하면 영원히 성숙해질 수 없고, 고독을 즐기지 않으면 적막해진다.

차를 달려 죽 가다보니 길가에 불쑥 작은 상점이 하나 나타났는데 마치 고독한 여정에서 얻는 최고의 포상 같았다. 황급히 차를 세우고 다른 것보다 먼저 상점 주인과 "Hi!" 하고 인사를 나누었다.

상점 주인도 "Hi!" 하며 인사하고는 자신이 66번 국도를 꿋꿋이 지켜온 이야기를 풀어놓기 시작했다. 자녀들은 뉴욕으로 갔지만 자신은 이곳과 정을 뗄 수가 없어서 떠날 마음이 없다고 했다. 그 정은 자신이 66번 국도의 눈부셨던 지난날의 산 증인이기에 품을 수 있는 것이다. 과거에는 사람들의 왕래가 무척 많았고 지금은 그때에 비하면 퍽 한산한데도 지나다가 들리는 손님이 적지 않다. 손님들은 상점에서 콜라도 사고 기념품도 사고 도움도 받는다. 그런 덕분에 상점 주인은 생계를 유지할 수 있다. 그는 이 모든 것에 충분히 만족했다.

그의 낡은 TV와 먼지를 뒤덮어 쓴 얼굴을 보니 어쩐지 조금 부끄러웠다. 나는 그보다 가진 것이 더 많지만 그처럼 꿋꿋함과 용기와 '만족감'을 지녔다고 자신할 수는 없다. "만족은 인생 최고의 지혜다"라고 했던 장쉰의 말처럼 만족하기 때문에 삶을 즐기고 자기만의 인생을 살아갈 수 있는 것이다.

이렇게 길을 따라 가며 많은 마을과 상점을 거치고 많은 사람을 만나서 나는 그들의 이야기를 담았고 그들은 나의 여행담을 간직했다. 그런 뒤에 서로 웃으며 인사를 나누고 헤어졌다. 그들과 나의 만남은 어쩌면 서로의 인생에서 단 한 번뿐이므로 서로가 만난 그 순간부터 이미 이별은 시작된 것이다. 그래서 매순간 아쉬움이 남지 않도록 상대방에게 최선을 다한다. 그렇게 서로에게 좋은 사람으로 기억된다면 그야말로 최고의 만남이다.

텍사스 주를 벗어나 뉴멕시코 주로 들어갔다.

뉴멕시코 주는 텍사스 주보다 훨씬 황량해서 강도를 당할 수 있다고 사람들이 주의를 주었다. 듣고 나니 드라마 〈브레이킹 배드〉 중 한 에피소드가 떠올라서 다시 주위의 허허벌판을 둘러보았더니 무섭고 가슴이 두근거렸다. 동행한 사람은 "이래서 〈브레이킹 배드〉에서 주인공 월터 화이트가 돈을 숨길 곳을 찾을 수 있었군요. 중국에서 이 드라마를 찍었다면 아마 사람이 없는 장소를 섭외하기가 무척 어려웠을 거예요"라고 했다. 중국이었다면 아마 땅에 돈을 묻는 사이에 주변에 수많은 사람이 몰려와서 구경할 게 뻔하고 어떤 사람은 한술 더 떠서 아예 스마트폰을 대고 생중계할 것이다.

여행팀을 수행하는 전문가가 〈브레이킹 배드〉의 팬이어서 극중 촬영 장소를 빠삭하게 알고 있었다. 내가 좋아하는 드라마이기도 해 개인적 만족을 채우려고 그에게 그 촬영지를 관람할 수 있게 해달라고 졸랐다. 그는 흔쾌히 응낙했다. 그러고는 나를 데리고 작은 카페로 갔다. 드라마에서 암흑가 조직원들이 모이는 장소라고 했지만 난 금방 생각이 나지 않아서 카페 주위를 왔다갔다하며 돌아보았다. 그런데 예상과 달리 그곳이 〈브레이킹 배드〉의 촬영지임을 알리는 표지가 어디에도 붙어 있지 않았다.

카페 사장은 사업 수완이 좋은 편이 아니었다. 내가 카페 주인이었다면 당연히 사람들 눈에 잘 띄는 곳에다가 '〈브레이킹 배드〉 촬영지'라고 큼지막하게 써서 붙였을 것이다. 그리고 '브레이킹 배드 세트' 메뉴도 개발해서 출시하고 여건이 된다면 체인점도 내고 융자도 받고 상장도 했을 것이다.

이런 내 의견을 들은 카페 사장은 눈을 둥그렇게 뜨고서 나를 쳐다보기만 했다. 아무래도 내 말이 이해되지 않는지 계속 고개를 숙인 채로 커피콩을 갈고 커피를 내리고 따르며 자기만의 세상에 심취했다.

거리에서 만난 많은 상점 주인의 성향은 모두 이 카페의 사장과 다르지 않았다. 개화되지 않았거나 장사 머리가 없는 사람들 같았다. 그들에게는 돈벌이보다 생활이 중요하고 이익보다 기호가 더 중요했다. 그들은 욕심이 없는 게 아니라 자기가 좋아하는 일에 더 공을 들이는 거였고, 명리에 무심한 게 아니라 자기만의 고유한 삶을 고수하는 거였다.

이렇게 흥성거리는 세상에서 그들은 자기만의 평온한 삶을 살아가며 그 안에서 여유를 즐길 줄 알았다. 자기 자신을 발견했기에 초조해하거나 조급하지 않았다.

다른 사람의 인생을 관찰하고 나의 인생을 돌아보는 사이에 어느덧 애리조나 주로 진입했다.

저녁이 되어 작은 마을에 묵기로 했는데 동행한 사람들이 하나같이 무척 흥분했다. 오랜만에 많은 사람을 만나게 된 탓이었다. 그랬다. 많은 사람, 여태 차를 달려오면서 본 중에 가장 보기 어려웠던 경관이다. 그래서 차가 마을로 들어서자마자 어떤 사람이 "어서 저기 좀 봐요. 사람이에요!" 하고 소리쳤다.

사람도 있었고 미인도 있었다.

저녁 식사를 마친 후에 나는 사거리에서 차를 기다렸다. 일몰이 으스름하게 비치는 하늘 아래로 잔잔한 빛깔들이 넘실거렸다. 붉었다가 푸르렀다가 하는 빛깔은 마치 수줍은 소녀처럼 쉽게 내비치지 않을수록 더욱 사랑스러운 분위기를 자아냈다.

내 뒤쪽으로 아이스크림 차가 와서 멈추었다. 여행객들이 차를 빙 둘러섰고 나는 사람들이 우글거리는 틈바구니에서 한 여자에게 마음속 가장 부드러운 곳을 세게 한 대 맞았다. 순식간에 내 마음은 전쟁터로 변해버렸다.

그녀는 내가 그녀를 만나려고 아주 먼 길을 달려왔음을 모른다. 그녀가 날 알기 전부터 이미 내 마음이 그녀를 향해 힘차게 내달리고 있었음도 모를 것이다. 자리에 가만히 서서 아이스크림을 파는 그녀의 모습은, 밤에 핀 장미처럼 수줍은 모습 사이로 섹시미가 넘쳤다. 그녀와 나의 아름다운 만남도 이별해야 하는 슬픔도 그녀는 전혀 알지 못한다. 그녀는 오직 아름다운 모습 그대로 있기만 했다. 나는 그녀의 모든 것을 마음에 담았지만 그녀를 털끝만큼도 귀찮게 하지 않았다.

인생에서 심장을 두근거리게 하는 일에는 여러 가지가 있지만 그게 사랑이라면 자제도 필요하다. 나의 인연이 아님을 알았기에 감정을 함부로 드러낼 수 없었다. 하지만 그녀를 만난 덕분에 나는 애리조나 주의 이미지가 섹시하게 느껴졌다.

열흘 간의 고생이 끝나고 마침내 종착지인 캘리포니아 주 산타 모니카에 도착했다.

동행한 사람들은 거리에서 환호하며 펄쩍펄쩍 뛰었다. 그동안 우리에게 얼마나 눈부신 성과가 있었는지 남들은 절대 모른다. 나는 문득 나이와 성별에 관계없이 여행을 떠나고 싶은 충동을 느낀다면 인생을 헛되이 살고 있는 건 아니라는 생각이 들었다.

66번 국도는 마치 바라던 데이트를 한 번 하거나 간절한 바람을 이룸으로써 자기 내면의 고독을 씻어낼 수 있는 길 같다. 이 길에서는 미국의 고유한 문화를 가장 잘 경험할 수 있고 고독도 만끽할 수 있다. 이런 고독의 힘은 자신을 더욱 깊이 통찰하게 하고 자신의 영혼을 더욱 강해지게 한다.

사람들은 늘 내게 여행의 의미를 묻는다. 내가 생각하는 여행의 가장 큰 의미는 세상 만물을 두루 구경하는 것이 아니다. 여행 중에는 모든 일이 자신의 뜻과 같지 않을 수 있고 모든 사람이 자신처럼 생각하지 않는다는 걸 깨닫는 데 의미가 있다. 그래서 여행을 하면서 집착을 내려놓고,

좌절을 받아들이는 법을 배우고, 타인을 존중할 줄 알고, 마음을 활짝 열게 된다. 갈등과 고집을 버리기 시작하면 어떤 환경에서도 잘 적응하고 만족할 수 있다. 그러면 완전히 새로운 모습으로 변신해 편안한 집으로 돌아가게 될 것이다.

숨겨 둔 작은 행복

　나는 숨겨 둔 작은 행복이 많다. 이를테면 좋아하는 책을 많이 사는 것인데, 실은 책장에 꽂아놓고 여태 읽지도 않았다. 마음에 드는 넥타이를 사고도 매지 않고 줄곧 옷장에 걸어두기만 하고, 명작 영화 DVD를 보려고 사놓고도 내내 서랍 안에 방치하고, 몰디브에 가고 싶었는데 아직 못 갔고······.

　마음이 안 좋거나 기분이 가라앉을 때 이런 것들 중 하나를 꺼내면 삶이 기대와 즐거움으로 충만해진다.

　나는 이런 것들은 숨겨 둔 작은 행복이라고 부른다.

　몰디브에 가는 작은 행복은 숨겨 둔 지 벌써 십 년이나 되었다. 행여나 잊지 않으려고 아들의 아명도 더우더우로 지었다. 만화 캐릭터 꼬마돼지 더우더우의 가장 큰 꿈이 몰디브에 가는 것이기 때문이다.

작년에 봄맞이 사업이 영 신통치가 않던 차에 나는 작은 행복을 꺼내기로 했다. 몰디브로 가기로 결정했지만 이 작은 행복은 도리어 나에게 고통을 안겨주었다.

꿈은 항상 아름답지만 현실은 늘 가혹하다.

고통은 몰디브로 가는 길에서부터 시작되었다. 우리 세 식구는 스리랑카 항공의 비행기를 타기로 했다. 우선 상하이에서 출발해 태국 방콕에 도착한 다음 다시 방콕에서 스리랑카의 수도 콜롬보까지 이동하고, 마지막으로 콜롬보에서 몰디브로 가는 비행기를 갈아타는 일정이었다.

나는 상하이에서 비행기가 이륙하자마자 후회가 밀려왔다. 손가락으로 꼽아보니 스리랑카까지 무려 열 몇 시간이나 걸리는데다가 스리랑카 항공 비행기도 썩 마음에 들지 않았다. 그래서 '차라리 만나지나 말 것을' 이라는 말이 떠올랐다. 스리랑카 비행기를 타지 말 걸 그랬다.

약 열 시간 동안 몸부림을 치고 나니 비행기는 마침내 경유지인 콜롬보에 도착했다. 내 기억 속 스리랑카는 전쟁이 빈번한 나라다. 그래서인지 비행기 탑승을 기다리는 세 시간 동안 군경 복장을 한 사람들이 꽤 많이 보였다. 나는 그 사람들이 갑자기 총을 들고 내 앞으로 달려와서 "움직이지 마. 손들어!"할 것만 같았다. 그러면 나는 아마 명예혁명을 일으켜야 할지도 모른다.

나는 마음이 복잡해서 공항 안을 어슬렁거리며 돌아다니다가 공항 구석에 있는 작은 우체국을 발견했다. 우체국에서는 스리랑카 우표와 엽서를 팔았고 중국으로 엽서를 보내려면 엽서와 우표 가격을 합해서 일 달러만 지불하면 되었다. 나는 중국에 있는 많은 친구를 떠올렸다. 아무래도 엽서를 선물로 보내는 게 좋을 듯했다. 현지의 특색도 담겨 있고 뻔한 선물이 아니어서 좋았다. 그래서 잠시 인터넷에 접속해서 웨이보로 친구 열 몇 명에게 주소를 알려달라는 메시지를 보냈다. 그런 뒤에 한 명 한 명에게 정성을 들여서 축복의 말을 적은 다음, 어딘가 신비함이 느껴지는 우체통 속으로 밀어 넣었다.

엽서를 다 쓰고 나니 한 장이 남아서 나 자신에게 보냈다.

가까스로 몰디브에 도착했는데 예약한 호텔에서 또 문제가 생겼다. 다섯 시간 동안 사용할 예정으로 예약한 수상가옥을 세 시간밖에 쓸 수 없다는 거였다. 나는 프런트로 가서 중국식으로 성질을 부렸다. 이를테면 '프런트에서 해결이 안 되니 사장 나오라고 해!'라며 소리를 지르는 식으로 말이다.

내 눈에 몰디브는 쪽빛 바다 외에는 딱히 아름답다고 할 만한 게 없어 보였다. 더구나 몰디브까지 오는 길에 지칠 대로 지쳐서 당장은 바다를 향해 누워서 드르렁 코를 골며 자는 것밖에는 할 일이 없었다.

몰디브에서 귀국한 뒤에는 일하느라 바빠서 여행했던 것조차 차츰 잊어갔지만 마음은 여전히 초조했다. 여행을 다녀온 지 한 달이 지난 어느 날, 선전에 사는 친구에게서 메시지가 왔다.

'네가 보낸 엽서가 정말로 도착했어. 간절함이 담긴 축복의 말에 적도의 뜨거운 바람이 한데 실려 왔어.'

순간 나는 내게 보냈던 엽서 생각이 났다. 그래서 한동안 열어 보지 않았던 우리 집 우편함을 냉큼 열어 보았다. 안에는 정말로 내가 보낸 엽서 한 장이 덩그러니 있었다. 엽서에는 이렇게 적혀 있었다.

'미래의 나에게 보내는 엽서. 네가 이 엽서를 받을 즈음에는 마음이 하늘처럼 맑게 개었으면 해. 괴로워할 필요도 없어. 과거는 지나간 일일뿐이니까. 네가 이 엽서를 받고 나면 지금 너에게 쓰고 있는 이 엽서처럼 모든 게 이

미 과거가 되어 있을 거야.'

엽서를 손에 든 나는 잠시 할 말을 잃었다. 마치 과거의 나와 마주 서 있는 기분이 들었다. 과거의 내가 엷은 미소를 지으며 오늘의 나를 기대에 찬 눈으로 보고 있는 듯했다.

그렇다. 지금 힘든 일도 언젠가는 결국 과거가 된다. 지나간 일을 되돌아보면 '그때 내가 이렇게나 괴로웠다고?' 하며 저도 모르게 어이없는 웃음을 터트릴 것이다. 영원히 사라지지 않는 고통도 없고 영원히 변치 않는 미움도 없다. 제자리걸음하는 사랑도 없고 되돌리지 못할 감정도 없다.

결국 시간이 모든 것을 깨끗이 씻어내고 무심중에 내버려두었던 자신과 만나고 세상과 화해하도록 할 것이다.

인생의 걸음걸음에는 저마다의 이유가 다 있다. 과거에 좌절, 실패, 서러움, 실연이라고 여겼던 모든 것을 다 합쳐서 현재의 자기 앞에 가져다 놓는다고 해도 어느 하나 쉽게 해결되지 않는다. 지난 일은 과거로서 이미 충분하며, 현재 자신이 겪고 있는 모든 일은 자신을 미래의 행복한 순간으로 데려갈 것이다. 지금 자신 앞에 직면한 것은 모두 미래로 가기 위한 최고의 경험이다.

미래의 어느 순간에 걸어온 길을 되돌아보면 지나온 걸음마다 의미가 담겨 있었음을 깨닫게 될 것이다.

지구의 첫 번째 인간

초봄에 덴마크에 갔었다. 원래 덴마크에 다녀온 이야기를 좀 쓰려고 했는데 일상적인 잡다한 일들에 치이는 동안 눈 깜짝할 사이에 반년이 훅 지나가고 말았다. 그러나 어떤 일들은 기록해두지 않으면 계속 아쉬움이 남는다. 그래서 꿈에서나 멍하니 있을 때 나도 모르게 생각의 갈피가 순수한 땅 덴마크에 가 있었다.

아마도 나를 일깨워야 하고 무언가를 써야 해서 덴마크를 떠올리는 것일지도 모르겠다.

나는 여행을 대략 두 가지 유형으로 나눈다. 하나는 신기한 것을 찾아 꾸준히 새로운 곳을 다니는 여행이고, 다른 하나는 옛날을 회상하며 늘 익숙한 곳을 가는 여행이다. 전자는 계속 장소를 옮겨 다님으로써 새로운 풍경에서 자극을 받는 여행이다. 후자는 편안한 곳에서 성찰하는 여행으로 자신을 더욱 깊이 알게 되는 계기가 된다.

나의 덴마크 여행은 전자라고 볼 수 있다. 처음 가는 지역이고 그곳에서 새롭고 특별한 것을 만나고 싶었기 때문이다. 다행히도 덴마크는 안데르센 동화, 인어공주, 캘드즌 버터 쿠키, 레고 장난감으로 익숙한 나라이며 내 친구 옌스가 사는 곳이다.

옌스는 덴마크 사람이고 여행을 좋아한다. 우리는 우연히 서로 알게 되었지만 첫 만남에서 금방 친해졌고 그는 덴마크에 나를 여러 번 초대했다. 그가 그렇게 몇 번씩이나 나를 초대하는 열성을 보인 건, 예를 들면 유난히 아끼는 장난감을 다른 사람과 같이 가지고 놀 때 굉장히 즐거운 것처럼 덴마크를 나와 공유하고 싶었던 것 같다.

베이징에서 비행기를 타고 코펜하겐에 도착하니 현지 시간으로 오후 여섯 시쯤 되었다. 북유럽의 날씨는 이상하리만치 좋았다. 하늘이 얼마나 파란지 나도 모르게 얼른 심호흡을 두 번 했다. 마치 공기가 없는 것처럼 깨끗하고 파래서 그 놀라움에 숨이 멎을 지경이었고, 한눈에 지구의 가장자리에 와 있음을 느낄 수 있었다. 하늘 빛깔이 베이징처럼 희뿌연 색이었다면 그렇게 당황스럽지는 않았을 것이다.

옌스는 무척 친절하게 덴마크를 소개했다. 덴마크의 인구는 육백 만여 명이다. 상하이의 인구가 이천 만여 명인데 그에 비하면 무척 적은 수다. 그래서 덴마크에서는 개인이 해야 할 일이 무척 많다고 옌스가 알려 주었다. 이를테면 덴마크 관광국에서 근무하는 사람은 겨우 몇 명뿐인데 그 사람들이 홍보, 회계, 기획, 보고서 작성 등의 일을 모두 담당해야 해서 덴마크 사람들은 무척 바쁘다고 했다.

이튿날에 그와 함께 코펜하겐 시내를 거닐었다. 시청에 다다랐을 때 그는 앞에 있는 한 남자를 가리키며 그가 덴마크의 무슨 장관이라고 했다. 장관은 마침 자전거를 타고 퇴근하려는 참이었다. 나는 들떠서 그와 같이 사진을 찍으려고 하자 옌스가 말렸다.

"사진은 무슨 사진. 정치하는 사람은 그게 직업일 뿐인데. 사진 같은 건 아무도 안 찍어. 그냥 직업이 공무원인 사람들이니까."

코펜하겐 시민이 평상심을 유지하니 정치인도 신격화되지 않았다.

옌스는 '내가 저 사람을 뽑았으니 저 사람이 나한테 감사하는 게 당연하지' 하는 듯한 표정을 짓고 있었다.

나는 그에게 어떤 포부가 있는지 물었다. 그는 여행을 좋아해서 매일 여행을 다니는 게 자기 일이며, 나중에 덴마크에서 '옌스 투어'라는 여행사를 차려서 개인 맞춤형 여행을 전문으로 하고 싶다고 했다. 덴마크 사람은 전문성을 중시한다. 이를테면 장래 희망이 서비스 종사원이라면 서비스 종사자 양성 학교를 다니고, 굴착기 기사가 되고 싶으면 기술학교를 다닌다. 만약 미래에 자신이 직업적으로 성장하지 못하고 정체되면 연수를 통해 극복하면 되므로 모든 사람이 대학을 다녀야 할 이유는 없었다.

이런 문제를 두고 내가 약간 난처한 기색을 보이니 그가 부연했다.

"학습은 평생 해야 하는 거야. 공부가 필요하면 언제든 또 배우면 돼. 안 그러면 인재 낭비지."

그러고는 아주 밝은 표정으로 덧붙여 말했다.

"내 딸이 근처 쇼핑몰에서 종업원으로 일하고 있는데 같이 가 볼래? 걔는 그 일이 그렇게 좋대. 자기네 상점에서 파는 도자기 이야기만 나오면 얼굴이 아주 환해져."

옌스는 무척 자랑스럽게 말했다. 나는 옌스가 정말로 좋은 아버지라는 생각이 들었다. 만약에 내 딸이 도자기를 팔고 있었다면 분명히 당장 끌고 와서 철학 대학원에 보내고, 그런 다음에야 친구들과 만나게 했을 것이다.

사흗날에는 비행기를 타고 코펜하겐 공항을 떠나 그린란드의 누크로 향했다. 코펜하겐 공항은 유럽에서 가장 훌륭한 공항이며 무척 조용하다. 보통 공항 전체에 다 들리는 안내 방송은 하지 않고 일부 필요한 곳에만 알린다. 보안 검사도 꼼꼼하지 않다. 현지인의 말에 따르면 덴마크 사람은 범죄를 저지르는 것도 귀찮아하고, 그렇게 힘든 일은 다른 나라에서 흘러 들어온 유랑자들이 하도록 남겨 둔다고 한다. 남의 취업 기회를 빼앗을 시간에 차라리 밖에 나가서 햇볕을 쬐는 게 낫다는 것이 그들의 생각이다.

누크가 코펜하겐에서 가까운 곳이라고 생각했는데 알고 보니 대서양을 건너가야 했다. 나는 가는 내내 곤히 잠을 잤다.

누크는 경유지였다. 우리는 누크에서 작은 비행기로 갈아타고 일루리사트로 날아가야 했다. 내 눈엔 누크 공항이 굉장히 작아 보였는데 옌스는 오히려 누크 공항 정도면 화장실, 카페, 상점을 다 갖추고 있어서 꽤 큰 편이라고 했다. 탑승 게이트에서 비행기가 있는 곳까지의 거리가 겨우 이백 미터 안팎인데 공항에서는 셔틀버스를 제공했다. 사실 걸어가도 충분할 것 같아서 공항 직원에게 물으니 버스를 이용하지 않고 세워둘 거면 뭐하려고 마련했겠느냐는 대답이 돌아왔다. 곰곰이 생각해보니 그럴듯한 논리였다.

다른 공항에도 버스가 있으니 우리 공항에도 있어야 한다는 발상인가. 어쩐지 교만해 보였다.

누크 공항에는 환승을 기다리는 사람들이 무척 많았다. 대부분은 밖으로 나가서 햇볕을 쬐었지만 나는 이정표 아래에서 쿨하게 이른바 '인증샷'을 찍었다. 무슨 이유인지 몰라도 나는 유난히 이정표 사진을 찍는 걸 좋아한다. 아마 내심 길을 잃을까봐 두려운가 보다.

그린란드는 영문으로 'Greenland'라고 표기한다. 초록 섬이라는 뜻이지만 사실 그린란드에는 바위와 바다 빼고는 눈밖에 없다.

전하는 이야기로는, 고대에 한 해적이 혼자 이 섬에 왔는데 사람들을 섬으로 끌어들일 방법을 궁리하다가 섬이 온통 초록 빛깔 대지라는 소문을 퍼뜨렸다고 한다. 나도 속고 있는 건 아닌지 살짝 의심이 들었다. 눈과 얼음 외에 다른 볼거리가 있으니 가는 거겠지 하는 생각을 했기 때문이다.

비행기가 일루리사트에 착륙하자마자 나는 경악했다. 맙소사, 정말로 얼음과 눈뿐이라니! 끝없이 펼쳐진 눈밭은 햇살을 받아 눈이 부셨고 하늘빛은 곧 검은색으로 변할 것처럼 말도 못하게 짙푸르렀다.

시내에 있는 호텔은 비록 외진 곳에 있었지만 4성급 호텔의 수준을 갖추고 있었다. 실외는 찬바람이 뼛속까지 파고들어 추웠고 실내는 봄처럼 따뜻했다. 하지만 나는 불이나 쬐려고 그곳에 간 것이 아니었기에 멋도 모르고 호텔 문을 밀어젖히며 밖으로 나갔다. 차가운 바람이 가볍게 한차례 휙 불고 지나갔는데 나는 거의 숨이 막힐 듯한 추위를 느꼈다.

들숨과 함께 차디찬 공기가 배 속으로 들어오니 오장육부가 당장이라도 얼어붙을 것만 같았다. 일 분 뒤에야 겨우 다시 숨을 후 내쉬었고, 죽음의 문턱까지 갔다가 다시 살아 돌아온 느낌이었다. 호텔 주위를 한 번 휘 둘러보았다. 사방은 얼음과 눈으로 뒤덮여 있었고 하늘에는 알록달록한 빛깔이 드리워져 있었다. 매일 이런 곳에서 잠을 자면 웃음이 절로 날 것 같은 아름다운 풍경이었다.

호텔에서 멀지 않은 곳에는 호수가 있고 호수 위에는 얼음이 둥둥 떠 있었다. 그 얼음 덩어리 위에 앉아서 술을 한 잔 시켜 마실 수 있다면 무슨 술을 마셔도 시바스 리갈 같은 위스키를 마시는 기분이 날법한 분위기였다. 현지인 말로는 얼음 덩어리들이 수면 위에서는 작아 보여도 수면 아래를 보면 그 크기가 어마어마하며, '타이타닉 호'가 이곳에서 떠내려 간 얼음 덩어리에 부딪쳐서 침몰했다고 했다. 그 사람의 말에서 강한 자부심이 엿보였다.

이곳에서 얼음은 신앙이었다.

일루리사트에 도착한 다음 날 아침, 사실 아침이라고 칭하기엔 좀 그렇다. 북극권에서는 5월이면 이미 백야가 시작되기 때문에 그때부터는 온종일 낮인 셈이며, 시계를 들여다보지 않으면 낮인지 밤인지 모른다. 나는 그때까지 시차에 적응하지 못해서 새벽 두 시에도 아침 햇살을 받으며 밖으로 나갔다.

높은 곳에 오르면 햇빛을 볼 수 있을 것 같아서 올라가니 저만치 먼곳에 높은 산이 또 있었다. 그래서 그 산을 또 오르며 계속 산을 하나씩 정복해 나갔다. 거의 한 시간 동안 눈 덮인 산을 오른 나는 마침내 돌무더기와 함께 낮게 떠오르는 해를 바라보았다. 태양은 하늘을 엷은 빛깔부터 짙은 빛깔까지 갖가지 색으로 층층이 물들이고 있었다. 그 순결한 곳에 서 있는 나는 마치 방금 탄생한 지구에 존재하는 첫 번째 인간이 된 기분이 들었다.

약 두 시간 만에 다시 호텔로 돌아온 나를 보고 호텔 직원이 말했다.

"담이 아주 크시군요. 어디에 눈구덩이가 있을 줄 몰라서 까딱하다가는 하늘나라로 가거든요. 무사히 돌아오셔서 다행입니다. 운이 좋으셨어요."

생각해보니 이런 곳에서 몇 만 년 동안 얼음 속에 갇혀 있다가 깨어나면 진정한 호걸이 아닐까 싶다. 오전에 우리는 지체 없이 경비행기를 렌트해서 북극권으로 날아갔다. 기장은 우리를 호텔에서 공항까지 차로 데려다 주었다. 말이 공항이지 그냥 평평하고 널따란 공터였다. 일손이 부족한 탓에 기장 혼자서 접대, 버스 운전, 회계, 가이드를 모두 담당했다. 당연히 비행기 조종도 그의 몫이었다. 나는 줄곧 '이게 가능해?' 하는 심정이었다.

비행기가 콰르릉 소리를 내며 이륙했다. 구름 한 점 없는 하늘에 떠 있으니 무서웠다. 사방은 하얀빛으로 반짝거렸고 가끔씩 벗은 몸을 드러낸 바위가 눈에 들어왔다. 얼음에 둘러싸인 북극은 생기가 전혀 느껴지지 않았고 바람 소리 외에는 아무런 소리도 들리지 않았다. 이렇게 고요하게 머물러 있으니 몇 만 년이 지나도 그대로일 수밖에. 북극의 광활함은 입이 떡 벌어지고 말이 나오지 않을 만큼 어마어마했다.

나는 눈을 부릅뜨고 얼음과 눈으로 뒤덮인 대지를 바라보았다. 어디서인지는 몰라도 어떤 생명체가 불쑥 튀어나올 수도 있을 것 같았다. 고질라, 울트라맨, 캡틴아메리카 또는 백설공주가 나타나지나 않을까 기대했는데 아쉽게도 잠잠했다. 북극에서 가장 인상적이었던 점은 그곳에는 정말로 아무것도 없다는 것이다.

아무것도 존재하지 않기 때문에 본의 아니게 우주의 인생 같은 대명제를 사색할 수밖에 없다. 생각이 환경에 지배당하는 것이다.

그렇게 대자연과 긴 시간을 함께하면 인간사의 갈등은 자연스럽게 내려놓을 수 있다. 바위를 보며 삶의 위치를 깨닫고, 바다를 보며 삶의 넓이를 가늠하고, 설산을 보며 삶의 높이를 알게 된다. 미움은 바위, 바다, 설산에 비하면 하찮은 감정일 뿐이며 눈 깜짝할 사이에 만사가 허사가 되는 게 인생이다. 자연은 수만 년을 그 자리에 있는데 인간은 기껏해야 백 년도 못 살면서 아등바등하니 얼마나 어리석은가.

그날 이후로 며칠간 일루리사트는 시차 적응에 실패해서 밤마다 잠을 못 이루는 나 때문에 몸살을 앓았고 일루리사트 사람들 사이에는 무서운 이야기가 돌았다. 한 중국인이 쌀밥을 먹으려고 식당을 전전하고 밤에는 잠도 자지 않고 새벽마다 실수로 남의 묘지에 뛰어든다는 이야기였다. 날마다 설산에 오르고 강아지들과 싸우고 눈밭에서 뒹구는 나를 두고 그들은 "그 중국인 곧 간다지?" 하며 서로 물어봤다.

그 중국인은 가지 않고 그 사람들 집안을 몰래 훔쳐보고 있었다.

일루리사트의 집은 동화 속 세상이라고 해도 손색이 없을 정도로 알록달록 예뻤다. 촬영 기술이 부족해도 충분히 멋지게 찍힐 만큼 아름다운 풍경이었다. 마음대로 막 찍어도 하나같이 아름답고 화려했다. 그러고 보니 사진을 찍을 때마다 자세와 빛을 강조하는 이유가 아마 나처럼 사람이 볼품없어서 그렇게라도 하려는 것일 수도 있겠다 싶었다.

강아지들과 싸우는 이야기를 좀 하자면, 일단 그 동네에는 개가 너무 많다. 소도시에 썰매 개만 약 오천 마리가 있으며, 대부분 반려동물이 아니라 일을 시키려고 기르는 개들이다. 썰매 개는 달리기 능력이 상당해서 한 시간 동안 멈추지 않고 달리며 달리는 동안 틈틈이 눈도 먹는다. 음, 말하자면 먹고 싸는 일을 모두 달리면서 다 해결한다. 썰매팀마다 대장 노릇을 하는 개가 있다. 대장 개는 썰매를 달리는 동안 잔꾀를 부리는 개가 있으면 으르렁거리며 경고한다. 도심에서 반려동물로 키우는 개와 비교하면 이곳의 개들은 전혀 개답지 않은 생활을 하고 있다.

하지만 그것이 썰매 개의 운명이다. 일루리사트의 개들은 모두 성격이 활발하며 달리지 않고는 못 산다. 문득 개는 모두 버릇이 나쁘다는 말이 생각났는데, 그렇다면 사람은? 더 말할 나위가 없지 않나 싶다.

옌스의 정성스러운 보살핌 덕분에 이렇게 설설거리며 일주일을 보냈다. 이곳 외에 다른 지역은 가보지 못했지만 이곳의 경치도 다 눈에 담지 못했다. 이런 곳에 오는 건 이번이 평생에 단 한 번일 것 같다. 사실 이 한 번도 어렵게 왔다. 하지만 살면서 평생에 한 번은 꼭 와 봐야 하는 곳이다. 지구에 살면서 지구 반대편에 난생 처음 보는 이런 풍경이 존재한다는 사실을 잊고서 매일 고층 빌딩만 보고, 서로 속이고 불신하고, 버스와 지하철에 끼여 출근하기만 반복하면 얼마나 아쉬울까.

짧다면 짧은 인생을 어디에서 어떻게 살며, 또 언제 인생이 끝날지는 아무도 모른다. 하루하루를 즐겁게 살고, 항상 자신이 노력하고자 하는 방향으로 나아가며, 죽기 직전에 가슴에 손을 얹고 자신에게 물었을 때 평생이 부끄럽지 않으면 후회 없는 인생 여행을 한 것이다.

명예와 이익, 사랑과 미움은 모두 죽음과 함께 물거품처럼 소멸한다. 이렇게 생각하면 무엇이든 내려놓을 수 있고 이해 못 할 일도 없다. 사람 사는 게 다 거기서 거기니까.

덴마크에서 돌아온 지 몇 달이 지났지만 가끔씩 옌스에게 문자 메시지를 받는다. 옌스는 덴마크에서 느꼈던 행복한 기분을 잊지 말고, 그린란드의 빙산 위에 올라섰던 기억을 떠올리며, 막 탄생한 지구에 존재하는 첫 번째 인간이 된 것 같았던 호기를 되새기면, 절로 감정이 북받쳐서 만감이 교차할 거라고 했다.

세상은 넓고 인간은 작은 존재다. 그러니 그늘 속에 웅크린 채로 쩨쩨하게 살지 말자.

인성은 섣불리 판단할 수 없다

잠시나마 현재의 삶과 거리를 두는 방법에는 대략 네 가지가 있다.

다른 사람의 영혼을 엿볼 수 있는 독서,

스크린을 통해 다른 사람의 삶을 경험할 수 있는 영화,

자기 마음속 비밀스러운 곳을 탐색하는 명상,

낯선 환경에서 깨달음을 얻는 여행.

현재의 삶과 거리를 두는 건 도피가 아니라 다른 각도에서 삶을 관찰하며 지혜를 계발하는 한 방법이다. 여행에서 돌아오면 겉은 본모습 그대로지만 기분은 이미 확 달라져 있다.

독서, 영화, 명상 이 세 가지는 적은 돈으로 현재를 벗어날 수 있는 방법이다. 그러나 여행은 여러 계획이 수반되고 의외의 상황이 있을 수 있어서 조금만 부주의하면 실행하지 못하고 오히려 걱정거리만 는다.

나는 단체 여행을 좋아하지 않는다. "서두르세요" 하고 재촉하는 소리를 듣는 게 끔찍이 싫기 때문이다.

여행은 단순히 길을 떠나는 일이 아니며, 그렇게 서둘러서 목적지에 도착하는 것이 여행의 목적은 아니다. 가는 동안 환경과 마음이 교감하는 것이 여행의 참맛이다. 낙오되기도 하고, 차를 놓치기도 하고, 길을 잃기도 하고…… 이런 모든 경험이, 세상을 완전히 새로운 시각으로 관찰할 수 있는 기회다. 호기심을 품고 계획대로 되지 않는 이 세상을 마음껏 탐색해보는 것이다. 길을 나서면 어디로 가든 다 여행 아니겠나.

나는 태국 여행길에서 이런 생각이 더욱 확고해졌다.

태국을 배경으로 한 코미디 영화 〈로스트 인 타일랜드〉를 보고 나서 나도 태국에 가고 싶었다. 태국식 안마와 트랜스젠더에는 딱히 흥미가 없지만 태국의 사찰에는 관심이 있는 편이다. 예전에 태국에 다녀온 한 친구한테 태국에서 가장 가볼 만한 곳이 사찰이라는 이야기를 영화를 본 뒤에 들은 터였다. 태국에는 크고 작은 사찰이 몇 십만여 개 있으며, 관광객이 주로 방문하는 큰 사찰 외에 작은 사찰이 훨씬 정취가 있다고 했다. 늙은 개 몇 마리가 문밖을 배회하고, 건물 한구석에 매달린 풍경이 솔솔 부는 시원한 바람에 딸랑딸랑 소리를 내는 그런 사찰에 가면 아무데나 편한 곳에 자리를 잡고 앉아서 아무 행동도 생각도 하지 않아도 된다. 그렇게 몇 시간을 앉아 있다가 나오면 마음이 깨끗이 씻은 듯 고요하고 편안해진다. 그래서 참선은 곧 마음을 닦는 것이고 부처님께 답을 구하는 행위가 곧 자아성찰이다.

나는 친구의 이야기에 귀가 솔깃해서 짐을 꾸리고 인터넷으로 여행 팁을 찾기 시작했다. 알아보니 태국 사람은 대부분 중국어도 모르고 영어도 안 통한다고 했다. 그래서 아이와 아내를 데리고 가는 나로서는 안전을 위해서 어쩔 수 없이 단체 여행을 신청했다.

한 팀은 스무 명이었다. 방콕 공항에 도착해서 우리를 안내할 가이드와 만났는데 그녀는 내 상상과는 전혀 다른 모습이었다. 광고 포스터 속 트랜스젠더처럼 미인은 아니더라도 적어도 몸매는 호리호리할 줄 알았다. 그러나 우리를 마중 나온 가이드는 150센티미터도 안 되는 작은 키에 체중이 100킬로그램 이상은 너끈히 되어 보이는 노부인이었다. 그녀가 자신을 소개했다.

"여러분은 저를 판 피피라고 불러주세요. 판 선배라는 뜻으로 이해하시면 됩니다. 제 나이가 곧 예순이고 아직 싱글이라서 호칭이 애매해요."

가이드의 표정을 보니 당장이라도 돌아가는 비행기 표를 사고 싶은 마음이었다.

목적지로 가는 동안은 그럭저럭 괜찮았다. 판 피피는 태국의 명소에 대해 훤히 잘 알았고 멘트도 막힘이 없었다. 그녀는 베이징과 달리 방콕은 차가 딱 한 번만 막히는데 그게 아침부터 저녁까지라고 했다.

이렇게 농담을 섞은 멘트도 듣고 차도 막히고 관광지도 구경하면서 방콕 여행을 마무리 짓고 다음 여행지인 파타야로 향했다. 판 피피 말로는 파타야가 트랜스젠더의 고향이자 색정적인 도시라고 했다. 그녀의 말에 차 안의 젊은이들은 모두 몸이 근질근질한 듯 보였다. 판 피피가 덧붙여 말했다.

"그렇지만 파타야 프로그램은 대부분 자비로 진행하셔야 합니다."

몇몇 사람이 투덜거렸다.

"지불한 비용에 다 포함된 거 아닙니까?"

판 피피가 대답했다.

"그건 기본적인 비용이에요. 생각해보세요. 그 몇 천 위안밖에 안 되는 돈에서 비행기, 호텔, 식사 비용을 제하고 나면 여러분이 태국에서 하루 묵을 때마다 저희는 그만큼 고스란히 손해를 봐요. 그래서 솔직히 말씀드릴게요. 저희는 여러분이 자비로 프로그램을 진행하시면 그 수수료로 먹고 살아요."

말이야 사실이겠지만 참 뻔뻔스러웠다.

나는 도저히 참지 못하고 입을 뗐다.

"그럼 저희는 기본 비용에 포함된 프로그램만 할게요."

자비로 진행하는 프로그램들을 보니 대부분 트랜스젠더 공연이어서 아이와 같이 볼 수도 없었다.

판 피피는 이내 얼굴에 불편한 티를 팍팍 내며 말했다.

"툭 까놓고 말해서 자비로 진행하는 프로그램은 참가하든 말든 무조건 돈을 내셔야 해요. 제가 가이드 생활 몇 십 년차인데 지금껏 그 돈을 못 받아낸 적이 없거든요."

중국어가 유창한 그 여자는 완전히 상습범이었다.

나는 '당신이 짜증을 내거나 말거나 나는 당신한테 생돈을 안 낸 첫번째 사람이 되겠어'라는 생각으로 고개를 연거푸 가로저으며 말했다.

"그건 갈취 아니에요? 안 내면 어쩔 건데요?"

판 피피는 내가 만만해 보이지 않았는지 중국 여행사에서 우리와 함께 온 인솔자에게 말했다.

"저 사람하고 이야기 좀 해보세요. 전 돈을 꼭 받아야 하니까요."

그러고는 자리에 앉아서 입을 꾹 다물었다.

인솔자는 내 옆으로 오더니 애절한 표정으로 말했다.

"제가 이번 투어에 인솔자로 처음 나와서 경험이 없다보니 현지 가이드 관리를 잘 못했네요. 어쨌든 그 프로그램은 괜찮으니까 경험삼아 한번 보세요. 태국에서 그런 걸 안 보면 볼 게 뭐 있나요."

내가 대답했다.

"아이가 있어서 거북해요."

인솔자가 상냥하게 말했다.

"판 피피가 아이를 데리고 있으면 되죠."

내가 물었다.

"그쪽이 아이를 돌보면 안 돼요?"

인솔자가 웃으며 대답했다.

"저도 가서 견문을 좀 넓히려고요."

아이가 판 피피에게 유괴당해서 트랜스젠더가 될까봐 정말로 걱정스러웠던 나는 단호하게 머리를 흔들며 거부했다. 그리고 이어서 민족적 입장까지 거론하며 인솔자에게 항의했다.

"우리 중국인이 외국에 나와서 이렇게 무시를 당하면 안 돼요. 이 투어 일정으로 얼마나 많은 사람이 바가지를 썼는지는 모르겠지만 이렇게 순순히 저 사람들 말을 들어주면 태국 사람이 중국인을 얼마나 우습게 여기겠어요! 이대로 계속 가다가는 중국인이 나약한 인상으로 찍혀서 중국도 망하게 될 겁니다."

난처해하는 인솔자에게 내가 제안했다.

"이렇게 합시다. 파타야에 도착하면 우리 가족은 자유 여행을 할게요. 가족들을 데리고 아예 팀에서 이탈하면 그쪽에서 손해를 볼 일은 없겠죠."

판 피피는 앞자리에서 나와 인솔자의 대화를 대충 듣고는 까다로운 사람을 만났다고 생각했는지 뒤로 와서 내게 소곤소곤 말했다.

"돈 내지 마세요. 고객님 가족 세 사람은 면제해 드릴게요. 그 대신 일행들한테는 절대 비밀로 하세요. 제 명성에 오점이 남지 않게요."

나한테는 그녀의 명성이 이미 더럽혀질 대로 더럽혀진 터였다. 나는 그녀가 너무 싫어서 고개를 돌리고 창밖을 보며 그녀를 상대도 하지 않았다.

그 이후로 나는 모든 프로그램에 참여할 수 없었다. 일행들이 공연을 보러 들어간 동안 나는 가족과 함께 밖에서 기다렸다. 다행히도 공연 시간은 길지 않았다. 보통 한 시간이 되면 사람들은 야릇한 표정을 지으며 밖으로 나왔다. 관람한 내용은 공개하지 않고 비밀로 하는 게 원칙이었다. 일행들의 아이는 판 피피가 전담해서 돌봤다. 나는 판 피피가 아이들을 팔아먹지 못하게 경계의 눈초리로 지켜봤다. 어쩐지 판 피피는 나쁜 일이라면 뭐든 다 할 것만 같았다.

프로그램이 진행되는 동안 그녀가 아이를 돌보는 것도 속셈이 있어 보였다. 그녀는 꼬마 여자아이를 안아서 무릎에 앉히기도 하고 수시로 아이들과 숨바꼭질도 하며 자상한 엄마의 모습을 한껏 드러냈다. 아이들의 부모가 이어지는 다른 프로그램에서도 계속 돈을 쓰게 하려는 수작이 분명했다.

사람이 싫으면 뭘 해도 밉게 보이는 법이다.

여행 일정이 끝나는 전날 밤, 호텔로 돌아가는 길에 한 아이가 갑자기 열이 나고 감기 기운이 있어서 차 안에서 울고불고 난리가 났다. 여행팀 사람들은 전부 어쩔 줄을 몰라 발만 동동 굴렀다. 그때 판 피피가 급히 다가와서 손으로 아이의 이마를 짚더니 운전기사에게 가까운 병원으로 가자고 부탁했다. 병원에 도착하자 그녀가 아이를 안고 먼저 차에서 내렸고 아이의 부모는 그녀를 뒤따라갔다. 나머지 일행은 마음을 졸이며 차에서 기다렸다.

삼십 분쯤 지났을까, 판 피피가 사람들을 데리고 차로 돌아왔다. 그녀는 땀을 훔치며 모두에게 말했다.

"오래 기다리게 해서 죄송합니다. 아이한테 해열주사를 놨으니 별일은 없을 거예요. 그럼 이제 호텔로 돌아가겠습니다. 모두 일찍 쉬세요."

호텔에 도착하니 이미 밤 열 시가 되었다. 방으로 돌아가서 짐을 정리하는데 여행지에서 산 물건들이 가방에 다 들어가지 않았다. 그래서 여행가방을 파는 곳이 있나 해서 일단 호텔 로비로 내려갔다. 로비로 막 들어서다가 손에 물건을 들고 위층으로 올라가려는 판 피피와 마주쳤다. 나는 인사치레로 물었다.

"방콕에 살지 않으세요? 어째서 호텔에 묵으시죠?"

"아픈 아이한테 죽을 좀 먹이려고 사왔어요. 아마 밤에 자다가 깨면 배가 많이 고플 거예요."

순간 나도 모르게 울컥했다. 사람은 참 알 수 없고 복잡하다. 세상에는 무조건 착하기만 한 사람도 없고 무조건 나쁘기만 한 사람도 없다. 나는 태국에서 돌아온 이후로 가급적이면 사람을 섣불리 판단하지 않게 되었다. 모든 사람의 몸속에는 착한 사람과 나쁜 사람이 공존하며 언제라도 둘 중 하나가 몸 밖으로 달려 나올 수 있다고 생각한다. 그러므로 어떤 모습이 진짜 그 사람인지는 단정하기 어렵다.

處暑

더위가 가시고 찬기가 들며
계절이 바뀌는

처서

나는 사랑이 무엇인지는 모르지만
무엇이 사랑이 아닌지는 안다.
사랑은 소유가 아니다.
사랑하는 사람이 있기에 오히려 더 많은 자유를 누릴 수 있다.
사랑은 위협이 아니다.
사랑하는 사람이 있어서 더 안전하다.
사랑은 개조가 아니다.
사랑하는 사람 덕분에 자신의 아름다움을 더 많이 발견할 수 있다.
사랑은 혼자만의 만족이 아니다.
사랑하는 사람과 가까이에 있을 때 비로소 인생이 완벽해지고
주변이 아무리 열악해도 마음은 늘 고요하다.

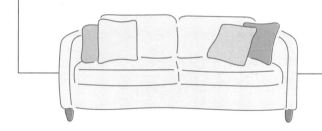

배우자보다 더 사랑하는 사람이 생긴다면

결혼하고 나서 배우자보다 더 좋아하는 사람이 생기는 건 있을 법한 일이다.

자신의 배우자가 형편없어서도 아니고 새로 만난 사람이 외모가 빼어나서도 아니다. 스스로 자신을 더 잘 알고 자기가 원하는 게 무엇인지 알게 되었기 때문이다.

사람은 단계적으로 발전한다. 이를테면 모자라고 맹하던 루저가 승승장구해서 중산층이 되거나 운이 좋으면 떵떵거리는 대부호가 되는 식이다. 이렇게 처지와 환경이 변하면 원하는 것도 당연히 달라진다.

루저 단계에서는 어떤 여성이 자신을 좋아하면 조상이 덕을 쌓은 덕분이라고 여긴다. 그러나 중산층으로 발전하고 나면 문득 자신이 매력적이라는 생각에 패션과 품위를 중시하고 각종 유명 브랜드를 선호하기 시작한다. 또 자신의 배필로는 양갓집 규수가 잘 어울리고 교양이나 지식이 부족해도 성격이 시원시원한 여자가 적격이라고 여긴다.

그 이후에 어쩌다가 대부호가 되어 호화주택을 드나들며 각 분야 명사들 모임이나 파티에 참석하는 생활을 하면 자연스럽게 지혜와 품위를 기르는 데 시간을 투자한다. 이 단계에서 자기가 정말로 원하는 여성상이 어떤 모습인지 깨닫게 된다. 그래서 절세미인에 문화와 예술에 통달한 여자는 아니더라도 재원과 짝이 되고 싶어 한다.

하지만 고개를 돌려보면 옆에는 조강지처가 떡하니 지키고 있다. 불행하게도 아내에게는 발전하는 모습이 전혀 없다. 아내는 결혼 이후로 죽 집안일을 돌보고 아이를 키우고 있으며, 건강을 위해 안마하는 데 시간을 가장 많이 쓴다. 이럴 땐 어떻게 해야 할까? 흔들리는 마음을 따라 아내를 버리고 새로운 여자에게로 가야 하나? 아니면 침착하게 마음을 진정시켜야 하나?

일단 사람이니까 그런 감정이 들 수 있다. 많은 로맨스 작가가 결혼을 하지 않는 이유도 바로 이 때문이다. 지금 사랑하는 사람에게 미래에 미안한 마음이 들 것 같고, 사랑이 본래 그런 감정임을 너무나 잘 알기에 아예 자신을 결혼으로 구속하지 않으려는 것이다. 평생에 딱 한 사람만 사랑하는 사람은 거의 없다. 그러니 양심의 가책을 느끼지 않아도 된다. 사람을 사랑하는 게 죄는 아니니까.

이런 혼란을 겪지 않으려면 결혼하기 전에 여러 번 깊이 고민해야 한다. 결혼식에서 맹세할 때는 당연히 진심이다. 하지만 결혼의 유효기간이 얼마나 될지는 아무도 약속하지 못한다. 그래서 반지 한 개나 증서 한 장으로 결혼이 보장되기를 바라면 안 된다. 결혼을 하려면 그 전에 먼저 자신을 정확히 아는 게 바른 순서다. 다시 말해서 자신이 어떤 사람을 결혼 대상자로 원하는지 분명하게 생각을 정리해야 한다. 예컨대 가정을 화목하게 돌볼 수 있는 사람을 원하는지, 아니면 자신을 적극적으로 도와서 금전적인 여유를 함께 누릴 사람을 원하는지 마음의 결정을 내려야 한다.

자신을 바로 알지 못하고 결혼하면 누구와 결혼하더라도 올바른 선택이 될 수 없다.

한 가지 더 이야기하자면, 성적 충동을 버려야 한다. 물론 성적 취향도 중요하지만 쇼펜하우어의 삶의 의지에 관한 이론에 근거하면, 성적 충동은 자신을 옭아맬 번식 충동 외에 다른 의미가 없다. 그러므로 상대방이 자신의 기대에 부합하는지를 자신에게 물어 판단해야 한다. 첫눈에 반했다는 말은 나한테 안 통한다. 나는 아예 믿지 않는다. 첫눈에 반하는 것도 대부분은 성적 충동으로 말미암아 호르몬 분비의 균형이 깨진 결과다. 상대방이 자신의 기대에 부합하면 상대방의 장점들을 반드시 기억해두었다가 훗날 언젠가 다른 이성한테 마음이 흔들리려고 할 때 그 장점들을 되새겨야 한다.

상대방의 장점들을 되새겨봐도 전과 달리 덤덤하고 쌍방이 전혀 소통이 안 될 정도로 이미 심각한 상태라면 이혼을 선택해도 좋다. 이혼도 법이 부여한 권리니까 이혼하고 새로운 사람을 찾으면 된다.

상대방의 장점들을 되새겨보니 여전히 아끼고 사랑하는 마음이라면, 새 애인한테 마음을 완전히 빼앗기기 전에 정신을 차리고 돌아서야 한다. 안 그러면 새로운 이성을 만날 때마다 사랑에 빠져서 만나는 족족 진정한 사랑이라고 여기게 된다. 그러면 자신의 애정관은 분명 성기에 종속될 것이다. 내 말이 틀림없다.

요즘 같은 소셜 미디어 시대에는 사람을 사귀는 게 얼마나 쉬운지 스마트폰을 몇 번 조작하기만 하면 금방 새 친구가 생긴다.

이런 세상에서 가장 어려운 일은 항상 자신이 진심으로 원하는 게 무엇인지를 정확히 아는 것이다.

연애 스타일

　친구들이 내게 보낸 메시지나 이메일을 분석해보면 사람은 항상 주로 세 가지 화제를 거론한다. '돈을 어떻게 벌지?', '어떻게 살아야 잘 살까?', '사랑은 어떻게 하는 거니?'

　돈을 어떻게 벌까 하는 화제는 너무 복잡해서 따로 글을 한 편 써서 분석하려고 한다. 어떻게 살아야 잘살까 하는 고민은 꽤 많은 문제를 내포하고 있다. 이를테면 책을 어떻게 읽고, 음악을 어떻게 감상하며, 아이를 어떻게 키우고, 여행은 어떻게 떠나는지 등등 이 모든 것이 어떻게 살아야 잘살까 하는 화제에 포함된다. 이런 화제는 대체로 대화 상대에 따라 해줄 말이 좀 달라진다. 예컨대 영화를 감상할 줄 모르는 사람한테는 재미있는 영화를 추천하면 딱 알맞다. 어차피 영화의 수준을 논하기가 어려운 사람이므로 영화에서 재미를 찾는 게 가장 중요하다.

사랑은 어떻게 하는 건지, 이 문제는 참 말하기가 부담스럽다. 인류가 몇 천 년 동안 발전을 거듭했지만 유독 사랑 문제는 큰 변화가 없다. 몇 천 년 전 사람들이 하던 고민을 지금도 똑같이 하고 있으니 말이다. 와타나베 준이치가 한 말이 있다.

"자연과학 분야는 과감하게 계속 전진했지만 사랑의 세계는 늘 제자리에 머물러 있다. 나는 이 나이까지 살면서 사랑에 관해 스스로 깨달은 바가 있지만, 내가 죽고 나면 아들은 내가 깨달은 것을 바탕으로 자신의 사랑을 성숙시키지 못한다. 아들도 나처럼 사춘기도 겪고 방황도 해야만 사랑에 성숙해진다."

사랑하는 방법을 물려줄 수는 없지만 경험을 따를 수는 있다. 내가 아는 한 커플은 연애 스타일이 잘 맞는지를 매우 중시한다. 연애 스타일이 다르면 상대방이 엄친아든 엄친딸이든 아무리 좋은 사람이라도 사랑할 수가 없다는 것이다. 설령 사랑한다 해도 스타일이 달라서 관계가 오래 지속되기 어렵다고 한다.

연애 스타일은 세 가지 요소가 잘 맞으면 된다. 내가 경험자로서 하나하나 짚어 가며 젊은이들에게 조언을 해주겠다.

첫 번째 요소는 사랑에 관한 이해도다. 사랑이란 무엇일까? 사랑하는 두 사람은 사랑을 같은 의미로 이해할까? 서로 소통만 하면 상대방의 생각을 알 수 있으니 말해도 알기 어려운 정의를 여기서 내리지는 않겠다. 한쪽은 사랑을 오글거릴 정도로 둘이 찰싹 붙어 있는 것이라고 하고, 다른 한쪽은 독립적인 두 사람이 서로 의지하는 것이라고 하면 이것 참 골치 아픈 일이다. 두 생각 중에 어느 쪽이 더 맞는 이야기일까? 실은 나도 모르겠다. 두 사람이 생각이 비슷하다면 아주 기뻤을 텐데라는 말밖에는 못 하겠다.

사랑은 남에게 보여주는 것이 아니다. 사랑하는 두 사람이 서로의 마음을 이해하는 것이 중요하다. 남에게 보여주는 사랑은 오래 가지 못한다. 남한테 부러움을 사야 사랑을 인정받았다고 여기고 남이 인정해야 가치 있는 사랑이라고 여기기 때문이다. 하지만 이건 말도 안 되는 소리다. 일단 남한테 두 사람이 어울리지 않는다는 이야기를 듣고 나서 정말로 그런지 고민한다면 두 사람은 조만간 헤어진다. 이는 '애정을 과시하면 일찍 죽는다'라는 말과 일맥상통하는 원리다.

두 번째 요소는 쌍방이 소통하는 방법과 빈도다. 예컨대 한쪽은 밖에서 거리를 거닐 때 꼭 손을 잡아야 하는데 다른 한쪽은 그걸 창피해 한다. 그래서 손을 뿌리치며 성큼성큼 앞서 나가고 남겨진 상대방은 골이 난 채로 뒤따라간다. 이런 경우는 소통 방식에 문제가 있다.

또 한쪽은 메시지를 보내고 나서 곧바로 답장을 받기를 바라는데 상대방은 한참 동안 소식이 없다가 나중에 말이 나오면 놀란 듯이 "답장했어야 해?"라고 한다. 이러면 상대방은 휴대전화를 움켜쥐고 속으로 '헤어질까? 말까? 헤어져? 아니야!' 하는 고민을 제자리를 뱅뱅 돌 듯 계속한다. 이는 바로 소통하는 횟수의 차이로 생기는 문제다.

사실 소통 방식과 횟수는 다행스럽게도 개선할 수 없는 문제는 아니다. 서로 노력하면 충분히 맞추어갈 수 있다. 단, '난 원래 그런 사람이야'라든가 '별자리 탓이야' 같은 쓸데없는 소리는 하지 마라. 그런 말은 상대방을 사랑하지 않는다는 걸 설명할 뿐이다. 두 사람이 서로 그런대로 이해하고 참으며 과도기를 거치면 쌍방이 모두 수용할 수 있는 적정한 횟수가 유지되고 갈등도 해결된다.

세 번째 요소는 스킨십 궁합이다. 부부 사이에 잠자리 횟수에서 싸운 횟수를 빼면 사랑의 행복지수를 알 수 있다는 말이 있다. 스킨십은 다양한 방식으로 표현할 수 있다. 이를테면 한쪽이 화를 냈다면 화해의 목적으로라도 반드시 입맞춤과 스킨십을 해야 한다.

세 가지 요소는 이 정도만 언급하고 마무리를 짓겠다. 사실 연애 중인 두 사람이 서로 싫지도 않고 심지어 외모도 끝내주고 직장에서도 잘나가는데 둘 사이에 문제가 있다면 바로 연애 스타일이 다르기 때문이다. 그러면 결국 관계가 결실을 맺지 못할뿐더러 결실을 맺더라도 따로 사는 기분이 든다. 사랑에 관한 이해도, 소통 방식, 스킨십은 개인차가 상당히 커서 서로에게 적응할 마음이 없으면 계속 충돌하고 서로 상처를 입으므로 아예 갈라서는 게 낫다.

슬퍼하고 고통을 받느니 내 이 말을 명심하길 바란다.

"수많은 인파 속에서 우리가 찾고 있는 것은 완벽한 사람이 아니라 또 하나의 나다."

사랑의 심리학적 정의

사람마다 사랑에 관한 자기만의 이론이 있는데 내 이론도 한번 펼쳐보겠다.

나는 사랑이 무엇인지는 모르지만 무엇이 사랑이 아닌지는 안다.

사랑은 소유가 아니다. 사랑하는 사람이 있기에 오히려 더 많은 자유를 누릴 수 있다.

사랑은 위협이 아니다. 사랑하는 사람이 있어서 더 안전하다.

사랑은 개조가 아니다. 사랑하는 사람 덕분에 자신의 아름다움을 더 많이 발견할 수 있다.

사랑은 혼자만의 만족이 아니다. 사랑하는 사람과 가까이에 있을 때 비로소 인생이 완벽해지고 주변이 아무리 열악해도 마음은 늘 고요하다.

누가 문과 출신 아니랄까봐 사랑에 관한 내 정의는 다분히 감성적이다. 그렇다면 심리학에서는 과연 사랑을 어떻게 정의할까? 심리학 교수 로버트 스턴버그의 연구 결과를 같이 살펴보도록 하자. 그가 예일대학에서 강의한 '심리학 개론'을 들어본 사람은 아마 그의 이름이 낯설지 않을 것이다.

로버트 스턴버그 교수의 연구에서는 사랑을 다음 세 가지 요소로 정의했다.

친밀감(Intimacy)

열정(Passion)

약속(Commitment)

친밀감은 두 사람이 비밀을 공유하고 서로에게 솔직하고 성실할 때 생기는 감정이다. 어떤 말은 상대방에게만 하며 별일이 없는 한 닭살 커플처럼 붙어 앉아서 대화를 나누는 것이다.

열정은 성적 충동이자 육체적 끌림이다. 상대방과 함께 있으면 욕정에 불타오르는 원시적인 충동이다.

약속은 감정을 유지하기 위한 행동이다. 미래를 함께 만들고 결혼하고 늙어 죽을 때까지 동행하는 것이다.

이 세 가지 요소로 표를 만들어보았다.

친밀감	열정	약속	정의
×	×	×	사랑이 아님
○	×	×	좋아함
×	○	×	완전히 푹 빠짐
×	×	○	공허한 사랑
○	○	×	낭만적인 사랑
○	×	○	우애적인 사랑
×	○	○	어리석은 사랑
○	○	○	진정한 사랑

세 가지 요소를 이렇게 조합하면 여덟 가지 상황으로 정리된다.

첫 번째는 공유할 비밀도 없고 열정도 없고 약속도 없는 관계다. 이런 관계는 서로에게 지나가는 나그네거나 우연한 만남일 뿐이므로 말할 거리도 안 된다. 사실 자신과 대다수의 사람은 사랑이 없는 관계다. 세상의 모든 사람이 자신과 어떤 특별한 관계를 맺어야 하는 건 아니다. 대부분은 누이 좋고 매부 좋은 사이로 적당히 어울려 놀다가 쿨하게 악수하고 헤어지는 관계다.

두 번째는 비밀은 기꺼이 공유하지만 성적 충동이 없고 미래를 위한 영원한 약속도 없는 단순히 좋아하는 사이다. 보통 친한 친구가 이런 관계며 대화를 나눌 수 있는 상대로는 최고다. 흔히 말하는 남사친과 여사친도 여기에 해당한다. 괴로운 일이 있을 때 전화 한 통으로 불러내어 실컷 이야기를 나누고 각자의 집으로 돌아갈 수 있는 그런 관계다.

세 번째는 서로 비밀을 공유하지 않고 미래를 약속하지도 않지만 같이 있으면 열정이 끓어오르는 관계다. 만나면 간식거리를 잔뜩 사다놓은 다음 뜨거운 스킨십을 나누기 시작한다. 그러다가 배고프면 간식을 먹고, 먹고 나면 또 스킨십을 한다. 상상만 해도 피곤하고 지친다. 이렇게 상대방한테 완전히 푹 빠진 경우는 첫눈에 반한 사랑으로 사흘 만에 결혼도 한다. 흔히 이런 식으로 사랑이 시작된다.

네 번째는 상대방에게 비밀을 공유하지 않고 친밀감도 없으며 약속만 존재하는 사이로, 이를 공허한 사랑이라고 한다. 어쩌면 가정을 위해서, 혹은 아이를 위해서, 아니면 명예를 위해서 선택한 것일 수도 있지만 자기가 한 선택을 끝까지 책임지려는 생각에 괜히 시간만 끌고 있는 것이다. 주위에 흔한 쇼윈도 커플과 같은 상황인데 생각하니 참 가엽다.

다섯 번째는 비밀도 공유하고 육체적인 관계에도 푹 빠졌지만 미래를 약속하지 않는 관계로, 결혼을 고려하지 않는 낭만적인 사랑이다. 주변에서 이런 친구들을 봤다. 몇 년씩 동거하고 밖에서도 심심찮게 마주보고 키스할 정도로 무척 다정한 사이지만 결혼은 하지 않는다. 결혼하면 짊어져야 할 짐이 너무 많아서 결혼을 안 하려는 것일 수도 있고 단순히 상대방의 부모가 부담스러운 탓도 있겠지만 속마음을 누가 알겠나.

여섯 번째는 서로 비밀도 나누고 미래도 약속하고 사이도 좋지만 뜨거운 열정은 없는 관계다. 보통 우애적 사랑이라고 한다. 사실 오래된 부부가 대체로 이렇다. 같이 있어도 설레지 않고 아무런 감정이 들지 않는다. 그렇지만 결혼은 계속 유지된다. 아, 플라토닉 러브도 이 유형에 해당한다.

일곱 번째는 대화는 별로 없지만 섹스도 하고 미래도 약속한 관계여서 어리석은 사랑이라고 부른다. 내 생각에도 어리석어 보인다. 두 사람이 대화는 거의 하지 않지만 단지 섹스 때문에 결혼했다면 한쪽이 언젠가 바람이 나지 않을까? 사랑하는 사람끼리는 서로 이해하는 게 얼마나 중요한 일인가. 여류 작가 장샤오셴도 "사람을 만나고 섹스를 하는 건 흔해빠진 일이지만 상대방을 이해하는 건 특별한 일이다"라고 말했지 않은가.

여덟 번째는 대화도 풍부하게 나누고 섹스도 하고 미래도 약속하는 관계다. 이야말로 진정한 사랑이며, 특별히 부연할 말도 없다. 이런 상대를 만나면 바로 결혼해도 된다.

분석이 끝났다. 내가 특별히 빈칸이 포함된 표를 하나 더 만들었다. 당신 주위에 있는 사람이 여덟 가지 유형 중에 어디에 속하는지 잘 생각해서 빈칸을 채우면, 그 사람들과의 관계를 어떻게 해야 하는지 해답을 얻을 수 있다.

친밀감	열정	약속	정의	이름
×	×	×	사랑이 아님	
○	×	×	좋아함	
×	○	×	완전히 푹 빠짐	
×	×	○	공허한 사랑	
○	○	×	낭만적인 사랑	
○	×	○	우애적인 사랑	
×	○	○	어리석은 사랑	
○	○	○	진정한 사랑	

白露

음기가 강해지고
고즈넉한 오솔길이 평화로운

백로

누구나 다 삶이 어렵고 여의치 않다.
다만 아프면 얼굴을 찌푸리고 고통스러워하며
일부러 세상에 알리려는 사람과,
묵묵히 이 악물고 견디며 앞으로 나아가는 사람이 있을 뿐이다.
자신의 고통을 부풀려서 위로받으려고 하지 마라.
정말로 극심한 고통을 겪고 있는 사람한테는
투정으로밖에 보이지 않는다.
가을바람을 맞아도 서릿발처럼 차가운 상처 위로
꽃 같은 보조개를 피우고 나아가야 하는 법이다.

그게 뭐 말할 거리나 되나

사람은 누구나 화나는 일을 겪거나 부당한 경우를 접한다. 그래서 심란해지면 가장 먼저 드는 생각은 누군가에게 하소연이라도 하는 것이다.

"그 사람이 나한테 실례한 거야. 완전 변태라니까. 진짜 억울해 미치겠어. 나 너무 불쌍하지? 성냥팔이 소녀보다 가여워."

사람들은 대부분 자신에게 일어난 일은 모두 엄청나게 대단한 사건이라고 여긴다. 친구는 말할 것도 없이 전 세계가 주목할 만한 일이고 당장이라도 하던 일을 멈추고 달려와서 자신을 도와야 한다고 생각한다. 이에 다른 사람이 잠시라도 지체하면 자신에게 관심이 부족하다며 서운해한다.

요즘은 세상살이가 누구에게나 다 쉽지가 않다. 가족도 부양해야 하고 야근도 해야 하고 말 못할 곤란한 사연도 있다. 사실 이런 일들은 다른 사람의 처지와 비교하면 일이라고 할 만한 것들도 아니다.

시대가 바뀌고 형편이 달라져서 예전과 달리 마음이 평온해지면, 과거에 자신이 하소연하느라 급급했던 일들은 모두 친구들과 한가하게 앉아서 수다를 떨 때 놀림감으로 쓰인다. 나이가 들수록 이런 이치를 더욱 분명히 깨닫고, 대수롭지 않은 일로 유난을 떨면 오히려 자제력을 잃을 때가 많다는 것도 알게 된다.

우리가 매일 접하는 일들은 대략 세 유형으로 나뉜다.

첫 번째는 남에게 말할 수 없는 일이다. 특히 자신이 잘못한 일일 때는 말을 못 한다. 한 친구가 회사의 공금을 횡령해서 해고당한 일이 있었다. 어쩌면 억울할 수도 있지만 때려죽여도 제 입으로 남한테 말할 수는 없는 일이므로 답답해도 혼자 견딜 수밖에 없다.

누구나 다 삶이 어렵고 여의치 않다. 다만 아프면 얼굴을 찌푸리고 고통스러워하며 일부러 세상에 알리려는 사람과 묵묵히 이 악물고 견디며 앞으로 나아가는 사람이 있을 뿐이다. 자신의 고통을 부풀려서 위로받으려고 하지 마라. 정말로 극심한 고통을 겪고 있는 사람한테는 투정으로밖에 보이지 않는다. 가을바람을 맞아도 서릿발처럼 차가운 상처 위로 꽃 같은 보조개를 피우고 나아가야 하는 법이다.

이런 경우에 스스로 해결하려면 심리학에서 사용하는 PRP 모형을 참고할 수 있으며, 아래와 같이 세 단계로 나누어 문제를 분석한다.

허용 Permission, 좋은 일이건 나쁜 일이건 자신의 감정을 모두 수용하고 필요하다면 모두 글로 적는다.

재구성 Reconstructing, 부정적인 면을 벗어나 긍정적인 면에서 한 사건을 해석했을 때 어떤 값진 영향이 있는지 관찰한다.

전망 Perspective, 현재의 상황을 더 넓고 전망적인 시각으로 보고 일

년 후에 이 상황을 어떻게 다룰지도 미리 내다본다.

두 번째는 남에게 말할 수는 있지만 남이 도와줄 수는 없는 일이다. 이를테면 몸이 아파서 링거 한 병을 맞고 쾌차한 일을 SNS로 모든 사람에게 알려도, 사람들은 회복한 그 사람의 글에 공감을 클릭하는 것 말고는 도와줄 게 없다. 이렇게 남에게 말해도 자신은 자신대로 여전히 괴롭고 남은 살던 대로 똑같이 살아간다. 그럼에도 남에게 말해서 좋은 점이 있다면 엄살을 부릴 수 있다는 것이다.

세 번째는 남에게 말할 수도 있고 남의 도움을 받을 수도 있는 일이다. 이런 일이 있을 때는 도와줄 사람을 찾아서 밥을 사야 하면 사고, 인맥이 필요하면 부탁하고, 법적인 문제도 도움을 받아야 한다. 그런 다음에 계획한 대로 정확하고 끈질기게 일을 해결해 나가면 된다.

감성지수가 높은 사람은 어떤 일에 부딪쳤을 때 위의 세 유형으로 정확히 분류해 해결 방법을 정한다. 그리고 해결할 필요가 없는 일만 "나 이런 일이 생겼어요" 하며 장렬하게 세상 사람들을 향해 외친다.

무슨 일이든지 일단 벌어진 이상은 어쩔 도리가 없고 땅을 치며 후회해도 엎질러진 물이다. 흥분하고, 불안하고, 후회하고, 난처하고, 그 어떤 감정이 휘몰아쳐도 일은 이미 벌어졌다. 어차피 다른 사람한테는 관심도 없는 일이니 혼자 심각할 필요도 없다. 가만히 생각하면 자기한테는 대단한 사건이 남의 눈에는 거론할 가치도 없는 일이고 자기 혼자만 끙끙대고 있다는 걸 깨닫는 순간이 온다.

이미 벌어진 일은 그대로 받아들이고 받아들인 다음에는 맞서라. 스스로 용감하게 맞설 때 비로소 성장하는 법이다.

인간의 가장 야비한 본성

　나는 아내와 인터넷으로 만나서 연애를 했다. 이를 신기해하는 사람들이 많은데 게다가 십 년 전의 일이다. 말하자면 아저씨가 꽤 신세대처럼 놀았다는 이야기다. 내 연애담을 풀어보겠다.

　당시는 BBS(전자게시판)에서 온라인 교류를 하던 때였다. 나와 아내는 같은 BBS를 이용했고 아내도 나처럼 글재주가 뛰어났다. 음, 나는 아내를 칭찬해도 전혀 부끄럽지 않다. 아무튼 그때는 서로 마음이 없었다. 상대방의 관점에 잘못된 점이 수두룩하다고 여겼기 때문이다. 그래서 아내는 항상 글을 보내 나를 공격했고 나도 당연히 글로 아내를 비난했다. 그렇게 계속 공방하다가 결국 BBS가 두 파로 갈리고 말았다. 한쪽은 아내 편이었고 다른 한쪽은 내 편이었다.

　꼬박 일 년여가 되도록 공방이 지속되자 BBS는 그야말로 혼전에 빠졌다. 두 파의 지지자 사이의 교류도 완전이 끊겨버렸다. 그때 나는 울트라맨이 되어 아내를 완전히 때려눕히는 꿈을 자주 꾸었다.

어느 날 나는 글을 한 편 써서 올렸다. 요약하면 잘생기고 예쁜 사람은 대부분 성격이 부드럽다는 내용이었다. 보통 잘생기고 예쁜 사람은 관심과 사랑을 많이 받아서 못생긴 사람보다 성격이 훨씬 호의적이라는 게 내 생각이다. 반면에 못생긴 사람은 관심과 애정이 부족해서 성격이 비뚤고 날카롭고 매정한 편이라고 생각한다.

정말로 뜻밖에도 아내가 나의 이런 관점에 동의를 표했다. 게다가 자신을 예로 들어가며 자신은 예뻐서 호의적인 성격이라고 했다.

세상에! 웬일로 날 비난하지 않다니!

난 몸 둘 바를 몰라서 그녀에게 물었다.

"이렇게 내 말에 수긍해 버리면 내가 그쪽을 어떻게 비난하죠?"

그녀가 대답했다.

"사실 그쪽도 장점이 조금은 있어요. 이번처럼 이런 거요."

그 순간에 나는 그녀에게 호감을 느꼈다.

많은 사람이 나를 응원해도 대수롭지 않게 여기던 나였는데 나를 미워하는 사람이 갑자기 나를 좋아한다고 하니 여간 마음이 쓰이지 않았다. 그래서 이미 알다시피 나는 그녀와 결혼했고 아들도 낳았다. 그때를 지금 다시 돌이켜봐도 신기하기만 하다.

내 두 친구의 이야기를 시작하겠다.

한 친구에게는 내가 지금껏 참 잘해주었다. 도울 일이 있으면 온 힘을 다해 도왔고, 아이를 출산할 때는 병원을 알아봐주었고, 일자리를 구할 때는 내가 직접 회사를 추천하기도 했다. 물론 그의 아내가 미인이어서 이렇게 잘해준 것은 아니다. 정말 진심으로 그를 도와주고 싶었다. 그런데 한 번은 친구가 아이를 좋은 학교에 입학시키고 싶다며 나를 찾아왔다. 나는 도와줄 마땅한 사람을 여럿 찾았지만 결국엔 잘 성사되지 못했다. 그 이후로 그 친구는 갑자기 나와 연락을 끊어버렸다.

또 한 친구는 일을 장난스럽고 유치한 태도로 다루는 경우가 많아서 영 마음에 들지 않았다. 그래서 그가 나에게 도움을 부탁할 때마다 항상 뜨뜻미지근하게 말로만 대답하고 직접 도와준 적은 한 번도 없었다. 그러던 어느 날 친구가 책을 내려고 한다기에 잘 아는 출판사 직원 몇 명을 친구에게 소개해주었다. 그 이후로 그 친구는 누구를 만나기만 하면 나를 좋은 사람이라고 칭찬하고 나와 아주 막역한 사이라고 자랑했다.

이 두 친구 덕분에 나는 많은 생각을 했고 크게 깨우쳤다. 한 친구는 내가 꾸준히 도와주다가 우연히 한 번 도와주지 못했을 뿐인데 그걸 마음에 두고 결국 관계를 끊었다. 반면 한 친구에게는 늘 미적지근한 태도를 보이다가 어쩌다 한 번 도와주었는데 내게 감지덕지하며 나를 세상에 둘도 없는 좋은 사람으로 여겼다.

인간의 본성은 복잡하고도 야비하다.

나는 내가 줄곧 잘해주던 사람한테 한 번 미움을 샀다가 아예 눈 밖에 났다. 또 내가 늘 푸대접하던 사람한테 한 번 잘해주었다가 감사의 마음을 듬뿍 받았다.

부부관계도 이렇다.

부부 중 집안일을 도맡아 하던 한 사람이 어쩌다가 하루 하지 않으면 상대방은 그 사람을 집안일에 무신경한 사람으로 취급한다. 왜냐하면 여태껏 도맡아 해온 일이 어느새 그 사람의 의무가 되어버렸기 때문이다. 그래서 집안일을 게을리 하면 배우자로서 자격이 없는 사람이 된다.

몇 십 년을 함께 산 부부 중에 이런 예도 있다. 남편이 잠자리에 들기 전에 아내에게 어떤 일을 하소연하려고 했는데 아내는 종일 일하고 와서 피곤한 터라 그냥 돌아누워 잠들어 버렸다. 이렇게 거절을 당한 남편은 자신을 몰라주는 아내가 원망스럽기만 하다.

다음 날 남편은 한 아가씨와 함께 식사를 했다. 그는 전날 밤에 아내에게 하소연하지 못했던 일을 쉬지도 않고 이야기했다. 상대방은 눈을 반짝이며 턱을 받치고 미소 띤 얼굴로 그를 바라보며, 그의 감정을 따라 같이 안타까워하거나 감탄하거나 고개를 끄덕였다. 그런 그녀 앞에서 자신의 이야기를 계속 풀어나가던 그는 순간 그녀에게 사랑을 느꼈다.

수년을 남편에게 잘했던 아내가 어쩌다가 한 번 잘못했더니 남편의 사랑이 식어버렸다. 수년을 모르는 사람으로 살았던 여자한테 어쩌다가 한 번 관심을 받은 남편은 그녀에게 사랑을 느꼈다.

인간의 본성은 복잡하지만 한편으로는 단순하다.

사람들은 일상생활에서 습관처럼 익숙한 일에는 무덤덤하지만 예기치 못해 갑작스러운 일에는 민감하게 반응한다. 익숙한 일은 아주 당연하게 여기고 갑자기 닥친 일은 유난히 인상에 깊게 남기 때문이다.

연애할 때는 이런 심리를 이용해서 상대방의 관심을 끌 수 있다.

친구 사이에는 항상 감사하는 마음을 지니고 자신이 베푼 것을 배로 돌려받으려 하면 안 된다. 남에게 베풀 수 있다는 것만으로도 의미 있는 일임을 늘 마음에 새겨야 한다. 남이 도와주면 감사하고, 남이 도와주지 못해도 미워하지 말자. 나를 돕는 게 그 사람의 의무는 아니다.

가정이 화목하려면 남이 자신에게 보이는 관심에 한눈팔지 않고 자신과 가정을 위해 늘 희생하는 배우자에게 더 많이 집중해야 한다. 아마 자신이 가장 등한시했던 일이 배우자에게는 오히려 수년간 뼈빠지게 희생한 일일 수도 있다.

자랑으로 보이는 것은 내게 없는 것

인터넷에서 "자랑하는 사람은 실제로 자랑거리가 없다"는 말이 한창 유행했다.

그러나 가혹하게도 "자랑으로 보이는 것은 내게 없는 것이다"라는 말이 더 현실적이다.

내가 직장 생활을 갓 시작했을 때 급여로 매달 사백 위안을 받았다. 그 돈으로 내가 매일 할 수 있는 가장 사치스러운 일은 아침마다 신문을 사는 거였다. 신문을 사서 사무실 동료들과 돌려볼 때면 내가 하느님이 된 기분이 들었다. 내가 동료들에게 신문을 준 일이 마치 하느님이 은혜를 베푼 것처럼 느껴졌기 때문이다.

그러던 어느 날 우연히 같은 사무실에 근무하는 아가씨가 자기는 매일 아침식사로 KFC를 먹는다는 이야기를 들었다. 그 순간 내가 살던 세

상은 와르르 무너져 내렸다. 무너진 내 세상은 열등감으로 변했고 열등감
이 들자 내 존재가 너무 하찮아 보였다. 매일 아침식사를 KFC에서 해결
하다니, 내겐 있을 수도 없는 일인데 그녀는 돈이 참 많았나 보다.

나는 사 먹을 수 없는 음식을 그녀는 척척 사 먹으며 KFC에서 아침식
사를 한다고 자랑하고, 과시하고, 흰소리했다.

그녀는 내가 감히 엄두도 내지 못할 생활을 하고 있는데 그게 자랑이
아니면 뭐란 말인가. 나중에야 안 사실이지만 그녀는 재벌 2세였다. 매일
아침으로 KFC를 먹는 건 그녀에겐 대수롭지 않은 일이었고 평범한 일상
이었던 셈이다.

그 이후에 인터넷 게시판에서 이와 비슷한 일이 있었다. 어떤 사람이
자기가 원래 벤츠를 사려고 했는데 지나가는 길에 포르쉐를 한번 보러
갔다가 간 김에 911 모델을 샀다는 글을 올렸다. 그 글에서 가장 열 받았
던 건 '간 김에'라는 말이었다. 내가 어디 간 김에 할 수 있는 일이라고는
시장에 과일을 사러 간 김에 마늘을 사오는 일뿐인데, 그는 포르쉐 911을
간 김에 사왔다. 아니나 다를까 이 글 밑으로 다 허풍이라고 욕하는 댓글
이 줄줄이 달렸다.

그런데 글쓴이가 자기네 집에 있는 차들을 자랑하는 모양새를 보니
911은 그에게 정말로 간 김에 구입할 만한 차였다. 그의 아버지가 충청에
있는 모 상장회사의 회장이라고 하니 그럴 만했다.

다들 자신이 갖지 못한 것이라서 그렇게 예민하게 반응했던 거였다.

만약 나도 글쓴이처럼 간 김에 911을 구입할 수 있는 사람이라면 그
의 말이 자랑으로 들리진 않았을 것이다. 하지만 내겐 그런 능력도 없고
그런 집안 배경도 없어서 그처럼 손쉽게 슈퍼카를 구입하는 건 상상조차
불가능한 일이었기 때문에 글쓴이의 이야기는 자랑으로 들렸다. 사실 그

가 자동차 전시장에 간 김에 911을 구입한 것과 내가 시장에 간 김에 마늘을 산 것은 별반 다르지 않은 일상이다.

어떤 사람들에게는 아이폰을 사용하는 것이 마늘을 사는 것만큼이나 자연스럽다. 하지만 신장을 팔아 아이폰을 사야 하는 사람에게 아이폰은 자랑거리다. 자랑거리가 어디 아이폰뿐인가. 그의 신장도 자랑할 만하다.

이런 생각을 하며 각자의 SNS를 한번 훑어보자.

이성친구가 없는 사람은 누가 이성친구와 같이 밥을 먹는 사진을 SNS에 올리면 행복을 자랑하려고 올렸다고 여긴다. 하지만 사진을 올린 사람에게는 그게 평범한 일상이다. 이성친구가 없는 사람에게는 그런 행복이 없기 때문에 남의 행복이 자랑처럼 보이는 것이다.

여행을 다니지 못하는 사람은 남이 올린 여행 사진을 보며 여행을 자랑한다고 여긴다. 그러나 사진을 올린 이는 그저 여행 과정과 경험을 기록으로 남기고 싶었을 뿐이다. 매일 야근에 찌든 사람에게는 여행을 다니는 일상이 자랑으로 보이는 게 당연하다.

아이가 없는 사람은 남들이 아이의 일상 사진을 올리는 것을 자랑이라고 여기지만, 그건 부모로서 자녀를 사랑하는 마음을 표현하는 가장 자연스러운 방법이다.

못생긴 사람은 자기가 못생겼기 때문에 잘생긴 사람은 다 외모를 뽐낸다고 생각한다. 하지만 그들은 원래 잘생긴 사람임을 망각한 생각이다.

집이 없으면 남이 새 집에서 인테리어를 하는 걸 보고 자랑한다고 여기지만 그 사람은 인테리어 과정을 기록으로 남기려는 것일 뿐이다.

따라서 파리 앞에서는 똥을 싸면 안 된다. 파리 입장에서는 부를 과시하는 것처럼 보이기 때문이다.

남의 '자랑'을 비평하고 싶다면 먼저 자신이 남과 처지가 달라서 '자랑'으로 보이는 건 아닌지 자신을 돌아봐야 한다. 만약 실제로 자신이 남과 처지가 다르면 아Q의 정신승리법을 배우지는 못하더라도 다른 사람의 심정을 고려해서 까칠한 말이라도 완곡하게 댓글을 남기도록 노력해야 한다.

다른 사람의 삶을 이해하자.

자신의 삶을 돌아보며 성찰하자.

설령 남들이 정말로 자랑을 늘어놓는다고 해도, 그건 그들의 평범한 일상이라고 여겨야만 클래스가 남다른 사람이 된다.

秋分

가을바람이 일고
인기척이 끊어지는

추분

가을의 아름다움은 내게 각별하다.
바닥을 뒤덮은 낙엽을 보면 서글프지 않고
찬란한 순간 뒤의 적막감이 들며,
비쩍 마른 풀을 보면 안타깝지 않고
한바탕 소란을 겪은 후처럼 마음이 고요해진다.
또 차가운 서리를 보면 쓸쓸하지 않고
뜨거운 환영을 받은 후처럼 깊은 사색에 빠진다.

사계절에서 가을이 없으면 수확이 없듯이
삶에도 가을이 없으면 성숙해지기 어렵다.

나는 이런 가을을 사랑한다.

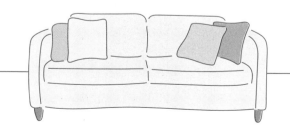

가을 대나무 숲에서 길을 잃다

가을에 엿새 동안 충청의 진원산을 거닐며 무시로 떠오르는 생각을 잡기 형식으로 되는 대로 써보았다.

가기 전에는 상상만 했는데 가서 지내보니 버티는 건 배짱이 아니라 호기였고 참선해보니 수양하는 건 불도가 아니라 마음의 평화였다.

가을의 아름다움은 내게 각별하다. 바닥을 뒤덮은 낙엽을 보면 서글 프지 않고 찬란한 순간 뒤의 적막감이 들며, 비쩍 마른 풀을 보면 안타깝 지 않고 한바탕 소란을 겪은 후처럼 마음이 고요해진다. 또 차가운 서리 를 보면 쓸쓸하지 않고 뜨거운 환영을 받은 후처럼 깊은 사색에 빠진다.

사계절에서 가을이 없으면 수확이 없듯이 삶에도 가을이 없으면 성 숙해지기 어렵다.

나는 이런 가을을 사랑한다.

첫째 날

사방을 둘러보니 이곳에는 명품 시계, 명차, 명성을 부러워하는 사람이 없다. 사람이라곤 찾아보기 어려운 곳이니 당연한 말이다. 문 앞에 있는 개 두 마리는 눈을 희번덕거리며 나를 쳐다보기만 할 뿐 귀찮은지 왕왕 짖지는 않는다. 이곳에서는 세속의 평가가 무의미하다.

이렇게 눈물이 날 것처럼 쓸쓸한 곳에 있으니 억지로라도 나의 내면과 대화하게 되고 대나무와 소통하고 풀과 꽃과 교감하게 된다. 이 망망한 숲의 바다에서 길을 잃지 않으려고 말이다.

나는 숨을 죽이고 주변에서 나는 소리에 귀를 기울이기 시작했다. 새가 지저귀고 시냇물이 흐르는 소리가 들렸다. 바람이 휙 지나니 나무에서도 소리가 났고 나는 우수수 떨어지는 나뭇잎과 교감했다. 가만히 귀를 쫑긋 세우니 나뭇잎 위의 물방울이 풀 위로 톡톡 떨어지는 소리도 나고 시간은 나를 비웃듯이 스치고 지나갔다. 나의 심장 박동 소리와 숨소리가 공중에 울리니 공기도 덩달아 같이 리듬을 타며 자연의 연주에 동참했다. 자연의 눈에는 아마 내가 신기한 생물체로 비추어질 것이다.

저녁이 되니 산정상의 기온이 급강하고 빗소리가 어렴풋이 들려왔다. 이 적막한 곳에 나뭇잎 위로 투두둑 떨어지는 빗방울 소리가 어우러지니 처음으로 생기가 느껴져서 벌떡 일어나 창가에 기대고 섭소천*을 기다렸다.

늦가을의 눈물 같은 비가 대나무 숲을 적셨고 초겨울의 추위 같은 안개가 짙푸른 소나무를 에워쌌다. 산에는 온종일 운무가 피어올라 어디가 어디인지 도통 보이지 않았다. 그래서 등불을 켜고 소반을 닦은 다음 가

---

* 영화 〈천녀유혼〉에 나오는 주인공 여자 귀신

부좌를 틀고 참선을 시작했다.

먼지는 언젠가 연기처럼 흩어지고 명리는 물처럼 흘러간다. 손을 들어 구름을 어루만져도 잡히는 것이 없어, 돌아서는 잠깐 사이에 불연을 깨닫는다. 무엇이 있고 무엇이 없는가? 손에 들면 있고 내려놓으면 없다. 집착하면 있고 무심하면 없다. 애증이 깊으면 있고 마음이 너그러우면 없다.

중용의 도를 깨우치면 몸은 산기슭에 있어도 마음은 이미 산 정상에 올라 있을 것이다.

둘째 날

더 멀리에 있는 대나무 숲을 찾아 탐방을 떠났다. 걸음을 느긋하게 옮기니 마음이 평온하고 즐거웠다. 당장 눈앞에 보이는 목적지가 없어서 시간에 구애받지 않았고 조금 빨리 걸으나 늦게 걸으나 별 차이도 없었다.

대나무나 소나무는 땅에 떨어진 씨앗 하나가 그 자리에서 뿌리를 내리고 평생 제자리에서 몇 백 년 또는 몇 천 년을 산다. 나무들은 자연의 법칙에 따라 봄에는 싹을 틔우고 여름에는 자라고 가을에는 열매를 거두고 겨울에는 저장한다. 순리대로 차근차근 서두르지도 않고 더디지도 않게 성장한다.

일단 걸음이 느려지면 마음이 평온해진다. 그래서 불안하지 않고 걱정이 사라지고 갈등하지도 않고 실의에 빠지지도 않는다. 주변 경치가 나를 지켜본들 나는 나의 길을 갈 뿐인데 무슨 상관이 있으랴. 아마 '이 순간은 영원하고 이 순간이 곧 의미 있는 시간'이 될 것이다.

고개를 들어 바라보니 나뭇가지가 짙은 안개 속에서 수묵화에 그려진 선처럼 들쭉날쭉하게 뻗어 있다. 비록 짙은 안개가 만물의 광채를 다 덮어 가렸지만 그 풍경을 배경으로 삼아 가던 길을 간다.

어릴 때는 덩굴이 발에 칭칭 감길까봐 땅을 쳐다보기를 좋아했다.

자라서는 날씨의 변화에 감탄해 하늘을 바라보기를 좋아한다.

자연의 법칙은 곧 마음의 법칙이며, 자연을 통해 얼마든지 깨달음을 얻을 수 있다. 어떤 이는 평생이 가도록 아무것도 깨닫지 못하는 반면 어떤 이는 찰나에도 현묘한 이치를 깨닫는다. 대나무를 마주하고 격물하다가 병을 얻은 왕양명이 문득 떠오른다. 훗날 룽창으로 좌천되어 간 그는 석관에 들어가 누워 있더니 별안간 "드디어 깨달았소!" 하고 큰소리로 외쳤다. 시간이 쌓여 때가 되면 반드시 한층 성장하는 법이다.

셋째 날

서선야라는 절벽에 왔다. 소문에는 많은 사람이 자살한 곳이라고 한다. 그곳에 한참을 서 있으니 무수한 생명이 아래로 떨어지는 장면이 그려졌다. 그들은 어쩌면 그 순간에 인생에서 가장 아름다운 풍경을 보지 않았을까.

삶은 무엇일까? 죽음은 무엇일까? 그저 존재하는 물질이 변할 뿐이다. 마른 풀이 몸을 웅크린 채로 봄을 기다리고 시든 꽃이 땅에 떨어져 흙으로 돌아가는 것이다.

깨달음을 얻으면 삶이 두려울 게 뭐 있겠나. 죽는다고 또 뭐가 달라지겠나. 삶과 죽음은 다 공허하고 쓸쓸하다.

이는 스피노자의 생각과 상통한다. 이 세상이 하나의 총체이자 실체라면 어느 일부에 변화가 생겨도 총체의 조화에 영향을 미치지 않는다. 설령 한 생명이 지더라도 그 물질은 다른 존재로 변한다. 그러니 삶과 죽음을 두려워할 필요가 있을까.

넷째 날

사람들의 발길이 많이 닿지 않은 길을 찾았는데 등나무 가지에 가로막히는 바람에 어쩔 수 없이 허리를 굽히고 머리를 숙인 채로 그 밑을 통과했다.

머리를 쳐들고 성큼성큼 높은 산을 넘는 호탕함은 당연히 누구나 동경하지만 몸을 구부리고 고개를 숙여서 가로막힌 숲을 뚫고 지나는 것도 호탕하다. 넝쿨이 있으면 발로 디디고 손으로 헤치면 그만이지 굳이 잘라 낼 필요가 없다. 미끄러운 계단을 한 걸음씩 오르는 것도 경험이며, 길을 막는 마른 나뭇가지를 헤치는 것도 수련이다.

어쩌면 성숙은 만물을 냉정하게 대하지 않고 항상 따뜻한 마음으로 보듬는 태도일 것이다.

다섯째 날

길 위에 떨어진 낙엽을 온종일 지켜보니 낙엽의 존재는 정말로 위대했다.

봄에 새로 피어난 잎은 나무와 함께 성장하고,

여름에 짙푸른 잎은 나무를 찬란한 빛깔로 물들여 눈을 즐겁게 하고,

가을에 간드랑거리는 잎은 꿈을 꾸는 나무를 아름답게 장식하고,

겨울에 땅에 떨어진 잎은 바스러져 나무의 토양이 된다.

여섯째 날

내가 이곳의 아름다움과 환경에 왜 이렇게 마음을 쓰는지 생각해봤다. 여기가 텅 빈 곳이었다면 눈으로 보고도 마음이 쓰였을까? 귀로 듣고도 마음이 쓰였을까? 외물을 보고 기쁘고 즐거우니 마음이 쓰일 수밖에.

이런 생각 끝에 나는 크게 깨달았다. 깃발의 펄럭임도 바람의 나부낌도 모두 마음이 동요한 것이고, 마음의 동요 또한 한낱 부질없는 것임을 말이다.

숲속에 길이 있으면 성큼성큼 나아가지만 길이 없어도 갇히지 않는다.

속세를 벗어나 마음을 가라앉힐 때 환경에 지나치게 기대면 오히려 외물에 마음을 빼앗긴다. 장소에 관계없이 자신의 내면을 충분히 통찰할 수 있고 주위의 환경을 꿰뚫어보며 적절히 상호작용할 수 있어야 진정한 참선이다.

사람이 머무는 곳이 곧 도량이다. 도피해 폐쇄된 곳에서 참선한다면 속세로 돌아와도 여전히 비참하다. 많은 일로 고심하지 않고 여러 환경에 구애되지 않으면 외물에 마음을 쉽게 빼앗기지 않는다.

그래서 나는 씩씩하게 산을 내려왔다.

산 위에는 득도한 명인이 드물고 산 아래에는 사색가가 많다.

나는 내가 사랑하는 사람을 포기할 수 없다.

나 미스터 사색가는 유명한 옛날이야기를 읊으며 산을 내려왔다.

내가 산을 걸을 때 산은 아무 말도 하지 않았고,

내가 바다를 건널 때 바다는 아무 말도 하지 않았다.

나는 당나귀 발굽 소리를 또각또각 내며

의천검을 차고 먼 곳으로 갔다.

모두 나더러 협객 양과를 사랑해서

아미산으로 시집갔다고 말했지만,

나는 그저 아미산의 구름과 노을이 좋았을 뿐,

열여섯 살 그 시절에 활짝 피어올랐던 폭죽처럼.

별자리를 믿어도 될까?

　나는 물병자리라서 별자리를 믿지 않는다. 물병자리인 사람들은 전부 별자리를 안 믿는다.

　왜 믿지 않는지 아는가? 웨이보에서 별자리 계정을 운영하는 한 친한 친구가 있다. 지난번에 그 친구의 집에 초대를 받아서 갔는데 친구가 웨이보에 게시물을 올린다고 잠시만 기다리라고 했다. 그는 컴퓨터를 켜고 별자리 생성기라는 소프트웨어 프로그램을 열더니 헤더에 '다음 주 연애운 지수 별자리 순위'라고 입력하고는 별자리 몇 가지를 대충 뽑아 넣고 프로그램을 돌렸다. 이를테면 1순위에는 양자리를 넣고, 절대로 연애운 2순위에 랭크될 수 없는 황소자리를 2순위에 넣고, 3순위에는 물병자리를 넣었다. 이렇게 배열하고 클릭을 하니 웨이보용 게시물이 자동으로 생성되었다. 친구는 게시물을 웨이보에 올렸다. 그리고 오 분이 지나자 만여 명이 게시물을 공유했다. 공유한 사람들은 모두 "완전 정확해! 대박이야!"라고 반응했다.

정확하긴 개뿔!

내가 친구에게 말했다.

"그건 하느님이 할 일이잖아."

"하느님이 이런 일을 어떻게 하냐. 이 게시물들 중에 내 머리에서 나온 건 하나도 없어."

"별자리를 어디에 써먹어?"

내 물음에 친구가 답했다.

"많은 사람이 별자리를 믿는 이유는 별자리에서 자신의 장점과 남의 단점을 많이 발견할 수 있기 때문이지."

게다가 별자리는 사람들이 만나서 대화할 때 서로 간의 거리를 가장 빨리 좁힐 수 있는 화제다. 사람을 만나자마자 "유니클로 갈래요?" 하고 물어볼 수는 없지만 "유니클로에서 작품 사진을 촬영한 사람의 별자리가 뭔지 아세요?" 하고 물어보긴 어렵지 않다. 전자처럼 대화를 유도하는 사람은 건달이고 후자처럼 말을 붙이는 사람은 별자리를 좀 아는 건달이지만 전자보다는 후자가 훨씬 교양이 있어 보인다.

친구 이야기를 듣고 나니 나도 생각이 좀 달라져서 집에 돌아오자마자 별자리를 독학하기 시작했다. 지금은 거의 별자리 박사급 수준은 될 만큼 아는 게 많아졌다. 혹시 못 믿겠으면 내 말이 정확한지 아닌지 한번 들어보면 안다. 만약 내 말에 틀렸다는 생각이 들면 여러분이 자신의 별자리를 잘못 알고 있는 것이다.

예를 들어, 내가 출연하는 프로그램 스튜디오에서 갑자기 휴대전화 벨 소리가 울리면 그건 무조건 사수자리 사람의 휴대전화에서 나는 소리다.

보통 사수자리 외 다른 별자리는 이렇게 부주의하지 않다. 쌍둥이자리는 곧장 이야기를 꾸며서 웨이보에 글을 올린다. 미스터 사색가의 전 여자친구가 프로그램 녹화 현장에 나타나서 소란을 피웠다는 식으로 말을 만든다. 이게 휴대전화 벨소리와 무슨 관계가 있나? 그러거나 말거나 쌍둥이자리는 일단 사람들이 뜨겁게 반응할 만한 이야기를 꾸미고 본다.

사자자리는 버럭 큰소리를 지른다.

"누구 전화야? 진짜 이러기야? 보안이 이렇게 허술해? 관리하는 사람도 없어?"

이렇게 소리친 뒤에 한쪽에서 지켜본다.

양자리는 보통 의자를 들어 확 던지며 달려들어 다짜고짜 한 대 때리고 나서야 차분하게 묻는다.

"전화가 왜 울려?"

이때 물고기자리는 놀라서 엉엉 울고 게자리는 물고기자리를 꼭 안고서 다독인다.

"괜찮아. 내가 있잖아. 이따가 집에 가서 맛있는 거 해줄게."

게자리는 이렇게 말한 뒤에 다시 보고서야 자기가 남의 여자를 잘못 껴안았다는 걸 깨닫는다.

천칭자리는 말리느라 바쁘다.

"싸우지 마. 깜빡하고 무음 상태로 미처 못 바꿨나봐. 어이쿠, 맞았네. 한 대 얻어맞을 수도 있지. 괜찮아."

처녀자리는 멀찍이 물러서서 실망한 듯이 말했다.

"벨소리가 왜 하필이면 〈작은 사과〉야. 게다가 음이탈이 있는 노래를."

나 같은 물병자리는 이때다 싶어서 옷을 벗고 벨소리에 맞추어서 덩실덩실 춤을 춘다.

황소자리는 계산기를 꺼내 박살난 의자의 가격이 대략 얼마인지 계산한다.

염소자리는 따분한 표정으로 두리번거리며 십년 뒤에도 집으로 찾아가서 유리창을 때려 부술 판이라고 이런 난동이 벌어진 걸 신기해한다.

전갈자리는 살그머니 휴대전화 벨이 울린 사람의 등 뒤로 가서 칼을 꽂는다. 나는 전갈자리 사람이 왜 이렇게 해야 하고 왜 칼을 꽂는지 너무 의아하다.

지금까지 내가 든 사례에 모두 동의하는가? 만약 동의한다면 당신은 어리석은 사람이다. 사실 이건 다 내가 멋대로 꾸민 이야기다.

예전에 어떤 글을 읽었는데, 대강 요약하자면 별자리를 믿는 사람은 보통 고민이 있는 사람이고 고민을 해결하기 위한 가장 편리한 수단이 별자리라는 내용이었다. 예컨대 누군가에게 무시를 당하면 이번 주 운세가 나빠서 그런 일을 당했다고 여긴다는 것이다. 이렇게 생각한다면 사실 별자리도 나름 쓸모가 있다. 이런 방식으로 마음을 위로할 수 있다면 심리상담사를 만나는 것보다 훨씬 편리하고 빨리 치유되기 때문이다.

저녁에 아내가 나한테 소리를 질렀다.

"당신 같은 물병자리는 돈 개념이 전혀 없어. 지금이 어느 때인데 주식 투자를 해."

"우리 물병자리는 원래 그래."

아내가 말했다.

"어휴, 그러니까. 누가 물병자리 아니래."

이렇게 갈등이 금방 해소된 것처럼 별자리는 일상생활에서 갈등을 완화시키기에 적절한 화젯거리다. 불교를 믿는 사람도 있고, 스스로 사색한 바를 믿는 사람도 있고, 별자리를 믿는 사람도 있다. 무엇을 믿든 스스로 만족하면 그만이니 비난할 이유가 없다. 다만 별자리를 인생의 가이드로 삼거나 별자리만 믿고 자신의 결점을 방치하면 안 된다. 인생에는 무한한 가능성이 있으므로 별자리의 굴레에 갇혀 인생을 되는 대로 내버려두면 안 된다는 말이다. 별자리를 방패삼아 나태해지지 말고 자신에게 문제가 있으면 바로 개선해야 한다.

마지막으로 한마디만 덧붙이겠다. 물병자리는 세상에서 가장 완벽한 별자리다.

점괘는 정확할까?

역사적으로 점을 치는 일과 관련된 기록은 『좌전』에 가장 많이 실려 있다. 비록 『좌전』이 정사는 아니지만 예언서 『추배도^{推背圖}』보다는 훨씬 믿을 만하다. 『좌전』 「희공사년^{僖公四年}」에 이런 기록이 있다.

처음에 진나라 헌공이 여희를 부인으로 맞이하려고 거북점을 치니 불길하다고 나오고 시초점을 치니 길하다고 나왔다. 이에 헌공이 "시초점을 따르라" 했으나 점쟁이는 "가까운 미래는 시초점을 보고 먼 미래는 거북점을 보니 거북점을 따르는 것이 좋겠습니다. 또한 점괘에 이르길, '그 여인만 아끼면 공의 명성에 해가 되고, 향기가 좋은 풀과 냄새가 고약한 풀을 한데 두면 십 년이 지나도 악취만 남는다'고 하니 부인으로 맞으시면 안 됩니다"라고 했다. 그러나 헌공은 점쟁이의 말을 듣지 않고 여희를 부인으로 삼았다.

해석하자면 이런 뜻이다. 여희를 부인으로 삼고 싶었던 진헌공은 훗날 역사에서 정궁으로 불린 자리에 그녀를 앉혀도 될지 궁금해서 점을 봤다. 요즘 식으로 말하자면 어떤 프로젝트를 추진해도 되는지 회의를 열어 실행 가능성을 분석하는 것과 비슷한 절차다. 회의 결과는 어떻게 되었을까? 이어서 계속 보자.

거북점을 치니 불길하고 시초점을 치니 길하다.

이 구절이 참 재미있다. 거북점은 시초점보다 훨씬 이전의 점복 방식이다. 대략 은나라와 주나라 이전부터 있었던 것으로 당시에는 항상 거북을 잡아서 점을 쳤다. 옛날 사람들은 '하늘은 둥글고 땅은 네모지다'는 설을 믿었다. 그래서 등껍질이 둥글고 네 다리가 정방형으로 나 있는 거북이 하늘과 땅의 형상을 닮았다고 해서 거북의 모습을 보고 운명을 결정지었다. 애꿎은 거북의 등껍질만 수난을 당한 것이다.

그 이후에는 거북의 배 껍질에 불을 쬐어 껍질 위에 나타난 여러 무늬를 '하늘의 계시'로 여기고 그 다양한 무늬를 징조로 삼아 일의 길흉을 점쳤다.

그러나 이런 방법은 얼마든지 속임수를 쓸 수 있다. 예를 들어, 내가 점복을 담당하는 관리고 상부에서 출정하길 원한다는 사실을 안다면 거북의 껍질에 몰래 손을 써서 상부의 환심을 사고 상부에 점괘의 오묘함도 알릴 수 있다. 그래서 내 개인적인 생각으로는 이런 점복 방식은 실제 의미보다 상징적인 의미가 더욱 크며, 민심을 단결시키는 용도로는 효과가 상당하다.

엄밀히 말해서 거북점과 시초점은 확연히 다르다. 일단 거북점은 거북을 잡아야 해서 비용이 많이 들기 때문이다. 당시는 거북에게 가장 비참한 시대였다. 그래서 그 이후에 소의 뼈로 점을 쳤지만 농업 사회가 발전함에 따라 소가 짐을 지고 수레를 끄는 등 쓰임이 많아져서 주나라 문왕은 융통성을 발휘했다.

문왕이 주왕에게 구금되어 있을 때 거북을 구하지 못해서 시초로 점을 쳤는데 이것이 바로 '시초점'이다. 그래서 시초는 문왕 덕분에 몸값이 올랐다. 시초는 무엇일까? 사전 『사해^{辭海}』에는 이렇게 적혀 있다.

> 시초는 국화과에 속하는 식물로 다년생 초본이다. 키는 50~100센티미터이고 잎은 어긋나기잎으로 가늘고 길며 날개 모양으로 갈라져 톱니 같다. 가을에 흰색이나 담홍색 꽃이 두상꽃차례로 핀다. 고대에는 시초의 줄기를 점복 용도로 사용했다.

나는 시초가 거북의 껍질과 소의 뼈를 대신할 만한 이유가 몇 가지가 있다고 본다. 시초는 겨울에도 말라 죽지 않기 때문에 쉽게 구해서 편하게 사용할 수 있다. 시초의 줄기는 길고 질긴데다가 '사람의 손을 거치지 않고 자연에서 난 것'이어서 점을 치는 용도로는 제격이다. 게다가 무더기로 자라서 한 그루에 줄기 수십 개가 달려 있으므로 오십 줄기 구하는 건 눈 깜짝할 사이다.

거북점과 시초점의 역사를 알았으니 앞서 보았던 진나라 헌공의 난제로 되돌아가보자. 두 가지 방법을 모두 써서 점을 쳤으나 뜻밖에도 상반된 결과가 나왔다. 거북점의 결과는 불길했고 시초점의 결과는 길했다. 그야말로 완전히 모순되는 상황이다.

한 가지 일을 두고 판이한 결과가 두 개 나왔을 때는 상부의 의견이 대단히 중요한데, 헌공은 과감하게 "시초점의 결과대로 하라"라고 결단을 내렸다.

왜 그랬을까? 길하다고 했으니까.

점복을 담당하는 관리는 반대했다.

"시초로 점을 친 역사는 매우 짧고 거북의 껍질에 불을 쪼여 점을 친 역사는 장구하니 정확성으로 말하자면 거북의 점괘를 따르는 것이 옳습니다. 더구나 점괘에서 총애가 과분하면 태자 신생을 잃을 수 있다고 하고 향기와 악취가 공존하면 십 년 후에는 악취만 남는다고 하니 시초점을 따르면 절대로 안 됩니다."

헌공은 관리의 말이 일리는 있다고 여겼지만 의연하게 여희를 부인으로 맞이했다. 관리의 의견과 자신의 취향이 달랐기 때문에 그냥 무시해버린 것이다.

그래서 그 이후에는 어떻게 되었을까? 『좌전』의 기록을 보자.

여희가 해제를 낳고 그녀의 여동생은 탁자를 낳았다. 여희는 장차 해제를 태자로 세우려고 중대부들과 모의했다. 여희가 태자에게 말했다. "군주께서 꿈에 태자의 모친 제강을 보았다고 하시니 속히 제사를 올리십시오." 이에 태자는 곡옥에서 모친의 제사를 올리고 제사에 사용한 술과 고기를 아버지 헌공에게 보냈다. 때마침 헌공은 사냥을 나가고 없어서 여희가 그것을 엿새 동안 궁에 두었다가 헌공이 돌아오자 독을 섞어 바쳤다. 헌공이 그 술을 먼저 땅에 뿌리니 땅이 솟아오르고, 개에게 주니 개가 죽고, 신하에게 주니 신하도 죽었다. 여희는 울면서 "태자의 짓이옵니다"라고 했다. 이를 안 태자는 신성으로 달아났고 헌공은 태자의 스승 두원관을 죽였다. 어떤 이가 태자에게 "당신이 변명하면 군주께서 반드시 들어줄 것이오"라고 하자 태자는

"군주께서는 여희가 없으면 편히 지내지도 못하시고 편히 드시지도 못하십니다. 헌데 내가 변명하면 여희가 분명 죄를 뒤집어쓸 것입니다. 군주께서도 연로하고 저도 그러고 싶지 않습니다"라고 대답했다. 그 자가 "그러면 도망가려 하오?" 하고 묻자 태자는 "군주께서 여희의 죄를 묻지 않으시면 제가 죄인인데 이곳을 떠난들 누가 나를 받아주겠습니까"라고 했다. 그리고 12월 무신일에 곡옥에서 목을 매어 죽었다. 여희가 "두 공자도 알고 있습니다" 하고 참소하자 중이는 포로 도망가고 이오는 굴로 달아났다

풀어서 설명하면 이런 내용이다. 여희는 아들 해제를 낳았고 여희의 여동생도 헌공의 아들 탁자를 낳았다. 다정하게도 두 자매가 군주의 아들을 각각 한 명씩 낳았다. 이보다 더 중요한 사실은 두 여인 모두 군주의 총애를 받았지만 이미 태자로 낙점된 아들 신생이 있었다는 점이다. 이것이 드라마 같은 비극의 발단이 되었다.

여희는 자신의 귀한 아들 해제를 태자로 삼으려고 중대부와 공모했다. 후궁이 정변이나 반란을 일으키려면 중신이나 황제가 신임하는 환관을 반드시 끌어들여야만 한다. 그렇게 하지 않으면 반란은 성공하기 어렵다. 이는 내가 궁정 드라마를 보면서 알게 된 아주 중요한 정보다.

그래서 여희는 태자 신생에게 거짓말을 했다.

"군주께서 꿈에 태자의 모친을 뵈었다고 하시니 어서 가서 제사를 지내십시오."

신생은 그 길로 곧장 길을 떠났다. 어머니가 아버지의 꿈에 나타났다고 하니 조금도 등한시할 수 없었다. 그는 제사를 지내고 돌아오는 길에 제사상에 올렸던 술과 고기를 가지고 왔다.

이렇게 제사 음식을 싸오는 건 당연한 예절이었고 아버지를 공대하는

자세이기도 했다. 나도 어렴풋이 어렸을 적 기억이 난다. 설날에 만두를 빚어서 먼저 길목마다 있는 천지신명에게 바치고 제사를 지낸 다음에는 '천지신명이 먹고 남긴 음식'을 각자 나누어 먹었다. 전해 듣기로는 그래야만 복이 들어온다고 했다.

안타깝게도 때마침 헌공은 성 밖으로 나가고 없었다. 일이 참 묘하게 돌아가는데, 과연 누구의 계획일까? 한번 추측해보라.

여희는 술과 고기를 궁에 두고 헌공이 돌아오기를 기다리며 음식에 멜라민과 유사한 유해 물질을 섞어두었다. 마침내 돌아온 헌공은 제사 음식을 보며 감탄했다.

"오, 맛있는 음식이로구나. 음복해야지."

그는 음식을 챙겨올 정도로 철이 든 신생을 줄곧 칭찬하며 절을 크게 한 번 올렸다. 이때 여희는 두 가지 선택에 직면했다.

한 가지는 헌공이 정말로 음식을 먹고 죽으면 어떻게 대처할 것인가 하는 문제였다. 만약 그렇게 된다면 추측컨대 중대부가 등장해서 신생의 죄업을 신랄하고 정당하게 분석하고 신생은 영문도 모른 채 태자의 자리에서 내려오게 될 것이다. 단, 그렇게 하려면 여희와 중대부에게 발언권과 군사를 포함한 막강한 권력이 있어야 한다. 이는 상당히 위험하고 변수가 많은 술수다. 가장 안전한 방법은 먼저 헌공의 손을 빌려 신생을 제거하고 자신의 아들 해제를 키운 다음에 헌공을 처치할 기회를 엿보는 것이다. 이야, 말만 해도 등골이 오싹해진다. 여자가 질투에 사로잡히거나 권력을 쟁취하면 자신의 아들 말고는 아무도 인정하지 않는다. 물론 측천무후처럼 자기 아들조차도 인정하지 않은 사람도 있다.

그래서 여희는 다른 방법을 선택했다. 헌공이 술을 바닥에 뿌리는 모습을 날카로운 눈빛으로 지켜보다가 입을 열었다.

"폐하, 어쩐지 꺼림칙합니다."

이 말에 헌공이 개에게 술을 먹이니 개가 죽었고 신하에게 먹이니 신하도 죽었다. 지지리 운도 없는 신하다.

짐작컨대 헌공은 꽤나 놀라고 당황했을 것이다. 그때 여희가 울며 말했다.

"모두 신생이 가져온 것입니다."

이 말을 헌공이 과연 믿을까?

상식적으로 믿을 수가 없는 말이다. 신생은 이미 법적 왕위 계승자인데 음모를 꾸밀 동기가 전혀 없다. 왕위에 일찍 오르고 싶다 한들 어찌 이런 아둔한 짓을 할 리가 있겠나. 그러나 남자들은 간계를 부리는 미인 앞에서 돌연 판단력이 흐려진다. 이 일을 전해 들은 신생은 놀라서 어쩔 줄을 몰라 하다가 신성으로 도망갔다. 이에 헌공은 신생의 스승인 두원관을 죽였다. 죄를 지은 사람의 스승을 죽이는 관례가 이 일에서 비롯된 것이 아닐까 싶다.

어떤 이가 신생을 설득했다.

"자신을 위해서라도 해명을 하십시오. 군주께서는 반드시 끝까지 추적해 찾아올 것입니다."

신생이 말했다.

"제가 해명하면 여희가 죄를 얻을 것입니다. 그러면 군주께서는 침식을 전폐하실 텐데 그러면 제가 무사하겠습니까? 군주께서 여희의 죄업을 모르신다면 제게는 아버지를 시해하려던 자식이라는 꼬리표가 붙을 텐데 누가 절 거두겠습니까. 차라리 제가 죽는 게 낫지 않겠습니까."

그러고는 12월에 신성에서 목을 매어 죽었다. 두말할 나위 없는 효자지만 어리석기 짝이 없는 효도다.

그 이후에 헌공이 세상을 떠나고 얼마 지나지 않았을 때 그가 총애했던 여희의 아들 해제와 여희 여동생의 아들 탁자는 대신들의 손에 죽임을 당했다. 그래서 진秦나라 목공은 이오(진晉나라 혜공)를 진晉나라로 돌려보내 왕위에 오르게 했다. 이웃 나라 목공은 좋은 사람이었다. 혜공이 죽고 난 뒤에 목공은 또 새로운 왕을 진晉나라에 보냈다. 바로 중이였다. 중이는 다들 잘 알 것이다. 몇 십 년 후에 춘추오패로 이름을 떨친 진晉 문공이 바로 중이다. 어쨌든 여희와 그녀의 여동생은 무사했다.

헌공과 여희의 심산은 이로써 물거품이 되었으니 거북점의 점괘를 따르는 것이 나을 뻔했다.

마지막으로 점괘는 믿을 만한 것인지 해답을 제시하겠다.

분명히 말하지만 믿을 만한 것이 못 된다. 그렇다면 점복의 의미는 어디에 있을까? 고대에는 사람의 마음을 얻기 위해 점을 쳤다면 요즘 시대에는 마음을 달래려고 점을 친다.

옛말에 '첫째는 명, 둘째는 운, 셋째는 풍수, 넷째는 노력, 다섯째는 독서'라고 했다. 명은 곧 팔자다. 옛사람들은 명이 중요하다고 하지만 명에 영향을 미치는 것이 운이다. 풍수도 노력도 모두 명에 영향을 미친다. 그것도 모자라서 독서까지 명에 영향을 미친다.

사람들이 흔히 '못생긴 사람은 책을 많이 읽어야 한다'라고 하는데 그 이유가 바로 이 때문이다.

寒
露

찬 이슬이 맺히고
정령이 출몰하는

한로

혼자 차분히 있지 못하는 사람은 영혼과 대화할 수 없다.
당연히 영혼의 위로도 받지 못한다.
둘이서 차분히 있지 못하는 사람은 침묵의 매력을 알 수 없다.
당연히 마음과 마음이 통하는 행복한 경험도 하지 못한다.
여럿이서 차분히 있지 못하는 사람은
서로의 이야기를 경청할 수 없다.
당연히 진짜 문제가 어디에 있는지 통찰하지 못하고
말하는 즐거움과 육체의 쾌락만 알 뿐이다.

차분함은 일종의 수양이며 더 나아가 능력이다.

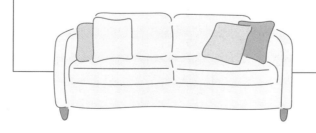

영감 포착

나는 출장을 다니는 시간이 많아서 혼자 즐길 수 있는 재미있는 놀이를 하나 고안했다. 이름하여 내 영감 포착하기. 이를테면 길을 걷다가 불쑥 어떤 감정이 밀려오면 그 자리에서 걸음을 멈추고 그 미약한 감정에 집중해 글로 표현해 내는 것이다. 그런 감정은 아차하면 놓쳐버려서 글로 옮겨 적기도 전에 깨끗하게 사라지기 일쑤다.

가장 짜증나는 경우는 샤워를 하다가 어떤 영감이 떠오르는 순간이다. 그럴 때는 다 씻어야만 나가서 글로 옮길 수 있으니까 서둘러서 씻고 대충 수건으로 몸을 감싼 다음에 컴퓨터 앞에 앉는다. 하지만 그새 영감은 감쪽같이 달아나서 아무것도 적을 수가 없다. 그래서…… 나는 다시 욕실로 들어가 한 번 더 씻으며 영감을 다시 떠올리려고 애쓴다.

어느 날 버스정류장에서 불현듯 떠오른 감정을 놓치지 않고 이렇게 옮겨 썼다.

외로움을 즐기는 나는, 부슬부슬 내리는 가을비 속에서 흩날리는 낙엽과 바쁜 걸음으로 창가를 스치듯 지나가는 행인과 도도한 빛을 뿜어내는 네온사인을 바라보고 있다. 버스정류장 광고판에 기대어 있으니 고독의 쓰라림이 제멋대로 찾아와 내 마음을 서서히 덮친다. 아는 이 하나 없는 낯선 도시에는 사랑도 없고 미움도 없다. 지난날의 일들은 가로등 불빛 속에서 마치 영화 필름이 돌듯 비치다가 훅 한 번 불어온 바람에 흔적도 없이 사라지고 만다.

어느 오후에는 이런 감정도 들었다.

가을날 오후, 사랑하는 사람과 너른 풀밭 은행나무 아래에 누워서 샛노란 은행잎 사이로 비치는 따스한 햇살을 얼굴에 받고 있으니 시간은 숨을 죽인 듯이 고요하게 내 몸을 껑충 뛰어 넘어간다. 지나간 모든 좌절을 지금 이 순간에 보상받고 있지만 풍경은 어떤 보답도 바라지 않는다. 다만 마음 가장 보드라운 곳에 이 순간을 소중히 간직하기만을 바랄 뿐. 먼 훗날 어느 날엔가 시간이 멈춘 것 같은 이 순간을 떠올리면 늘 행복한 미소가 이내 얼굴에 가득 피어오르겠지.

난징의 고속철도역에서 호텔로 가는 길에 이슬비가 내리는 창밖의 가로등을 바라보니 문득 영감이 또 떠올랐다.

밤에 금릉으로 가는데 세찬 비가 쏟아졌다. 빗물에 젖은 차창은 창밖의 가로등 불빛에 물이 들어 마치 알록달록 피어오르는 불꽃처럼 아름답다. 나는 열차에 앉아서 솟아올랐다가 떨어지는 불꽃을 들뜬 마음으로 바라보다가 진회하에서 만났다가 헤어지는 인연을 떠올리며 바람처럼 밤길을 가고 있다.

우한의 고속철에서는 불현듯 이런 감흥이 일었다.

우한으로 가는 고속열차를 타고서 물 한 잔을 받쳐 들고 창가에 기대니 마치 가을에 기댄 듯하다. 높은 하늘과 엷은 구름도 보이고 도처에 널린 마른 풀도 보인다. 친구들은 결국 뿔뿔이 흩어졌지만 삶은 또 돌고 돈다. 돈도 많고 집도 많은데 어째서 그것들을 지니고 저승문은 넘지 못할까. 사랑은 양귀비처럼 눈부시게 빛나도 이 겨울은 견디지 못하는구나. 돈이 많으면 많이 쓰고 돈이 적으면 적게 쓰고, 사랑이 다가오면 소중히 여기고 사랑이 떠나가면 운명에 맡기는 수밖에. 눈을 들어 먼 곳을 바라보면 큰일이나 작은 일이나 모두 지나가면 한순간일 뿐.

때로는 길을 걷다가도 영감이 떠올라서 곧장 이렇게 포착한다.

그 순간, 화려한 불빛이 하나둘 켜질 때 당신은 어느 거리에 서 있고 거리의 작은 상점에서는 냉염한 빛을 밝히고 있다. 자동차 행렬, 오가는 사람들 속에 서서 눈앞을 스쳐 지나는 시간을 주시하는 당신은 마치 이 세상과 아무런 교집합이 없는 사람처럼 그렇게 세상 밖에 있는 듯하다. 차갑게 불어오는 바람에 몸을 오들오들 떨며 자신을 인식한 뒤에는 손을 주머니에 찔러 넣고 빙긋이 웃으며 이 도시 속으로 녹아들고 저 환락 속으로 휩쓸려 들어간다.

이 놀이를 할 때마다 마음과 대화하는 기분이 들고 영감을 글로 옮겨 적고 나면 얼마나 상쾌한지 모른다. 마치 내 몸 안에서 "넌 날 참 잘 알아" 하고 소리를 내는 듯하다.

이런 영감은 자기 내면에서 꽁꽁 얼어붙은 작은 정령 같아서 스스로 경계를 풀 때만 밖으로 나온다. 말하자면 작은 정령을 잡는 놀이인데 생각만 해도 짜릿하다.

해바라기씨 까기

아마도 중국인은 세계에서 해바라기씨를 가장 잘 까는 민족일 것이다.

친구 집에 놀러 가면 친구는 해바라기씨 한 접시를 들고 나오며 "이거 먹으면서 이야기하자"라고 한다. 그러면 우리는 아작아작 소리를 내며 수다를 떤다. 입으로 씨껍질을 까는 동시에 입 밖으로 뱉으면서 국제 시사를 이야기하고 담소를 나눈다. 입 밖으로 나온 씨껍질이 휙 날아가서 자취를 감추면 기분도 입도 대단히 흡족하다.

친구들 모임에서만 해바라기씨를 까먹지는 않는다. 여행 중에도 까먹는 재미가 쏠쏠하다. 한 번은 대만에 패키지여행을 갔는데 일행들은 타이베이에 도착하면서부터 해바라기씨를 까기 시작했다. 마치 요술을 부리듯이 쥐도 새도 모르게 씨를 꺼내어 능숙하게 입안에 넣고 탁 소리를 내면 소리와 함께 껍질이 딱 벌어진다. 그다음엔 푸 소리를 내며 껍질을 뱉으면 어디로 날아갔는지 보이지 않는다. 씨앗을 꼭꼭 씹어서 목구멍으로 꿀떡 넘기면 이번에도 소리와 동시에 바로 배 속으로 들어간다. 그러면 씨를 까던 사람은 대단히 만족스러운 표정으로 또 한 알을 이에 갖다 대고서 계속 껍질을 깐다.

가끔씩 내가 멀뚱멀뚱하면 옆에 있던 사람들이 "자, 놀면 뭐해요, 같이 이거나 깝시다" 하며 친절하게 씨 한 줌을 내 손에 쥐어주었다.

멍하니 있던 내가 엉겁결에 대답했다.

"죄송하지만 깔 줄을 몰라요."

씨를 준 사람이 귀신을 본 양 물었다.

"씨도 못 까면 뭘 할 줄 알아요?"

그가 말하면서 씨껍질을 세게 퉤 뱉으니 씨껍질이 공중으로 휙 날아갔다. 그의 표정은 꼭 나를 뱉어내며 화풀이하는 것처럼 보였다.

그는 화를 내며 돌아서 가더니 다른 사람들한테 소곤거렸다.

"저 친구 참 실없네. 글쎄 씨를 못 깐대요."

사람들은 연거푸 고개를 저었다. 젊은 친구가 싹수가 노랗다는 의미였고, 나아가 자기네와 같은 부류는 아니라는 제스처였다. 그래서 여행 내내 나는 한쪽에 쓸쓸히 있었다.

심지어는 회의를 할 때도 씨를 즐겨 까먹는다. 어느 회사의 프로젝트 회의에서는 사장이 "해바라기씨 좀 가져와요. 그게 없으면 창의적인 아이디어가 영 안 나온다니까"라고 하자 비서가 옆에 있던 수납장에서 해바라기씨 한 봉지를 꺼내왔다. 사장은 "자, 먹으면서 합시다"라며 봉지를 테이블 가운데에 펼쳐 놓았다.

그러자 열띤 토론 소리와 씨를 톡톡 까는 소리가 번갈아 울려서 회의실은 무척 시끌벅적했다. 회의가 끝나고 사장이 한마디 했다.

"오늘 회의는 대단히 성공적입니다. 내용도 아주 충실했고요. 해바라기씨 덕분에 시간적인 공백이 잘 메워진 것 같습니다."

나는 씨를 까먹는 목적이 시간을 메우기 위한 것임을 그제야 알았다. 수다를 떨다가도 잠깐씩 대화가 끊길 때가 있고 여행 중에도 기다려야 할 때가 자주 있다. 회의를 할 때도 중간에 생각할 시간이 필요한데 그런 순간에 씨를 까먹으면 시간을 잠시라도 허투루 쓰는 것 같지 않고 시간의 공백이 느껴지지 않는다.

다시 생각해보니 해바라기씨를 까먹는 건 상당히 중요한 의미가 있는 일이었다.

한 번은 베이징으로 가는 고속철을 탔는데 옆자리에 앉은 남자가 열차에 타면서부터 씨를 까먹기 시작했다. 입으로 씨를 까서 바닥에 뱉는 소리에 중간 중간 목청을 다듬는 소리까지 더해졌다. 나는 도저히 참을 수가 없어서 물었다.

"그게 그렇게 중독성이 있나 봐요?"

그가 차갑게 대답했다.

"교양이 있는 사람은 남이야 어쩌건 말건 묵묵히 씨를 까는데 교양이 없는 사람은 꼭 당신처럼 남의 일에 쓸데없이 참견합니다."

인생의 첫 수술

여러분 중에는 수술 경험이 없는 사람이 당연히 많을 것이다. 어, 나는 수술 경험이 있다. 언뜻 남다른 경험이라는 생각이 든다. 아팠던 김에 이 이야기나 해볼까 한다. 여러분에게 볼거리도 제공할 겸.

삼 년 전에 나는 몸에서 혹을 발견했다. 신체검사에서 발견한 게 아니라 마사지를 하다가 우연히 발견했다. 마사지사가 내 허리 쪽을 주무르다가 문제가 있는 것 같다며 알려준 것이다. 직업정신이 아주 투철한 마사지사였다. 마사지사가 의사들이 할 일을 뜻밖에 해냈으니 말이다. 마사지가 끝나고 마사지사에게 팁 이백 위안을 주며 꼭 의학을 배우라고 당부했던 기억이 난다. 마사지사의 양미간에서 천부적인 재능이 엿보였기 때문이다.

당시에 나는 그 혹을 대수롭지 않게 여겼다. 보통 허리 쪽에 단단히 덩어리가 생겼다가도 언제 생겼던가 싶게 어느 날 갑자기 없어지기도 하니까 무신경했다. 다른 사람한테도 알리지 않았다. 괜히 알렸다가 아내가 유산을 챙길 궁리나 하면 어쩌나, 내가 병원에 입원해서 아들이 공부를 안 하겠다고 하면 어쩌나. 옆집 왕 씨가 내 차에 눈독을 들이면 어쩌나, 하는 생각에 철저하게 비밀로 했다.

나처럼 생각하는 사람이 많지 않을까? 대개는 문제가 생기면 쉽게 받아들이지 않고 '좋은 일이 곧 생길 거라고 믿어'라는 생각을 바보처럼 매일 묵상하듯이 한다. 그런 까닭에 나는 수영, 잠수, 태권도, 태극권을 배우고 조깅을 날마다 꾸준히 하며 건강을 위해 웬만큼 노력한다. 우리 동네 할아버지들과 할머니들이 나 때문에 공용 운동 기구를 차지하지 못할 정도라고나 할까.

역시나 노력이 배신하지 않았는지 허리 쪽에 단단한 덩어리는 더 튼튼해졌고 점점 더 커질 기세였다. 그래서 나는 지금 "일어나지 않을 거라고 생각한 일은 꼭 일어난다"는 말을 철석같이 믿고 있다. 매일 잠자리에 들기 전에 그 혹이 내 몸 안에 있다고 생각하니 기가 다 빠지다 못해 절망스러웠다. 만약 병원에 입원할 경우를 생각해보니 아직 못 해본 일이 너무 많았다. 그래서 사업을 시작했다. 본의 아니게 사업에 성공해서 누군가 나에게 성공 비결을 인터뷰하러 찾아온다면 나는 아주 진지하게 "병덕분입니다"라고 대답할 것이다.

이 병을 삼 년이나 끌고 보니 내일 당장이라도 입원하게 될 수 있다는 생각이 들어 각지로 여행을 다니기 시작했다. 자동차로 미국 66번 국도를 끝까지 달리고 북극과 아프리카로 여행을 떠났다. 그리고 전에는 전혀 할 줄 몰랐던 많은 일―문신하기, 길에 쪼그리고 앉아서 예쁜 여자한테 휘파람을 불기 등―도 했다. 어찌 되었건 내 몸에는 여전히 병이 있었다.

하지 않은 일이 많다고 해서 내게 시간이 많았던 것 같지도 않다. 일상생활에는 주식과 부동산 투자 말고도 재미있는 일들이 많다. 그런 것들을 내려놓고 여유로운 생활을 즐길 줄 알아야 한다. 밝고 화사한 햇살이 드는 창가에 앉아서 커피 한 잔을 마시며 바삐 오가는 행인들을 보고 있노라면 그들의 표정에서 그들 삶의 스토리가 짐작된다. 이렇게 오후를 보내야 시간이 아깝지 않다. 이런 이치를 친구들한테 항상 이야기하지만 친구들은 "네가 아파서 그래"라고 대꾸한다.

한 의사 친구를 알게 되었다. 성은 후 씨고, 호칭은 후이다오라고 부르는데 칼을 쓰는 재주가 굉장히 뛰어나다는 뜻이다. 그는 내게 "병이 있으면 고쳐야지"라고 말하며 편작이 채환공을 만난 이야기를 들려주었다. 고전의 내용을 단락으로 외워서 말하는 그를 보니 절로 존경심이 들었다. 그래서 요즘은 고전을 외우지 못하는 의사는 훌륭해 보이지 않는다. 아무튼 그가 한마디 했다. "다이어트하고 싶지 않아? 칼 한 번만 대면 오백 그램은 훅 빠질 걸."

그래서 나는 길일을 택해서 수술을 받기로 했다. 후이다오의 병원에 도착해서야 그가 성형외과 의사라는 사실을 처음 알았다. 입구에서부터 성형 수술을 기다리는 한 무리의 아가씨들을 비집고 안으로 들어갔다. 후이다오는 먼저 초음파 검사부터 하자고 했다. 나는 서류 한 장을 들고 한 무리의 아가씨들 틈을 또 뚫고 나가 초음파 검사실로 갔다. 의사는 검사하면서 실습생 몇 명에게 설명했다.

"이 사이즈를 좀 보세요. 내 다년간의 경험상 가벼운 건 아니에요. 긴장하지 마세요. 떼어내면 되니까." 나는 불안해서 서류를 들고 후이다오를 또 찾아갔다. 그가 설명했다.

"양성 종양이라서 일단 떼어내고 조직검사를 해봐야 해."

그가 서두르는 모습을 보니 차마 수술을 거부할 수 없었다. 속으로는 당장이라도 도망가고 싶은 강렬한 충동이 일었지만 적들 앞에서 결코 굴복하지 않았던 수많은 혁명 열사들을 떠올리며 참았다. 뭐랄까, 나도 한때는 소년 선봉대 대원이자 공산주의 청년단의 단원이었는데 여기서 도망가 버리면 옆집 왕 씨가 날 어떻게 보겠나.

수술실로 들어가니 후이다오가 "엎드려"라고 지시했다.

나는 얼떨결에 엎드리고 바지도 벗었다. 그 순간 문득 예전의 그 마사지사가 생각났다. 지금 의사가 되었는지도 모르고 결혼을 했는지도 모르는데 말이다.

그때 간호사 몇 명이 낄낄대며 수술실로 들어오더니 마취제도 준비하고 각종 수술 도구도 챙겼다. 후이다오는 간호사들과 병원 각 파트의 숨겨진 재미있는 일화를 가십거리로 삼았다. 그러다가 내가 엎드려 있다는 사실이 생각났는지 다가와서 마취 주사를 놓았다.

"아플 거야."

그가 말하면서 주사 바늘을 찌르자 나는 입에서 욕이 나올 뻔했다. 예쁜 간호사가 있었기에 망정이지 안 그러면 욕이 튀어나왔을 것이다.

후이다오는 예상대로 메스를 다루는 솜씨가 보통이 아니었다. 수술 부위는 마취가 되어 감각이 없었지만 얼굴이 상기되었다. 메스가 허리에서 날을 번뜩이며 활개를 친 지 이십 분이 채 되지 않았을 때 후이다오가 말했다. "끝났어. 봉합할 테니까 조금만 기다려."

그는 아주 훌륭한 재봉사였다. 실과 바늘의 놀림이 제법이었다. 또 이십 분이 못 되어서 그가 말했다.

"가자."

나의 첫 수술은 이렇게 후다닥 끝이 났다. 아프다는 핑계로 간호사 손을 한 번 꼭 잡거나 침대 시트를 입에 물고 엄살을 부릴 틈도 없었다. 한마디로 첫 수술은 아쉬움이 많이 남았다.

집으로 돌아와서 위챗 모멘트에 글을 올리니 친구들이 우르르 공감을 클릭했다. 그중에서 내게 진지하게 관심을 보인 건 보험회사에 다니는 친구였다. 그가 댓글을 남겼다.

'건강이 가장 중요해. 건강을 잃으면 모든 걸 잃게 돼. 돈이 아무리 많아도 쓸 수가 없잖아. 회복하고 나면 의료보험 하나 소개할게.'

이런 인정이 있어 세상은 아직 살 만하다

다른 사람들도 내 친구처럼 이 대목에서 건강이 중요하다는 생각을 할까? 마지막으로 짧은 이야기 한 토막을 남기며 이 글을 마무리하겠다.

1602년, 명나라 신종 주익균은 병이 위중해지자 한밤중에 재상 심일관을 불러 광업세 징수를 중단하고 궁전 건설도 중지시켰다. 각지의 환관도 모두 철수시켰다. 어차피 세상은 빈손으로 왔다가 빈손으로 돌아가는 곳이니 재물도 중요하지 않고 살려면 간언을 받아들여야 한다고 여겼다.

그런데 뜻밖에도 다음 날 병이 호전되자 신종은 간밤에 내렸던 결정이 후회되었다. 그래서 환관 스무 명을 파견해 황제의 교지를 전달하며 세금을 독촉했다.

이 일화는 사람이 아플 때는 성실한 삶을 살겠다고 말해놓고서는 병이 나으면 오히려 더 못되게 구는 이치를 잘 보여주고 있다. 어쨌거나 나는 늘 하던 대로 내 삶을 계속 즐길 것이다.

발끝으로 얻은 것

덴마크 코펜하겐에서 도자기 컵 두 개를 샀다. 황실의 도자기라는 말을 듣고는 상점 주인에게 컵이 깨지지 않게 포장을 겹겹이 잘해 달라고 부탁했다. 포장한 컵을 다시 두꺼운 상자에 넣고 빈 공간에는 완충재도 채워 넣었다. 그렇게 거의 열 시간을 날아와서 무사히 귀국했다.

집에 돌아와서 한 겹 한 겹 포장을 풀 때의 기쁨은 말로 다 표현할 수가 없었다. 마지막 한 겹 남은 포장재를 펼칠 때, 여러분의 우려처럼 컵이 내 손에서 미끄러져 바닥에 떨어졌다. 컵은 깨져서 산산조각이 났고 내 마음도 같이 부서졌다.

성공을 목전에 두고 사소한 실수로 하나 때문에 모두 물거품이 되는 것만큼 유감스러운 일은 없다.

내가 아는 한 여자는 어떤 한 남자를 굉장히 좋아했다. 나한테 그 남자 이야기를 하는 그녀의 눈에는 항상 행복이 흘러넘쳐 보였다.

그녀는 남자한테 사랑받으려고 남자가 시키는 일은 뭐든 거부하지 않고 다 따랐다. 남자가 허락한 사람하고만 교제하고 남자가 입으라는 옷만 입었다. 심지어는 남자가 특히 좋아하는 말투로 그와 대화했다.

스누커 경기를 관람하기를 좋아하는 남자친구에게 잘 보이려고 나한테 스누커 경기 규칙도 자주 물어봤다. 그녀의 눈빛에서는 스누커를 전혀 좋아하지 않는 게 느껴졌지만 그녀는 남자와 함께 경기를 보러갈 때면 일부러 크게 소리를 지르며 경기를 굉장히 즐기는 척했다.

결국 두 사람은 헤어졌지만 먼저 헤어지자고 한 쪽은 여자였다.

그녀는 자기가 너무 피곤해서 헤어졌다고 했다. 매일 배우처럼, 그것도 영혼이 없는 배우처럼 살기가 힘들었던 것이다. 그 남자를 여전히 좋아하지만 하루도 거르지 않고 이렇게 조심스럽게 지내다가는 미쳐버릴 것만 같다고 했다.

사람들은 자기가 애지중지하는 물건이나 사람을 굉장히 조심스럽게 보호하며, 그러기 위해서 노력을 아끼지 않는다. 하지만 그렇게 너무 조심스럽게 보호하다가 오히려 망가지는 경우가 실제로는 더 흔하다. 어떤 사람의 마음에 들려고 애쓰는 건 높은 곳에 있는 물건을 잡으려고 까치발을 하는 것과 같다. 까치발을 하면 자세가 불안정해서 결국엔 사람도 물건도 다 망가지기 때문이다.

나는 깨진 컵 조각을 큰 유리병 속에 담고 덴마크에서 가져온 작은 휘장도 같이 넣어두었다. 친구가 이게 무슨 예술품이냐고 물었다. 나는 마음을 담은 병이라고 대답했다. 이제 이 병을 바라보면 코펜하겐에서 즐겁게 여행했던 기억이 새록새록 떠오를 것이다.

훗날 여자는 다른 남자와 사랑에 빠졌다. 나는 그녀에게 남자의 어떤

점에 반했는지 물었다. 그녀가 대답했다.

"그 사람 앞에서는 얼마나 자유로운지 몰라. 내 멋대로 할 수 있거든."

나는 그녀의 느낌이 어떤 것인지 잘 안다. 평지를 함께 걸으면 마음이 편안하고 아무 때나 어깨춤이 절로 나고 자신의 아름다움을 언제라도 발견할 수 있는 기분이지 않을까.

霜降

서리가 대지를 뒤덮고
초목이 노란빛으로 변하는

상강

유머는 순간 반짝하고 떠오르는 것이 아니다.
만약 유머가 반짝 떠오른 적이 있다고 여긴다면
그건 아마 유머에 한 방 맞아서
정신이 번쩍 든 상태를 착각하고 있는 것이다.
내가 생각하는 진정한 유머는
어떤 상황에서도 웃음을 잃지 않고 긍정적으로 바라보는 것이다.
그 어떤 상황에서도.

그래서 진정한 유머는 곧 지혜다.
유머가 있으면 문제를 보는 시각이 다양해지기 때문이다.

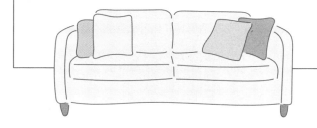

청춘을 보내며

언제인지도 모르게 나이가 스무 살에서 서른 살로 '확' 넘어오는 바람에 여전히 '난 아직 애야' 하고 착각하고 있다. 예전에는 직장에서 나를 지칭할 때 '얘'라고 했는데 요즘은 새로운 직원이 오면 그 사람들에게 나를 '이분'이라고 지칭한다.

어찌 이럴 수가! 도저히 용납이 안 된다. 하지만 난 이제 아저씨니까 받아들여야겠지.

스무 살에서 서른 살이 되는 동안 어떤 변화가 일어났을까. 이렇게 이야기할 수 있겠다. 스무 살에는 듀렉스 콘돔 10개들이 한 박스를 매주 샀는데 서른 살에는 많이 사야 한 달에 오카모토 3개들이 한 박스를 샀다고. 뭘 웃고 그러시나. 오카모토가 더 비싸단 말이다. 돈을 아껴 쓸 줄 알아야지.

스무 살에는 밤새도록 5차까지 달렸다. 밥을 3차까지 먹고 노래방을 두 탕이나 더 뛰었다. 그때는 정말 겁도 없고 힘도 좋고 멋도 알아서 여자한테 인기가 많았다. 서른 살이 되고부터는 사람들을 만나서 밥 한 끼만 먹어도 지친다. 볼 일은 전화 한 통이면 충분하지 않나? 밥 먹고 노래방까지 가면 시간 낭비 아닌가? 하는 생각도 한다.

스무 살에는 잘나가는 인기가수와 그들의 별자리나 취미를 속속들이 다 알았는데 서른 살에는 남들이 그런 이야기를 하는 것만 들어도 놀랍고 어안이 벙벙하다. 사람들이 왜 소호대*를 좋아하지 않는지 인터넷으로 검색해 보고서야 이미 해체한 사실도 알았다.

서른의 길목에 들어서니 막막함이 앞서는데 그 이유는 잘 모르겠다. 공자가 서른을 '이립而立'이라고 했다. 뭘 세우라는 말일까? 공을 세워? 덕을 쌓아? 명언을 남겨? 그냥 전부 나와는 거리가 먼 이야기 같다. 하지만 이제부터 언급할 세 가지만은 분명히 말할 수 있다.

1. 일을 자신을 표현하는 수단으로 삼는다

스무 살 사회초년생 시절에는 좌충우돌하는 덜렁이라도 괜찮다. 어쨌든 젊으니까 용서된다. 그러나 서른 살이 되면 반드시 성찰해야 할 중요한 문제가 있다. 즉, 자기만의 특별한 능력을 지니고 있는지 스스로 점검해야 한다. 그 능력은 빼어난 글재주일 수도 있고 출중한 영어 실력일 수도 있다. 혹은 남다른 영업 실력일 수도 있고 눈물 콧물이 쏙 빠지도록 혼내는 기술일 수도 있다.

서른 살이 되었는데도 이런 능력을 갖추지 못하면 굉장히 상황이 난

---

* 小虎隊, 80~90년대 중화권에서 최고의 인기를 누렸던 남성 아이돌 그룹

처해진다. 새로 입사한 직원이 새로운 것을 습득하는 능력이 우수한데다가 결정적으로 기존 사원보다 급여가 훨씬 적으니 나이 먹어서 자리만 차지하고 있는 직원을 뭣 하러 그냥 두겠나. 회사의 각종 비리를 많이 알고 있다고 해서 쫓아내지 않을 것 같은가.

서른 살 먹은 내 친구의 오전 일과는 이렇게 흘러간다.

출근 카드를 찍고, 컴퓨터를 켜고, 컵을 씻고, 물을 따라 오는 길에 가십을 주워듣고, 책상을 정리하고, 스마트폰을 충전하고, 지각하는 사람이 있는지 살피고, 이메일을 확인하고, 이메일에 링크된 인터넷 쇼핑몰에 들어가서 물건을 사고, 웨이보를 훑어보고, 갖가지 뉴스를 리트윗하고, 메신저로 친구에게 안부를 전하고, 밉살스러운 친구를 차단하고, 스마트폰을 꺼내 위챗 메시지를 확인하고, 모멘트 게시물을 둘러보며 하트를 날리고……이윽고 정오가 되어 점심을 먹는다.

사장이 좋은 사람이거나 사장의 애인이라는 이유 외에는 설명이 되지 않는 일과다.

서른이라는 나이에 접어들면 일과 생활을 따로 분리할 필요가 없다. 일도 생활의 일부다. 일과 생활을 분리하면 일이 행복한 삶을 방해하는 기분이 든다. 스스로 자기만의 핵심 무기를 갖추고 그 무기를 이용해서 자기 분야에서 영향력을 넓혀가야만 유일무이한 자기만의 경쟁력이 생긴다. 그렇게 되면 일은 일종의 삶의 방식이 되고 나아가 자신을 표현하는 수단이 된다. 일하는 수준이 숙련된 단계 이상을 넘어서서 일로써 확실히 자신을 표현할 수 있는 정도가 되면 예술의 경지에 다다랐다고 일컬어도 좋다.

2. 감정을 제어하는 데 익숙해진다

집에 인테리어를 새로 할 때는 사소한 것 하나까지 백방으로 까다롭게 점검한다. 샹들리에의 높이, 소파의 각도, 걸레받이 몰딩의 아귀가 잘 맞는지를 확인하는 등 여러 가지로 신경을 곤두세운다. 그러나 막상 짐을 들이고 나서 며칠만 지나면 언제 그랬냐는 듯이 신경을 거의 쓰지 않게 된다. 배우자를 선택할 때도 이와 다르지 않다. 결혼 전에 언행과 사람을 대하는 태도 등 하나하나 꼼꼼하고 치밀하게 상대방을 관찰해도 결혼하고 나면 예전엔 미처 몰랐던 단점이 하나둘씩 보인다. 그렇지만 그런대로 살아가다 보면 그런 단점에 익숙해진다.

익숙해지는 것은 수양이 상당히 높은 경지에 올라야 가능하다. 말하자면 관용을 배우기 시작하는 것이다.

현재 중국의 이혼율이 얼마나 높은지는 잘 모르지만 내 주변 친구들 중에는 이혼한 사람이 확실히 많다. 이혼 사유도 각양각색이다. 칫솔을 거꾸로 꽂고 치약을 짜는 방식이 다르다는 이유로 이혼한다는데, 아이고, 치약은 왜 걸고넘어지는지……. 또 배우자가 잘 때 등지고 돌아눕고, 양말을 함부로 벗어던지고, 밥을 먹을 때 쩝쩝거려서 이혼하는 사람들은 배우자가 괴짜인지 자기가 괴짜 중에 괴짜인지는 몰라도 어쨌든 둘 중 한 사람이 괴짜인 것만은 분명하다. 그런 사소한 단점을 왜 받아들이지 못할까? 이유는 눈만 뜨면 보는 사이라서 짜증이 나기 때문이다. 그럴 때 해결책은 이혼이 아니라 외도다.

어떤 이는 인생에서 최대 비극이 종일 고생하고 집에 갔더니 가장 사랑하는 사람이 남의 집에 가 있는 걸 목격하는 것이라고 한다. 사실 가장 사랑한다는 의미도 어쩌면 상대방이 남의 집에 있어서 함께 생활하지 못하기 때문에 그 사람이 사랑스럽게 느껴진 것일 수도 있다. 모든 러브 스토리는 격정적인 감정에서 시작해서 점점 건조해지고, 달달하던 연애도 차츰 평범한 일상으로 대체된다. 진정한 행복이란 신선한 자극이 계속 이어지는 것이 아니라 격정이 사라진 뒤의 평범함을 용기 있게 받아들이는 것이다.

그러므로 어떤 일들은 이제 익숙해지자. 상대방에게도 그 사람만의 공간이 필요함을 안다면 상대방의 휴대전화를 다시는 검사하지 말자. 자신에게도 단점이 많으니 상대방의 사소한 단점은 시시콜콜 따지지 말자. 일상에는 잡다한 일들이 너무 많으니 그런 자질구레한 일로 화내지 말고 자기 자신한테도 짜증을 부리지 말자. 음, 언젠가 나중에 집도 차도 돈도 다 남한테 주어버리는 것도 괜찮은 생각 같다.

그러기 위해서는 전제 조건이 필요하다. 즉, 서로 지켜야 할 마지노선을 넘지 않는 것이다. 나는 결혼 생활에서 꼭 지켜야 할 아주 중요한 두 가지가 있다고 본다. 첫째는 폭력을 쓰지 않는 것이고, 둘째는 서로에게 성실한 것이다. 이 두 가지만 몸에 배면 삶이 비관적이지 않고 아등바등 힘들게 살지 않아도 되며 자연스럽게 살아갈 방도가 열린다.

3. 돈을 관리할 줄 안다

스무 살에는 돈을 버느라 바빴다면 서른 살에는 재테크하는 법을 배워야 한다. 돈을 모두 은행에 맡기는 건 사치스러운 짓이다. 만약 이자가 물가상승률보다 못하면 손해를 보지 않을까? 만약 당신 월급이 오천 위안이라면 일단 돈을 다섯 가지 항목으로 나누어라. 책값 0.01위안, 가족에게 보낼 돈 0.01위안, 여자친구의 화장품과 옷을 살 돈 0.01위안, 친구한테 한턱낼 돈 0.01위안, 지인을 위한 각종 경조사 부조금 0.01위안을 떼놓고 나머지 4,999.95위안을 아무에게도 말하지 말고 잘 숨겨두어라.

이런 재테크 노하우는 내가 아무한테나 알려주지 않는다.

실은 웃자고 한 이야기다. 당연히 돈을 잘 관리할 방법을 찾아야 한다. 적은 돈도 제대로 관리하지 못하면 큰돈이 생겨도 기쁘지 않고 비극만 생긴다. 돈을 다룰 줄 알아야 부를 통제할 수 있다.

돈을 버는 건 과정이지 목적이 아니다. '돈을 얼마쯤 벌어서 뭐도 하고 뭐도 해야지'라고 생각한다면 돈을 목적으로 삼은 것이다. 돈을 목적으로 삼으면 눈앞의 이익에만 급급하게 되고 이해득실에 연연한다. 성숙한 사람은 돈을 버는 것을 과정으로 삼는다. 돈을 벌 능력만 있으면 돈을 얼마나 벌어서 뭘 어떻게 하겠다는 계획을 세울 필요도 없다. 그것은 같잖은 목표에 불과하다. 설마 돈을 벌면 가만히 앉아서 놀고먹으려는 심산인가? 그런 생각은 해서도 안 된다. 돈을 벌 능력을 기르고 생활과 돈벌이를 동시에 하면 삶도 즐겁고 굶어죽지도 않는다.

서른 살부터 자신의 노력으로 꿈을 조금씩 이루어 가는 삶이 얼마나 행복한지 모른다. 단번에 출세하려고 서두르지 마라. 모든 꿈을 하룻밤에 다 이루려고 하면 좌절감만 생길 뿐이다. 열심히 살려고 노력하는 과정에서 조금씩 느끼는 행복감을 놓치지 마라. 친구와 정답게 이야기도 나누고, 취미생활도 하고, 연애도 하면서 충실하게 생활하면 설령 내일 세상의 종말이 오더라도 후회가 남지 않는다. 인생은 그렇게 살아야 하는 것이다.

비록 초라한 삶이라도 스스로 찬란하게 빛을 내야 한다.

마흔 살 남자의 조언

눈 깜짝할 사이에 어느덧 불혹이 되었다. 이립을 앞둔 이들에게 주는 조언의 글을 쓴 지가 겨우 하루 이틀밖에 지나지 않은 것 같은데 벌써 인생의 반이 지나가 버렸다. 이 나이를 먹었다는 건 아이돌파에서 실력파로 성장했다는 의미도 된다. 어느 날 한밤중에 잠이 깨어 지나온 길을 회상해보니 몇 가지 상당히 중요한 일이 떠올랐다. 운동을 꾸준히 해야 건강을 유지할 수 있다는 기본적인 이야기는 잔소리 같으니 하지 않겠다. 그 밖의 것들을 인생 선배로서 선의를 담아 조언할 테니 내 나이에 점점 다가오고 있는 젊은이들에게 좋은 충고가 되길 바란다.

독서하는 습관을 기르자
마흔 살은 남의 지적을 받아들여 성장하고 배우기가 무척 어려운 나이다. 젊은 사람은 모르는 것이 있으면 질문해도 되지만, 마흔 살 먹은 사람이 몰라서 물어보면 "넌 그 나이가 되도록 뭘 하며 살았냐?" 하는 핀잔을 듣는다.

그렇기 때문에 독서가 매우 중요하다. 독서를 많이 하는 사람은 자신에게 필요한 공부를 스스로 찾아서 마스터한다. 독서는 완료형이 아니고 영원히 현재진행형이다. 독서를 통해 자신을 발전시켜야만 더 훌륭한 사람을 만날 수 있고 교제의 범위가 자신의 교양 수준에 따라 달라진다. 책을 전혀 읽지 않으면 당연히 수준이 다소 낮고 물질을 중시하는 사람과 교제하게 되며, 대화의 주제도 기껏해야 시시콜콜한 일이나 명품 이야기다. 행여 훌륭한 사람을 만나도 그 사람을 당황하게 하고 말이 잘 통하지 않아서 몇 마디 채 나누지도 못하고 웃으며 헤어진다. 친구도 자신의 수준에 맞는 사람과 사귀게 되고 애인도 자신의 수준에 따라 달라진다.

독서 외에 외로움을 즐기는 법도 배워야 한다. 외로움을 즐기지 못하는 사람이야말로 정말 외로운 사람이다. 매일 각종 모임과 활동에 참석하며 하루도 차분히 있지 못하는 사람들이 많은데 모두 외로움이 두렵고 혼자 있는 게 겁나기 때문이다. 혼자 있으면 자기 내면을 들여다봐야 해서 소란한 환경 속에 있으려고 하고 그 안에서 존재감을 느끼려고 하는 것이다. 홀로 있는 시간을 견디지 못하는 사람은 깊은 지혜를 얻지 못한다.

외로움을 즐기자

외로움은 삶을 대하는 자세 중에서 가장 높은 경지에 있는 감정이다. 외로움을 알아야 자기 내면이 원하는 것을 발견할 수 있기 때문이다.

자기가 얼마나 노력하며 사는지 알아주는 이는 드물다. 언젠가는 이 사실을 깨닫게 될 것이다. 사람들은 대부분 결과만 보려고 하고 그 과정이 얼마나 힘들었는지는 관심이 없다. 예전에 나는 비행기를 몇 번 갈아 타다가 공항에서 짐을 잃어버려서 밤새도록 버스를 타고 스자좡에 간 적이 있는데, 한숨도 못 자고 아침을 맞이했다. 그렇게 피곤한 상태로 고객과의 약속을 지키기 위해 아침 여덟 시부터 아홉 시까지 강의도 했다. 내가 생각해도 그때 나 자신이 참 대단했다.

내가 아무리 산을 넘고 물을 건너도 내 고생을 알아주는 사람은 없다. 기뻐서 팔을 쳐들고 소리 높여 외쳐도 호응해주는 사람은 거의 없다.

솔직히 말해서 인생은 외로움에서 자유로워지는 것이며, 그 방법은 일찍 배울수록 좋다.

진정한 친구를 사귀자

자기가 좋아하는 일을 하면서 동시에 진정한 친구도 몇 명 사귀자.

모든 사람의 비위를 맞추려고 하지 마라. 그런 방식으로 맺어진 인간관계는 불안정하다. 자기 자신을 믿어야만 진정한 친구를 사귈 수 있고 관계가 오래 지속된다. 모두에게 친절한 사람은 참된 친구도 없고 아무에게 미움도 사지 않고 줏대도 없다. 같은 이치로 모든 이를 사랑하는 사람에게는 한 사람을 향한 진정한 사랑이 없다. 그런 사람에게는 세상의 모든 이에게 나누어주는 사랑이 진정한 사랑이며 그 사람이 받아야 할 사랑과는 차원이 다른 사랑이다. 그러므로 누군가 자신을 사랑해 준다고 해서 유난히 감동할 필요는 없다. 그 사람이 모든 이에게 사랑을 주고 있을 수도 있기 때문이다. 보통 한 사람을 사랑하면 사랑하는 사람과 그 밖에 나머지 사람으로 세상을 양분하기 마련이다.

모든 이와 친구가 되려고도 하지 마라. 많은 사람과 너무 가깝게 지낼 필요는 없다. 매일 그렇게 많은 사람을 만나도 그 사람들과 모두 친구가 되지는 않는다. 그중 대다수는 "안녕하세요, 저는 ○○예요. 만나서 반가웠어요. 잘 가요" 하며 겉으로만 친한 척한다. 군자의 사귐은 물처럼 담백하다고 했듯이 모든 사람과 개인 메시지를 주고받을 필요도 없고 위챗 친구에 추가할 필요도 없다. 대체로 사이가 너무 가까우면 감정 충돌이 생기고 무례하게 대하게 되어 원래 예의를 갖추던 사이가 어색해지고 불편해진다. 즉, 어느 정도 거리가 있어야 서로를 존중할 수 있다.

어떤 사람과 마음을 터놓는 친구가 될 수 있을까? 가치관이 일치하고, 취미가 같고, 공통된 화제가 있는 사람, 무엇보다 흥미가 통하는 사람과 마음을 쉽게 터놓을 수 있다.

친구를 사귈 때 흥미는 매우 중요한 판단 기준이다. 흥미는 어떤 한 분야의 전문성에서도 엿보이고, 미식의 조예로도 알 수도 있고, 비범한 용기에서도 드러나고, 기발한 착상을 통해서도 드러난다. 흥미가 맞으면 긴장이 풀리고 마음이 편해서 자리를 뜨려고 안달하지 않는다. 한마디로 요약하자면 흥미는 어쩌면 자신이 편해짐으로써 남도 편하게 하는 것이라고 할 수 있다.

성숙한 관계를 형성하자

나이가 들어감에 따라 반드시 알아야 할 이치가 있다. 아무도 자신의 소유로 만들 수 없다는 점이다. 한 사람을 미칠 듯이 좋아해도 그 사람을 소유할 수는 없다. 그 사람은 그 사람 자체로 존재하며 누군가의 일부가 될 수 없다는 말이다. 모든 사람은 각자가 자신의 주인이며 타인과는 동반자 관계만 형성할 수 있다. 상대방을 소유하려고 하면 결국 좌절감을 맛보게 되고 감정의 죄인으로 전락한다.

사랑하는 사람이 있어 다른 사람한테 마음이 끌릴 일은 없을 거라고 장담하지 못한다. 지금 사랑하는 사람보다 돈이 더 많고, 외모가 더 멋있고, 성품이 더 부드럽고, 자기 기대에 더 부합하고, 자신을 더 잘 아는 사람을 만난다면 당신은 그 사람에게 빠질까? 아니면 절개를 지킬까? 이런 가능성이 있을 수 있기 때문에 사랑은 충동과 열정이라기보다는 약속이다. 한 사람을 사랑하는 것은 곧 그 사람과 약속을 하는 것이다. 약속을 했기 때문에 마음이 흔들려도 파도를 잠재울 수 있다.

이런 것이 바로 성숙한 인격이다. 유혹에 넘어가서 바로 사랑에 빠지는 사람은 감정이 과잉되었기 때문이며, 감정이 과잉되면 허무주의에 빠진다. 모든 사람을 사랑하면 한 사람의 관심과 보답을 받지 못한다. 그런 보답이 없으면 행복감을 느낄 수 없다.

이별하는 법을 배우자

나이가 많아지면 현실을 받아들일 마음의 준비를 차츰 해야 한다. 이를테면 부모님이 연로해 세상을 떠나는 경우를 대비해 마음의 준비가 필요하다. 그 전에 길러주신 부모님의 은혜에 보답했는지 가슴에 손을 얹고 자신에게 물어보자. 밖에서 잘나가는 사람이라도 부모님 앞에서는 아이가 된다. 어느 날 부모님의 품을 떠나 세상 밖으로 나갔을 때 자신을 향해 웃어주는 익숙한 얼굴이 없다는 건 곧 목숨을 다해 사심 없이 자신을 사랑해줄 사람이 없다는 의미다.

부모님뿐만 아니라 친구도 언젠가는 떠난다. 인생길을 가다 보면 오래된 친구들이 하나둘씩 곁을 떠난다. 보폭이 달라서 떠나기도 하고 선택한 길이 달라서 떠나기도 하지만 슬퍼할 필요는 없다. 그들이 가야 할 곳으로 자연스럽게 가는 것이다. 물론 그 길에서 새로운 친구도 다가온다. 그들은 당신의 굳건한 발걸음과 독특한 기질에 이끌려 다가오는 사람들이다. 인생길에서는 각 단계마다 다른 친구를 만나 함께 가므로 그 동행하는 시간을 귀하게 여기되 끝까지 함께 가자고 강요할 필요는 없다.

친구가 떠나듯이 사랑하는 사람도 떠날 수 있다. 내가 사랑하던 사람이 나를 떠난다고 했을 때 나는 항상 "그래" 두 글자밖에 말하지 못했다. "왜? 네가 어떻게 나한테 이럴 수 있어? 도대체 내가 뭘 잘못한 거야?"라는 말은 절대 입 밖으로 꺼내지 않았다. 사랑하는 사람을 떠나기로 결심했다면 타당한 이유가 꼭 있어야 한다. 오래 전부터 궁리해 두었던 허울 좋은 핑계는 누구도 듣고 싶어 하지 않으니까. 떠나는 사람은 본래 내 사람이 될 수 없었던 사람이므로 담담하게 행운을 빌어주고 지난 일은 깨끗이 잊어야 한다. 짧은 인생인데 기억 속에만 머물러 살 수는 없지 않나.

마지막으로 현재 나의 삶의 자세를 한마디로 정리하면 '진인사대천명盡人事待天命'이다. 나는 양심에 한 점 부끄러움이 없고 이성에게 유혹되지 않으며, 순조롭게 살아가고 현재의 삶에 만족한다. 또 잘못이 있으면 고치고 방향을 잃으면 다시 돌아온다. 나를 사랑하는 사람에게 최선을 다하고 나를 사랑하지 않는 사람은 금방 잊는다.

이렇게 살면 정말 좋다.

유머가 있는 삶

나는 어릴 때부터 학습 성적이 별로였다. 그래서 나중에 커서 아마 교사나 되지 않을까 생각했는데* 지금 나는 정식으로 학생을 가르치는 일을 하고 있고, 게다가 성적이 우수한 학생들을 가르치느라 애를 먹고 있다. 대학을 졸업하자마자 나는 실연을 당했지만 그 일을 계기로 내 인생이 본격적으로 시작된 것 같다. 여자친구와 나는 주변의 다른 친구들과 달리 대략 차로 한 시간 걸리는 거리에 뚝 떨어져 살아서 연애하기가 수월하진 않았다. 요즘 도시의 교통 상황으로 보자면 아마 그때보다 지금이 훨씬 힘들 것이다. 그녀와 헤어진 이유는 단순했다. 비싼 차비를 감당할 수 있을 만큼 우리의 사랑이 깊지 않았던 탓이다. 물론 이건 표면적인 이

---

* 중국에서 교사는 사회적으로나 경제적으로 대우를 받지 못하는 직업이어서 저자가 이렇게 생각한 것 같다.

유다. 사실 근본적인 이유는 내 직장이 변변치 못했기 때문이다.

내 첫 실습 업무는 지난에 있는 한 마트에서 속옷을 파는 일이었다. 게다가 여자 속옷이었다. 그때 나는 너무 부끄러웠다. 속옷을 사러 온 여자들보다도 내가 더 쑥스러움을 탔다. 오로지 여자들 눈에 띄지 않게 숨고 싶은 마음뿐이었지만 팀장이 삼십 분마다 한 번씩 순회하는 바람에 꼼짝없이 여성 속옷 진열대 옆에 서 있었다. 인생을 고찰하는 척하면서.

어떤 상황인지 안 봐도 아마 충분히 짐작이 갈 것이다. 가끔 내게 사이즈 호수와 A, B, C, D로 된 컵 사이즈를 묻는 여자들도 있었다. 그때 나는 알파벳에 숨은 새로운 의미를 파악해야 했고 그렇게 깊은 뜻이 있는지 처음 알았다. 저녁이면 속옷과 관련된 것들을 정확히 이해하려고 인터넷을 검색해서 자료를 찾았다. 알다시피 속옷과 관련된 정보는 대부분 불건전한 사이트와 많이 연결되어 있다.

같은 숙소에 사는 한 친구는 나와 컴퓨터를 번갈아 쳐다보더니 무시하는 투로 내게 말했다.

"그러고 있지 말고 그냥 여자친구를 사귀어. 아직 젊잖아."

나는 집요하게 들고파서 마침내 어디 사이즈가 가슴둘레고 컵이 무엇인지 알아냈다. 이렇게 전문적인 정보를 터득하고 나니 자신감이 가득 차올랐다. 아, 맞다. 나는 대학에서 회계학을 전공했다. 여러분은 몰랐겠지만. 내가 얼마나 많은 분야를 넘나들었는지 여러분은 상상할 수 있을까. 아무튼 속옷에 대해 뭘 좀 알고 제대로 실력을 발휘할 수 있게 되었을 즈음에 허무하게도 실습이 끝나버렸다.

인생에서는 어떤 일에 대해 준비가 다 되었는데 그것을 펼칠 기회를 얻지 못하고 무산될 때가 무척 많다. 나 역시도 실습하면서 닦은 재주가 아내의 속옷을 함께 사러갈 때 빼고는 더 이상 쓸모가 없어졌다. 더구나 속옷에 관해 아주 잘 아는 티를 낼 수도 없다. 까딱하면 아내가 내 정체를 의심할 수도 있기 때문에.

그 이후에는 사장의 비서로 일했다. 사실 당시에는 속옷 판매 실습이 무슨 의미가 있는지 몰랐다. 나는 회계학을 전공했고 회사에 비서직으로 채용되었는데 여성 속옷을 판매하라고 하니 이 회사의 인사과에는 변태들만 모였나 하는 생각도 했다.

사장은 내게 연설문 원고를 작성하는 일을 전담시켰다. 그의 요구 사항은 딱 두 가지였다. 첫째는 자신이 지적으로 보이는 내용이어야 하고, 둘째는 전달 방식이 간단명료해야 한다는 것이었다. 나는 어떻게 써야 간단명료하면서 지적으로 보일지 도무지 감이 잡히지 않았다. 하지만 생각해보니 미미한 부분으로 큰 성과를 거두어야 하는 점이 여성 속옷과 좀 비슷했다.

그래서 당시와 송사를 발췌해서 원고에 인용했다. 이왕이면 생소한 문장을 주로 찾았다. 그래야 지적으로 보일 테니까. 내가 지금까지 기억하고 있는 많은 시와 사는 전부 그때 외웠던 것들이다. 이를테면 "대부관은 강동에서 또 취하는데 소탈한 문인은 고풍을 일으키네" 이런 문장인데, 누구의 글에서 발췌했는지 아는가? 당나라 시인 두목의 〈기선주정간의^寄^{宣州鄭諫議}〉의 첫 두 구절이다. 어떤가? 이 정도면 내가 지적으로 보이지 않는가. 그런데 나중에 사장이 여비서를 한 명 더 채용했다. 내게는 상당히 부담스러운 존재였다. 나는 또 이렇게 경쟁에서 밀리는구나 싶었다.

어느 날 우연히 인터넷상에서 사진 한 장을 봤다. 어느 사장의 연설문 원고였다. 원고에는 괄호를 쳐서 '여기서 박수 소리', '잠시 끊어 읽기' 등과 같은 도움말이 적혀 있었다. 그 순간 나는 내게도 업무 수준을 업그레이드시킬 수 있는 여지가 생겼다는 느낌이 확 왔다. 그래서 나도 사장의 원고를 인터넷에서 본 것처럼 작성했다. 연설문 중간 중간에 괄호를 치고 '강한 톤으로', '청중의 박수 소리를 기다림' 등을 삽입했다. 그 결과는 다음 날 사장한테 욕만 한 바가지 먹었다. 사장이 괄호 안에 적은 말도 다 읽어 버렸기 때문이다. 새로운 스타일을 적용하려면 사장의 지적 수준도 고려해야 했다.

사장은 나를 호되게 꾸짖더니 이렇게 말했다.

"자네는 날 바보로 아나? 내가 천치인가? 어디서 힘주어 말해야 하는지 내가 모르겠어? 다음부턴 그런 부분을 꼭 빨간색으로 표기하라고!"

좋은 사장을 만난 덕분에 나는 빨리 성장했다.

국영기업에서 그렇게 수월하게 이 년이 넘도록 일하던 나는 어느 날 문득 자신을 돌아보게 되었다. 한평생을 그냥 이렇게 죽 살아도 되나 하는 반성이었다. 회사에서 오래 근무한 직원들을 보니 나의 미래도 짐작이 갔다. 십 몇 년이 지나면 처장급 간부가 되어 매일 알아듣기도 어려운 회의에 참석하고 있을 것이다. 그도 그렇지만 무엇보다 당시 급여가 적었다. 월급이 겨우 사백 위안이어서 연애를 하고 싶어도 돈이 없어서 못했다. 솔직히 말해서 내가 회사를 그만두는 계기가 되었던 결정적인 이유는 따로 있었다. 단순히 돈 때문은 아니었다. 드라마 〈백령공우〉가 내 인생을 바꿔놓은 셈이다.

주인공 안재욱과 둥졔가 상하이에 있는 한 아파트에 살면서 벌어지는 스토리를 다룬 드라마인데 내 눈엔 무척이나 로맨틱해 보였다. 그때는 내 월급이 사백 위안이라는 사실도 잊은 채 상하이에만 가면 어느 아파트에서 둥졔 같은 미인이 날 기다리고 있을 것만 같았다. 그래서 퇴사하기로 굳게 마음을 먹었고 넓은 세상을 실컷 돌아보고 싶었다. 내가 사장에게 마지막으로 써서 건넨 글은 사직서였다. 아직 젊은데 이렇게 살면서 내

청춘을 허비하긴 싫었다. 나는 사장 사무실에서 사직서를 건넬 때의 상황이 아직도 기억난다. 사장은 쿨하게 "알았네" 한마디만 할뿐 나를 붙잡지 않았다. 우리는 자신이 대단한 사람인 줄 아는 착각에 빠질 때가 많은데 현실은 남의 집 꽃밭에 거름으로 쓸 소똥에 불과하다. 사장 사무실을 나오는데 사장이 전화하는 소리가 희미하게 들렸다.

"원고 담당 직원이 나갔으니까 새로 한 명을 뽑으세요."

퇴사를 한 뒤에 곧장 상하이로 가서 방랑생활을 시작하기로 했다. 나는 고향인 산둥을 한 번도 벗어난 적이 없었거니와 먼 길을 떠난 경험도 없었다. 일단 일반석 기차표 한 장을 샀다. 지금은 사라진 옛날의 초록색 그 기차였다. 비상금 팔천 위안을 주머니에 잘 챙겨 넣고 암웨이 마케팅 총회에 참석하러 상하이로 가는 한 무리의 사람들과 동승했다. 그들은 가는 내내 상당히 고무된 모습이었다. 그들의 모습은 내게 큰 충격이었다. 다 같은 직장인인데 저들은 어째서 저렇게 자신감에 차 있는지 의아했다. 다행히도 나는 일곱 시간 만에 기차에서 내렸다. 안 그랬으면 지금 그들과 같은 일을 하고 있을지도 모른다.

그때는 아마 겨울이었던 것 같다. 상하이 기차역을 나와서 출구 앞에 섰는데 어디로 가야 할지 몰랐다. 정말로 사고무친한 감정을 절절히 느낀 순간이었다. 하지만 내 신세가 처량하게 느껴지진 않았다. 둥제처럼 예쁜 아가씨가 아파트에서 날 기다리고 있을 거란 생각 덕분이었다. 택시를 잡아타고 나서야 내가 갈 곳이 어딘지 생각났다. 택시 기사에게 푸단대학으로 가자고 했다. 그곳은 어릴 적 내게는 꿈의 대학이었다. 기사는 어느 쪽 문으로 갈 건지 물었다. 나는 아무 문으로나 가자고 했다. 기사가 투덜거렸지만 어차피 나는 상하이 말을 알아듣지 못하므로 개의치 않았다. 차를 타고 가는 동안 아직 꺼지지 않은 희미한 가로등 불빛 사이로 비친 나뭇가지 그림자가 내 다리 위를 차례로 스쳐 지나갔다. 고개를 들어 빌딩 숲을 바라봤다. 뜨거운 피가 끓어오르는 듯했다. 지금에 와서 돌이켜 보면 열정적이던 그때의 내가 정말 무척이나 부럽다.

인생의 이런저런 문제들에 관해 내게 조언을 구하는 젊은 친구들이 많다. 나는 그런 질문을 받을 때마다, 하고 싶은 일이 있다면 일단 저지르라고 조언한다. 아직 젊고 어차피 가진 것도 없는데 실패하면 어떤가. 두려워할 필요도 없다.

푸단대학 입구에 도착했다. 방을 구하려고 했더니 너무 이른 아침이라 문을 연 부동산 사무실이 없었다. 나는 길가에 앉아서 기다리기로 했다. 아침 햇살에 비친 상하이의 풍경을 보고 있자니 감개무량했다. 기회가 널려 있을 것만 같고 내 인생에 무한한 가능성이 열린 것 같았다. 얼마간 기다리니 부동산업자가 출근해서 사무실 문을 열었다. 그는 처음에 내가 채용 지원자인 줄 알았던 모양이다. 나는 〈백령공우〉에 나오는 집 사진을 그에게 보여주며 얼마인지 물었다. 그는 이런 수준이면 팔천 위안 정도는 든다고 했다. 나는 주머니를 더듬으며 물었다.

"천 위안 이하짜리 방은 없어요?"

그가 대답했다.

"손님이 고르신 건 엄청 큰 집이에요."

그러고는 나를 데리고 가서 육백 위안짜리 방을 보여주었다. 나는 보자마자 마음에 들었다. 값이 쌌기 때문이다.

집을 구했으니 다음은 일자리를 구할 차례였다. 나는 속옷을 잘 알고 글재주가 있었다. 이 두 가지 재능을 바탕으로 매일 인터넷으로 이력서를 뿌렸다. 그리고 전화를 기다렸다. 한 번씩 면접을 볼 때마다 번번이 퇴짜를 맞았다. 면접만 가면 탈락하니 그 많은 회사의 인사과 직원들이 전부

한가하고 할 일이 없어서 잡담이나 하려고 나를 불렀나 하는 의심도 들었다. 마침내 대학 동창생의 남자친구의 도움으로—관계가 참 복잡하지만 어쨌든—한 IT 회사에 들어가서 프로젝트를 맡았다. 그때까지 여러 해 동안 나의 주무기였던 속옷 지식과 글재주는 한순간에 쓸모없는 재능이 되고 말았다. 나는 재취업을 계기로 인생의 뼈아픈 법칙을 다시 한번 몸소 느꼈다. 모든 준비를 갖추고 나면 이미 때가 늦어서 다른 새로운 길을 가야 한다는 이치를 재차 깨달은 것이다.

IT 회사에서 4년간 프로젝트를 추진하면서 자연스럽게 연애도 했다. 여자친구는 상하이 출신이었는데 요즘 말로 하자면 나는 그녀의 어장 속 물고기였다. 그것도 헤어지고 나서야 알았다. 어장 속 물고기는 보통 자기가 스페어타이어 같은 신세인지 전혀 모르고 상대를 만난다. 더구나 그때 나는 아이돌 스타 같은 외모도 아니었다. 그녀는 나와 헤어지고 독일인 남자친구를 만나서 출국했다. 나와 상하이만을 남겨두고서.

실연으로 가장 비참한 순간은 연인을 잃었을 때가 아니라 연인과 함께했던 장면이 고스란히 떠오를 때다. 같이 손을 잡고 거닐던 헝산루, 석양이 지는 어느 오후에 함께 앉아 지나가는 행인을 구경하던 쉬자후이의 카페, …… 이런 곳들을 지나갈 때마다 나는 상처를 입었던 곳이 다시 아파 온다. 내 인생에서 사랑은 항상 마치 정해진 규칙처럼 내가 상대방을 받아들일 준비가 되었을 때 상대방의 마음이 변했다. 가끔은 하느님이 일부러 나한테 장난을 치는 건가 싶을 때도 있었다. 하고 싶은 일은 공교롭게도 늘 못하고 하기 싫은 일은 희한하게도 술술 잘 풀렸다. 목적지를 향해 온 힘을 다해 달려갔는데 도착해서 보면 또 갈림길이 나올 때도 있었다.

그때부터 인생의 의미가 과연 무엇인지 고민하기 시작했다. 실연을 경험해봐야 철학을 논할 자격이 있으므로 유자격자인 나는 밤낮으로 쇼펜하우어, 니체, 하이데거, 칸트, 흄, 스피노자의 책을 읽었다. 철학서를 읽으며 자신의 물음에 대한 해답을 꼭 찾고 싶었지만 결국엔 찾지 못했다. 이 철학자들은 모두 금욕주의자였기 때문이다.

그 이후에 루소의 책도 읽었는데 루소는 도움이 되었다. 그는 아내, 여자친구, 남의 아내, 남의 여자친구 등을 가리지 않는 천하의 바람둥이로 난잡하기가 짝이 없었던 인물이기 때문이다. 그때 나는 루소가 보통 사람이 아니라고 생각했다. 실연을 많이 겪은 사람들은 작업의 고수인 루소 같은 사람을 보면 존경심이 절로 솟는다. 그래서 나도 루소처럼 방랑하는 삶을 살려고 많은 고민 끝에 퇴사를 결심하고 상하이를 떠나 새로운 생활을 시작했다.

나는 항상 퇴사부터 하고 나서 뭘 할지 고민한다. 뭘 해야 할지 도통 모를 때는 일단 경험을 풍부하게 쌓는 게 도움이 된다. 그래서 반 년 동안 갈팡질팡하다가 결국 중국의 '4대 고전 명작'에 몰두하기로 했다. 『서유기』는 읽어보니 내용이 썩 마음에 들지 않았다. 그래서 내가 직접 『서유기』를 다시 써서 2006년에 『수자서유기水煮西遊記』라는 제목으로 출간했는데 약 이만여 권이 팔렸다. 당시 출판사의 사장은 인생무상을 깨달아 출가했는데도 내 책을 내주었다. 그럴 필요까지 있었을까 싶지만 어쨌든 그가 출가하는 바람에 작가가 되려던 내 꿈은 거기서 멈추었다. 그 사장이니까 내 책을 맡아서 출간했지 다른 사람이었다면 턱도 없을 일이었기 때문이다.

그 이후에 나는 로맨스 소설을 한 편 썼다. 나를 떠나간 여자들을 '기념'하기 위해 썼고 소설 속 여주인공의 이름은 모두 전 여자친구들의 실명을 사용했다. 이래서 예술가한테 밉보이면 안 된다. 이렇게 본의 아니게 청사에 이름을 남기게 될 수 있으니까. 그래도 전 여자친구한테 이 정도

복수는 고약한 짓도 아니다. 바로크 예술의 대가 베르니니는 아마 사랑했던 여자한테 가장 지독하게 보복한 사람일 것이다. 돌을 조각해 생명을 불어넣은 독보적인 조각가 베르니니는 남편이 있는 여자 콘스탄차와 사랑에 빠졌다. 그는 마치 홀린 사람처럼 그녀의 모습을 아름답고 정교하게 조각해 〈콘스탄차 보나렐리의 흉상〉을 완성했다. 그러나 콘스탄차는 베르니니의 동생과도 염문을 뿌렸다.

이 사실을 알게 된 베르니니는 하인을 시켜서 콘스탄차의 얼굴이 완전히 망가지도록 난도질하게 했다. 그리고 자신은 곧장 동생에게로 달려가서 미친 듯이 죽도록 팼다. 이게 복수의 끝이 아니었다. 콘스탄차를 사악한 형상인 〈메두사〉로 조각해 영원히 흉측한 몰골로 남겼다.

베르니니와 비교하면 복수의 소설을 쓴 나는 굉장히 착한 편이다. 소설은 완성했지만 마땅한 출판사를 찾지 못했다. 대부분의 출판사가 판매 부수 오천 권을 내가 책임지기를 원했다. 아무리 계산해봐도 내가 아는 사람은 오천 명을 넘지 않아서 결국 또 작가가 되는 꿈을 단념했다.

그래서 또 아무 생각 없이 책을 읽고 글을 쓰며 반년을 보냈다. 그러던 어느 날 장쑤의 창저우에 있는 한 회사에서 내게 강연을 의뢰했다. 주제는 삼장법사가 제자들을 다룬 비법에 관한 것이고 강연료로 삼천 위안을 준다고 했다. 나는 바로 승낙하면서 조건으로 선불을 요구했다. 기업에서 추진하는 강연에 강연자로 나서는 것도 하나의 버젓한 직업임을 그때 처음 알았다. 그렇게 강연을 시작해서 지금까지 십 년째 그 일을 하고 있다. 전혀 아무 의미도 없을 것 같은 경험도 쌓이고 모이면 마지막엔 오늘의 자신을 존재하게 하는 필연이 된다는 이치를 이제야 알 것 같다.

과거에 속옷을 팔지 않았더라면 내 배짱은 두둑해지지 못했을 것이고, 사장의 연설 원고를 전담하지 않았더라면 강연 자료를 만들지 못했을 것이다. 또 상하이에 가지 않았다면 프로젝트 관리 지식도 습득하지 못했을 것이고, 『수자서유기』를 출간하지 않았다면 『서유기』를 완벽하게 이해하지 못했을 것이다. 당연히 전 여자친구가 날 차버리지 않았다면 퇴사를 하지 않고 지금 이 일을 하고 있지도 않을 것이다. 사람들은 이런 걸 운명이라고 하겠지만 이 모든 것은 내가 스스로 한 선택이었고 그렇게 경중경중 뛰어서 마침내 지금의 발판까지 왔다.

내 경험으로 보건대 인생에는 필연만 존재할 뿐 우연은 없다. 모든 일은 필연적으로 발생하기 때문에 왜 꼭 나한테만 이런 일이 생길까 하는 걱정으로 불안해하거나 괴로워하지 않아도 된다. 모두 필연적으로 자신한테 일어나야 할 일들이 일어난 것이다. 이렇게 생각하면 마음이 훨씬 가볍다. 하지만 아직 더 알아둘 것이 있다.

웨이보가 갑자기 떠올랐을 때 나는 웨이보 초대 유저 대열에 동참하지 않았다. 그랬더니 친구가 대신 계정을 등록하고 인증까지 받아주었다. 그때는 지금처럼 '미스터 사색가'로 불리지 않고 '사과나무 아래'라는 이름을 썼다. 당시에 문학청년이었던 나는 글을 조금씩 써서 시험 삼아 웨이보에 가끔 올렸는데 뜻밖에도 사람들이 내 글을 퍼 나르기도 하고 댓글도 달았다. 나는 처음 느껴보는 대중의 관심에 어느 순간 중독되고 말았다. 자신의 위챗 모멘트 게시물에 누군가가 공감 버튼을 클릭했을 때 느끼는 기분과 같은 것이라고 보면 된다. 그래서 웨이보에 글을 올리기 시작한 이상 그만둘 수도 없어서 계속 글을 써서 올렸다. 그렇게 쓰다 보니 중국의 '4대 고전 명작'의 상상 버전까지 쓰게 되었는데, 이게 폭발적인 반응을 일으켜서 이만 명이던 팬이 일주일 만에 삼십만 명을 훌쩍 뛰어넘었고 일주일 동안 40개 매체에서 인터뷰 요청이 들어왔다. 인터뷰 질문은 전부 '4대 고전 명작'의 내용을 어떻게 이렇게 자세히 알고 있느냐는 거였다. 난 항상 상하이 여자친구한테 차인 덕분이라고 대답했지만 아무도 믿지 않았다. '네가 평안하면 하늘도 맑아' 하는 심정으로 전 여자친구한테 정말로 감사한다.

그렇게 유명세를 얻고 나니 자꾸 뭔가를 더 해야 할 것만 같았다. 그래서 생각해낸 것이 토크 콘서트였다. 첫 회는 베이징에서 열기로 기획하고 천 석을 마련했는데 이틀 만에 전 좌석이 매진되어서 까무러치게 놀랐다. 그때 나도 아이돌 같은 인기를 얻을 수 있겠다는 생각이 처음으로 들었다. 첫 토크 콘서트를 잘 마무리하고 나니 유쿠*에서 〈프렌드〉라는 프로그램을 찍자는 제안이 왔다. 그래서 나는 모 기업가와 2회분을 촬영했는데 그가 촬영 후에 성매매를 한 사실이 밝혀졌다. 그 시기에 중국 CCTV 방송국의 뉴스 프로그램 〈신원롄보〉에서는 매일같이 인플루언서의 사회적 책임에 대한 내용을 방송했다. 그때마다 화면 배경으로 그 모 기업가와 내가 인터뷰하는 영상이 깔렸다. 그게 내 인생에서 〈신원롄보〉 첫 출연이었다. 뜻하지 않게 남의 성매매 사건 때문에 방송을 탄 것이다. 주변 친구들이 그 방송을 보고 내게 전화를 걸어 물었다.

"너는 안 했냐?"

이 일을 계기로 나는 연예계로 진출할 마음이 싹 사라졌다. 지금에야 웃으며 말하지만 그때는 진짜로 상황이 심각했고 매일 사람들이 내 웨이보에 댓글을 달면서 욕을 했다. 나는 성매매를 하지 않았지만 마치 공범이 된 듯한 기분을 지울 수가 없었다.

사람들은 항상 내게 유머러스한 글도 쓰라고 하지만 유머는 글감으로 쓸 게 아니라 삶의 태도여야 한다. 다시 말해 혹독한 삶일지라도 긍정적

---

* youku 중국 최대 동영상 플랫폼

으로 바라보고 유머를 잃지 않으면 인생이 즐거워지고 웃음이 나며 마음의 짐도 내려놓을 수 있게 된다.

그렇다면 어떻게 해야 인생이 즐거울까? 나는 두 가지 방법을 주로 사용한다. 한 방법은 어떤 일을 실패했을 때 실패한 나 자신을 스스로 조롱하는 것이다. 내가 나를 기꺼이 조롱하는데 남이 나를 조롱하는 게 뭐 대수인가. 그러니까 남이 나를 조롱할 때는 이미 내가 나를 조롱한 이후라서 누가 뭐래도 전혀 개의치 않는다는 말이다. 속옷을 팔 때도 나는 나 자신을 이미 수백 번이나 조롱했다.

다른 한 방법은 역방향 추론이다. 즉, 결과를 되짚어보며 결과의 근거를 찾아서 거꾸로 거슬러 올라가는 것이다. 예컨대 만약 면접시험에서 탈락하면 얼마나 슬프고 괴롭겠는가. 그러나 역방향 추론을 하면 일단 면접시험에 떨어져서 천만다행이라고 여기고, 그 회사의 프런트 데스크가 아주 별로여서 떨어졌다는 황당한 이유를 갖다 붙이며 기분을 즐겁게 만든다.

누군가 내게 앞으로 뭘 하고 싶으냐고 묻는다면 지금 생각으로는 조용한 철학자가 되고 싶다. 아, 아니다. 멋있는 철학자가 되고 싶다. 앞으로 이런 내 마음이 변하더라도 원망하지 말길 바란다. 나는 계획적인 사람은 아닐뿐더러 행여 계획을 세워도 나중에는 거의 마음이 바뀐다. 인생의 모든 경험을 통해 내가 얻은 결론은 세 가지다.

첫째, 모든 축적된 경험은 의미가 있다. 당장 보기에는 의미가 없어 보여도 매사에 각별한 노력을 기울여서 이루어놓으면 미래에 어느 순간에 반드시 쓰임이 있다. 그런 경험이 쌓이고 모여서 자신을 한층 더 높이 끌어올리는 추진력이 된다. 과거를 돌이켜보면 그동안 지나온 걸음걸음에는 모두 저마다의 가치가 있다. 예를 들면, 과거에 어떤 상처로 한 사람을 알게 되고 그 사람을 통해 어떤 일을 이해하게 되고 어떤 일을 이해함으로써 새로운 기회를 발견하게 된다는 것이다. 다시 말해 미래의 관점에서 볼 때 과거에 있었던 모든 일은 필수불가결한 것이었다는 뜻이다.

둘째, 스스로 자신을 웃게 만들어야 한다. 여러 실패, 좌절, 갑작스러운 충격에 직면했을 때 유머를 잃지 않고 긍정적으로 받아들이면 자신의 실패 앞에서도 자조하며 자신을 위로할 수 있다. 그렇게 할 수 있다면 그 사람은 인생의 승자다. 유머가 있으면 문제를 보는 시각이 매우 다양해지므로 진정한 유머는 곧 지혜라고 말할 수 있다.

셋째, 속옷을 잘 알아야 한다.

立
冬

땅에 냉기가 돌아
만물을 저장하는

입동

인생은 사계절과 같아서 우리는 봄처럼 싹을 틔우고,
여름처럼 열정을 발산하고, 가을처럼 수확의 기쁨을 누리고,
겨울처럼 외로움을 견디며 살아간다.
겨울이 오면 소란한 가운데 고요함이 깃들어
생명의 가치와 존엄이 더욱 발현되며 화려함은 사라질지라도
생명의 가치와 존엄이 세상을 수놓을 것이다.

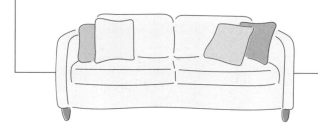

왜 돈을 못 벌까

돈을 버는 방법은 많다. 자신의 능력으로도 벌고, 남의 능력으로도 벌고, 인맥으로도 번다. 또 돈으로 돈을 벌기도 한다. 그 밖에 자원, 정보, 외모를 이용해서도 돈을 번다. 살면서 어떤 방법으로든 돈은 다 번다. 즉, 뭘 하면 다 돈이 되고 뭘 안 해도 돈은 벌 수 있다. 돈을 벌려고 마음만 먹으면 언제라도 벌 수 있다. 예컨대 나는 강의도 하고, 책도 내고, 칼럼도 쓰고, 아이디어 기획도 하고, 토크 콘서트도 연출하고, 몰래 아내의 핸드백도 팔아서 돈을 번다. 어쨌든 돈을 벌 수 있는 일은 많다. 큰 부자가 되지는 못하더라도 돈이 영 궁하지는 않을 것이다.

최근에 〈구스후이故事會〉라는 아주 교양 있는 잡지의 담당자가 내게 웨이보로 다이렉트 메시지를 보내왔다.

"선생님, 저희가 선생님의 웨이보 글을 발췌해서 사용했는데 원고료 오십 위안을 퀵서비스로 보내드려도 될까요?"

참 시원시원한 타입이다. 나는 이런 돈을 종종 받지만 그럴 때마다 항상 "기부금으로 써주세요"라고 답장을 보낸다. 이렇게 마음이 내키는 대로 산다.

하지만 평생을 쪼들리게 사느라 금전적 자유를 누리지 못하는 친구도 많다. 고된 일에 매달려 컴퓨터 앞에서 인생을 소모하느라 경추증에 걸리고, 회사를 그만두겠다고 쉽게 입을 떼지도 못하고, 마음대로 이직할 엄두도 감히 내지 못한다. 주택 대출금도 갚아야 하고, 자녀 교육비도 지출해야 하고, 공과금도 납부해야 하고, 신용카드 대금도 내야 하기 때문이다. 그래서 해질 무렵이면 건물 옥상에 올라가 앉아서 담배 한 개비를 피우며 '인생 참 개떡 같네' 하며 깊은 한숨만 내쉰다. 그러고는 집으로 돌아와 씻고 자고 다음 날이면 또 똑같은 일상을 반복한다.

곰곰이 생각해보니 금전적 자유를 못 누리는 사람에게는 세 가지 이유가 있었다.

서른 살 이전에 자신만의 독특한 경쟁력을 키우지 못했다

자신만의 경쟁력은 남이 함부로 대신할 수 없는 것이어야 하며 그런 경쟁력이 있어야만 자신의 가치가 높아진다. '무리에 들어가려고 기를 쓰지 마라. 자신의 능력이 일정 수준에 올라 있다면 그와 어울리는 무리 속으로 자연스럽게 흡수될 것이다'라는 말도 있잖은가.

어떤 사람들은 자신의 인맥이 넓고 특히 거물급 사람을 많이 알아서 자신의 인생도 확 피고 그 사람들의 인생에 자신도 묻어갈 수 있다고 여긴다. 심지어는 그들과 자신이 대등하고 호형호제하는 사이라는 착각에 빠져 산다. 어떤 수작으로 거물급 사람들과 가까이 하게 되었는지는 몰라도 어쨌든 자신이 거물급이 아닌 이상 그 무리 안에서는 병풍에 불과하다. 자신이 거물이어야 진정한 거물로 대우받고 자신의 힘이 강해야 진정한 능력자로 인정받는다.

그러므로 장기적인 협력 관계에서는 자신이 어느 한 방면에서 출중한 능력을 갖추는 것이 곧 자신의 가치를 스스로 높이는 것이다. 서른 살이 되기 전에 직업을 여러 번 바꿔도 괜찮다. 단, 한 방면에서 자신만의 독특한 경쟁력을 길러야 한다는 점만은 명심해야 한다.

좋은 인연이 없다

요즘 시대에는 남의 도움이 없으면 성공하기 어렵다. 혼자서 헤쳐나가기에는 전공과 경험상 한계가 있어서 난관을 극복하기가 쉽지 않다. 좋은 인연을 만나야 좋은 친구도 생기고 좋은 친구가 있어야 자신의 한계를 뛰어넘는 데 도움이 된다.

친구를 사귈 때 자신의 이익에만 연연하는 사람들이 있다. 친구는 무조건 자신을 도와야 하고 자신의 후생을 위해 기꺼이 애써야 한다고 여기는 것이다. 자기가 대단히 잘생긴 것도 아니고 조상의 은덕을 받은 것도 아닌데 대체 왜 그런 생각을 할까? 남들이 무슨 이유로 자신을 도와야 한단 말인지. 특히 돈벌이 같은 일은 아삼륙이 아니고서야 누가 자신을 위해 돈을 벌어다 주겠나. 그러니 심심하면 위챗 모멘트라도 자주 드나들며 친구들 게시물에 공감 버튼이라도 눌러야 하지 않을까.

내 친구 중 하나는 매일 오전과 오후에 짬을 내어 모멘트 친구들 게시물에 댓글을 단다. 댓글을 달지 않으면 공감이라도 클릭한다. 친구는 자신이 그렇게 해야만 다른 친구들이 자기를 잊지 않고, 잘 모르는 친구한테도 자주 관심을 보이면 그 친구가 기억한다고 했다. 또 여자친구도 직장도 집도 모두 SNS 공감 버튼을 클릭한 덕분에 얻었다고 했다. 그러면서 이제 인류 역사의 발전은 SNS 공감과 동행한다는 말도 덧붙였다.

그래서 평소에 친구 관계를 잘 쌓아놔야 한다. 도움이 필요할 때가 되어야 친구가 생각난다면 이미 늦다. 인관관계는 꽃을 키우듯이 정성껏 관리하지 않으면 금방 시들해진다. 그러면 어떻게 물을 주고 비료를 뿌려 가꿀까? 전화를 자주 걸어 살뜰한 관심을 보이고, 식사 초대를 할 때는 야식도 꼭 챙기고, 친구가 이사할 때는 가서 도와주고 불필요한 물건을 챙겨 오는 등 여러 방법이 있다. 이렇게 내가 남한테 잘 해야 남도 항상 나를 마음에 두고 챙긴다.

꽃을 심어 키우는 이유는 꽃을 꺾기 위해서가 아니라 꽃이 활짝 피었을 때 향기를 자연스럽게 맡기 위해서다.

스스로 생각하거나 숨겨진 논리를 파헤치지 않는다

말을 물가로 데리고 갈 수는 있어도 물을 먹게 할 수는 없다는 말이 있다. 나는 똑똑한 편은 아니나 사색을 즐기고 부지런히 움직여서 부족한 점을 보완하므로 이 말이 내게 확 와 닿았다. 예컨대 이런 일이 있었다. 주변에서 많은 사람이 내게 주식을 추천하면서 이쪽은 구조조정이 될 거고 저쪽은 우회 상장할 거라는 정보를 주었다. 나는 정보들을 하나하나 노트에 적은 다음, 주식 히스토리 데이터와 회사의 경영 상황과 업계 현황을 분석했다. 게다가 직접 회사 소재지로 찾아가서 탐색까지 했다. 회사 입구에 직원들이 현수막을 들고 임금 지급을 독촉하고 있으면 그 회사는 구조조정 중이거나 우회 상장할 예정인 회사라고 봐도 거의 틀림이 없다고 판단했다.

이렇게 노력을 들여서 꽤 많은 회사의 주식을 파악했는데 나중에 보니 그 회사들은 정말로 구조조정을 추진했거나 우회 상장했다. 만약 내가 그 주식들을 다 샀다면 아마 일찌감치 부자가 되었을 것이다. 요즘 시대에는 똑똑한 사람은 많지만 사색하는 데 공들이는 사람은 적다. 단시간에 돈을 많이 벌기를 바라는 사람은 많지만 그 방법에 숨겨진 논리를 스스로 사색하는 사람은 적다. 어떤 학과에 들어가려면 그와 관련된 지식을 습득하고 완전히 파악하기 위해 노력을 기울여야 하며 무엇보다 그 학문을 사랑해야 한다.

이 세 가지만 유념한다면 누구나 금전적으로 여유로워질 수 있다고 본다. 아니, 그만하자. 아내가 나더러 청소를 하면 포상으로 백 위안을 준단다. 보다시피 나처럼 이렇게 돈을 벌기가 수월할 수도 있으니까.

지출 원칙

여러분은 돈을 쓸 줄 아는가? 돈을 쓸 줄 모른다면 언제부터 돈을 못 썼나? 애초부터 돈을 쓸 줄 몰랐다면 아마 성질이 나빠서 그런 것이고 쓰더라도 헛돈을 썼을 것이다. 만약 살다보니 어쩌다가 돈을 쓸 줄 모르게 되었다면 이유는 가난 때문이며 쓰고 싶어도 없어서 못 썼을 것이다.

사람은 돈이 있으면 방종하고 돈이 없어야 자제력이 생긴다. 내 경우는 네 가지 원칙에 따라 돈을 쓴다.

첫째, 안 쓸 수 있으면 쓰지 않는다. 내 친한 친구 한 명은 이 원칙을 아주 잘 지킨다. 매번 같이 식사하러 가면 친구가 굳이 자기가 밥을 사겠다고 한다. 그래 놓고서는 계산할 때가 되면 왼손으로 오른쪽 주머니를 더듬는다. 그렇게 하면 돈을 꺼내는 데 시간이 걸리기 때문이다. 말로는 한턱낸다고 했지만 몸이 너무 정직했던 거다.

이런 경우에 종업원은 대개 옆에 서 있다가 지갑을 먼저 꺼낸 사람에게 돈을 받는다. 그래서 터프한 나는 곧장 친구가 지갑을 꺼낼 수 있게 돕는다. 곤란한 순간에 친구가 계산하도록 거드는 나 같은 사람이 진정한 친구다.

둘째, 꼭 필요한 곳에 지출한다. 출산 비용이 저렴하다는 이유로 임신을 함부로 할 수 없는 것처럼, 화장 비용이 적게 든다는 이유로 자살하면 안 된다. 마찬가지로 감방에서 공짜로 살려고 범죄를 저지르면 안 되고 성병 치료비가 싸도 감염되면 안 된다. 또 물건이 싸다고 해서 냉장고, TV, 오븐, 레인지 후드, 세탁기 등등을 마구 사도 안 된다.

필요할 것을 구입하고 이성적으로 소비해야 한다. 그렇게 하지 않으면 아무리 싼 물건이라도 다 쓸모없어진다. 쇼핑 페스티벌 기간에 아내한테 이 말을 그대로 전했더니 지출을 꽤 줄일 수 있었다.

우리 집에는 전기밥솥, 청소기, 수건, 각종 작은 고리 등 아내가 산 물건이 엄청 많다.

내가 물었다.

"이런 것들을 다 왜 샀어?"

아내가 대답했다.

"세일했잖아."

휴, 나는 아내에게 세일은 공짜가 아니라고 차마 말하지 못했다.

며칠 전에는 아내가 샤넬 가방을 샀는데 이천 위안이나 싸게 주었다고 했다. 아내는 마치 이천 위안을 벌어온 것 같은 눈빛으로 말했다. 나는 그저 하늘을 바라보며 장탄식만 했다.

셋째, 정말로 쓰고 싶은 곳에는 마구 쓴다. 어떤 남자들처럼 악착같이 돈을 아끼다가 생죽음을 당하면 아내의 재혼 비용만 남겨주는 꼴이 된다. 돈은 안 써도 남의 돈이 되고 써도 남의 돈이 된다.

어차피 돈은 중요하지 않고 태어날 때 빈손으로 왔듯이 죽을 때도 빈손으로 간다. 아내는 쇼핑할 때마다 이런 말로 나를 격려하면서도 자기가 산 옷은 마치 대단히 소중한 것처럼 말한다.

하지만 생각해보면 살아있을 때 돈이 많으면 주위에 엉큼한 속셈이 있는 사람이 몰려든다. 죽고 나서는 돈이 많아도 저승에서 쓸 수 없고 꿍꿍이를 부릴 수도 없어서 오히려 귀신한테 무시당한다.

예전에 경치가 끝내주는 주택 단지가 눈에 들어서 죽자고 돈을 벌었고 마침내 마음에 쏙 드는 집을 샀다. 그런데 몇 년 살아보니 단지를 돌아다닐 시간이 별로 없고 분주하게 집을 드나들기만 했다. 집에 있는 날에도 서재에 틀어박혀 책을 읽거나 컴퓨터 앞에 앉아서 인터넷에 빠져 있었다. 더구나 창문을 열고 바깥 풍경을 볼 생각은 전혀 못했다. 그리고 나서야 문득 깨달았다. 어떤 것이든 그것을 누리지 않을 거면 갖지도 말아야 한다는 이치를 말이다.

넷째, 돈을 쓰고 후회하지 않는다. 한 친구는 자동차를 산 뒤로 매일 인터넷 게시판에 가서 자동차 가격을 알아봤다. 자기보다 차를 싸게 샀다는 소식만 들으면 우울해했고 올해에만 벌써 365번 우울해했다. 지출한 돈은 곧 매몰비용이므로 그냥 잊어야 한다. 여자친구 얼굴에 바른 새로 산 화장품이 효과가 있든 없든 예쁘다는 말만 계속하듯이 긍정적으로 생각하면 된다.

이미 얼굴에 발랐는데 별로라는 둥 듣기 싫은 소리를 해서 굳이 매를 벌 이유는 없지 않은가.

돈을 버는 것은 자신의 능력을 보여주는 일이고, 돈을 쓰는 것은 자신의 품위를 보여주는 일이다.

돈을 빌리는 기술

혹시 남한테 돈을 빌려준 적이 있는가? 있다면 돈을 빌려간 그 사람은 아직 무사한가? 내게 돈을 빌린 사람 중 일부는 전화를 걸어와서 자신을 행방불명자로 생각하라고 하고, 또 일부는 원래 돈을 갚을 생각이었는데 돈을 갚으러 가다가 자동차와 충돌했다고 했다. 길을 걷다가 자동차에 부딪치는 건 거의 행위예술 수준이다. 그는 망가뜨린 차의 수리비를 배상하느라 당분간 돈을 갚을 수 없다고 했다.

"남에게 돈을 빌려주지 마라. 빌려주면 사람과 돈을 모두 잃는다. 남에게 돈을 빌리지도 마라. 빌리면 근검함을 잊는다."

이 말은 셰익스피어의 명언이다. 어쨌든 나는 이미 사람도 돈도 모두 잃었고 지금은 근검함을 무척 잊고 싶은 심정이다. 그래서 이번에는 돈을 빌리는 기술을 알려주려고 한다.

첫째, 목표를 명확히 정한다. 예컨대 SNS에서 마음에 힘이 되는 힐링 글귀를 주로 공유하는 사람은 보통 주머니 사정이 좋지 않다. 형편이 넉넉한데 마음에 힘이 되는 글귀가 필요할까? 또 생활에 무슨 문제가 있는 사람은 유명인의 명언을 SNS에 자주 올린다.

경제적인 여유가 있는 사람은 SNS에서 항상 맛집에서 먹은 근사한 요리를 거론하거나 새로 구입한 명품을 자랑하기도 하고 돈을 번 이야기도 한다. 이렇게 다들 SNS에서 자랑하는데 거기다가 대고 태연하게 자기는 돈이 없다고 어떻게 말하겠나. 남을 속여서 돈을 버는 웨이상이 많으니 차라리 그들한테 돈을 빌리는 게 공익을 위해서 더 낫다.

둘째, 돈을 빌려주는 사람은 금액을 잘 깎으므로 주의한다. 이를테면 계산 능력이 떨어지는 사람은 당신이 천 위안을 빌려달라고 하면 오백 위안만 빌려주고 나머지 오백 위안을 벌었다고 생각한다. 그러므로 돈을 빌릴 때는 "한 일억 쯤 융통해줄 수 있어?"라고 물으면 상대방은 "미안하지만 지금 오백밖에 없어서 그렇게 큰 금액은 안 되겠어"라고 말하면서 오백 위안을 빌려준다. 그러고 나서 구천구백구십구만여 위안에 해당하는 돈을 번 셈으로 치는 한편 당신한테 빚을 진 느낌도 받는다. 그렇게 되면 다음에 당신이 또 돈을 빌릴 때 이렇게 말해도 된다.

"저번에 덜 준 구천구백구십구만여 위안은 언제 가능해?"

셋째, 돈을 빌릴 때는 상대방한테 자신이 꽤 능력 있는 사람처럼 보이도록 행동한다. 예컨대 "지금 십만 위안이 급히 필요한데 딱 구만구천오백 위안이 있네. 혹시 오백 위안만 빌려줄 수 있어?" 이런 식으로 말하면 마치 마윈이 "알리바바 그룹을 곧 상장하는데 우선 오백 위안만 융통되겠습니까?" 하는 것과 비슷한 느낌이 든다. 이럴 때 안 빌려주면 인간성이 나쁜 사람처럼 보인다.

넷째, 빌린 돈은 반드시 갚는다. 나는 남의 돈을 빌릴 때마다 마음이 편치 않고 빚을 독촉하러 찾아올까봐 얼마나 난처한지 모른다. 그래서 일정 기간마다 한 번씩 이사도 한다. 그러나 돈을 빌리고 갚지 않으면 감정이 상한다. 예전에 한 아가씨가 내게 물었다.

"결혼한 남자를 좋아하는데 포기를 못하겠어요. 어쩌죠?"

내가 방법을 알려주었다.

"그 남자한테 십만 위안을 빌려달라고 해요. 만약 안 빌려주면 그냥 포기하고 빌려주면 갚지 마세요. 그러면 남자가 포기할 거예요."

그래서 남한테 돈을 빌림으로써 자신의 인품을 테스트할 수 있고 남의 돈을 갚음으로써 자신의 신용을 테스트할 수 있다.

마지막으로 마음이 따뜻해지는 짧은 이야기를 하나 소개하겠다.

예전에 빈털터리나 다름없는 한 친구가 창업 자금이 필요하다고 내게 말해 나는 만 위안을 빌려주었다. 오 년 뒤에 다시 만난 그 친구는 성공한 사업가가 되어 말쑥한 차림에 명품 시계를 차고 명차를 타고 왔다.

그가 말했다.

"그때 네가 돈을 빌려주지 않았다면 오늘 같은 날은 없었을 거야."

그러고는 오메가 손목시계를 내게 선물하며 덧붙여 말했다.

"이건 네가 당연히 받아도 되는 거야. 네 도움은 몇 십만 위안의 가치가 있지만 이렇게 작은 성의라도 보이고 싶어."

이런 까닭에 자신의 능력 범위 안에서 남을 도울 수 있으면 가급적 도와야 한다. 어쩌면 언젠가 당신의 도움으로 한 사람의 인생이 완전히 달라질 수도 있을 테니까.

나중에 알았지만 그 시계는 가짜였다. 로고를 자세히 보니 'Omygod' 이라고 쓰여 있었다. 그리고 그 친구는 사기범으로 수감되었다.

小雪

풍년의 징조인 서설이 내려
행운이 깃드는

소설

자녀 교육에서 꼭 지키는 나만의 철학 네 가지는
수업보다 여행, 순종보다 주관, 성적보다 흥미, 승패보다 성장을
중요하게 가르치는 것이다.

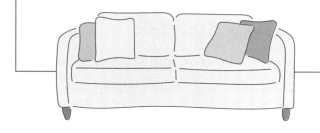

자녀를 낳았으면 가르칠 줄도 알아야 한다

자녀 교육에서 꼭 지키는 나만의 철학이 네 가지 있다. 수업보다 여행, 순종보다 주관, 성적보다 흥미, 승패보다 성장에 중점을 두고 아이를 가르치는 것이다. 내가 이와 관련된 글을 썼더니 여러 매체에서 자녀 교육에 관한 생각을 듣고 싶다며 인터뷰를 요청했다. 나의 교육 철학은 다른 부모들이 대체로 중요하게 여기는 삼관(세계관, 인생관, 가치관)과는 거리가 있다. 구체적으로 풀어볼 테니 어떠한지 여러분이 잘 판단하길 바란다.

수업보다 여행

나는 아이가 한 살이었을 때부터 유모차를 끌고 곳곳을 놀러 다녔다. 나중에 유치원에 갔더니 부모들이 다들 한마디씩 했다.

"유치원엔 꼭 보내야죠. 학비도 이미 다 냈는데 본전은 뽑아야죠."

내가 물었다.

"꼭 본전을 뽑아야 해요?"

부모들이 대답했다.

"아이가 이렇게 어릴 때 놀러 다니는 건 순전히 돈 낭비예요. 어차피 기억도 못 할 걸요."

내 생각은 다르다. 무슨 일이든지 실리를 지나치게 따지는 건 좋지 않을뿐더러 아이의 성격은 하루아침에 형성되지 않는다. 아이가 어릴 때 가능한 한 많은 곳을 다니고 여러 나라를 경험하고 놀이동산에서 실컷 놀게 두면서 아이 스스로 다른 아이들과 어울려 노는 법을 터득하게 해야 한다.

아이가 좀 더 컸을 때는 내 여행 준비물과 똑같이 배낭과 트렁크를 하나씩 주고 자기 짐을 스스로 책임지는 훈련을 시켰다. 여행은 아이의 성격을 형성하는 데 더없이 좋은 방법이다. 여행을 하면 남을 배려하는 법을 배우고, 세상 일이 자기 뜻대로만 되지 않음을 알고, 어려움에 직면했을 때는 어른과 상의하고, 낯선 곳을 탐색하며 호기심을 기를 수 있다.

미국 1번 국도에서 자동차로 여행할 때 내가 길에서 시간을 지체하지 않고 서둘러야 해가 지기 전에 몬터레이에 도착할 수 있다고 하자 다섯 살 난 아들이 나를 보며 이렇게 말했다.

"뭐가 그렇게 급해. 언젠가는 도착하겠지!"

나는 내가 철학자를 키웠나 싶어서 아들을 뚫어지게 쳐다봤다. 아들의 말이 맞았다. 서둘러 가든 천천히 가든 언젠가는 도착한다. 인생도 그렇지 않나. 일찍 죽든 늦게 죽든 언젠가는 다 죽는데 뭐가 그리도 급할까. 최근 몇 년 사이에 나는 얼마나 조급하고 필사적이었는지 모른다. 그렇게 해서 목표에 다다른다고 달라질 것도 없는데 말이다. 그래서 나와 아들

은 이동하는 내내 이야기를 나누며 느긋하게 움직였고 시간은 우리 부자
의 리듬에 맞게 멈춘 듯했다.

순종보다 주관

"애는 참 말을 안 들어."

내가 아이한테 자주 하는 말이다.

그런데 부모는 아이의 말을 잘 들을까?

아들이 초등학교에 입학한 첫날 학교를 마치고 집에 오더니 이런 말
을 했다.

"선생님이 그러시는데, 길에서 모르는 사람이 학교에서 숙제를 내주었
느냐고 물으면 없다고 대답하래."

교육부에서 초등학교 삼학년이 되기 전에는 숙제를 내주지 못하도록
규정했는데 학부모는 아이에게 무책임한 행정이라며 반발이 심했다. 이에
학교 측에서는 어쩔 수 없이 숙제를 내주기로 했지만 아이가 이런 사실을
발설하지 못하도록 단속해야 했다. 말하자면 아들이 초등학교에 첫 수업
시간에 배운 건 거짓말이었다.

내가 물었다.

"그래서 넌 거짓말할 거야?"

"거짓말은 나빠."

"그럼 누가 물으면 뭐라고 대답할래?"

"있다고 해야지."

"그게 옳다고 생각하면 그렇게 대답해."

아들도 조만간 능구렁이가 되는 법을 배울 것이다. 안 그러면 이 세상
에 적응하기가 어려울 테니까. 하지만 되도록 늦게 배웠으면 좋겠다.

그래서 나는 무슨 일이 있을 때마다 아들에게 묻는다.

"네 생각은 어때?"

옷을 사러 가면 아내는 말한다.

"아들은 검정색을 사야지. 빨간색은 안 돼. 남자잖아."

그러면 내가 묻는다.

"여보, 당신이 입을 거야? 애가 입을 건데 우리가 왜 결정해?"

부모는 아이를 대신해서 많은 결정을 내린다. 바꾸어 말하면 아이에게는 주관이 없는 것이다. 부모가 아이를 아무리 사랑하고 아끼더라도 아이는 머지않아 혼자 이 세상과 마주해야 한다. 스스로 선택하고 선택한 결과에 책임질 줄 아는 태도는 성숙한 인간이 되기 위해 반드시 갖추어야 할 자세다.

성적보다 흥미

내 아들은 취미반 활동이 많다. 애들은 취미반을 싫어한다고 여기는 부모들이 있는데 아주 잘못된 생각이다. 아이가 취미반을 싫어하는지 부모가 어떻게 아나. 취미반에서 뭘 배우는지는 전혀 중요하지 않다. 아이에게는 취미반에서 다른 친구들과 어울려 노는 게 훨씬 중요하며 적어도 집에서 아이패드를 가지고 노는 것보다 훨씬 낫다.

아이가 취미반을 싫어한다는 생각은 전적으로 부모의 판단이다.

아들이 취미반을 몇 개나 하는지 세어보니 태권도, 서예, 그림, 음악, 힙합, 인라인스케이트 등 열 몇 개는 된다. 나는 아이가 원하면 일단 가보자는 주의다. 경험해보지 않고서는 아이한테 재능이 있는지 없는지 모르니까.

이것저것 시도해봤지만 아이가 꾸준히 한 건 시 낭송뿐이었다. 다른 건 특별히 흥미를 보이지 않았다. 아들은 말하는 걸 좋아하는데, 생각해 보니 정치인이 될 재능을 타고난 것 같기도 하다.

아들이 언어에 흥미가 있음을 일찍 발견한 한편 수학에 거부감을 가지고 있다는 사실도 알게 되었다. 국어 과목은 60점인데 수학은 59점이어서 아들에게 한 과목에만 치중한다고 한마디 하며 물었다.

"수학을 왜 배워야 할까?"

"시험을 잘 보려고."

"수학은 우리 생활에서 어디에 쓰일까?"

"물건을 살 때."

"너 아이패드 가지고 노는 거 좋아하지? 사실 이 게임들 속에는 온통 숫자만 들어 있어."

"정말이야?"

"그럼. 숫자로 꽉 채워져 있어."

"어째서?"

"네가 이유를 곰곰이 생각해서 찾은 다음에 다시 아빠랑 이야기하자."

그날 이후로 아들은 수학을 좋아하기 시작했다. 어느 책에서 봤는지 기억이 나지 않지만 굉장히 인상에 깊었던 말이 있다.

'당신은 누군가에게 어떤 하나의 목표를 세우고 그것을 실현하게 하고 싶은가? 그렇다면 그에게 최고의 선생님은 흥미다.'

승패보다 성장

요즘은 사회 곳곳에서 성공학 교육이 만연하고 있지만 실패학을 가르치는 곳은 없다. 그런 까닭에 성공을 갈망하는 사람은 많아도 실패했을 때 도움을 받을 방법은 없다.

하루는 아들이 나갔다가 집에 들어오면서 말했다.

"나 졌어."

내가 물었다.

"뭘 했는데?"

"달리기했는데 졌어."

"달리기를 왜 했어?"

"이기고 싶어서."

"다른 이유는 없어?"

"건강?"

"맞아. 운동은 건강하려고 하는 거야."

"그럼 이제 매일 달리기할게."

"이번에 달리기를 지고 나서 깨달은 점은 뭐야?"

"달리기는 이기려고 하는 게 아니라 자기 건강을 위해서 하는 거라는 거."

물론 나도 아들이 모든 시합에서 일등하길 바라고 달리기도 일등하길 바란다. 또 위챗 모멘트 어린이 스타 투표에서도 내 아들이 일등하고 시험도 일등하고 늘 일등이면 좋겠다. 그런데 아이가 늘 모든 방면에서 모든 사람을 이길 수 있을까? 부모가 아이를 일등으로 만들려고 모든 인맥을 다 동원하느니 아이한테 실패와 좌절을 감당하는 법을 가르치는 게 아이에게 훨씬 도움이 된다. 인생에는 오로지 성공만 있는 것도 아니고 당연히 실패만 있는 것도 아님을 아이에게 알려주어야 한다. 성공이나 실패를 경험하면서 성장하는 것이 아이에게는 더욱 중요하다.

사실 나는 아들과 함께 성장하고 있다. 솔직히 아들에게서 많은 것을 배운다. 이를테면 늦게 가든 빨리 가든 언젠가는 목적지에 도착하므로 길을 가면서 주위 풍경도 꼭 즐기라는 아들의 말에 깨달음을 얻은 것처럼 말이다.

영원히 미소를 유지하며 두루두루 원만하게 잘사는 것도 중요하지만, 바르고 솔직하고 선한 마음이 더 중요하다. 우리는 부모가 자녀를 가르친다고 여기지만 사실은 부모가 도리어 자녀에게 배우고 있다.

부전자전

아버지에게는 아들이 꼭 필요하다. 아버지는 아들과 갖가지 사소한 이야기들을 조잘조잘하는 걸 좋아하긴 하지만 실제로는 그러지 못하고 울트라맨 자세로 결투를 해야 한다. 외출할 때는 마치 유람을 가는 황후를 보좌하듯이 아버지와 아들이 어머니의 양옆에 나란히 서서 간다. 아들은 보통 아버지의 행동을 따라 하기를 좋아하고 아버지와 가출 문제도 자주 상의한다.

눈 깜짝할 사이에 자란 아들이 어느 날 불쑥 여자친구를 데리고 와서 세계여행을 가겠다고 하면 아버지는 미소를 띤 채 손을 흔들며 말한다.

"다녀와. 돌아오면 아버지랑 술이나 한잔 하자. 코가 삐뚤어지게 한번 마셔보자고."

내 아들이 유치원을 다닐 때였다. 어느 날 아들을 유치원에 데려다주러 갔는데 여자아이들이 보이지 않기에 의아해서 아들에게 물었다.

"여자애들은 왜 안 보여?"

아들은 귀찮은 듯이 대답했다.

"여성의 날이라서 방학했어."

나는 농담 삼아 물었다.

"그럼 여자 선생님들은 왜 안 쉬어?"

"여자 선생님들이 안 나오시면 우리가 축하해줄 수가 없잖아."

내가 또 물었다.

"남자들은 왜 나왔어?"

아들이 대답했다.

"여자들 방학이 남자들 방학이야. 여자애들이 엄청 귀찮게 하거든……."

그런 뒤에 아들이 여자친구가 생겼다고 말해주었다.

"넌 이제 겨우 다섯 살이잖아."

내 말에 아들이 설명했다.

"걔가 자꾸 날 쫓아다녀서. 걔 마음을 아프게 할 순 없잖아."

"어떻게 쫓아다녔는데?"

"가는 데마다 계속 졸졸 따라 뛰어다녀. 달리기가 나보다 빨라서 어쩔 수 없이 그냥 사귀기로 했어."

아마도 여자친구가 생겨서 나한테 시큰둥했던 것 같다.

하루는 아들이 과학적 호기심이 발동했는지 왕라오지*, 콜라, 아이스티, 간장, 식초, 참기름, 와인, 요구르트, 흰 우유를 배합한 새로운 '음료'를

---

* 王老吉, 중국의 대표적인 냉차 음료

만들어서 내 앞에 내밀었다.

"아빠, 아빠를 위해서 만든 사랑의 음료야."

그러더니 옆에 서서 기대에 찬 눈빛으로 날 빤히 바라보았다. 나는 눈물을 머금고 음료를 다 마셨다. 입으로는 맛있다는 말을 연달아 했다.

그는 쏜살같이 어디로 달려갔다가 다시 돌아오면서 또 한 잔을 들고 왔다.

"이건 약간 다르게 만들어봤어. 엄마가 쓰는 클렌징크림을 섞었거든."

아들을 둔 아버지로서 나는 지금까지 살아있는 것만 해도 기적이다.

물론 아들에게는 유약한 면도 있다. 하루는 내가 여러 일이 신통치가 않아서 잠자리에 들기 전에 심란해했더니 내 옆에 누워 있던 아들이 낮은 소리로 말했다.

"아빠."

나는 귀찮은 투로 대답했다.

"또 왜?"

아들은 눈을 깜빡이며 말했다.

"캄캄해서 무서워. 잠들 때까지 아빠가 안아주면 안 돼?"

갑자기 마음이 찌릿하더니 바짝 긴장했던 신경이 스르르 풀렸다.

원래 가장 힘이 있는 말은 위협적인 꾸지람이 아니라 사랑이 담긴 보드라운 말이다.

아들이 유치원을 졸업하기 전에 '나의 아빠'라는 제목으로 글짓기를 했는데 누군가가 내 전기를 쓸 수도 있다는 생각이 그제야 처음으로 들었다. 그래서 행동을 조심했다. 늦게 자고 늦게 일어나고, 발가벗고 자고, 군것질을 좋아하는 나의 나쁜 습관을 아들이 글로 쓸까봐 조마조마했다. 그런 까닭에 강한 모습을 보이려고 애쓰고 잘못된 행동을 반성하며 책임이라는 두 글자에 담긴 의미를 곱씹어보았다. 그런 다음에는 아들의 공책을 빼앗아 버렸다.

아들이 초등학교에 입학하고 나서는 꼬맹이가 조금씩 성장하는 모습을 지켜보면서 문득 내가 늙어가고 있음을 느꼈다. 아이가 있으면 아이에 나를 비추어보게 된다. 어쩐지 사람들이 아이가 없으면 영원히 성숙하지 못한다고 하더라니.

아들은 나와 깊이 있는 대화를 나누기 시작했다. 이를테면 세상에 울트라맨이 실제로 존재하는지에 관해 토론을 했다.

내가 말했다.

"진짜로 있어."

아들이 물었다.

"어디로 가면 볼 수 있는데?"

내가 대답했다.

"재난이 일어났을 때마다 와서 도와주는 사람들이 전부 울트라맨이 변신하고 나타난 거거든."

아들이 또 물었다.

"도라에몽도 있어?"

내가 또 대답했다.

"있지. 네가 항상 용감하고 씩씩하게 남들을 도와주면 도라에몽이 나타날 거야."

나는 아들이 착하고, 용감하고, 슬기롭고, 긍정적인 마음가짐을 오랫동안 지니기를 바라고, 아들의 아름다운 꿈을 함부로 깨뜨리고 싶지 않다. 세상은 잔혹하지만 아들의 동심은 좀 더 오래 남아 있기를 희망한다.

간혹 숙제가 너무 많은 날이면 아들은 울면서 숙제를 끄적거리다가 선생님을 욕하기도 한다. 선생님 욕이라고 해봤자 '선생님이 시양양한테 괴롭힘을 당하는 후이타이랑으로 변했으면 좋겠어'*라든가 '선생님이 도라에몽 주머니 속으로 들어가 버렸으면 좋겠어' 하고 투덜대는 정도다. 그러면 나는 이렇게 말한다.

"이따가 아빠랑 같이 하자. 누구든 정확하게 먼저 끝내는 사람은 엄마랑 보드 게임을 할 수 있어."

내기의 결과는 항상 아들과 아내가 함께 게임을 하고 나는 그 모습을 지켜보며 아들의 숙제를 하는 것이었다. 초등학교 삼학년짜리 수학이 이렇게 어려울 줄은 몰랐다.

아들은 자랄수록 상상력도 풍부해졌다. 한 번은 차를 타고 집으로 돌아오는 길에 죽음에 관한 질문을 내게 던졌다.

"아빠도 죽어?"

내가 대답했다.

"죽지."

아들이 또 물었다.

"엄마도?"

"그렇겠지."

"그럼 나는 엄마 아빠를 못 보는 거야?"

"응."

아들은 뒷자리에 앉아서 엉엉 울기 시작했다.

나는 순간 어떻게 위로해야 할지 몰라서 이렇게 말했다.

"우리 모두 다 천국이라는 곳에 가게 될 거야. 그때 네가 우리한테 와

---

* 시양양과 후이타이랑은 중국 어린이에게 가장 사랑받는 중국 애니메이션 <시양양과 후이타이랑>의 주인공 캐릭터다.

서 같이 있으면 돼."

아들이 말했다.

"그럼 집에 가서 얼른 숙제부터 끝낼래. 숙제를 다 못하고 천국에 가면 엄마 아빠랑 같이 못 놀잖아."

나는 운전을 하면서 코끝이 시큰해지는 한편 웃음이 나왔다.

大雪

눈이 얼어붙은 추운 날
앞개울을 걱정하는

대설

창업하려면 안정적으로
출퇴근하는 사람에게는 의견을 구하지 말고,
결혼하려면 독신주의를
신봉하는 사람에게는 의견을 구하지 말고,
투자하려면 돈을 안전하게
은행에 맡기는 사람에게는 의견을 구하지 마라.
모든 사람의 의견이 다 가치가 있는 것은 아니며
대부분의 의견은 그저 한 귀로 듣고 한 귀로 흘려도 된다.
그들의 말이 쓸모가 있든 없든 그것은 그들 자신에게만 해당되고
당신과는 전혀 무관하다.

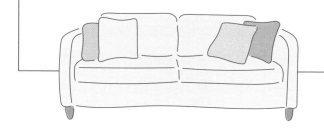

출발한 지 오래되었어도 목적지는 잊지 마라

헤로도토스의 『역사』에 기록된 내용을 짧게 소개하겠다.

대제국 페르시아를 건설한 대왕 키루스 2세에게는 아름다운 백마가 한 필 있었는데 출정하러 전쟁터에 나갈 때마다 늘 그 말에 올랐다.

기원전 539년 봄, 키루스 2세는 영토를 확장할 야심으로 아시리아에 선전포고한 뒤에 어마어마한 규모의 군대를 직접 이끌고 유프라테스강 인근의 바빌론으로 향했다. 긴드강까지 가는 동안은 행군이 순조로웠다. 마티니안산맥에서부터 시작되어 티그리스강으로 흘러 들어가는 긴드강은 급류가 심하기로 유명했다. 군대가 긴드강에 도착했을 때는 호우로 물이 불어서 물살이 거칠고 강물은 갈색으로 변해 있었다.

장군들은 잠시 행군을 멈추기를 건의했지만 키루스 2세는 아랑곳하지 않고 즉시 강을 건너도록 명령했다. 그러나 강을 건널 배를 준비하는 사이에 키루스 2세의 말이 대열을 이탈해 강을 건너려고 하다가 급류에 휩쓸려 떠내려가서 죽고 말았다. 그 광경을 지켜본 키루스 2세는 안색이 창백해졌다. 강물이 그의 신성한 백마를 삼켜버린 것이다. 자신과 함께 크로이소스를 쑥대밭으로 만들고 그리스인의 간담을 서늘하게 했던 말이 한순간에 눈앞에서 사라지자 키루스 2세는 불같이 화를 내며 하늘을 향해 저주를 퍼부었다. 분노에 찬 그는 감히 자신의 말을 앗아간 겁 없는 긴드강에 복수하기로 결심하고, 부녀자들도 무릎을 적시지 않고 쉽게 건널 수 있도록 강의 수위를 낮춤으로써 긴드강을 벌하겠노라고 맹세했다.

그래서 키루스 2세는 제국의 영토를 확장하려는 계획을 잠시 미루고 강의 양쪽 기슭에 방향이 서로 다른 물길을 180개 각각 그려놓은 다음 병사를 두 무리로 나누어 물길을 파도록 명령했다. 병사들은 봄부터 여름까지 물길을 파느라 사기가 완전히 바닥났고 아시리아를 빠른 시간 안에 정복하려던 희망도 사라졌다.

나는 이 일화를 읽고 키루스 2세한테 퍽 정이 갔다. 실은 나도 이런 문제점을 늘 안고 있기 때문이다. 어떤 일을 하다가 도중에 갑자기 다른 일이 생기면 그 일을 하느라 정신이 팔려서 처음에 하던 일을 깜빡 잊어버린다. 예를 들면, 글을 쓰려다가 문득 차를 우리고 싶으면 곧장 일어나 물을 끓인다. 또 물을 끓이다가 어질러진 식탁이 눈에 들어오면 되는 대로 일단 치운다. 식탁을 정리하고 나면 갑자기 과일이 먹고 싶어져서 사과를 꺼내 씻기 시작한다. 씻은 사과를 식탁에 올려놓고 나니 불쑥 아직 확정하지 못한 일정이 생각나서 상대측 연락 담당자에게 전화를 건다. 그렇게 통화를 마친 뒤에는 멍하니 소파에 앉아서 생각한다.

'대체 내가 뭘 하려던 거였지?'

출발한 지 오래되면 목적지를 종종 잊어버린다.

마찬가지로 결혼 생활도 너무 오래되면 배우자와 함께 사는 이유를 잊고 중간에 다른 사람에게 쉽게 마음을 빼앗겨서 결국 이별을 선택하게 된다. 사업을 시작했을 때도 자신의 삶을 개선하기 위해 창업했던 목적을 잊고 갖가지 머니게임에 유혹되어 멈추지 못하면, 심신이 피폐해지고 마지막엔 가족이 뿔뿔이 흩어지는 비극에 처한다.

또 다툼이 벌어졌을 때도 사소한 일로 꼬투리를 잡다가 과거에 일어났던 일까지 끌어들여 화풀이하느라 정작 다툼의 원인이 되었던 문제를 해결하는 건 까먹는다.

이런 예는 하도 많아서 다 들 수도 없다. 그러므로 어떤 일을 시작할 때는 방향을 잊지 말고 있다가 도중에 여러 유혹이 찾아왔을 때 하던 일을 서둘러 마칠 수 있을지를 곧바로 판단해야 한다. 만약 불가능하다고 판단되면 유혹을 과감하게 거절하거나 포기해야 한다. 그렇게 하지 않으면 용두사미가 되거나 다 된 죽에 코를 빠뜨리는 처지가 되고 만다.

연인끼리 다툴 때도 다투는 이유를 분명히 해야 한다. 다투다가 중간에 "네가 저번에⋯⋯", "생각해보니까 그때 말이야⋯⋯"와 같은 다툼과 전혀 관계없는 말을 꺼내서는 안 된다. 밤에 누가 침대 왼쪽에 누울 것인가 하는 문제로 싸우더라도 꼭 그 문제에만 집중해야 한다.

직장에서도 자신의 직책을 늘 상기하며 자신이 회사에서 무슨 일을 해야 하는지를 항상 되새기면 일을 적극적으로 하게 되며, 매일 게임이나 SNS를 하며 링거를 맞고 있는 친구에게 공감 클릭이나 하면서 세월을 무의미하게 보내지는 않을 것이다.

그리고 자신의 미래가 나아갈 방향도 미리 설정할 수 있을 것이다. 미래가 확실하지 않으면 단기적인 방향이라도 설정하는 것이 좋다. 목표가 있어야 좌절을 견딜 수 있기 때문이다. 내가 토크 콘서트를 시작한 지 얼마 되지 않았을 때는 이러쿵저러쿵 지적하는 사람이 많았다. 당시 나는 최선을 다해서 프로그램을 만들었고 즐기면서 했더니 언론의 뭇매를 덜 맞았고 결국 그 바닥에서 나만의 영역을 구축했다. 앞서가는 기마대는 길가의 개가 짖는 소리에는 신경 쓰지 않는 법이다.

한마디로 요약하자면, '강물에 화풀이하느라 출정한 이유를 잊지 마라'는 말이다.

모든 사람의 의견에 귀를 기울일 필요는 없다

소크라테스와 그의 친구 크리톤이 나눈 짧은 대화는 내게 퍽 깊은 인상을 남겼다. 대략적인 내용은 이렇다.

소크라테스 진지하게 훈련에 임할 때 모든 사람의 칭찬과 비판에 두루 귀를 기울여야 하는가? 아니면 의사나 교관처럼 자격이 있는 사람의 말만 들어야 하는가?

크리톤 자격이 있는 사람의 말만 들어야 한다고 생각하네.

소크라테스 그렇다면 대중의 칭찬과 비판은 상관하지 말고 자격이 있는 사람의 비판을 겁내고 그의 칭찬에 기뻐하란 말인가?

크리톤 당연하지.

소크라테스 그러면 대중의 의견을 듣는 대신 전문 지식을 갖춘 교관의 판단에 따라 자신의 행동, 훈련, 취식을 조절해야 한다는 말이군.

이 대화의 요지는 모든 사람의 의견을 존중하지 않아도 되고, 일부 사람의 의견만 존중하면 된다는 것이다.

나쁜 의견 대신 좋은 의견을 존중해야 한다. 현상을 정확히 아는 사람이 좋은 의견을 내고 잘 모르는 사람이 나쁜 의견을 내기 때문이다.

따라서 창업하려면 안정적으로 출퇴근하는 사람에게는 의견을 구하지 말고, 결혼하려면 독신주의를 신봉하는 사람에게는 의견을 구하지 말고, 투자하려면 돈을 안전하게 은행에 맡기는 사람에게는 의견을 구하지 마라.

모든 사람의 의견이 다 가치가 있는 것은 아니며 대부분의 의견은 그저 한 귀로 듣고 한 귀로 흘려도 된다. 그들의 말이 쓸모가 있든 없든 그것은 그들 자신에게만 해당되고 당신과는 전혀 무관하다.

어떤 일을 할라치면 주변에는 응원하는 사람, 반대하는 사람, 콧방귀를 끼는 사람이 두루두루 많다. 내가 토크 콘서트를 처음 시작했을 때도 반대하는 사람이 엄청 많았다. 나의 산동 말투가 거슬린다느니 표현력이 떨어진다느니 인물이 잘 생겨서 웃기지 않다느니 여러 말들을 했다. 음, 마지막 훈수는 못 믿겠지만 진짜다.

얼핏 생각하면 좀 심한 반응이지만 바꾸어 생각해보면 내가 관심을 가져야 할 것은 반대하는 사람의 수가 아니라 반대 의견의 합당한 이유다. 그 이후에 나는 언론계 사람, 방송국 진행자, 연기학과 교수, 토크 콘서트 선배 등 일부 계층을 관중으로 모시고 내부적으로 콘서트를 진행해보였다. 그랬더니 관중으로 왔던 그들은 전문적인 의견을 제시했고 그 의견에 숨은 논리까지 설명해주었다. 나는 그들과 이틀 연속으로 토론을 진행하며 토크 콘서트의 실행 가능성을 고민했다.

이를 계기로 나는 상당히 많은 것을 깨달았다. 평범한 사람들도 취향이 천차만별이어서 모든 사람을 만족시킬 수도 없고, 또 싫어하는 이유도 수만 가지다. 따라서 한 가지 이유 때문에 나 자신을 바꾸기 시작하면 결국 나는 평생 나 자신을 바꿔야만 한다.

초등학교 시절에 교과서에서 배웠던 우화를 떠올려보자.

옛날에 할아버지와 손자가 읍내 장터에 갔는데 날씨가 너무 더워서 할아버지는 나귀를 타고 손자는 앞에서 나귀를 끌었다.

그렇게 길을 가는 두 사람을 행인이 보고는 한마디 했다.

"이 노인네는 자기 몸만 돌보고 어린 손자는 걷게 하는구먼."

할아버지는 자기가 생각해도 맞는 말인 것 같아서 재빨리 나귀 등에서 내리고 손자를 나귀에 태웠다. 이번에는 할아버지가 나귀를 끌며 가는데 얼마 안 가서 또 한 행인이 말을 걸었다.

"이 녀석 참 철이 없구나. 너 혼자 나귀를 타고 할아버지는 나귀를 끌게 하느냐."

손자는 이 말을 듣고 너무 부끄러웠다. 그래서 이번에는 둘이 같이 나귀를 타기로 했다. 그런데 또 얼마 못 가서 지나가던 한 노부인이 나귀 등에 두 사람이 같이 탄 모습을 보고는 한마디 했다.

"아주 못된 사람들이네. 저렇게 배짝 마른 나귀가 두 사람을 어찌 감당하겠누?"

할아버지와 손자는 그 말도 그럴 듯해서 당장 나귀에서 내렸다. 그러고는 아예 나귀를 타지 않고 끌고 가기로 했다. 몇 걸음도 채 안 갔는데 길에서 또 한 노인을 만났다. 노인은 두 사람을 가리키며 말했다.

"참 어리석은 사람들일세. 나귀가 있는데도 타지 않고 걸어가다니."

결국 할아버지와 손자는 나귀를 이고 가기로 하고는 걸음을 옮기는데 또 한 행인이 박장대소하며 말했다.

"이 사람들이 참 생각이 있나. 나귀를 끌고 가면 되지 뭣 하러 이고 가오?"

우리는 일상생활에서 이 할아버지와 손자와 같은 곤경에 자주 처한다. 뭘 해도 못마땅하게 여기고 잘못되었다고 훈수를 두는 사람이 꼭 있기 때문이다.

진심으로 새겨들어야 할 의견은 말하는 사람의 신분, 지위, 언변과는 전혀 상관이 없다. 논리와 법칙이 있는 의견이라면 무조건 귀담아 들어야 한다. 예컨대 상스러운 말로 던지는 의견은 완전히 무시해도 된다. 그런 의견은 말한 사람의 감정이 실린 것이지 귀담아 들을 논리적인 말이 아니기 때문이다.

다른 사람이 자신을 좋아하든 싫어하든 그로 말미암아 기뻐하거나 슬퍼할 필요는 없다. 그러나 좋거나 싫은 감정 뒤에 논리나 근거가 숨어 있는지는 파악해야 한다. 만약 특별한 논리나 근거 없이 무작정 좋거나 싫다고 하는 의견은 마음에 담아둘 가치가 없다.

진정한 자신감은 맹목적인 자기도취에 빠졌을 때가 아닌 이성적인 사고를 했을 때 솟아난다. 또한 몇 마디 응원의 말이나 힐링이 되는 말을 믿기보다 이성적으로 사고해 자신의 가치를 발견했을 때 열등감에서 벗어날 수 있다.

예전에 한 친구가 이혼을 마음먹고 십 년 간 일한 회사를 그만둔 뒤에 아이와 함께 외국으로 나가려고 하면서 내게 물었다.

"반대하는 사람이 많아. 어떤 사람은 헤어져야 한다고 하고 또 어떤 사람은 이혼하지 말라고 해. 의견이 제각각인데 넌 어떻게 생각해?"

"그런 건 중요하지 않아. 중요한 건 네 결정의 이유가 무엇인지 분명히 제시할 수 있어야 한다는 거야."

그녀가 말했다.

"남편이 넘으면 안 되는 선을 넘었으니까 무조건 이혼해야지. 내 전공 분야에서 가장 우수한 회사와 뛰어난 인재는 모두 뉴욕에 집중되어 있어. 나도 뉴욕에 가서 선진 기술을 접하면 내 커리어 성장에 굉장한 도움이 될 거야. 내 집이 있는 이 도시에서 안주하며 편안하게 직장 생활을 할 수도 있지만 그건 내가 바라는 삶이 아니야."

"그럼 이런 결정을 한 뒤에 따를 고충은 없어?"

"아이를 돌보는 게 가장 큰 고충이지. 나 혼자서 아이도 키우고 일도 해야 해서 시간도 에너지도 부족하니까."

"적당한 해결책은 없어?"

"도우미 아주머니를 구해서 도움을 받아야지."

"이성적으로 생각해서 내린 결정이라면 가는 게 좋겠어. 다른 사람들의 의견을 참고할 수는 있지만 꼭 받아들일 필요는 없으니까."

삼 년 뒤 뉴욕에서 그녀를 만났는데 다행히도 그 결정은 옳은 선택이었다. 그녀는 고생스러운 가운데서도 무척 행복해 보였다.

나를 쓰러뜨리지 못한 것은
나를 더욱 빛나게 만든다

이 말은 내가 한 말이다.

니체도 이와 비슷한 말을 했다.

"나를 죽이지 못한 것은 나를 더욱 강하게 만든다."

원칙적으로 이런 문구에 유명인의 이름을 붙일 때는 각별히 조심해야 한다. 지어낸 말이라는 오해를 받을 수 있기 때문이다. 하지만 이 말은 니체가 한 말이 맞다. 니체는 철학계에서 이처럼 마음을 치유하는 말을 많이 남겼던 정감이 가는 인물이지만 끝내 미치광이가 되고 말았다. 그런 까닭에 그에게는 신비주의 색채가 더 강하게 입혀졌고 많은 이의 존경을 받았다. 그러나 사람들은 그의 사상을 존경했다기보다는 철학자로서 그를 존경했고 뜻밖에도 그는 정신병에 걸렸다.

내가 니체를 처음 접한 건 대학을 다닐 때였고 한 선배 덕분이었다. 선배는 당연히 미모가 빼어난 여자였고 졸업 후에 방송국의 아나운서가 되었다. 햇살이 환히 비추는 어느 날 아침에 그 선배는 학교에 있는 확성기로 자신이 가장 좋아하는 사람은 니체라고 외쳤다. 회계학을 전공하는 내 귀에 들린 그 낯선 이름은 쥐구멍에라도 들어가고 싶을 만큼 나를 부끄럽게 했다. 나와 미녀 사이에 니체라는 인물이 벽을 치고 있다는 것도 그때 처음 들어 알았다.

그래서 나는 니체의 책을 빌려 읽으려고 도서관으로 가서 이렇게 소리쳤다.

"니체의 책을 읽을 거예요!"

그 순간에 내가 만약 동물이었다면 틀림없이 수탉이었을 것이다.

나는 "쟤 미쳤나봐" 하는 듯한 도서관 사서의 눈빛을 받으며 니체의 『권력 의지』를 빌렸다. 책을 한 번 죽 읽었지만 무슨 말인지 도통 이해하지 못했다. 매일 아침 선배의 목소리를 들을 때마다 창피해서 얼굴이 화끈거렸다. 그녀는 내가 전혀 이해하지 못하는 책의 내용을 다 이해하고 있었기 때문이다. 내게는 그 충격이 사실 굉장히 컸다.

직장에 들어가서 한 번은 고객의 프로젝트를 하나 맡았는데 이틀 밤을 죽어라 고생한 끝에 하마터면 과로사할 뻔한 위기를 넘기며 문건을 완성해서 팀장에게 제출했다. 그런데 그 문건은 오롯이 팀장의 공으로 변해버렸다. 팀장이 사장 앞에서 자기가 무척 고생스럽게 작성한 문건이라고 보고한 것이다. 나는 파렴치한 팀장을 쳐다보기만 할 뿐 입도 벙긋할 수 없었다. 그는 팀장이니까. 그 이후에 팀장은 승진했고 나는 여전히 문건이나 기획했다.

하지만 이 일은 내게 엄청난 자극이 되었고 직장생활의 진정한 잔혹

함을 처음으로 맛본 계기였다. 게다가 실연까지 당해서 내 앞에는 골치 아픈 일만 가득 쌓였다. 그래서 상하이의 쉬자후이에 있는 한 서점에 갔다가 그곳에서 니체를 다시 만났다.

사실 나는 어느 곳에서 나를 기다리고 있는 책 한 권은 분명히 존재한다고 믿고 있다. 만약 그 책을 너무 일찍 만나면 나를 위한 책인지 알아차리지 못하고 그 책의 가치도 모른다. 왜냐하면 내가 아직 준비가 덜 된 상태에서 그 책을 만났기 때문이다. 서점에서 니체를 다시 만나서 "나를 죽이지 못하는 것은 나를 더욱 강하게 만든다"는 말을 접했을 때 나는, 뜨거운 피가 몸속에서 끓어오르는 것 같았다. 마치 니체가 오로지 나만을 위해 그 말을 하고 그 책을 쓴 것 같다는 생각도 들었다.

그날 이후로 나는 쇼펜하우어에 매료된 니체처럼 니체에게 푹 빠져들었다.

니체는 젊은 시절에 쇼펜하우어를 굉장히 존경했다. 그가 라이프치히의 오래된 서점에서 쇼펜하우어의 『의지와 표상으로서의 세계』를 만났을 때는 겨우 스물한 살이었다. 그는 그 책을 발견했을 때 알 수 없는 정령이 귓가에 대고 "이 책을 가져 가"라고 속삭이는 듯했다며 당시를 회상했다. 그때부터 니체는 쇼펜하우어를 존경하기 시작했고 어떤 문제에 봉착할 때마다 "쇼펜하우어가 날 도와줄 거야"라며 크게 외쳤다. 마치 삼장법사가 문제가 생길 때마다 "오공아!" 하고 불렀던 것처럼 말이다.

니체가 쇼펜하우어의 그 책을 집어들었던 날은 1865년 가을이었다.

쇼펜하우어를 향한 니체의 마음은 그때부터 약 십 년간 지속되었지만 니체는 결국 쇼펜하우어를 비판하는 길로 방향을 전환했다. 쇼펜하우어의 사상이 지나치게 나약하고 진실하지 못하다는 이유 때문이었다. 니체는 쇼펜하우어를 "겁이 많은 사슴처럼 숲속으로 숨기만 한다"고 비난했다. 쇼펜하우어 같은 염세주의자가 한평생 고통을 피하려고만 했던 태도를 나약하다고 판단한 것이다. 나도 그렇게 생각한다.

니체는 마땅히 고통을 직시해야 한다고 주장했다. 고통은 선함과 완벽함에 이르기 위해 꼭 거쳐야 할 관문이라고 여겼기 때문이다. 마음이 다쳤을 때 상처를 잊으려고 애쓰고 가능한 한 생각하지 않으려고 해도 쉬이 떨쳐지지 않고, 어느 시점이 되면 불쑥 되살아나서 또다시 상처가 되는 것처럼 고통을 피하는 것만이 능사는 아니다.

문제가 생겼을 때는 정면으로 맞서야 그 문제에 휘둘리지 않는다. 이를테면 잠들기 전에 마치 영화처럼 그런 문제들이 눈앞에 펼쳐졌을 때 눈을 감고 피하려고 기를 쓸수록 더욱 고통스럽기만 하므로 그럴수록 더더욱 문제를 똑바로 쳐다봐야 한다. 그런 뒤에는 자신에게 "이건 이미 일어난 일이니 받아들이자"라고 말하며 그 자리에서 평소와 다름없는 생활을 이어가야 한다.

고난을 피하는 사람은 쇼펜하우어 같은 나약한 인간이다. 고난과 맞서는 사람이야말로 진정한 강자고 니체 같은 인간이다.

나는 대학 선배를 우연히 다시 만났을 때 이런 말을 건넸다.

"그때 선배가 말했던 니체가 도움이 되었어요."

그녀는 쑥스러워하며 말했다.

"그때 나도 니체라는 이름밖에 몰랐어. 사실 내가 정말로 좋아하는 사람은 하이데거야."

제기랄!

비록 몇 년간 깜빡 속고 살았지만 어쨌든 누구나 생각이 통하는 철학자 한 명쯤은 있어야 한다고 본다. 나는 이성론 면에서는 칸트를 존경하고 형이상학적인 문제에서는 니체를 존경한다. 내가 이런 이야기를 하면 내 제자들은 모두 나를 따가운 눈초리로 쳐다본다. 마치 내가 대학 시절에 니체의 이름을 흘러나왔던 확성기를 따갑게 쳐다봤던 것처럼.

니체는 열정적인 사람이지만 그의 삶은 비극적이었다. 평생 남을 설득하지 못했고 출간한 책도 내 책보다 덜 팔렸다. 그의 저서 『차라투스트라는 이렇게 말했다』는 증정본이 일곱 권만 나갔는데 아마 추측컨대 어느 마을로 흘러 들어가 화장실 휴지로 쓰였을 것 같다. 그가 사랑한 사람이 그를 사랑하지 않았는데도 그는 매독에 걸렸다.

1889년 1월 3일, 니체 인생의 전기가 되는 일이 발생했고 니체는 이날 이후로 미치광이로 살았다. 토리노에서 한 마부가 말을 마구 학대하는 광경을 본 니체가 말한테 달려가서 목을 끌어안았는데 그때부터 갑자기 정신 이상 증세를 보이기 시작한 것이다.

당시 그의 나이는 마흔다섯 살이었다.

니체가 정신병을 앓기 시작한 이후로 부와 명성이 잇달아 찾아왔다. 니체의 여동생은 그에게 하얀색 가운을 입히고 수염을 수북하게 기르게 해서 겉모습을 마치 도인처럼 꾸몄다. 그녀는 또 니체의 저작을 멋대로 왜곡해서 고쳤다. 『권력 의지』를 인종차별적인 내용으로 수정해 히틀러를 니체의 충실한 신봉자로 만들었다.

그렇게 여동생에게 시달리던 니체는 쉰여섯 살에 세상을 떠났다.

니체는 이렇게 비극적인 인생을 살다가 갔다. 하지만 그의 사상은 실로 대단한 힘을 지녔다.

니체 사상의 힘은 과연 어느 정도일까? 니체는 약자를 동정하는 것은 바람직한 일이라고 보았다. 그렇지만 약자가 그런 동정을 이용해서 남을 등치거나 강자의 것을 탈취하는 것은 잘못이고 부끄러운 행동이라고 여겼다. 남의 동정을 이용해서 스스로 비참해지면 안 되고, 스스로 강해져야 타락의 길을 자초하지 않게 된다는 의미다.

　고통과 좌절은 인생을 구성하는 한 부분이므로 아무리 힘들어도 받아들여야 한다. 고통과 좌절을 겪지 않은 사람은 좋은 작품을 창작해낼 수 없고, 심한 고통을 겪은 사람일수록 더 큰 행복을 누린다. 죽을 만큼 배고팠던 사람이 만두 한 개를 먹었을 때 느꼈을 행복감을 상상해보라. 극심한 고통을 겪었기 때문에 더없는 행복을 누릴 수 있는 것이다.

　자신의 비관적인 감정과 소통하는 것을 시도해야 한다. 니체의 말을 빌리자면, 비관적인 내면세계에서 환희가 솟아나고 악랄한 웃음도 나온다. 왜냐하면 인간에게는 용기, 야심, 존엄성, 인격적 역량, 유머감각, 독립성이 있기 때문이다. 이런 의지가 있기에 인간은 비관적인 감정에 굴하지 않고 맞설 수 있다. 그렇다면 이런 소양은 어떻게 기를까? 책을 읽거나 시를 낭독하거나 여행을 하거나 지혜로운 사람과 대화를 하면 자신의 '권력 의지'가 더욱 강해진다.

　사람들은 벽을 밀었을 때 한두 번에 벽이 넘어지지 않으면 영원히 벽을 넘어뜨릴 수 없을 거라고 생각하지만, 사실은 벽을 미는 과정에서 스스로 더욱 굳세진다. 이 역시도 니체가 남긴 말의 새로운 버전이다.

　마지막으로 니체의 명언을 다시 복습해보자.

　"나를 죽이지 못한 것은 나를 더욱 강하게 만든다."

冬至

동지

사람들은 모두 협객처럼 손에 검을 들고
인생이라는 강호를 누비며 뒤에서 속이고 앞에서 공격한다.
겉으로는 둥글둥글한 척해도 뒤에서는 강인한 힘을 기르고,
사귐은 겸손하게 하나 싸움은 독하게 한다.
북소리와 함께 웃음소리가 퍼지면
종복도 전쟁터를 두려워하지 않는다.
길을 잘못 들어도 나름의 즐거움이 있어
단번에 못 갈지라도 언젠가는 도착한다.
강호의 한바탕 꿈도 세월이 흐르면 과거가 될 뿐이다.

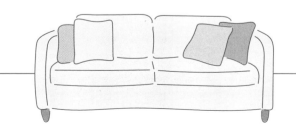

후이룽교

인터넷상에서 많은 사람이 나를 후이룽교* 교주라고 부른다. 그 이유는 아무래도 오래 전에 내가 웨이보에 후이룽교를 소개하며 잠자리에서 일어나기 싫어하는 후이룽교도를 위해 신앙적인 근거를 제시했기 때문인 것 같다.

예전에 웨이보에 올렸던 후이룽교에 관한 간단한 소개글은 이런 내용이었다.

후이룽교는 세계에서 가장 규모가 큰 종교로 수면교의 한 분파다. 전 세

---

* 인터넷 유행어로 그루잠을 즐기는 사람을 가리킨다. 중국어에서 '그루잠'을 뜻하는 단어 '후이룽쟈오(回籠覺)'의 '쟈오(覺 jiào)' 발음이 종교의 '교(敎)'자 중국어 발음 'jiào'와 같아서 그루잠을 자는 사람을 후이룽교를 믿는 후이룽교도라고 일컫는다.

계 각지에 수억 명의 교도가 흩어져 있으며, 왼쪽으로 눕는 파, 오른쪽으로 눕는 파, 머리를 처드는 파, 엎드리는 파로 나뉜다. 후이룽교의 의식은 비교적 간단한 편이다. 아침에 알람 소리를 들으면 알람시계를 눌러서 끄거나 집어 던지며 "오 분만" 하고 기도를 하는 것이다. 그러고는 아무 일도 없다는 듯이 다시 잠에 빠져든다. 이 종교의 신앙생활은 잠자리에서 절.대.로! 일어나지 않는 것이다.

이 글이 무려 약 오만 명의 인정을 받을 줄은 생각도 못했다. 이 글에 달린 댓글은 대부분 '내가 신앙을 가진 종교인이란 사실을 이렇게 오래 살고 나서야 알았군요. 드디어 내 소속을 찾았어요'와 같은 반응이었다.

이어서 나는 후이룽교의 교리를 연구해 정리해보았다.

① 기상을 오 분씩 미룰 때마다 마지막 오 분이라고 생각한다.
② 매일 잠에서 깨자마자 가장 먼저 "늦었어?"라고 묻지 않고 "몇 분 더 잘 수 있어?"라고 묻는다.
③ 후이룽교도는 "일찍 일어나는 벌레가 새한테 잡아먹힌다"라고 믿으므로 일찍 일어나는 모든 사람을 경멸한다.
④ 아무리 화려한 자리라도 이불 속만큼 좋은 곳이 없고, 이상이나 환상도 자기 꿈속만 못하다.
⑤ 일찍 일어나면 '더 잘 수 있다'는 점 외에도 장점이 많다.

또 후이룽교도들을 위한 법률적 근거도 찾았다.

현행 '수면법' 규정에 따르면, 자택의 침대에서 자는 그루잠은 개인용 잠,

회사 책상에 엎드려 자는 그루잠은 기업용 잠, 대중교통을 이용하는 중에 자는 그루잠은 떠돌이 잠, 운전하는 중에 조는 그루잠은 차량용 잠, 애인과 같이 자는 그루잠은 번식용 잠, 그루잠에서 영원히 깨지 않는 것은 유산용 잠이라고 부른다. 잠을 자는 것은 영광이고, 잠이 부족한 것은 치욕이다.

교도를 부르는 명칭에 혼란이 생길 수 있어서 교도의 특성에 따라 계층을 나누었다.

매일 기상한 후에 그루잠을 10회 이상 자는 교도는 교황, 5회 이상 자는 교도는 교부(여자는 교모), 한 번 더 자는 교도는 교주, 후이룽교를 믿고 싶은 마음은 있지만 현재 조건상 그루잠을 잘 수 없는 사람은 교도, 다른 사람을 꼭 침대로 끌어들여서 같이 그루잠을 자는 교도는 전도사, 그루잠을 전혀 자지 않는 사람은 이교도로 분류했다.

내 생각에 반박하는 사람도 있었다. 그는 스티브 잡스는 매일 새벽 네 시에 일어나서 업무를 보고 아침 여덟 시 전에 그날의 업무를 마친다고 하는데, 그러면 그 이후에 계속 잠을 자는 것 아니겠느냐고 했다. 스티브 잡스가 젊은 나이에 세상을 떠난 게 바로 그 때문이다. 일찍이 후이룽교에 입문했으면 행복한 삶을 누렸을 텐데.

그렇다면 후이룽교를 파괴할 수 있는 사람은 과연 없을까? 물론 있다. 그것도 넷이나. 후이룽교는 이미 천 년 전에 창시되었기 때문에 적도 상당히 많다. 그중에서 후이룽교에 가장 해가 되는 적은 넷이며, 교도는 이 넷을 만나면 반드시 제거해야 한다.

하나, 방광 협객(요의). 이 자와 대결하기 전에는 반드시 물을 적게 마셔야 한다.

둘, 고막 괴물(알람 소리). 이 자가 고함을 치면 곧장 정수리를 강타한다.

셋, 요기 마귀(아침 식사). 침대 옆에 쿠키와 물 등을 내려놓으면 당장에 물리치고 내쫓는다.

넷, 가장 두려운 수다 귀신(가족). "오 분만. 오 분만 더. 마지막으로 딱 오 분만" 하며 끊임없이 주문을 외운다.

이교도에게는 대항해야 하지만 같은 교도는 선하게 대해야 한다. 후이룽교도는 인내심이 대단히 강하고 어떤 소리에도 꿈쩍하지 않는다. 게다가 꿈속을 자유자재로 날아다닐 만큼 거칠 것이 없어서 상상력도 굉장히 풍부하다. 더 중요한 것은 공명에 무관심하고 세상과도 다투지 않으며 이불 한 채만 있으면 더없이 만족하고 감사해한다는 점이다. 후이룽교의 대표적인 인물로는 증자가 있다. 증자는 날마다 세 가지 면에서 자신을 반성한다고 했다. 이 말인즉 매일 반드시 그루잠을 세 번 잤다는 뜻이다.

이런 글을 웨이보에 썼던 당시에는 석가모니가 불교를 창시했을 때도 어쩌면 나와 비슷한 과정을 거쳤을지도 모른다는 생각을 했다. 차이가 있다면 석가모니는 보리수나무 아래에서 깨달음을 얻었고 나는 이불 속에서 사색했다는 점이다. 후이룽교의 이론을 잘 정립했다는 만족감에 마치 내가 후이룽교의 교주가 된 듯이 중생을 제도할 차비를 하고 있을 때, 아내가 이불을 젖히며 말했다.

"일어나. 어디 사이비 종교 생활이라도 하는 거야? 방금 당신 웨이보 봤어."

나는 벌컥 화를 냈다.

"사이비 종교라니? 우리 후이룽교도들은 전부 일어나서 몸을 움직이기가 귀찮은 사람들이야."

인플루언서

'시간이 되면 〈춘제롄환완후이〉 제작진과 이야기 좀 나누어요.'

중국 설 특집 방송 프로그램인 〈춘제롄환완후이〉의 총연출 하원이 웨이보로 메시지를 보냈다.

이 메시지를 받았을 때 나는 베이징에서 열리는 마지막 토크 콘서트를 준비하고 있었다. 그 콘서트는 내가 비즈니스 목적으로는 처음 연출하는 프로그램이어서 특별히 공을 들여 준비했다. 정식으로 티켓을 판매하기 전에 한 친한 친구에게 물었다.

"천여 장이나 되는 티켓이 다 팔릴까?"

친구는 자신만만하게 대답했다.

"물론이지. 너 인기 끝내주잖아."

그 친구는 내게 이 말을 한 다음 날 미국으로 떠나서 지금까지 소식이 없다. 나는 또 웨이보에서 사귄 인터넷 친구들에게 메시지를 보냈다.

'백 퍼센트 상업적인 토크 콘서트를 하는데 토크쇼 분야에서 완전 무명인 사람이 연출한다면 사람들이 보러올까요?'

내 메시지에 꽤 많은 답장이 도착했다.

'묻지도 따지지도 않고 응원해요. 꽤 오랫동안 당신이 웨이보에 올린 글들을 공짜로 봤는데 콘서트 한 번에 몇 백 위안을 지불하는 것쯤은 아깝지 않아요.'

그러고 나서 정식으로 티켓을 판매하기 시작했는데 티켓 천 장이 온라인 티켓 예매 서비스를 통해 사흘 만에 매진되었다. 콘서트를 시작하기 전에 공연장인 베이징극장 주변에 암표상들이 왔다 갔다 하는 광경을 목격하고 나니 내가 정말로 인기가 있다는 게 와 닿았다.

인기가 있으면 있는 만큼 번거로운 일도 많다. 웨이보상에는 좌파, 중도파, 우파가 있어서 만약 내가 어느 친구의 게시물을 공유하면 그쪽 계파에 속한 사람이라는 암시가 된다. 단순히 게시물이 재미있어서 공유했을 뿐인데 웨이보상에서 어느 한 계파에 속하게 되는 것이다. 그리고 어떤 입장을 표명하면 반드시 누군가에게 공격을 당하고 입장이 없으면 없다고 또 공격당한다. 너무 기회주의적이지 않은가? 맞다, 인터넷상에서는 이런 사람을 '리중커*'라고 한다. 척 들어도 의미가 좋은 단어가 아님을 알 것이다.

만약 웨이보가 없었다면 나는 대학 강단에서 MBA(경영학 석사) 학위 과정 중인 학생들에게 프로젝트 관리와 칸트의 철학을 강의하는 무명 강사

---

* 理中客. 이성적이고 중립적이고 객관적이라는 뜻인데 부정적인 의미로 사용되어 상황에 따라 이성적·중립적·객관적 태도를 취하는 사람을 가리킨다.

로 살아가고 있을 것이다. 날마다 빠짐없이 강의하느라 오십견과 경추증을 직업병으로 달고 살다가 학생들에게 최선을 다한 촛불 같은 선생님으로 평가를 받고 생을 마감하면 나를 좋아했던 학생들이 검은색 정장을 차려입고 찾아와서 허리를 굽히고 절하며 "잊지 않겠습니다" 하고 명복을 빌어줄지도 모른다. 그러나 나는 2010년에 인생의 궤적을 완전히 다른 방향으로 전환했다.

2010년에 나는 정식으로 웨이보에 가입했다. 처음에는 심심해서 아무 글이나 끄적거렸다. 아침에 일어나기가 얼마나 힘들었는지, 낮에 졸려서 정신이 하나도 없었다든지, 저녁밥을 먹을 때 처량했다든지 사소한 일상을 기록했다. 말하자면 마음이 내키면 들여다보고 생각이 없으면 내버려두는 식이었고, 인터넷은 내 생활에서 그저 조미료 같은 존재였다. 그렇게 되는 대로 웨이보를 이용하다가 2012년 7월에 '4대 고전 명작 상상 버전'이 폭발적인 인기를 얻기 시작했고 원래 육만 명이던 팔로워가 반 년 만에 이백만 명으로 급증했다. 그렇게 어마어마한 팔로워의 힘이 나를 전진하게 하는 추진력이 되었던 것 같다.

웨이보에서 활동하니 우선 교제의 범위가 꾸준히 넓어졌다. 투자업계든 연예계든 언론계든 분야를 가리지 않고 전에는 모르던 사람들과 서로 팔로잉을 하면서 사이가 가까워졌다. 서로 댓글을 달아주고 게시물을 공유하면서 친구가 된 것이다. 웨이보가 없던 시대에는 상상조차 할 수 없는 일이다. 이게 바로 여섯 단계만 거치면 다 아는 사이라는 이론의 실례며, 실제로 여섯 사람만 거치면 자기가 알고 싶었던 어떤 사람과도 사귈 수 있다.

사람이 있는 곳에는 강호가 있고, 강호가 있는 곳에는 이익이 있고, 이익이 있는 곳에는 시비가 있고, 시비가 있는 곳에는 애증이 있고, 애증이 있는 곳에는 분쟁이 있고, 분쟁이 있는 곳에는 계파가 있고, 계파가 있는 곳에는 정치가 있고, 정치가 있는 곳에는 거래가 있고, 거래가 있는 곳에는 은혜와 원한이 있고, 은혜와 원한이 있는 곳에는 사람이 있다. 그 은혜와 원한이 있는 곳이 어쩌면 웨이보가 아닐까?

그다음엔 관심사가 변했다. 팔로워 수가 적을 때는 매일 별 내용도 없는 공허한 말이나 하고 요리를 만든 후기나 키우는 강아지와 고양이에 관한 에피소드를 이야기했다. 그러나 팔로워 수가 많아질수록 관심사가 사회의 핫이슈로 옮아갔고, 사람들이 주목하는 사회 문제를 비판하는 글을 써서 팔로워의 기대에 부응했다. 그들은 어떤 한 사람이 그들 대신 목소리를 내주기를 바랐기 때문이다. 영화 〈스파이더맨〉의 대사 중에 "능력이 강해질수록 책임도 커진다"는 말이 있다. 그래서 결국 관심사가 사회와 민생 쪽으로 방향이 바뀌었다. 이는 어떤 식으로든 팔로워에게 끌려가는 상황 같지만 처음에는 나도 어쩔 도리가 없었다.

또 웨이보 때문에 생활습관도 변했다. 하루 일과는 기본적으로 웨이보에 접속하는 일부터 시작한다. 아침에 졸린 눈을 게슴츠레 뜨자마자 가장 먼저 하는 일이 웨이보를 훑어보는 것이다. 댓글이 달렸는지, 공유한 사람이 있는지를 확인하고 웨이보에 어떤 재미있는 뉴스거리가 있는지도 살핀다. 그런 뒤에는 아침밥을 먹으면서 또 웨이보를 들여다보느라 뭘 먹었는지 잘 기억이 나지 않을 때도 있다. 출근길에는 여러 겪은 일들을 엮어서 웨이보에 올린다. 저녁에는 웨이보로 친구 서넛을 불러서 같이 식사를 하지만 만나도 서로 몇 마디 주고받지도 못한다. 웨이보를 즐기지 않는 친구와는 딱히 할 말이 없고 웨이보를 즐기는 친구와는 사실 별 말이 필요하지 않기 때문이다.

이런 상황은 마치 오 헨리의 소설 『유머작가의 고백Confessions of a Humorist』

의 내용과 비슷하다. 소설의 주인공은 자신이 만난 사람과 접한 일을 모두 유머러스하게 글로 써서 발표했다. 그렇게 오래 계속 글을 쓰다보니 그저 웃기기 위한 글을 쓰기 시작했고, 영감은 펜의 잉크처럼 조금씩 메말라 갔다. 그래서 유머작가는 가장 불행한 사람이 되고 말았다. 나도 그랬다. 일정 시간을 오롯이 웨이보에 올릴 글을 쓰는 데만 집중하고 누구든 웨이보용 글 안에서는 조롱의 대상이 되었다.

나는 글쓰기를 멈추고 나의 인터넷 생활을 반성했다. 돌아보니 나는 그동안 남의 눈에 비친 나의 모습으로 살려고 노력하고 있었다. 그래서 나를 추진시키는 외적인 힘을 대하는 세 가지 원칙을 세웠다.

첫째, 도덕적 마지노선을 지킨다. 도덕에 상한선은 없지만 마지노선은 존재하며 그것을 지키기는 쉽지 않다. 그 마지노선은 인류가 추구하는 보편적 가치고, 성실, 정직, 선함, 공정 등의 가치관이 거기에 속한다. 그러므로 어떤 상황에서도 그것을 어기면 안 된다. 인터넷상에서 말하는 지조 같은 것이다.

둘째, 네티즌을 최대한 선의로 대한다. 현재 중국에서는 상을 받든, 달리다가 몸이 부서지든, 또 우수한 인재로 뽑히든, 목숨을 잃든 뭘 하더라도 비난과 칭찬을 동시에 받는다. 그러므로 요즘 세상에서는 반드시 자신을 드러내 보이되 오명도 견디고 칭찬도 받아들이고 비판도 감당해야 한다. 그렇게 하지 않으면 죽지 못해 살거나 정신분열증을 앓게 된다.

셋째, 자신의 색깔을 고수하며 웨이보에 자기만의 고유한 개성을 담는다. 웨이보 계정주의 됨됨이와 처세는 그 사람이 웨이보상에 올린 멘션과 글을 통해 충분히 드러난다. 서로 팔로잉을 하고 교류하는 사람은 보통 성향이 비슷하다. 그래서 언사가 날카로운 사람에게는 언사가 날카로운 사람이, 성격이 온화한 사람에게는 성격이 온화한 사람이 다가온다. 아무리 멀리 떨어진 곳에 있어도 돌고 돌아서 가까워지기 마련이며, 성향이 다른 사람은 아무리 가까운 곳에 있어도 언젠가는 멀어진다. 그래서 웨이보는 꼭 사람 같고 사람은 꼭 웨이보 같다.

　인터넷상에서 적막함, 폭발적인 인기, 다시 평온함 이 세 단계를 겪고 나니 마음도 차츰 편안하고 차분해졌다. 나는 하원의 메시지를 받고 기꺼이 〈춘제롄환완후이〉 제작진을 찾아가서 프로그램에 대한 내 생각을 전달하고 의견을 나누었다. 그러나 후속 프로그램의 협업은 모두 거절했다. 내가 아직 그럴 만한 수준은 아니라고 판단했기 때문이다.

　인생은 삶이 나를 통제하는 것이 아니라 내가 삶을 통제하는 것이다. 언젠가 나와 삶이 화해는 날, 삶과 나란히 앞을 향해 나아갈 수 있을 것이다.

小
寒

대지가 얼음으로 뒤덮이고
섣달 매화가 눈 속에서 피어나는

소한

물처럼 담백한 관계에서는 상대방이 자신을 SNS에서 차단해도
일부러 밝히거나 따져 묻지 않는다.
상대방이 자신을 잊었음을 알아도 만났을 때
일부러 자신의 이름을 상기시켜서 상대방을 난감하게 하지 않는다.
자신이 남에게 중요한 존재가 아닌데도
남의 세상에서 지분을 차지하려고 시시콜콜 따지지 마라.
스쳐 지나가는 인연끼리 굳이 서로를 난처하게 만들 필요는 없다.
바쁨도 고생도 각자의 몫이다.
갈림길에서는 각자 편한 길로 가면 그만이다.

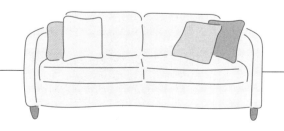

가십을 즐기는 심리

한 남자와 아이가 함께 있는 사진이 인터넷상에서 쫙 퍼졌다. 태산 같은 아버지의 사랑을 느낄 수 있는 사진이었다. 사진에는 아버지가 어린 자녀에게 우산을 받쳐주느라 온몸이 빗물에 푹 젖어 있었는데 이 장면이 사람들에게 큰 감동을 불러일으켰다.

이런 일이 있은 지 약 한 달쯤 지났을 때 한 어머니가 빗속에서 아이를 데리고 가는 사진이 또 인터넷에서 돌았다. 이 사진을 본 네티즌은 대부분 이런 반응을 보였다.

'우산을 받치던 아빠는 이 사진 속 엄마에 비하면 아무것도 아닌데?'

사진 속 어머니는 하이힐을 신은 채로 오른손에는 아이를 안고 왼손으로 우산을 받쳐 들고 있었다. 그리고 등에는 아이의 책가방을 메고 자신의 가방은 크로스로 멨으며 왼쪽 팔에는 방금 구입한 찬거리 장바구니가 걸려 있었다. 아버지는 어쩌다가 한 번 아이에게 우산을 받쳐주느라 몸이 젖었을 뿐인데 사람들은 감동적이라며 유난을 떤다. 내 말에 공감하는가? 실제로 어머니들은 모두 현실에 사는 울트라맨이나 마찬가지다.

내가 이 두 장의 사진을 인터넷에 올렸더니 갖가지 반응이 쏟아졌다.

어떤 사람은 이런 댓글을 남겼다.

'처음에 아빠 사진을 봤을 때는 '조작'이라고 생각했어요. 아이를 안으면 비에 젖지 않잖아요. 왜 아이한테 우산을 주지 않았죠? 아이에게 독립심을 길러주어야죠, 독립심을요. 아이를 자주 데리고 다니지 않는다는 걸 척 보면 알 수 있어요. 경험이 없는 아빠예요. 아이는 거적을 줘도 비를 가릴 수 있어요. 아이도 비를 가릴 수 있다고요. 아빠는 자기가 돋보이는 게 우선이어서 아이한테 가까이 다가가지 않고 내리는 비를 그대로 쫄딱 맞았죠. 난 부성애와 모성애를 구분하지는 못하지만 그건 알아요. 사랑은 모두가 함께 행복한 것이지 희생이 아니라는 것을요.'

또 어떤 사람은 이런 반응을 보였다.

'댓글들을 보면 아빠더러 모자란 사람이라고 하던데 난 그 사람들이 모자란 사람 같아요. 내 눈엔 분명 아빠가 아이에게 독립심을 길러주려는 것으로 보였어요. 아이가 스스로 비바람을 막을 수 있게 아빠가 도와줄 수는 있지만 모든 것을 도와주지는 않겠다는 의지 같았거든요. 엄마는 아이를 철저하게 보호해요. 아이를 위해 모든 걸 다 도와주지 못해서 안달하는 엄마의 모습이잖아요. 엄격한 아버지와 자애로운 어머니, 바로 그런 의도 아니겠어요?'

이런 의견도 있었다.

'엄마는 아이를 무척 사랑해요. 그래서 아이가 진흙길을 걷지 않게 하고 조금이라도 다치지 않게 하려고 품에 꼭 안았잖아요. 물론 아빠도 아이를 사랑해요. 하지만 아빠는 자기 몸이 젖는 것쯤은 신경도 쓰지 않고 아이에게 우산을 받쳐주며 아이가 멋대로 가게 두었어요.'

'아빠와 같이 가는 아이는 아들이니까 독립심을 길러 주어야 하고, 엄마와 같이 가는 아이는 딸이니까 당연히 어릴 때부터 무한한 사랑을 받아야 해요. "아들은 막 키우고 딸은 귀하게 키운다"는 옛말과 같은 이치죠.'

'솔직히 말해서 아이를 다루는 건 아빠가 엄마보다 못하잖아요. 아빠가 아이를 품에 안지 않은 건 아마 아이의 더러운 신발이 자신의 흰 셔츠를 더럽힐까봐 그랬을 수도 있어요. 아니면 두 손으로 우산도 들고 가방도 들고 아이도 안고 세 가지 일을 동시에 할 수 없어서 그랬을 수도 있고요. 아이가 스스로 걸어갈 수 있게 하려는 의도였다고 핑계를 댈 수도 있겠지만 그거야 날씨가 맑게 갠 뒤에 해도 늦지 않죠.'

사람마다 자기만의 생각과 논리가 다 있고 또 그 견해를 지지하는 사람이 있다. 두 장의 사진으로 뜨거운 논쟁이 벌어졌다. 태산 같은 부성애에 감동한 사람이 있는가 하면 왜 아이를 안지 않고, 왜 비를 피하지 않고, 왜 택시를 타지 않았느냐며 왜?라는 의문을 다는 사람도 있다. 내가 하고 싶은 말은, 우리는 그 아버지가 아니며 그 아버지의 의도가 가장 중요하다는 것이다. 아버지는 본능적으로 그렇게 대처했을 수도 있고 어쩌면 비를 맞는 걸 좋아할 수도 있는데 남들이 왜 참견하는지……

자기가 감동을 받든 의문이 생기든 그런 것은 모두 주관이므로 남이 자신의 견해에 동의하도록 설득할 일이 아니다. 자신은 감동했는데 남이 감동하지 않았다고 해서 그 사람을 몰인정한 사람이라고 말할 수는 없다. 또 자신은 감동하지 않았는데 남이 감동했다고 해서 그 사람한테 유난을 떤다고 할 필요도 없다.

사람들은 원래 자기가 보고 싶은 것만 보는 법이다.

다른 이야기를 잠깐 해볼까 한다.

사람들이 사진 두 장을 놓고 무엇 때문에 그렇게 치열한 논쟁을 벌였는지 아는가? 인류에게는 가십을 즐기는 전통이 있기 때문이다. 가십이 결코 나쁜 것은 아니다. 『사피엔스』에서 저자 유발 하라리가 인류 발전의 역사를 고증한 바에 따르면 몇 만 년 전에 인류라고 확실히 칭할 수도 없는 생물이 있던 시대부터 가십이 있었으며, 신앙과 문화가 가십에서 비롯되었다고 한다.

인류는 왜 가십을 즐길까? 이유는 심심해서다.

한번 상상해보자. 인류에게 가십거리가 없다면 얼마나 무료하겠는가. 무료해서 각종 예술 작품을 만들었고 창작자는 머리를 쥐어짜서 이야기를 꾸며냈으며 사람들은 이런 것들을 연구했다. 이를테면 『홍루몽』에서 홍학*이 발전했고, 『수호전』을 통해 의협심을 길렀고, 「쿵이지孔乙己」(루쉰의 단편소설)에 나오는 '回회'자도 다양한 각도에서 해석했다. 상상만 해도 이 얼마나 따분한 일인가. 원래 허구인 『서유기』의 줄거리도 많은 사람이 다양한 각도로 분석했다. 아마 사람들은 분명 이런 것들을 따분하다고 여길 것이다. 그렇게 생각하는 게 맞다. 인류는 원래 따분하다.

생각해보자. 웨이보는 인류의 무료함을 달래주었을까? 위챗은 인류의 무료함을 달래주었을까? TV는 인류의 무료함을 달래주었을까? 여러 유명 스타의 가십은 인류의 무료함을 달래주었을까? 심지어는 철학도 직접적으로는 인류의 무료함에서 출발했다. 배부른 귀족들이 밥 먹고 할 일이 없어서 하늘과 땅과 인생의 의미에 의문을 갖기 시작하면서 비롯된 것이다.

내 개인적인 생각이긴 하지만 오늘날에도 인류의 무료함을 달래줄 수

---

* 紅學, 홍루몽을 연구하는 학문

있는 사람은 무조건 성공한다고 본다. 가십을 즐겨도 좋고 무료한 채로 있어도 괜찮다. 다 나쁠 건 없다.

이런저런 이야기를 많이 했지만 앞서 말했던 사진 두 장의 이야기로 다시 돌아가자. 이 사진들을 두고 의문을 제기하는 사람은 소크라테스 유형이고 이해利害를 분석하는 사람은 공리주의자다. 어찌되었건 그 사람들이 만족하면 그만이라고 여기는 사람은 니체처럼 아픔과 기쁨을 동시에 느끼고 있는 것이며, 도덕과 부도덕을 판정하려는 사람은 칸트의 도덕주의에 빠지기 시작한 것이다.

나는 예전에는 위에 언급한 학파에 꽤나 심취했지만 이 학파들을 냉정하게 분석하니 온정이 전혀 느껴지지 않다 못해 절망감이 들었다. 훗날 하이데거를 읽기 전까지는 그렇게 철저하게 이성적이었고 정을 배제했다.

독일 철학자 마르틴 하이데거의 주요 사상은 현상학이지만 내게 가장 깊은 영향을 준 것은 '사물 존재 자체를 보라'고 주장한 해석학이다. 하이데거는 일 자체에 중점을 두고 이전에 있던 것, 이전에 본 것, 이전에 파악한 것을 처리해야 한다고 여겼다. 바로 눈앞에 나타난 현상이 가장 중요하며 연역하고 날조하거나 비판을 가하지 말고 사물 존재 자체를 보라고 했다.

"현상학에서는 어떤 존재가 처음 활동을 펼칠 가능성을 반드시 존재 자체에 둔다. 다시 말해 존재 자체를 있는 그대로 해석해야 한다."

나는 하이데거식의 온화함을 점점 받아들였다. 아이를 안아야 한다고 생각하는 사람은 안으면 되고, 아이가 스스로 길을 가도록 우산을 받쳐주어야 한다고 생각하는 사람은 그렇게 하면 된다. 어떤 태도를 취하건 그 동기는 당사자만이 알고 당사자에게는 그런 태도가 자연스러운 이치인 것이다. 우리는 그 아이의 부모가 아니므로 부모가 법을 저촉하지 않는 이상은 그들을 함부로 질책하거나 멋대로 비판해서는 안 된다. 우리는 그저 그들이 어떤 행동을 하면 하나보다, 사랑하면 하나보다, 하고 이해하면 될 뿐이다.

만약 하이데거가 이 두 사진을 봤다면 아마 이렇게 말했을 것이다.

"이 얼마나 따듯한 광경인가. 난 이 두 사람에게 완전히 감동했다네."

실패와 마주하기

공항에서 서점 앞을 지나다가 멈추어 서서 서점 입구에 놓인 TV에서 방송되는 강연을 보게 된다면, 그 내용은 들으나마나 성공, 성공, 성공을 외치고 있을 것이다. 이어서 생각이 좀 모자란 한 무리는 그 방송을 보며, 맞아, 맞아, 맞아 하고 목소리를 높일 게 분명하다. 방송 내용대로 해서 성공할 수 있다면 아마 서점 점원은 아주 수월하게 성공할 것이다. 날마다 그런 프로그램을 보고 있으니 당연히 성공하지 않겠나.

요즘 우리 사회에서는 성공을 유도하는 문화가 곳곳에 만연되어 있다. TV 프로그램에서는 각계에서 성공한 인물의 인터뷰를 보여주고 잡지에서는 사치스럽고 호화로운 삶을 가감 없이 보여주며 모두가 성공하기를 부추기는 사회에 살고 있다. 그런데 길을 가는데 누군가 앞을 가로막고 "행복하세요?" 하고 묻는다면 어떨까.

참 쓸데없는 질문 아닌가.

모두가 성공하려고 눈을 부라리지만 실패를 대비한 준비는 하고 있지 않다. 그래서 갖가지 심리적인 문제가 야기되고 나아가 뉴스 기사처럼 기숙사 룸메이트에게 독약을 먹이려는 생각까지 한다. 그래서 이번에는 실의와 실연, 이 두 가지 관점에서 실패를 이야기하려 한다.

실의는 글자의 의미를 그대로 풀면 뜻을 얻지 못해서 꿈과 현실이 어긋나는 것이다. 실의한 대표적인 인물로는 젊은 시절에 실의에 연거푸 빠졌던 왕양명만 한 사람이 없다. 왕양명, 성은 왕王, 본명은 수인守仁, 자는 백안伯安, 호는 양명陽明이다. 그가 태어났을 당시의 황제는 명나라 제8대 황제 주견심이었다.

왕수인의 아버지 왕화는 장원 급제를 한 인재였으니 이치상으로는 마땅히 훌륭한 인생을 살아야 했겠지만 실상은 그렇지 못했고 왕양명은 잇달아 실의를 겪었다. 왕양명은 왜 늘 실의를 겪었을까? 그것은 그의 이상이 너무 높았기 때문이다.

1483년, 열한 살이던 왕양명이 훈장 선생님에게 물었다.

"가장 훌륭한 일은 무엇입니까?"

열한 살짜리 아이가 이런 질문을 하는 것만 봐도 왕양명은 확실히 꽤 조숙했다. 이 질문은 인간이 이를 수 있는 최고 수준이 과연 어디인지를 묻는 것이었다.

훈장 선생님도 무척 놀라서 질문한 학생이 누구인지 묻고는 "공부를 열심히 해서 고관대작이 되는 것이다" 하고 대답했다.

왕양명이 말했다.

"저는 그렇게 생각하지 않습니다."

선생님은 대꾸하는 소년을 뚫어져라 쳐다보며 물었다.

"그럼 너는 어찌 생각하느냐?"

왕양명이 대답했다.

"제가 생각하는 가장 훌륭한 일은 공부해서 성현^{聖賢}이 되는 것입니다."

선생님은 크게 소리를 내며 웃었다. 그 웃음은 '할 수 있으면 어디 한 번 해봐라' 하는 의미였다. 하지만 왕양명은 선생님의 반응에 아랑곳하지 않고 성현의 삶을 살기 위해 평생을 바쳐 노력했다.

그는 우선 대나무의 이치를 깨우치려고 대나무를 하염없이 쳐다봤다. 당시에는 대부분 그런 방식으로 이치를 깨우쳤고 그것은 주희의 이학^{理學}을 따르는 것이었다. 주희는 만사와 만물의 이면에는 저마다의 진리가 존재한다고 여겼고, 자연의 이치를 깨우치려면 이면에 존재하는 진리를 깨달아 집대성해야 한다고 했다. 이것이 바로 격물치지다.

이런 사상을 지니고 있던 왕양명은 눈앞에 보이는 대나무에도 분명 자연의 이치가 담겨 있을 것이라고 생각했다. 그래서 절친한 벗 한 명과 함께 매일 집 앞에 있는 대나무를 관찰했다. 사흘 뒤에 친구는 환각 증상을 보였고 왕양명은 엿새를 지속하고 나니 눈은 사시가 될 듯했고 눈앞이 캄캄하고 어지러웠다.

그는 방법이 잘못되었음을 깨닫고 어떻게 해야 좋을지 고민했다. 그렇게 해서는 성현이 될 수 없다고 판단해 다른 방법을 다시 시도했다. 즉, 불교와 도교 두 학문의 가르침에서 깨달음을 얻기로 한 것이다. 기존의 방법이 통하지 않으면 방향을 바꾸어야 한다. 어차피 목표는 변함이 없으니 방법이 달라져도 문제될 것은 없다.

왕양명은 여전히 성현이 되기를 바랐다. 그러기 위해서는 학문에 정진해야 함은 물론이고 공과 업적도 쌓아야 했다. 그래야만 입덕^{立德}, 입공^{立功}, 입언^{立言}을 두루 갖춘 학생이 될 수 있다. 그래서 과거 시험에도 응시했는데 회시會試에 두 번 참가해 두 번 모두 낙방했다.

낙담이 얼마나 심했을까. 학우들이 모두 찾아와서 왕양명을 위로했지만 왕양명은 오히려 벙글벙글 웃으며 말했다.

"뭇 사람은 시험에 낙방한 것을 수치스러워하지만 나는 낙방해서 마음이 흔들리는 것이 수치스럽다네."

정말로 멋지고 대단한 말 아닌가. '너희들은 시험에 떨어지면 창피해하지만 나에게는 시험에 떨어져서 창피해하는 것이 수치스러운 일이다'라는 메시지였다.

왕양명은 스물여덟 살에 다시 회시에 참가해 세 번 만에 진사進士에 합격했다. 그제야 벼슬길이 탄탄하게 열리는 듯했으나 안타깝게도 망나니 같은 황제 주후조 때문에 앞길이 막혔다. 주후조는 중국 역사에서 최고 망나니 황제는 아니었지만 그 품성이 망나니였고 환관을 좋아했다. 주후조의 주변에는 환관이 여덟 명 있었는데 그중 우두머리인 류근은 항상 황제 옆에 있으면서 한밤중에도 궁과 민간을 오가며 같이 놀았다. 요즘으로 치자면 인터넷 게임이나 부동산 투기 같은 걸 하지 않았나 싶다.

충신들은 황제의 망나니 생활을 더는 두고 볼 수 없어서 환관 여덟 명의 이름을 열거해 그들을 숙청할 것을 상주했고 주후조는 기꺼이 받아들였다. 그러나 다음 날 황제는 상주한 충신을 죽였다. 황제는 항상 문제가 발생하면 문제를 해결하지 않고 문제를 제기한 사람을 처치했다.

조정을 가득 메운 문무 대신들이 감히 말할 엄두를 내지 못하고 있던 그 순간, 지지리 복도 없는 한 사람이 자리에서 벌떡 일어섰다. 그렇다. 바로 왕양명이었다. 그는 황제에게 매우 완곡하게 충언을 받아들이라고 간언했는데 이 소식이 류근의 귀에 들어갔다. 알다시피 열등감이 심한 사람일수록 예민하게 구는 법이다. 그래서 왕양명은 구이저우의 룽창에 있는

역참의 관리로 좌천되었다. 룽창으로 가는 길에 금의위에게 쫓겨 살해당할 뻔했으나 구사일생했다.

당시의 룽창은 산짐승들이 득실거리는 곳이었다. 룽창에 도착한 왕양명은 날마다 직접 만든 석관에 누워서 깨달음을 얻으려고 노력했다. 그러던 어느 날 마침내 그가 큰소리로 외쳤다.

"성인의 도는 바로 내 마음 안에 있었구나."

왕양명은 이때부터 심학心學을 발전시켜 대가의 길로 들어섰다.

내가 왕양명의 일화를 소개한 까닭은 여러분도 왕양명처럼 되라는 뜻으로 한 것이 아니다. 여러분은 하려고 해도 쉽지 않은 일이고 요즘 세상에서는 환관도 못 만난다. 다만 왕양명이 인생에서 그 많은 좌절과 마주한 경험을, 일화를 통해 우리도 배웠으면 한다.

능력이 이상을 따라가지 못해서 실의에 빠질 때는 어떻게 하면 좋을까? 이상을 낮추어야 할까? 아니면 능력을 키워야 할까? 왕양명은 좌절과 실패를 겪을 때마다 자신을 더욱 발전시키는 길을 선택했다. 회시에 낙방했을 때 자세를 고치고 다시 도전했다. 벼슬길에서 뜻을 이루지 못했을 때도 작은 일부터 천천히 다시 시작했다. 벽지로 유배되었을 때도 자기 마음에 도가 있음을 깨우쳤다.

앞으로 우리 각자의 미래에서 실의에 빠지는 순간이 많이 찾아올 것이다. 그럴 때마다 여러분은 그 순간을 자신을 더욱 발전시키는 기회로 삼기를 바란다. 이상도 있어야 하지만 자신을 발전시키는 것이 가장 중요하다. 자신의 능력이 향상되면 이상은 아마 새로운 차원에서 실현될 것이다.

실패에는 실의도 있지만 실연도 있다. 실연에 관해서는 할 말이 많다. 나는 툭하면 실연을 당했던지라 친구도 많다. 좋아하는 여자한테 고백하기만 하면 항상 "우리 친구로 지내자"라는 대답이 돌아왔다. 남들은 실연했다가도 연애를 하는데 나는 한 번도 제대로 된 연애를 못 해봤다. 그래서 위챗 친구들은 모두 나를 '금욕주의 성향'이라고까지 했다.

실연한 사람으로는 염세주의로 유명한 쇼펜하우어를 많이 떠올릴 것이다. 그는 인생을 절망으로 여겼던 사람인데 하물며 사랑이야 말할 것이 뭐 있을까? 쇼펜하우어는 진지한 연애를 딱 한 번 했다. 그가 서른세 살때 열아홉 살된 여배우를 좋아했는데 그 여배우에게는 남자친구가 많았고 그녀에게 쇼펜하우어는 어장 속 물고기 중 하나일 뿐이었다. 훗날 그 여배우는 아이를 낳았는데 아이의 아버지는 쇼펜하우어가 아니었다. 그런데도 그는 여배우를 여전히 사랑했고 한때는 그녀와 결혼할 마음도 먹었다. 그러나 베를린에 콜레라가 유행하자 그는 아이가 친자가 아님을 눈치 채고 혼자 베를린을 떠났다.

감정적으로 상처를 심하게 입은 쇼펜하우어는 그때부터 여자를 무척 혐오했고 여자는 유치하고 어리석다고 여겼다. 그는 여자와 동떨어진 삶을 선택한 자신을 위로하기 위해 '생명 의지'라는 철학적인 용어까지 만들어냈다. 그 용어는 사랑은 오로지 번식을 위한 것이며 그 외에 다른 의미는 전혀 없다는 뜻을 내포하고 있다.

실연을 경험하지 못한 사람은 철학을 논할 자격이 없다.

쇼펜하우어는 유명해지고 난 뒤에 그를 존경하는 한 여성과 자신의 집에서 한 달을 같이 살았고, 그동안 조각가인 그녀는 쇼펜하우어의 반신상을 조각했다. 쇼펜하우어는 이 여성을 좀 부드럽게 대했다. 그녀에게는 다른 여자와 달리 통찰력과 창조력이 있다고 느꼈기 때문이다.

살면서 평생 한 사람만 사랑하기는 쉽지 않다. 더구나 요즘처럼 SNS가 발달한 사회에서는 작은 유혹에도 쉽게 딴마음을 품고 공감을 클릭하면서 상대방과 한동안 썸을 타기도 한다. 내가 학교를 다니던 시절과는 전혀 딴판이다. 그때 내가 아는 여자는 모두 같은 반 친구들이었는데 그 친구들도 모두 고학년 선배들이 먼저 채갔다. 내가 사랑에 눈을 떴을 때는 이미 짝이 없는 여학생이 없었다.

사랑이란 것은, 한쪽이 헤어지려고 마음먹은 이상은 그 감정을 제자리로 돌려놓을 방법이 없다. 설령 자신을 짓밟는 비굴함으로 관계를 지속한다고 해도 분명 오래가지 못한다. 세상에 되돌릴 수 있는 감정은 없다. 행여 되돌린다 해도 이미 전과는 다른 감정이다. 시간이 지나면 사람은 그대로지만 감정은 퇴색되고 변하므로 차라리 단칼에 관계를 끊는 것이 훨씬 덜 아프다.

만약 실연이라는 불행을 만난다면 쇼펜하우어의 방법을 참고하길 조언한다. 실연은 두려운 것이 아니므로 현실을 직시하고 소설을 읽거나 영화를 보거나 시구를 감상하거나 여행을 떠나기를 권한다. 번식이 목적인 생명 의지와 싸워서 이겨야 하니까.

헤어졌다면 지난 과거는 웃음으로 대하고 홀가분한 마음으로 평상시처럼 생활하라. 상대방에게 상처를 주지 않는 것이 곧 자신의 감정이 다치지 않는 길이다. 만약 마음을 내려놓지 못하면 결국 상처받는 건 자기 자신이며, 유치하게 굴었던 자신의 행동을 훗날 후회하게 될 것이다. 헤어진 이상은 과거는 받아들이고 미래는 웃으며 맞이해야 한다. 진정한 강자는 피를 훔치며 전진하지 않고 관용을 택한다. 그러면 언젠가 자신을 차버리고 간 사람을 우연히 다시 만났을 때 "이해해"라고 말할 수 있다.

이 얼마나 쿨한가.

인생에서 성공을 거머쥘 수 있다는 보장은 없다. 하지만 실패는 늘 그림자처럼 뒤를 따라다닌다. 미래를 꿈꾸며 실패를 웃음으로 받아들이고 고통을 감내하며 앞으로 나아가는 사람이야말로 진정한 강자다.

大
寒

매서운 추위와 함께
새로운 한 해가 시작되는

대한

자신이 아무리 보잘 것 없어 보여도 개개인은 하나의 브랜드다.
능력이 아무리 출중해도
꾸준히 새로움을 추구하고 유지해야 한다.
자신을 무너뜨리는 대상은 적이 아니라
성장이 정체된 자기 자신이다.

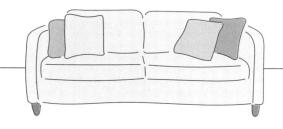

프리랜서

하고 싶은 일을 자유롭게 하고 자고 싶은 만큼 잘 수 있는 프리랜서인 내 신분이 부럽다고 말하는 사람들이 많다. 나는 이 말을 자고 싶은 사람과 잘 수 있다는 말로 무척 바꾸고 싶다. 누구 안색을 살필 필요도 없고 누구한테 죄를 짓지 않아도 되니 말이다. 프리랜서라는 직업은 마치 안개 속에서 꽃을 보듯이 멀리서는 멋있어 보이지만 가까이 다가가서 보면 강아지풀처럼 보잘 것 없다.

프리랜서가 되려면 우선 남다른 재능이 있어야 한다. 이를테면 기획력이 있거나 그림을 그리거나 디자인을 하거나 작사 또는 작곡 능력이 있거나 쥐도 새도 모르게 살인을 저지르는 능력이 있어야 프리랜서가 될 수 있다. 이런 능력에는 반드시 스스로 갈고닦은 자기만의 독특한 스타일이 묻어나야 한다. 그렇지 못하면 프리랜서로 살아가기가 무척 어렵다. 내 친구 중에 코디네이션을 굉장히 잘하는 친구가 있는데 지금은 전문 패션 코디네이터로 일하고 있다. 다른 사람과 함께 쇼핑하며 그 사람의 옷을 골라주는 일인데 결국 남을 접대하는 직업인 셈이다. 이 넓은 세상에 스스로 옷을 사지 못하는 사람도 다 있다.

그리고 이런 남다른 재능을 상업화할 수 있어야 프리랜서가 된다. 예를 들어, 잠을 잘 자는 건 특별한 재능이 아니다. 남들도 다 잠을 잘 잔다. 다른 사람과 함께 자는 건, 이런 경우는 돈을 받으면 범법 행위다. 디자이너 같은 사람들은 프리랜서가 되기 쉬운데 왜 그런지 아는가? 상업적으로 계속 수요가 있기 때문이다.

마지막으로 재능을 인정받아야 한다. 인정을 받으려면 자신을 포장하고 홍보해야 하는데 다행히도 요즘은 일인미디어가 있어서 그 방식을 많이 활용한다. 또 SNS 계정도 이용하고, 각종 방송 프로그램에도 나가고, 직접 동영상을 찍어서 영상 공유 앱에 올릴 수도 있다. 그러나 내 경험으로는 자기가 하는 모든 일은 그 재능 위주로 해야만 한다. 그렇지 않으면 산만해지고 헛수고가 된다.

그래서 프리랜서로 생활하는 것이 그리 쉬운 일은 아니다. 자기가 자신의 사장인 셈인데 남을 관리하는 건 쉬워도 자신을 관리하는 건 여간 어렵지 않다.

프리랜서에게 가장 큰 도전은 자율이다. 프리랜서도 직업이니까 아침 몇 시에 일어나서 몇 시에 일을 시작하고 몇 시에 잠자리에 드는 일과가 있다. 그러나 누가 옆에서 강제하지 않는 상황에서 일관성을 잘 유지하고 나태해지지 않게 생활하기는 확실히 어렵다. 자율성이 부족한 사람은 무슨 일을 하더라도 큰 성취를 이룰 수는 없을 것이다.

프리랜서에게는 소속감이 없다. 남들이 휴일을 맞이해서 여행을 가고 출근해서 자신의 능력을 뽐내는 동안 프리랜서는 SNS에 게시물을 올려서 네티즌의 공감을 유도한다. 이런 쓸쓸함과 외로움은 무언가를 성취하고 자랑할 곳이 없을 때 느끼는 감정과 비슷하다. 자신이 대단한 일을 해냈는데도 그 성과를 아는 사람이 전혀 없을 때 느끼는 아픔은 고통 중에 가장 심한 고통일 것이다.

프리랜서는 남의 눈치를 보지 않아도 될 것 같아도 남한테 미움을 사면 안 되는 직업이다. 누가 자신의 고객이 될지 아무도 모르기 때문이다. 그래서 내 친구 한 명은 사람들에게 자신의 존재를 알리려고 매일 한 시간씩 짬을 내서 위챗 모멘트의 모든 친구들에게 공감을 클릭한다. 공감을 클릭하는 순간에 나는 내가 꼭 길바닥에서 얼후를 연주하며 "날 한 번만 봐주세요" 하고 구걸하는 기분이 든다.

또 프리랜서는 근로자에게만 해당하는 보험과 기금의 혜택을 누리지 못한다. 오로지 자기 자신만 믿고 고군분투해야 하며 일하지 않으면 수입도 없다. 직장인은 피곤할 때 대충 일해도 월급이 꼬박꼬박 나오고 보험 혜택도 받는다. 기껏해야 자기 양심에 거리끼는 것에 그친다. 그러나 혼자 죽기 살기로 일하는 프리랜서는 대충 하다가는 다음 끼니를 해결할 돈도 못 번다.

따라서 프리랜서가 되고 싶은 사람은 우선 내가 상술한 이야기를 바탕으로 잘 생각해서 결정해도 늦지 않다.

마지막으로 11년간 프리랜서로 생활한 내 소회를 한번 말해볼까 한다.

모든 사람은 각자가 하나의 브랜드다. 혼자서 일하더라도 자신을 하나의 회사로 여기고 운영해 나가야 한다. 자신의 능력은 곧 그 회사의 제품이므로 제품의 가치를 높이기 위해 노력하고 부단히 공부하며 끝없이 상식의 틀을 깸으로써 대체 불가능한 경쟁력을 유지해야 한다. 그렇게 하지 않으면 프리랜서는 결국 실업자로 전락하고 만다.

자신이 아무리 보잘 것 없어 보여도 개개인은 하나의 브랜드다. 능력이 아무리 출중해도 꾸준히 새로움을 추구하고 유지해야 한다. 자신을 무너뜨리는 대상은 적이 아니라 성장이 정체된 자기 자신이다.

인생이 착각이라면

나는 여태껏 게임에 중독된 적은 전혀 없다. 어릴 때는 전략 시뮬레이션 〈레드 얼럿〉도 하고 〈삼국군영전〉도 했지만 이런 게임은 속전속결이라서 며칠만 하면 끝낼 수 있었다. 그 이후에는 〈워크래프트〉를 시도해봤는데 미안하지만 하루 만에 포기했다. 그러나 친구 이야기를 들어보니 게임 스토리 안에 철학 사상이 담겨 있다고 하는데 그래도 난 계속할 수 없었다. 모든 사람이 소설 『삼체』를 극찬하지만 난 도무지 읽히지 않았던 것과 같은 느낌이었다. 확실히 훌륭한 음식인데도 내 입맛에 맞지 않으면 먹을 수 없고, 분명 좋은 사람이라도 내 취향이 아니면 사랑하는 마음이 생기지 않는 것처럼 말이다.

요즘은 도시 건설 게임인 〈심시티〉에 흥미가 생겼다. 땅을 사서 빌딩, 경찰서, 병원 등을 짓는 게임인데 하다보니 허리도 쑤시고 등도 아프던 차에 오늘 막 게임을 삭제해버렸다. 하지만 나는 이 게임을 하며 많은 생각이 들었다. 어쩌면 우리가 사는 이 세상도 컴퓨터 게임이 아닐까? 아, 생각해보니 영화 〈매트릭스〉 같은 분위기를 약간 풍기는 것도 같다.

친구 말로는 『삼체』에 이와 비슷한 내용이 묘사되어 있다고 한다. 어쩌면 우리는 우주라는 게임 공간에서 살아가고 있고 하느님이 이 게임을 조종하고 있을지도 모른다. 플레이어는 지구에서 게임을 시작해 꾸준히 공간을 넓혀가며, 우리의 시간 단위와 플레이어의 시간이 달라서 우리의 백 년이 플레이어의 일 분일 수도 있다.

게임이 진행되는 동안 플레이어는 절대 볼 수 없는 게임 속의 사람들이 어떤 의식을 갖고 완벽하게 세팅된 프로그램을 조금씩 변경하는데, 플레이어는 이런 사실을 모르고 게임을 한다. 그중에서 특히 똑똑한 사람들은 무슨 수를 썼는지는 몰라도 게임의 비밀을 발견해 각 종교의 지도자가 된다. 그때가 바로 게임에서 버그가 생긴 순간인데 게임 속에서는 기원전 800년에서 기원전 200년 사이로 이른바 인류가 '축의 시대'라고 부르는 시기다. 그 당시는 중국은 공자와 노자의 시대고, 인도는 석가모니, 그리스는 아리스토텔레스, 이스라엘은 유대교 선지자로 대표되던 때다. 이들은 모두 약속이나 한 듯이 게임의 버그를 발견해 각자 게임의 비밀에 담긴 이념을 통찰하고 훗날 종교의 지도자, 선지자가 되었다.

버그를 발견했을 때, 즉각 패치 프로그램을 설치하면 다시는 버그가 발생하지 않는다. 그래서 인류는 시간이 아무리 흘러도 축의 시대를 뛰어넘지 못한다는 사실을 알게 되는데, 그때의 문제점은 지금까지도 인류에게 난제로 남아 있다.

이를 철학적인 관점에서 말하자면 스피노자의 사상과 일치한다. 스피노자는 이 게임을 실체로 보지 않는다. 실체 안에는 모든 것이 완벽하게 프로그램화되어 있고 심지어 범죄와 전쟁조차도 이미 계획되어 있으므로 인류가 절대로 프로세스를 변경할 수 없다는 관점이다. 인류가 할 수 있는 유일한 한 가지는 완벽하게 세팅된 프로그램을 즐기는 것뿐이다.

이렇게 보니 상당히 비관적인 생각이 든다. 아무리 노력해도 다 의미가 없다는 뜻 아닌가.

만약에 어느 날 플레이어가 갑자기 게임이 지겨워져서 컴퓨터를 끄면 우주에서의 게임은 끝난다. 아니, 컴퓨터를 끄면 우주는 휴면 상태가 되고 다시 컴퓨터를 켜서 '게임 계속하기'를 선택하면 우주는 다시 돌아가기 시작한다.

그런 까닭에 인류의 시간은 일 초 일 초가 연속되지 않을 수도 있고 어쩌면 수만 년의 갭이 생길 수도 있지만 우리는 전혀 알지 못한다.

대단한 상상력 아닌가. 불교에서 '찰나는 영원하다'라고 했는데 다 일리가 있는 말이다. 공상 과학 소설도 이런 식으로 쓰는지 모르겠지만 어쨌든 요 며칠 게임을 하면서 든 생각이다.

인터넷으로 검색해보니 일찍이 이런 상상을 말했던 사람이 실제로 있었다. 그는 바로 영국 옥스퍼드 대학의 철학자 닉 보스트롬이다. 그의 말에 따르면, 우주는 외계인의 컴퓨터 시스템에서 실행한 무수한 시뮬레이션의 결과 중 하나에서 운행되고 있으며, 그것은 우리가 즐기는 컴퓨터 게임과 같다고 한다. (아, 짜증나. 이 사람은 뭘 믿고 나처럼 똑똑한 거지?) 이런 스토리는 HBO에서 방영한 〈웨스트월드〉라는 드라마로 만들어졌다.

아내에게 내가 아마 몇 억 년 동안 아내를 사랑한 것 같다고 했는데 아내는 전혀 감동하지 않았다. 또 지금 하는 동작과 다음에 할 동작 사이에 몇 억 년의 갭이 있을 수도 있다고도 했다. 앞서 한 동작을 플레이어가 잠시 멈추었다가 다시 플레이하면 그렇게 되는 것이다. 아내는 알 듯 말 듯한 표정으로 하늘을 바라보다가 말했다.

"그럼 자기가 설명 좀 해봐. 나는 왜 달마다 생리를 해야 하는지 말이야."

내가 설명했다.

"게임 프로그램이 그렇게 설계되어 있으니까."

"그러면 왜 어떤 사람은 생리통이 심하고 어떤 사람은 아무렇지도 않게 펄펄 날아다녀?"

"그건 모르겠는데……."

"같이 사는 여자도 잘 모르면서 우주의 비밀 같은 소리는 하지도 마. 어서 가서 설거지나 해."

내가 할 수 있는 일은 게임을 삭제하는 것 뿐. 아, 아내의 한마디에 나는 세상을 파괴하고 말았다. 안타깝게도 그 세상에 사는 미스터 사색가라는 남자는 필경 글을 쓰는 사람들 중에서 가장 멋있는 놈이겠지.

나는 마지막 이 한마디를 위해서 지금까지 이렇게 긴 글을 써 내려온 것이다.

후기

2012년 겨울, 중신출판사의 도서 기획자 리메이가 베이징에서 나에게 출판을 제안했다. 작가의 내면을 진정성 있게 드러낸 잡문을 책으로 내보자는 제안이었다.

예전에 전문 서적, 명저 해설, 소설은 집필한 적이 있지만 잡문은 써보질 않아서 다소 절망스러웠다. 루쉰, 린위탕, 량스츄 같은 대가들을 떠올리니 도무지 펜을 들 용기가 나지 않았다.

하지만 기꺼이 도전해보기로 했다. 한 분야의 글만 반복해서 쓰는 건 나의 삶의 태도와 맞지 않았다. 나는 삶의 경험이 많을수록 인생의 가치가 높아진다고 생각하는 사람이기 때문이다.

그래서 책을 쓰기로 했다.

이 책은 내가 전에 웨이보에 140글자 이내로 써서 인터넷상에 널리 퍼졌던 글을 초안으로 해서 집필했다. 위챗 모멘트에서 나도 그 글들을 종종 목격할 정도로 많은 인기를 얻고 있다. 모멘트에서 보고 눈에 익은 내용이다 싶어서 가만히 생각하면 다 내가 쓴 글이다. 심지어 잡지 〈두저〉의 어록에는 원작자 서명도 없이 내 글을 발췌해서 인용했다.

'수업보다 여행, 순종보다 주관, 성적보다 흥미, 잘잘못보다 양심, 완벽함보다 행복, 존경보다 믿음, 승패보다 성장, 남을 탓하기보다 자신을 반성하기가 더 중요하다'라고 썼던 자녀 교육에 관한 글인데, 이 글을 〈두저〉에서 발췌해 실어놓고는 뒷부분에 작자 미상이라고 적었다. 나는 그때서야 문제의 심각성을 인식했다. 140글자로 된 글은 저작권을 소유하기가 어려웠다. 그래서 그 글들을 긴 글로 완성해서 나의 생각을 표현하고 저작권도 되찾기로 했다.

그렇게 글을 쓰기 시작해서 오 년이나 걸릴 줄은 몰랐다. 책장에 놓인 출판 계약서가 눈에 들어올 때마다 냉큼 컴퓨터를 켜고 글을 썼는데도 말이다. 한 편씩 완성한 뒤에는 위챗 계정에 글을 올렸다. 뜻밖에도 많은 격려와 칭찬을 받았고 덕분에 팔로워 수가 빠르게 늘어 사십만 명이나 되었다.

사실 나는 글쓰기에 자신이 별로 없었는데 이런 긍정적인 피드백이 많아지니 자신감도 점점 살아났다. 한 팬은 친구나 동료와 어떤 주제로 논쟁할 때가 많은데 그때마다 내가 쓴 글만 보여주면 모두 동의했다고 한다. 그러면서 "당신은 최종해석권을 지녔나봐요"라는 말도 덧붙였다.

이런 과분한 칭찬은 기분이 좋기도 하고 불안하기도 하다. 그래서 엄격하게 말하자면 이 책은 나와 팬이 함께 완성한 것이다.

나는 내가 굉장한 깊이가 있는 사람이라고는 생각하지 않지만 삶에 관해서는 상당히 민감한 사람이다. 직업상 매일 다른 사람을 만나야 하고 그들과 짧은 시간 안에 관계를 형성해야 한다. 그래서 나는 사람한테 상당한 흥미를 느낀다. 훗날 내가 철학을 더 연구하거나 심리학을 공부한다면 그 이유는 사람을 더 이해하기 위해서다. 이런 생각들을 글로 쓰면서 화려한 수식은 하지 않았지만 그 안에 진실한 의미를 담아보려고 노력했다.

문장은 되도록 유머러스하게 서술하고자 했다. "유머는 지적 과잉의 표현이다"라는 말을 하는 사람도 많다. 나는 스스로 지적 과잉이라고 일컬을 만큼 자기애가 강하지 않다. 오히려 유머를 일종의 삶의 태도로 받아들이는 사람이다. 인생에서 여러 일을 겪을 때마다 우리는 갖가지 감정을 경험한다. 그런 감정은 종종 해당 일을 대하는 시각과 관련이 있다. 유머는 감정을 완전히 비우고 털어냈을 때 비로소 생긴다. 유머가 있는 사람은 문제를 보는 시각이 폭넓으므로 순간 무언가 반짝하고 떠오르는 건 유머가 아니다. 만약 유머가 반짝 떠오른 적이 있다고 여긴다면 그건 아마 유머에 한 방 맞아서 정신이 번쩍 든 상태를 착각하고 있는 것이다. 내가 생각하는 진정한 유머는 어떤 상황에서도 웃음을 잃지 않고 긍정적으로 바라보는 것이다. 그 어떤 상황에서도.

이 책을 읽다가 어느 장, 어느 단락, 어느 문장에서 흐흐 하고 웃음이 났다면 나는 그것만으로도 충분히 만족한다. 어수선한 환경에서도 진심으로 웃음이 나왔다면 비록 우리가 각자 세상의 다른 어느 모퉁이 있더라도 같은 감정을 느낄 수 있으니 이것이 인연이고 참 묘한 일 아니겠나.

지난 오 년 동안 내 글쓰기를 함께해준 모든 팬에게 감사를 전한다. 팬들의 댓글은 하나도 빠짐없이 모두 봤고 그중에서 가장 인상 깊었던 한마디가 있다.

'미스터 사색가 님은 재능이 미모에 가려 과소평가된 분이에요.'

가장 마음에 와 닿은 최고의 평가다.

중신출판사의 리메이 님께도 감사드린다. 원고를 오 년씩이나 지연한 작가를 인내심과 죽어가는 사람을 살리는 심정으로 기다려준 그 마음은 정말로 위대한 사랑이다.

아내와 아들에게도 감사한다. 그렇게 긴 시간 동안 매일 눈만 뜨면 어떤 글을 쓸지 고민하느라 아내와 아들과 함께할 시간을 많이 놓쳤음에도 두 사람은 항상 기꺼이 내 글감이 되어주었다. 진정으로 모든 걸 갖춘 두 사람이다.

모두의 앞날이 하루하루 순조롭고 만족스럽기를.

미스터 사색가

2017년 3월 26일 허페이에서